U0606793

GAOGAOSKY｜高高BOOKS

直面与正视

鲁迅与我七十年

周海婴 著

作家出版社

图书在版编目（CIP）数据

直面与正视：鲁迅与我七十年 / 周海婴著. --北
京：作家出版社，2019.1（2019.3重印）
ISBN 978-7-5212-0290-8

Ⅰ.①直…　Ⅱ.①周…　Ⅲ.①回忆录—中国—当代
Ⅳ.①I251

中国版本图书馆CIP数据核字（2018）第264421号

直面与正视：鲁迅与我七十年

作　　者：周海婴
责任编辑：张　平
装帧设计：高高国际
出版发行：作家出版社有限公司
社　　址：北京农展馆南里10号　　邮　　编：100125
电话传真：86-10-65067186（发行中心及邮购部）
　　　　　86-10-65004079（总编室）
E-mail:zuojia@zuojia.net.cn
http://www.zuojiachubanshe.com
印　　刷：天津画中画印刷有限公司
成品尺寸：155×240
字　　数：353千
印　　张：31.5
版　　次：2019年1月第1版
印　　次：2019年3月第2次印刷
ISBN 978-7-5212-0290-8
定　　价：88.00元

实事求是，直面自己的人生。

"海婴与鲁迅 一岁与五十"。一九三〇年九月二十五日摄于上海

目 录

有些性格像鲁迅

顾明远

　　我认识海婴是在一九五六年。那年夏天我和周蕖结婚，周建老为我们在中山公园来今雨轩设宴招待家人和最亲近的朋友。到场的自然有许广平妈妈带领的一家，还有杨之华、徐伯昕夫妇以及我们在苏联留学的几位同学。海婴负责摄影，为我们留下了许多美好和值得怀念的影像。因为他忙着摄影，我们全家福里反而没有他的照片，不能不说是有点遗憾。以后我们就有五十多年的交往。我们俩是同龄人，可惜他先我而去，使我无限悲伤。

　　二十世纪五十年代，每逢五一国际劳动节和十一国庆日，北京都要举行庆祝游行。我们早上六点多钟从北师大出发，经过西安门到北池子，在南池子一带待命，等到经过天安门接受毛主席检阅后在南长街解散。那时已到中午，正是饥肠辘辘，我和周蕖就直奔景山东街广平妈妈那里蹭饭吃。广平妈妈总是热情招待我们。于是我有时就和海婴海阔天空地聊起来。

　　海婴绝顶聪明。据周建老回忆，海婴小时候就喜爱机械玩具，并且喜欢拆拆装装。十二三岁就开始摆弄摄影和无线电。那时他在亭子间里搞了一个小小实验室，自己组装无线电收音机。到晚年他还有注册的私人电台。我对无线电一窍不通，但年轻时也喜欢摄影，当然也只是玩玩，旅行时留个纪念，没有海婴那样精通。那时彩色照相掀起不久，我在苏联买了一套冲洗彩照的设备，程序很复杂，我试验了几次都不太成功。我觉得海婴可能会用，就把它送给了他。后来彩照的技术发展得很快，我那套设备可能也就没有起到什么作用。海婴是先进技术的弄潮儿。二十世纪七八十年代常常骑着漂亮的摩托车到我们家来看望他的三叔周建老，每次都会给我们摄像。我家的全家福照片都是他照的。

海婴八十岁时在北京国子监举办了一次摄影展览，邀请我去参观，使我大开眼界。我不仅佩服他摄影技术之高超，更钦佩他从年青时代就关心社会。照片中不仅有社会民众的生活，还有许多历史人物的影像。他的摄影作品，不仅是艺术的创造，而且反映了时代的脉络，具有很高的历史价值。

海婴和三叔周建老有深厚的友谊，称呼他为三爹，平时每年都来看望他。记得二十世纪六十年代周建老在浙江工作，海婴那时身体欠佳，就到杭州三爹那里住过一段时间，这是他们叔侄相处最长的一段时间。他还送给三爹一方田黄石印章。可见他们在那里曾谈文说赋，一定十分愉快。我们家一般没有过生日的习惯，更是从不做寿。但一九七八年周建老九十诞辰那天，海婴却捧了一个大蛋糕来，有上下三层，说是特地到北京饭店定做的。大家当然欢乐一堂。

海婴的性格很刚毅，做事很干脆利落，从不拖泥带水，但实事求是，从无虚假。有时我们通电话，正事谈完，他就说，就谈到这里吧，电话就挂断了，来不及与他说闲话。但他办事十分认真，什么事都要穷追到底。所以周建老曾说："有些性格像鲁迅。"

有一件事值得记一下。早在新中国成立初期，周建老就与许广平把北京八道湾的房产中属于他们的两份捐献给了国家。一九五八年秋天，周建老带我和周蕖去看望了鲁老太太的墓地，大约在玉渊潭附近。那时那里还是一片荒野。鲁老太太的坟被几十棵松柏树围绕，虽然没有陵寝房屋，倒也非常庄严幽静。不久听说北京市要在那里开发用地，周建老就与广平妈妈商量，给当时的彭真市长写了一封信，表示把这块墓地也捐给国家。八十年代，海婴想把鲁老太太的灵柩迁葬到绍兴。他和我去寻找那块墓地，那里已经盖起许多房子，鲁老太太的灵柩已迁到另外一处空地。房管所的同志带我们去看过，但已经无法确定，商量多次，只好作罢，感到十分遗憾。

　　海婴晚年，曾经因为绍兴祖坟立碑的事生过气。事情是这样的，二十一世纪初，绍兴有人发现并告诉海婴，鲁迅父亲周伯宜墓前立有一块以周丰一率子女名义立的墓碑。海婴就很有意见，祖宗是大家的，怎么能以一家的名义立碑。他与堂妹周蕖商量，提出了一个方案，并在上海讨论共同签注了意见，重新在周福清墓前以"越城周氏第十五世曾孙同立"、在周伯宜墓前以"越城周氏第十五世孙同立"的名义各立了一块墓碑，这就比较全面周到，把周氏三兄弟都包括在内了。去年（二〇一七年）九月，令飞带领我们专门去绍兴扫墓，墓碑做得很气派，这都是海婴的主意。

　　我的夫人周蕖，可以说现在见过鲁迅的人恐怕也就只有她一个人了。鲁迅去世时她四岁，依稀还记得每周末姊妹三人轮流到鲁迅家里做客，和海婴一起玩耍。海婴在世时，我们每年总会见面聊聊家常。海婴也说："我就只有这一个妹妹了。"因为大姊、二姊都不在了。想起这些事来，如在眼前。

海婴去世后，我一直想写点纪念文章，但一直理不出头绪来。明年是海婴诞辰九十周年，令飞将海婴的《鲁迅与我七十年》重版，并更名为《直面与正视：鲁迅与我七十年》。书名改得好，海婴这本书正反映了他的性格，实事求是，直面自己的人生。作为名人的后代，他受到的压力是一般人难以理解的；他也不为尊者讳，写了许多鲜为人知的事，纠正了社会上流传的许多误解。令飞要我为新版书作序。本来我觉得海婴此书具有研究鲁迅的重大价值，应该请鲁迅研究者写序。令飞执意要我作为海婴的亲属和朋友来写。我从命写了这些回忆以表达我对海婴的怀念之情。

二〇一八年六月十六日

追忆家父周海婴先生

周令飞

二〇一一年四月七日凌晨五点三十六分，家父周海婴先生在北京医院病逝，享年八十一岁。父亲自前一年五月开始入院治疗，近一年的时间里一直在与病魔进行抗争，弥留之际依然念念不忘弘扬鲁迅文化的事业。在离世前二十多年，父亲一直在为他的父亲——鲁迅奔忙着。

很多人认为在祖父鲁迅的盛名之下，父亲海婴先生的一生承载着"不能承受之重"。父亲确实也曾说过："我是在一个'人场'的环境下长大的，就像磁场，我被这个'人场'控制着。"然而，父亲又说，鲁迅在给他压力的同时又一直在鞭策着他，父亲延承了祖父的坚忍执着以及对社会的强烈使命感。或许父亲海婴先生的一生过于沉重了一些，但是这对他来讲也是一种历练的过程，他的一生是成长的一生，不停地在成长，在最后一刻还在健全他的整个人格。如果回顾他成长的过程，我认为可以归纳为三个阶段。

北大物理系读书时，同学们在打桥牌、跳交谊舞，父亲出于好奇，偶尔走去观看，马上有人在背后指指点点，说"鲁迅的儿子不好好读书，只知道打牌跳舞"。父亲只能选择沉默，黯然离开。父亲大学学习的是无线电，工作始终是行政管理，父亲是记住了鲁迅临终那句针对他的遗言的："孩子长大，倘无才能，可寻点小事情过活，万不可去做空头文学家或美术家。"然而，周围人还是拿着不同的尺子来丈量他，对他提出一些苛刻的要求。所以最初，在一个绑手绑脚的、不平等的环境中，那时候的他是想要远离的，这是父亲的第一阶段。

但是，二十世纪八十年代以后，市场经济让社会发生了重大变化，有很多个人打着集体甚至政府的旗号在侵权，其中，对鲁迅的知识产权的侵权行为也越来越严重。对于这些事情父亲是很看不惯的，他觉得，过去，我们把鲁迅的一切几乎都交给国家了，是为了纪念，是为了研究和宣传，是为了公益事业，怎么会有个别人拿鲁迅去赚钱呢？从我父亲的思维角度想，你私人拿去赚钱的话，那我是继承者，你当然要征求我的意见了，我同意也好不同意也好，都是我的权利。实际上我父亲并不懂法，他只是从一个"人"的角度考虑，我是他儿子，你都不理我，就躺在别人身上去赚钱，这道理上说不过去呀。而且父亲发现，不仅是鲁迅的权益被公然侵犯，几乎所有现代文化名人的，尤其一些左翼作家的后裔的权益也被冠冕堂皇地剥夺。他感到了必须进行维权活动的重要性。由此父亲开始了第二个成长阶段，他不再逃离祖父的光环，而是选择拿起法律的武器，无所畏惧地站出来。耿直的他无法忍受"背负着鲁迅儿子的重负却几乎不能直率地表白，当把所有鲁迅遗物捐出去以后，从此就开始被当成了花瓶"。

直至二〇〇〇年，父亲海婴先生已经在维护鲁迅权利的路上很辛苦地走了十几年。但他尚未彻底赢得一场官司，却已经收获了许多白眼和骂名，比如说：鲁迅的儿子不孝；周海婴真让他的父亲丢脸，竟为了钱对簿公堂；周海婴死要钱贪得无厌，要了还想要，他还算是个共产党员、全国人大代表吗？父亲曾告诉我："不仅仅是朋友，甚至一些有权力的知识界人士、领导干部也这么认为。他们也爱护鲁迅，但是是从另外一个角度。他们对我说，鲁迅这么伟大，那么你这个鲁迅的后代，就绝对不能提权或者钱。这些都不能提。提了好像就丢了脸。甚至有一位领导来找我，很亲切地跟我说，海婴啊，你是鲁迅的儿子，你要爱惜你父亲在社会上的影响啊！"

各种不理解、责备甚至辱骂扑面而来，父亲顶着"鲁迅不孝子"的恶名以及极大的委屈坚持了下来。他的内心是非常坚强的，他有着科技行业人士的思维，一是一、二是二，只要他认为是对的，就非得坚持。而且我父亲是不轻易下决心的，一旦认准了道路，就会一直走到底。当别人对他冷嘲热讽时，他嘴上不讲，只是淡淡的一笑，但是心里很清楚，这个事情是对还是错。当谈论某事时，他会当面锣对面鼓地把意见提出来，把自己的观点亮出来，有时会让人觉得他不够圆滑，有时还会得罪人。但是我觉得现在社会上像他这样敢讲真话的人太少了。

一九九九年，我正在上海，看到父亲维权辛苦，又经常被人家骂，觉得不应该让他一个人去承受这些，太为难他了，我就开始帮他。帮着帮着我们就觉得家属应该成立一个机构出面维权，来做一些事情。二〇〇二年三月我们成立了上海鲁迅文化发展中心，将父亲个人的维权活动，提升为一个机构、一种事业来开展，以机构对应机构，以集体方式开展活动，以规模化经营推进文化事业。而以后许多与鲁迅有关的活动都得以迅速启动，获得广泛支持。

经过多年不懈的努力，我们已经促成北京、上海两个鲁迅纪念馆整理出鲁迅捐赠物品清单；维护鲁迅权益，由单纯的稿酬案、著作权官司，延伸到肖像权系列诉讼案、名人姓名权案、商标注册权案、冠名权案、网络域名抢注案等等，为这十年里中国的法治建设，尤其是知识产权法律法规的健全和完善起到了很大的推动作用。用著名律师朱妙春先生的话说：通过鲁迅系列法律官司，我们为当代法治建设开创了许多先河。特别是二〇〇八年三月直接在全国政协会议上提出《关于〈从鲁迅纪念馆看健全文博工作〉的提案》《关于〈健全名人姓名注册中文域名〉的提案》，更是法治建设进程的重要举措。

同时，在为维权奔忙的过程中，我们又发现一个问题：在已经存在的对鲁迅的认识和理解中，鲁迅的真实形象显得遥远而模糊，这不是我们家属认识的鲁迅。父亲开始感觉到维权是一部分，更重要的是要弘扬鲁迅精神，还原鲁迅的本来面目。为此，二〇〇一年父亲完成并出版了《鲁迅与我七十年》。第一次从他个人的角度，讲述鲁迅作为一个父亲的具体形象和精神品质，还原一个慈爱、温暖的人间鲁迅，彻底把"思想家、革命家"意识形态虚构的鲁迅释放出来。而且，这本书的出版，以其真实、勇敢的回忆和敏锐的话题，激起非常强烈的社会反响。之后，父亲与我又整理出版一系列鲁迅有关著作，如《鲁迅家庭大相簿》《两地书原信》《鲁迅回忆录》原稿本、《鲁迅大全集》等等正本清源的鲁迅还原工作。

在出版还原鲁迅本来面貌的图书同时，父亲与我还开展了一系列鲁迅宣传、普及活动。如二〇〇六年为纪念鲁迅逝世七十周年，在上海、广州、深圳、香港、澳门等地举办"鲁迅是谁？"系列图片展，以及相应的专题讲座；又如自二○○五年以来，逐年举办的"鲁迅论坛"活动；二○○九年以来每年一度的"鲁迅青少年文学奖"评选等。

我以为，在这个时刻，父亲已经成长到第三个阶段了，他在为纷纭混乱的社会文化乱象担忧：鲁迅精神与鲁迅思想，是二十世纪以来代表着中华民族先进文化方向的文化遗产，而如今，从商业上的无序、滥用、盗用，到中小学教育有意淡化鲁迅精神教育，再到儒家文化无限复苏、封建思想死灰复燃……这些都表现为鲁迅精神的丧失。他希望能通过重新梳理、弘扬鲁迅思想精神来推动文化的开拓创新、民族的复兴。为推动鲁迅研究走向一个更深更新的研究空间，二○○九年在同济大学成立了鲁迅文化发展中心，组织海内外数十位专家学者开展《鲁迅思想系统研究》和《鲁迅社会影响的调查报告》的专题研究（国家社科基金特别委托项目），并在每年举办学术会议，邀请国际国内知名学者探讨鲁迅思想传播问题。

在这些工作中，父亲受着强烈的使命感和责任感的推动，不顾年迈，越做越起劲。父亲与我也相互鼓励，碰到困难会相互商量。在工作中，虽然他是我的领导，但是很民主，会听取我的意见、想法；在生活上他是我的父亲，他的言行举止让我感到他的执着、韧性与我的祖父很像。在家庭里父亲的凝聚力也非常强，我们做的所有的事情，都得到了我的兄弟和妹妹的理解与支持。当然这有一个过程，一开始，他们认为不要自找麻烦，因为维权过程中也听到了一些批评的声音、辱骂的声音。大家就觉得何必呢？尤其是我母亲，觉得父亲年纪大了，别再管这些事情了，也没什么好处啊。确实，我们所做的很多事跟利益是没有关系的。

但是我父亲为什么这样做呢？因为他觉得总要有人出头做这

些事情，作为鲁迅的家属，更应有大是大非的观念，在很多事情上要讲原则。他认为如果大家都不关心，都不去做的话，这个国家这个时代这个民族是没法一直往前发展的。也许这样说显得在讲大道理，但是父亲确实感受到肩头的沉甸甸的责任，作为名人后代的责任感。现在有很多人都事不关己，不愿意受名人之累，只想过平淡的生活，这也可以，但是不要忘了身上的责任啊，既然继承了某某名人后代这样一个名号，应该切切实实做点传承的事情。就是抱着这样的观念，即便在最后的时间里，只要父亲能动，就一直在做还原鲁迅、弘扬鲁迅的事情。父亲和我都认为，如果革命干部、革命烈士、各个领域的名人后代，都有传承革命的先进优良传统的使命感和责任感的话，相信我们的国家会更好。

如今，上海鲁迅文化发展中心已经成立十六年了，做了一系列的工作，有了一定的成效。但是依然困难重重，第一我们没有经费来源，第二家族成立的组织还是有很大的局限。父亲认为鲁迅的事情，我们家族要参与，但希望能有更多的人参与进来，所以他希望能成立基金会，用基金会的力量争取到更多的支持和赞助，维护公益的文化事业，这也是这几年他和我商量思考过的必须要采取的途径。二〇一〇年五月份父亲有过一次病危，他写了一份求助书，求助大家一定要把鲁迅文化基金会成立起来。后来他的病情慢慢好起来了，这封信也没有寄出。近一年时间里，他的病情反复了好几次，我一次次赶去北京，他把我赶回上海。他对我说，北京有子女可以照顾他，而上海鲁迅文化发展中心这边有很多事情需要我去做。父亲一直记挂着今年鲁迅诞辰一百三十周年的纪念活动，他把这件事情看得非常重，他觉得如果这一年的事情没有好好做的话，对纪念、延续鲁迅文化的传统会有很大的影响，会成为一个断档。

我觉得父亲真的很不简单，他的意志非常坚定，他不像一般老人那样考虑的是如何安享晚年，考虑的是小家庭里的一些琐碎事。在二〇一一年的一月份，他就做了一个托付，和我谈了一天关于身后的安排，我按照他的意思写好了，之后又稍作修改，他就签名了，以后再也没有提过，他是很干脆的。父亲最后的日子里，主要关心的、谈论的始终是鲁迅诞辰一百三十周年的纪念活动怎么办啊，进行得顺利不顺利啊，进度是否来不及啊。那时父亲只能带着呼吸机面罩听我汇报工作，表情非常痛苦。因为带着呼吸机，不方便讲完整的话，我就和父亲商定，由我来讲，他认同就点头，不认同就摇头，父亲临终前的那段日子，我们经常是这样来沟通的。父亲当时的意识还是非常清楚的，比如提到思想界的乱象，文化复辟的事情，提到天安门广场上的孔子像，他就一直在摇头。即便身体非常虚弱，父亲依然坚持颤抖着手签上自己的名字。父亲在其生命的最后一刻，可以把所有事情都放在一边，只关心鲁迅文化的弘扬，让我非常感动。

父亲生前还有三个心愿期待实现：一是出版首部一千五百万字三十六卷的《鲁迅大全集》，二是成立全国性的鲁迅文化基金会，三是把十年一遇的鲁迅诞辰一百三十周年纪念活动办好，而且他认为这一年比往年尤为重要。我们都已帮他完成。几十年来，父亲遇到了很多的困难，家里人也曾劝他知难而退，但是父亲坚持了下来。父亲认定了方向就义无反顾往前走的执着，是对我们后代的极大教育和鞭策。现在父亲不在了，但我们会继承他的遗志，继续奋斗。

记忆中的父亲

我是意外降临于人世的。原因是母亲和父亲避孕失败。父亲和母亲商量要不要保留这个孩子，最后还是保留下来了。由于我母亲是高龄产妇，生产的时候很困难，拖了很长时间生不下来。医生问我父亲是保大人还是要孩子，父亲的答复是留大人。这个回答的结果是大人孩子都留了下来。由于属于难产，医生是用大夹子产钳把我夹出来的，当时也许很疼，但是没有一个孩子会记得自己出生的经历。据说当时我的头被夹扁了。有人说难产的孩子脑子笨，不知道这对我后来的智力有没有影响？至少在我小时候，背诵古文很困难，念了很多遍，还是一团糨糊，丢三忘四。而我父亲幼年时，别的孩子还在苦苦地背书，他已经出去玩了。这些，在父亲的著作里都有记录。

父亲的写作习惯

在我记忆中，父亲的写作习惯是晚睡迟起。以小孩的眼光判断，父亲这样的生活是正常的。早晨不常用早点，也没有在床上

这张相片，母亲最喜欢！一九三三年五月一日摄于上海

喝牛奶、饮茶的习惯，仅仅抽几支烟而已。

我早晨起床下楼，脚步轻轻地踏进父亲的门口，床前总是一张小茶几，上面有烟嘴、烟缸和香烟。我取出一支插入短烟嘴里，然后大功告成般地离开，似乎尽到了极大的孝心。许妈急忙地催促我离开，怕我吵醒"大先生"。偶尔，遇到父亲已经醒了，眯着眼睛看看我，也不表示什么。就这样，我怀着完成一件了不起的大事的满足心情上幼稚园去。

整个下午，父亲的时间往往被来访的客人所占据。一般都倾谈很久，我听到大人们的朗朗笑声，便钻进去凑热闹。

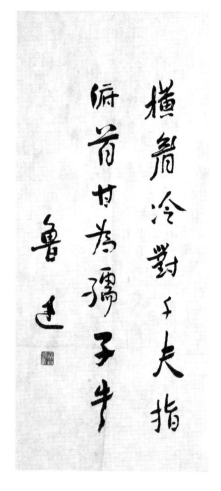

横眉冷对千夫指
俯首甘为孺子牛
鲁迅

母亲没有招待点心的习惯，糖果倒是经常有的，有时父亲从小铁筒里取出请客。因此我嘴里讲"陪客人"，实际上是为分得几粒糖，待我纠缠一阵后，母亲便来解围，抓几颗打发我走开。我在外边玩耍一会儿回来，另一场交涉便开始了。这就是我为了要"热闹"，以解除"独生子"的寂寞，要留客人吃饭。父亲实际上已经疲乏，母亲是清楚的，可我哪里懂得？但母亲又不便于表态，虽也随口客气，却并不坚留。如果客人理解而告辞，母亲送客后便松一口气。

我探头在大陆新村二楼父亲写作室（兼卧室）。沈醉小组曾在对面监视

如果留下便饭，她就奔向四川北路上的广东腊味店买熟食，如叉烧肉、白鸡之类。顺便再买一条鱼回来，急忙烹调。至于晚上客人何时告辞，我就不得而知了，因为我早已入了梦乡。

讲到睡觉，我想起在我四五岁时，床头旁的五斗柜上，总点着一支蜡烛。它是普通的白色蜡烛，每逢我不愿睡觉的时候，许妈便哄着点燃烛火，说"阿弥陀佛，拜拜！"这才骗取了熄灯的效果。可惜我虽经过幼小时的"培训"，至今仍没信佛，任何宗教也没有影响我。

如果哪天的下午没有客，父亲便翻阅报纸和书籍。有时眯起眼靠着藤椅打腹稿，这时大家走路说话都轻轻的，尽量不打扰他。母亲若有什么要吩咐佣工，也从来不大声呼唤，总是走近轻讲。

所以此时屋里总是静悄悄的。

晚间规定我必须八点上楼睡觉，分秒必争也无效。因此夜里有什么活动，我一概不知。偶尔在睡意迷蒙之中，听到"当啷啷"跌落铁皮罐声，这时许妈正在楼下做个人卫生，不在床边，我就蹑足下楼，看到父亲站在窗口向外掷出一个物体，随即又是一阵"当啷啷……"，还相伴着雄猫"哗喵"的怒吼声。待父亲手边的五十支装铁皮香烟罐发射尽了，我下到天井寻找，捡到几只凹凸不平的"炮弹"，送还给父亲备用。这是我很高兴做的一件事。原来大陆新村的房子每户人家二楼都有一个小平台，那是前门进口处的遮雨篷。而雄猫就公然在这小平台上呼唤异性，且不断变换调门，长号不已，雌猫也大声应答，声音极其烦人。想必父亲文思屡被打断，忍无可忍，才予以打击的。

这里要插一段国民党曾要暗杀父亲的史实。那是一九九二年，我从全国人大调整到全国政协，作为"特邀代表"编入第四十四组。组里有几位熟人和知名人士。但在小组会议室靠窗边处，坐着一位我不熟悉的老者。他沉默寡言，神情严肃，不与他人插话谈笑，但是每个讨论题目，均按主旨简短发言。当我得知他便是国民党军统著名的暗杀高手沈醉，不禁多看了几眼。散会后，他对每个人均礼节性地致意。真所谓人不可貌相，这位当年地位显赫的可怖人物，长相却并不横眉獠目，更不是新中国成立前我所见过的国民党小特务那种模样。如今我们党和人民对他宽恕了、容纳了，他被选为政协委员，大家同席而坐，不再怒目以对。因此，在小组会的休息时间里，相互走访寒暄，我也跟着去沈醉住处访问。他那时正不良于行，因几年前在北戴河伤了腿，断了骨。当他面对我时，只见他瞳孔收缩一下，似乎情绪颇为起伏，但当时并未交谈什么。过了几天,我又在餐厅遇见他,他约我得空谈一下。我应邀去他房间,他显得很激动,向我吐露一个"从没透露的秘密"。他说,在一九三几年,他接到上级命令,让他组成一个监视小组打算暗杀我父亲。结果在对面楼里着人监视了多日,他也去过几回,只见到我父亲经常在桌上写字,我还很小,在房间里玩耍,看不到有什么特别的举动。由于父亲的声望,才没有下手,撤退了。他说,否则我会对不住你,将铸成不可挽回的悲剧。他本可以不讲,把这段历史深埋在脑子里,跟随自己在世上一起消失。而他却坦率地告诉我,为此,我尊敬他。

溧阳路藏书处

有一些文章讲到,父亲在大陆新村附近租了个房间存放书籍,为了渲染神秘性,介绍此间房屋是父亲攻读马列的场所,称为"秘密读书室"。我尚可根据自己的印象,补叙一些情况。

一九三二年,上海"一·二八"战争之后,父亲即打算从北川公寓迁居。因此在一九三一年十月五日,他的日记里就有和母亲"同往大陆新村看屋"的记载。后因父亲有北平之行,就拖了下来。直到一九三二年三月二十一日,才"决定居于大陆新村"。六天之后,即三月二十七日,便"移书至狄思威路"(即今溧阳路1359 号二楼)。

父亲的习惯是,平时只将日常要用的,或新近买的书存放在家里。二楼卧室里有个书柜,总是塞得满满的,连顶上也堆着一包包的书。狄思威路才是他主要的藏书处。

溧阳路藏书室，"石一歌"写作班子描述鲁迅在这间屋里刻苦攻读马列。这阴沉沉的房间怎么能久待！

狄思威路今称溧阳路，我曾随父亲去过几回。是二楼一间普通的房间，面积约有十几平方米，沿壁四周，都是木制书箱。箱子本色无漆，有活门，内分上下两格，装满各种书籍，可以加锁。一只只书箱从下而上，几乎叠到屋顶。这种书箱由父亲设计，轻木板制成，体积并不过大，迁移搬运，把书籍连箱运走，不致混乱散失。有如当今的小"集装箱"。

记得头一次去是某天的下午，我们来到这幢楼下，从大门进去，一转弯走上木制楼梯，来到二楼，父亲用钥匙开门以后，我也随之而入。虽是白天，室内光线很不够，刚一进门，几乎看不清楚里边的东西。父亲随手开灯，我环顾四周，粗粗一瞥，只见电灯吊在屋子中央，普通白色的灯泡，顶多二十五瓦，有个圆伞形灯罩。室内没有可供长时间阅读的桌椅，更没有茶具和热水瓶之类的用品，灯罩也未见裹上纸筒。由于久关不住人吧，只感到房间里有点潮湿阴冷，且因久不开窗，还有一股发霉的气味，待不多久，便感到有点寒气袭人，冷飕飕的。父亲以极快的动作，从几

7

个书箱中分别取出几册书籍,用随身带来的布包袱包好,锁上房门,即带我来到了街上。

多年前,上海发行了一本《鲁迅的故事》,在《秘密读书室》一节中有这样的文字:"多少个漆黑的夜晚,鲁迅来到这里,用张纸罩着电灯,聚精会神地读着读着。"为了肯定"故事"的情节,书中还选用了一幅油画作为插图。画的正面,书架上除了林立的书刊以外,还有闹钟一座,时针指向深夜一点半左右,电灯用纸张裹着,地下摆着茶几,上有烟缸之类用具,主人公正在手持香烟,作彻夜攻读状……当时,看了这段"故事"和插图,觉得和自己的印象不太符合。

一九八〇年十一月中旬的一天,我去看望叔父周建人。这一天,他兴致很高,谈到这间藏书室,他说,他曾在鲁迅博物馆讲过一次,内容是,当时为了安全起见,鲁迅托内山先生租了一间房子作为藏书之用。因为这屋里存书较多,光线较暗,长时间看书是不可能的,他到那里去,主要是拿要看的书,或者存放已经看过的书,因此还是称为藏书室比较合适。我问起那块"镰田诚一"木牌的来历,他说,鲁迅住在景云里的时候,柔石、雪峰常来交谈。后来柔石被捕,国民党进一步搜捕,风声很紧,鲁迅就携带全家人到花园庄避难。中间似乎还在内山先生家里住过一夜。等到稍稍平静一点,鲁迅回家,看到门口钉了一块木牌,上写"镰田诚一",大概是内山先生出于好意,利用这种方法,借以掩人耳目的。鲁迅立即拆下,收藏起来。叔叔谈到这块木牌的时候,恰好婶婶也在一旁,追忆起来,也有这个印象。我问叔叔,溧阳路藏书室外边,是否也钉过写着"镰田诚一"的木牌,他说:"我没注意到有这么一块木牌。"

后来，叔叔又一次回忆起藏书屋，把我叫去，说因上次的谈话而引起进一步的回忆。他说，鲁迅正在和创造社的成仿吾笔战时，他曾跟着去过一次溧阳路藏书室，是用钥匙开门进去的。那时代租房子，只要按时付房租，至于住什么人、姓什么，房东一概不问不管。门开进去，一房间都是马列主义方面书籍，

父亲题字："海婴六个月 一九三〇年三月二十七日，上海"。后面抱着我的是父亲

也有苏联的文艺理论之类和国内外左翼杂志，总之，满屋子都是这一类书籍。叔叔还讲：在回家的路上，你父亲问我家里是不是有马列主义书籍？我说有。他说怎么能放在家里！我说：书店里不是公开放在柜台上卖的吗？他说："唉！书店里卖和家里有，是完全两回事，你怎么可以随便放在家里呢！"由此可见，鲁迅在笔战时，还要随时警惕敌人到家里搜查。我从他在一九三三年十月二十一日写给曹靖华的信中也读到这样的话："此地变化多端，我是连书籍也不放在家里的。"因此，他让"镰田诚一"的名牌挂在那间屋子门口，其用意很可理解了。

同年，我去上海鲁迅纪念馆，特别留心地看了这块木牌，见它本色无漆，呈长方形，墨书"镰田诚一"四字，不知出于何人之手。历时虽久，但风雨之迹不甚明显，大概正如叔叔所说，只

在室外钉了个把多月，时间并不太长之故吧。

注：据内山完造的《花甲录》写着：藏书室原是店员镰田诚一的宿舍。

"积铁成象"玩具

瞿秋白和杨之华两位革命前辈,曾几次来我家避难小住。那时,我只有三岁多一点儿,许多事情记忆不深。只记得我对他们两位,一称何先生,一称何家姆妈。尽管他们当时处在颠沛流离之中,但在来往中间,还不时地对我家有所馈赠。如赠送母亲挂在浴室里用的镜子等等。就连我这个年幼的孩子,也特意赠送过东西。一九三二年十月九日,父亲在他的日记中写道:"下午维宁(何维宁为当时瞿秋白的化名。——编者注)及其夫人赠海婴积铁成象玩具一合。"玩具有积木,似乎众所周知,这里说赠的是"积铁成象",好像不易理解。其实就是铁材制成的可搭成各种形象的玩具。父亲对它这样命名,是非常贴切的。

这一盒珍贵玩具,在我幼小时没让玩。等我稍稍长大以后,母亲才从衣柜中郑重地取出,说这是何先生送的,过去因你太小,一直由我替你保管,现在才可以玩了。但是立有一条规矩,就是每次玩过以后,要把拆开的零件,按原来的位置,有条不紊地重新装进纸盒。还翻开盒盖,告诉我说,这里面有全部零件的清单,可以按件核对,以防丢失。我仔细一看,匣盖面呈黄色,里面为白色,何先生还亲自以清晰秀丽的笔迹,按顺序写明零件的名称,如各有多少种,多少件,连有多少颗螺丝、螺母都写得一清二楚,毫无遗漏。现在回想，这字里行间，凝集着一位革命家对待事物非常缜密细心、一丝不苟的精神，真令我感动。

这种"积铁"玩具，在四十多年前非常稀罕，只有舶来品。盒分大中小三种，零件多少繁简不一。何先生送给我的是一个中盒。记得其中大小轮子各有四个，长方形底座一个，长方形铁片两块，梯形铁片一块，还有不同形态的条、轴若干，摇把一只，另附有螺丝和卡子一小盒。零件全都漆以红绿两色，满布均匀的圆孔，以备搭积时穿固螺丝之用。所有零件都做得非常精致。匣内还附有厚厚的说明书一册，载有搭成的各种器物图像若干幅，从简至繁，一一备载。简者如天平、椅子、跷跷板；繁者如火车、飞机、起重机等等。我最喜爱搭的是起重机，搭成以后，还挂上一件物品，然后用摇把慢慢摇起，逐渐升高，十分有趣。这种玩具，不仅益智，而且因为它用铁材制成，经久耐用，所以我对它一直保持着浓厚的兴趣。

这种玩具，后来国内已有类似产品出售。规模与此大同小异。名称有的叫做"建筑模型"，价格四元至十元不等。但何先生送我的一套，据说售价之贵令人咋舌。他们两位革命前辈，自己生活极其艰苦，却用昂贵的价格买下这套玩具送我，用心可谓深矣！据母亲介绍说，当时何先生预料，将来革命成功，必有一番大规模的建设，而这些建设工作，没有人才是不行的，因此他认为对下一代必须及早给以科学技术教育，以备将来深造之用。言谈之间，何先生还隐约透露，像他们那一代的革命家，难免有不测之虞，"留个纪念，让孩子大起来也知道有个何先生"，这就是他们仅有的一点愿望。是的，何先生的身影，虽然想不起来了，但是他留下来的这一盒礼物。却成了我缅怀革命前辈的最好依凭。我上学以后，开始爱好理工专业，后来又投身于科技工作，细想起来，也许和他们两位当初对我的启迪不无关系吧？只因自己不够努力，一生毫无建树，对国家没有什么贡献，实在有负于前辈的厚望，内心惭愧不已。

怀　炉

父亲致命于肺病，但在生前经常折磨他的却是胃病。但这胃病并不是因与章士钊打笔仗才发作的。听叔叔周建人讲，父亲年轻时本来很健壮，难得见他生病。他得胃病最早的起因是少年时代赶乡试。考场距家颇远，有钱人家的考生雇了乌篷船去，而父亲家贫，只能靠步行，入场时间又在半夜，要在家里吃了晚饭赶去，随身还得带考篮，上面放着笔墨砚台和食物、小板凳之类。而同伴中大都二十多岁，有的已是他的叔叔辈，他们腿长跑得快，加之出发前有个同伴定要先洗了脚才走，等洗完脚又听说考场门快要关了，因此大家只能大步奔跑。这可苦了父亲，他年少跑不快，只能一路硬拼着。但他刚刚吃饱了饭，哪里经得住这种剧烈的运动？由此落下了病根。

到他十八岁那年，带着祖母筹措的八块钱的盘缠，辞别故乡，来到南京，考入江南水师学堂。每逢严冬，衣服单薄，只能买点辣椒下饭，借以取暖，使胃部不断受到刺激，加以中年以后，牙齿又全部拔去，装以义齿，咀嚼能力衰退，这就更加重了胃的负担。因此胃病常犯，困苦不堪。每当这个时候，胃部强烈痉挛，从外面抚摸，好像一块硬团，坚硬如石，疼痛异常，良久不得稍缓。那时我已稍稍懂事，每见他疼痛时用转椅扶手顶住上腹部，长久不动，以求减轻痛楚。母亲看得着急，有时便用手掌替他轻轻按摩。

即使胃病发作，父亲也不停止工作。以一九三三年十二月十日至十六日为例，从这一周的《日记》来看，差不多每天都有"胃痛"的记载。但是，在此期间，他照常接待客人，购置图书，撰

母亲抱着三岁半的我。父亲写的是"一九三二年六月渡边义知君所照 上海北四川路也"

写稿件，答复来信，修订旧书，参观美术展览，以至"得西谛所寄《北平笺谱》尾页一百枚，至夜署名讫，即寄还"。真是事务纷繁，忙得不可开交。在这种情况下，胃病一旦发作，如果只是一般地服药和按摩，已不能奏效。所以在十二日有"用怀炉温之"，次日又有"仍用怀炉温之"的记载。

这怀炉到底是什么样的东西？让我稍作介绍。

上海的冬天，室内往往比较寒冷。用暖水袋，维持不了多久，顶多一小时就会变凉。经常灌装热水，又比较麻烦。当时虹口一带的日本药店，除销售药品之外，往往有这种怀炉出售。我在家里见过两种：一种有眼镜盒那么大小，但稍许厚实一点，用镀锌

铁皮压成，外贴黑色绒布。所用燃料，是把优质炭末紧压成圆棒形，直径约为二公厘（旧时一毫米等于一公厘，等于三市厘。——编者注），外裹薄纸。打开匣盖，中有容纳炭棒的圆槽，并有小齿条可卡紧，以免移动。据说，每根炭棒可燃三小时。可是母亲用火柴点燃以后，不消多时便即熄灭。屡点屡灭，只好弃置不用。我也偷偷试点过几次，结果一样，也不成功，所以未见父亲用过。这大概是由于产品没有"过关"的缘故。

另外一种，炉体呈扁平长方形。厚仅一点五厘米，电镀克罗米（镍）。匣盖竖开，下半段可以灌注酒精。有一组石棉制的炉芯，用火柴点燃后，芯子就发出荧荧绿光，盖上匣盖，让其在内部徐徐燃烧。匣盖刻有图案洞孔，借以流通空气，散发热量。这时炉体逐渐灼热，外边套上黑色天鹅绒的紧套，放进怀中，可以维持数小时之久。现在市场上有时也有这种怀炉出售，只是体呈圆形，与我幼时所见，不过大同小异而已。见到这种东西，使我不禁产生联想：每到晚上九十点钟，我已是早入梦乡，父亲却在这漫漫长夜、寒气袭人的环境当中，带着疾病，仅用怀炉带给他些许微温，满腔热情地为理想世界的到来贡献着自己的一切。

火　炉

虽然有了怀炉，江南的冬天实在寒冷，尤其到了"三九"天气，那时室内常常砚台结冰，室外水龙头冻得放不出水来，因此父亲难以仍坚持久坐不动地写作。

为了保证父亲工作，后来在他的书房兼卧室的西侧装了火炉。

14

父亲："海婴生一九三〇年一月四日摄于上海"

火炉并非昼夜不灭，只是每天傍晚，收集废纸，找寻木柴把它点着。每天晚饭后，父亲习惯总要放松休息一下，这时全家围着熊熊炉火，随意闲谈，倒也甚是有趣。这时我经常提些幼稚的问题，让父亲记在日记里，成为笑谈，如"爸爸能吃（掉）吗？"之类的忤逆话。火炉燃料需用"烟煤"，北方称"红煤"，但因为江南煤价较贵，每年总是熬到十二月中旬以后，才开始生火。一九三三年十二月十九日，父亲在《日记》中记道："始装火炉焚火"，二十一日又记："下午买煤一吨，泉廿四。"当时，一石大米大约平均八元上下，这样，一吨煤炭所需费用，相当三石大米，实在是很昂贵了。

取暖的火炉，记得换过几种。先头用过一种洋式铁炉，有复杂的外形，曲折的烟道。炉身上下，有好几个门，还有储煤的特殊装置，能够自动下落添煤。炉身还有摩托车汽缸外翼形状的散热片，看起来样子很科学，但它却要吃"细粮"——红煤（烟煤），还要每颗如核桃大小，如果不是"细粮"，煤块大小又不合适，往往就要卡壳。如果煤块稍碎，炉膛又被堵死，只要稍不留意，往往就烟消火灭，实在难以伺候，最后还是请它休息。接替它的，是常见的直筒圆形火炉。它没有那么娇贵，上边添煤，底下出灰，只要添足硬煤，往往可以维持到次日早晨。

　　安装火炉，固然解决父亲取暖这件大事，但洗浴仍比较繁难。我不记得父亲曾带我到外边公共浴室沐浴过（当时上海公共浴室比较普遍）的印象。因此每逢洗浴，家里就要有一番大的动作。浴室位于一楼二楼之间的拐角处，面积约有六平方米，长三米，宽二米多。室内东南侧安有浴盆，一到预定的某天下午，母亲和许妈就开始准备。擦洗澡盆，点燃炭盆，打点替换衣服。晚饭以后，洗澡的热水由路边的一家南通人开的"老虎灶"送上门，由小伙计挑两只有盖的木桶，帮你倒入浴缸；也可先倒进一半，另一桶暂摆缸边，这只木桶便嗞嗞冒着热气，致使室内更加雾气弥漫。浴室里先端进炭盆，木炭火发出荧荧红光，毕毕剥剥地响着，散发出阵阵暖气，但也有一股令人不快的烟气。待洗澡水倒进浴盆，我总受优待，第一个入浴。待我浴后，然后才是父亲、母亲。有一次我在满是水蒸气的浴盆里洗好之后，裹着一条大毛巾，站在马桶盖上准备穿衣服，忽然感到一阵昏晕，眼前什么也看不清了。原来是木炭发出的一氧化碳把我熏倒了。不知隔了多久，我才隐隐约约地听到耳旁许妈的呼唤声音："弟弟，弟弟。"慢慢睁开眼睛，发现自己已被抱上三楼，盖着被子躺在床上，这时只是感到两腿酥软，起不了床。这事着实让父母紧张了一阵。不过等到第二天一早，我照样去幼稚园上课了。

斗 鱼

父亲的房间里有两只鱼缸。一只矮而圆胖，紫红色的边沿，短短的三条腿。它虽然晶莹透明，我却并不喜欢，因为它没有给我们带来多少乐趣。缸里养着的几条金鱼，呆头呆脑的，却又非常娇气。上海的自来水氯气很重，再加上我们不会侍弄，所以养不了几天，有的金鱼就肚子朝天，翻起白眼死掉了，这使我非常扫兴。

但是，另有一只鱼缸，情况却不一样。这只鱼缸，高约尺半，宽约一尺，看上去玻璃不怎么光洁，并不怎么值钱，也许原本就是为家庭养鱼而制作的吧。

这只鱼缸，放在父亲写字台的右侧，紧贴南窗。冬天，太阳从窗口射入，把水缸晒得很暖；夏天来了，顺手一挪，将它移到西墙边，又比较阴凉。但这只鱼缸里养着的十尾斗鱼，却非常惹人喜爱。父亲伏案写作感到劳累时，就停下笔，唤我一起来观赏鱼的遨游姿态。这种斗鱼，身体扁平，色显暗褐，呈流线型，约有三寸多长，几条带纹横贯全身。外表极其平凡，但却活泼善游，忽而上升，忽而下降，追逐咬斗，灵活异常，从不见因为失去控制而冲撞在狭窄的缸壁上。完全不像金鱼那样慢条斯理，懒懒散散，即使外界有什么震动，也只是摇摇尾巴，沉入缸底完事。

当时，我不知那些斗鱼的来历。后来读到母亲所写的《我怕》一文，看到有关这缸鱼的一段记述，只不过母亲称之为"苏州鱼"："右方，靠在藤躺椅可以鉴赏着的一缸'苏州鱼'，是夏天病重的辰光，内山先生特地送来的，共十尾。看看那鱼的活泼姿态，给与他不少的欢喜……"

鲁迅在上海景云里寓中。一九二八年三月十八日——此相片首次发表

内山完造先生为什么在一九三六年的夏天，"特地"送这么几条斗鱼给父亲呢？想来也许寓有一番深意吧。大概一方面是为了使父亲得以赏心娱目，消除疲劳，一方面也是为了希望父亲能以自己的坚强毅力，斗败病魔的袭击，能够早日恢复健康。

也许是"天随人愿"吧，经过一场严重的折磨以后，父亲的疾病显然有所减轻，能够起床活动了。这不但使我们全家和他的朋友们庆幸，而且使他自己的心情也感到愉快。每在空闲的时候，他便和母亲一起往鱼缸里换水，铺沙，布置水草，再把鱼缸轻轻地放回原处。有时看到水草过密，怕妨碍鱼的呼吸，又去掉一些，再撒下鱼虫，然后静静地观看鱼在水中争夺吞食的情景。我有时乘大人不备，伸手入水，想捞一两条鱼来玩玩，然而斗鱼极其敏捷，往往从指缝里溜掉。没有办法，最后只好放弃这种念头。

但我这个"好事之徒"，并未就此罢休。逮不住斗鱼，就想出一个新招，在这鱼缸里养了一群蝌蚪。这是纠缠着许妈，从郊区小溪里捞来的，约有三十多只。一直养到它们脱去尾巴，长出四只小脚来。小青蛙是两栖动物，不能光让它们在水里扑腾。于是我们便小心地从鱼缸里倒出一些水，加些清沙，让它们在浅堆旁边跳跃。有时跳得很高，差点跳出缸外，我便用一块玻璃盖住缸面。对于我的这些举动，父亲似乎也并不加以制止。但后来，不知哪一天，这些青蛙被谁全部倒掉了。六十多年以后的今天回想起来，这些都已成了梦境。

一枚生病图章

父亲的印章，现存有四十九枚。有名章、号章及笔名章，还存有判别古籍真伪的"完""伪""善""翻"等单字章和"莽原社"等等的社团章。以石质居多，还有水晶石、牙质和玉质的。外形有圆有方；有经过加工者，也不加磨制保持自然形态者。有一枚刻"只有梅花是知己"，石质，没有边款（据说是芹候叔祖所刻）。这些印章，现分别保存于北京和上海的鲁迅纪念馆中。遗憾的是，一九四一年十二月，母亲遭日本宪兵队逮捕以后，父亲的手稿、日记和图章，都被当作"罪证"抄没。待到母亲获释，东西发还时，才发现丢失了"十几个图章"，其中有母亲自己的印章，有"鲁迅先生纪念委员会"的图章，也有父亲的几枚印章（见《遭难前后》）。这十几枚图章，连同一九二二年父亲的一册亲笔日记，虽经母亲的当面追寻，但均杳如黄鹤，一去不复返了。当时，日本宪兵队的审问者名叫奥谷，如尚在世，能够提供线索，使这些东西得以发现，是我的一线希望，也是广大鲁迅研究者和一切维护中日友好者的愿望。

上海鲁迅纪念馆保存着一枚白色木质图章。式样极其普通，呈长方形，印面为 37×10 毫米，刻有阳文"生病"二字，字体正方，质地一般，刀力平平，显见刻工并非名家。没有边款标记，不明作何用途。母亲生前，纪念馆的同志似乎也未问及，因而使一些研究者不得其解。其实，我倒是一个"知情人"。

当年大陆新村一楼会客室的里间，有一张我们平日吃饭的八仙桌，桌边有四只小抽屉。这枚图章，就放在朝南方向、大门方位的那只抽屉中。和它放在一起的，还有个小圆匣印泥。我小时候，曾经拿这只图章往纸上盖着玩，弄得手指油腻腻的尽是猩红色，这枚图章也被我弄得遍体印泥，满是朱砂色。据我所知，这枚"生病"图章，是父亲在逝世之前的那一年请人刻制的。当时，他已病得很重（据《日记》，从一九三六年六月五日至六月三十日，就"艰于起坐"），连一向坚持的日记都不能记了，因而也就不能像过去那样，有信必复，有稿必看了。想必父亲接到信件，不愿拖延时日，以免寄信人和寄稿人牵挂，所以想出此法，在回执盖上"生病"二字的图章，使寄件人见此回执，就能明白情况，不致焦急催促。这也是父亲对相识与不相识的朋友一种认真负责的态度。那时我已经六岁多了，有时在楼下玩耍，遇到来信要盖此章时，往往不许旁人插手，抢着完成自以为非常荣耀的任务。后来，很多熟人知道父亲病重，除了问候以外，一般都不忍再以事务相烦了。但有些人并不了解，所以偶尔也仍有送稿件前来请教的，碰到这种情况，母亲估计短期来不及阅读，便婉言谢绝，如有持介绍信件送稿者，便在来信后面盖以这"生病"二字图章，以让送信人有个回复。父亲去世后，这枚图章，连同其他什物，一并搬到霞飞坊（现淮海坊）六十四号，再也没有使用过。

父亲为我治病

父亲青年时期虽然学过医，但他很谨慎，一般不替人看病或开处方，也不随便向人介绍成药。他自己有病，往往也满不在乎，可是看到亲友生病，就显得非常焦急，尤其是上海他弟弟家中孩子有谁生病，更是念念不忘，关怀备至。因此，我们家里经常备有一些日用药品，种类虽不多，但往往能够奏效。粗分起来，不外两种，一种是外用药物，一种是内服药品。

前不久，我看到上海鲁迅纪念馆曾经展出过一种"口疮药"，五十毫升容量圆形棕色玻璃瓶，还剩三分之一药液。我想起来了，这是日本医师配制的，专门治疗口唇溃疡，由硝酸银液和药用甘油混合而成。每当舌头、唇颊溃破，发生绿豆大的白腐点时，如果单用硝酸银烧灼，疼痛难忍，混以药用甘油，使药性和缓，涂在患处可以减轻剧烈的痛楚。每日搽二三次，创口就会愈合。大概这是为小孩子们特意配制的吧。除了这种口疮药以外，还有一种颗粒状的结晶碘，二十五克短矮型玻璃瓶装，可以配制碘酊，用于虫咬、无名抓痒、无名红肿、小疮初起等症，比零售碘酒便宜得多。

除了药水、药粒以外，还有一种浅黄色的细腻药粉，也是玻璃瓶装，容量二十五克。记得我小时候膝盖部位长过一疮，出脓穿破后，一个多月总不长新肉，露着一个大洞，经常流血不止，父亲给我用这种药粉，填入伤口，过了不久，就从里向外长出新肉，伤口逐渐愈合。几十年的时间像流水一样逝去，但是父亲弯下身，细心地给我敷药的情景，至今犹在眼前。"怜子如何不丈夫"，这是他的名言，也是对自己的很好写照。

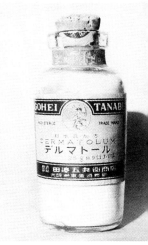

父亲购买的家庭用药。右：防止感染发炎的"黄碘"药粉。左：虎标万金油（左），如意膏（前左），OZO硫磺软膏（右后），黄金膏（后左：节拔毒疮软膏），兜安氏软膏（硼酸性质）

医治普通常见的皮肤病，除了"兜安氏驰名药膏（DOANS OINTMENT）"、治疗烫伤、割伤的兜安氏药水，"韦廉氏医生药局"出产的"如意膏"以外，经常使用的还有虎标万金油。

特别值得一说的是，夏季用得最多的是"兜安氏"的痱子药水。透明玻璃大形扁瓶，一个夏季总要用掉一瓶多。父亲在写给亲友的信中说，夏天天气闷热，他的事情又多，往往弄得"满身痱子"，身上很不舒适。其实，使他更着急的倒是我每年一到夏季，总要长一身痱子，又红又痒，抓挠不得，一不小心，溃破化脓，那就更加难受。记得每到晚饭以后，我跑到二楼，躺在父亲床上，天色已暗，但不开灯，以求凉爽。这时候父亲就准备一个有盖的小碗和一块天然软海绵，将"兜安氏"痱子药水先摇晃几下，待沉淀在下层的药粉混合均匀，然后在小碗里倒上一点，用药水把海绵浸湿，轻轻涂在我胸上或背上，每搽一面，母亲用扇子扇干，再搽一面。这是我感到最快活的时刻，可以不怕影响父亲的写作而被"驱赶"，有机会亲近父亲，躺在父母两人之间，心里感到无

买给萧红服用的中药——白凤丸

比温暖。时间悄悄逝去，直到天色黑尽，父亲又要开始工作了，我才怀着依恋不舍的心情，无可奈何地回到三楼，在自己的卧床上进入睡乡。

除了外用药品以外，家里还备有一些口服药品。父亲除了去药房买鱼肝油和含"几怪"（一种药物名称）的咳嗽药水"伯拉吐"之外，很少买成药治疗疾病。亲属有病，总是去医院检查或请医生到家里诊治，然后再按处方买药。如果需要注射，往往由医生亲自操作，或由护士代为注射。当时医生开的处方，一般都由该医生所在医院附属的小型药房配制。我颇好奇，常钻到配方的地方去看，可以听到乳钵研药的声音，看到混合后的药末在十几张方形纸上分匀，然后以梯形或三角形药包包好，插在一起，装在大口袋内交患者带走。药量不多，往往只够服两三天的，服完药后，再请医生诊治。我用的内服药水，一般加的糖浆较多，容易入口。如果药末太苦，则用一种半透明的薄糯米纸，包好捏拢，稍浸以水，再马上置于舌上含水吞服，这样才不致满嘴苦涩。我因体弱，从小多病，在这方面父母花去的精力不少。

照片的题字是父亲手迹:"海婴生后二十日 一九二九年十月十六日照"。手抱我的是父亲

除了药品以外,家里还购置了一些简单的医疗器具。比如体温计(摄氏标准)、蒸汽吸入器、通便用的玻璃注射器等等,以备应用。纱布、绷带、镊子、剪刀等等,也都放在二楼五斗柜的抽屉里面,随用随取,用后放回,井井有条,从不紊乱。各种药品,也都有一定的存放位置,为的是取用方便。我现在仍然记得它们的排列。附带一提的是,这里虽说是"家庭日用药品",但它的服务对象,有时并不只限于家庭以内。例如大姐周晔有过记述:父亲和叔叔曾在某天入夜,为一位受伤的洋车工人包扎脚底伤口,这已众所周知,就毋庸赘言了。

我小时候种下了气喘病的根子,每到疾病发作期间,不但自己痛苦不堪,也使父母担心劳神,不胜其苦。

我得的这种哮喘病,每在季节变换的时候发作。一犯起来,呼吸困难,彻夜不眠。父亲为我常用的一种方法,我且称之为蒸汽吸入法。架好一套吸入器皿,即在盛水小锅中卡上一支细管,加橡皮圈密封,将细管一端通入另一小杯,杯中装有调好的"重碳酸曹达"和食盐稀溶液,用酒精灯加热烧开,蒸汽将药液喷射带出，再经一玻璃喇叭口集中成为一束。这时母亲给我戴上围兜，并且蒙上眼睛（怕盐水刺痛眼睛），叫我张口吸气。湿润的水汽进入气管，药味咸而略苦。如果还不痊愈，父亲就改用一种药膏热敷。先将"安福消炎膏"隔水泡热，母亲按我背部大小准备一块布料，父亲用钝刀将白色的黏稠药膏刮在布上，贴在我的背部或前胸。二十分钟以后揭去。这种药膏不知都有哪些成分，

在北京师范大学演讲。一九三二年十一月二十七日北京师范大学操场

仅感到有一种薄荷味，十分清凉，对于我剧烈的哮喘，也能起到缓和作用。

但以上两种方法，都不如芥末糊的功能来得神速。这似乎成了父亲对付我哮喘病的一张王牌。说起来也很简单，用一个脸盆，放进二两芥末粉，冲入滚烫的开水，浸入一块毛巾，待芥末汁浸透以后，父亲便用两双筷子插入毛巾，以相反的方向绞去水分，以我能够忍耐的温度为准，热敷背部，上面再用一块干毛巾盖住，十几分钟后撤去，此时背部通红如桃，稍一触及颇感疼痛。经过这一番热敷，感到呼吸大为通畅，而且又困又乏，缓缓睡去，往往可以睡个通宵。这种方法不知由谁介绍，其疗效大好，屡试不

爽，但有时哮喘剧烈，此法仍不大奏效，父亲就直接用二三两芥末，加凉水和匀，如"安福膏"一样涂在布上，贴在背部。此糊虽凉，但越敷越热，刺痒灼热，颇不可忍。时间也以十分钟为度，若时间稍过，则背部灼出水泡，如开水烫伤一般。这样气喘虽缓，但却要吃另一种苦头了，因此父亲一般不轻易采用。

　　父亲因对我疾病十分重视，费去他不少精力。平时有点小毛病，即趁早为我治疗，如不奏效，就请医生或到医院就诊。这些在他的《日记》中多有记载。我没有详细统计，至少也在百次左右吧！但他对自己的疾病，却似乎不太当一回事。给我印象最深的是，有一次我和父母去须藤医院诊治，我比较简单，只取一点药品，便和母亲进入一间有玻璃隔墙的换药室，这时看见父亲坐在一把有靠背的木椅上，斜侧着身体，衣襟半敞着。再顺眼细看，他的胸侧插着一根很粗的针头，尾部连有黄色半透明的橡皮管，接着地下一只广口粗瓶，瓶中已有约半瓶淡黄色液体，而橡皮管子里还在徐徐滴下这种液体，其流速似乎与呼吸起伏约相适应。父亲安详地还与医生用日语交谈着。过了一会儿，拔去针头，照常若无其事地和我们一同步行回家。后来，我看他的《日记》，在一九三六年八月七日记有"往须藤医院，由妹尾医师代诊，并抽去肋膜间积水约二百格兰（相当于两百毫升），注射 Tacamol 一针。广平、海婴亦去。"我想，这大概就是我目睹的这一次了，离他去世仅两月多一点，应该说，此时他已进入重病时期，而仍显得如此满不在乎，他对于自己的身体以至生命，真是太不看重了。对医生来说，除了注射一种药剂，我也未见施以什么特别的治疗手段。这我将在另文详说。

电影和马戏

听母亲说，父亲原先不大喜欢看电影。在北京期间不要说了，到了广州，也看得不多。有一次虽然去了，据说还没有终场，便起身离去。到上海以后，还是在叔叔和其他亲友的劝说下，看电影才成了他唯一的一种娱乐活动。

我幼年很幸运，凡有适合儿童观看的电影，父亲总是让我跟他去观看，或者也可以说是由他专门陪着我去观看。有时也让母亲领着我和几个堂姊去看《米老鼠》一类的卡通片。记得和父母一同看过的电影，有《人猿泰山》《泰山之子》《仲夏夜之梦》以及世界风光之类的纪录片。

看电影一般不预先买票，碰到喜欢的片子，往往在晚餐以后即兴而去。或者邀请叔叔婶母，或者邀请在身边的其他朋友，共同乘坐出租汽车去，当时汽车行就在施高塔路（现山阴路）路角，去人招呼一声，就能来车。车资往往一元，外加"酒钱"二角。因为看的多是九点晚场，因此对我来说，出去的时候兴高采烈，非常清醒，等到回家，已经迷迷糊糊，不记得是怎样脱衣，怎样上床的了。

由看电影进而观马戏。有一次在饭桌上听说已经预购了有狮虎大象表演的马戏票，时间就在当晚，我简直心花怒放，兴奋不已。因为那是名闻世界、誉驰全球的海京伯马戏团演出。按常规，我以为这回准有我的份儿，就迟迟不肯上楼，一直熬到很晚，竖起耳朵在等待父母的召唤。谁料父亲考虑到这些节目大多为猛兽表演，且在深夜临睡之前，怕我受到惊恐，因此决定把我留在家里，他们自己从后门悄悄走了。当我发现这一情况以后，异常懊

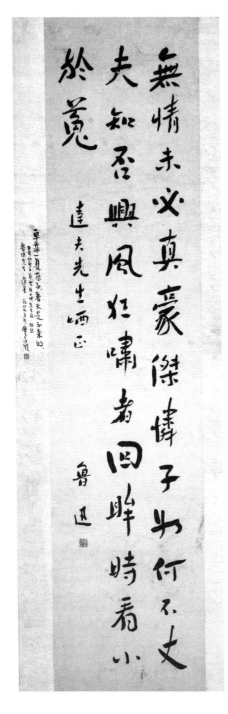

无情未必真豪杰，
怜子如何不丈夫。
知否兴风狂啸者，
回眸时看小於菟。

达夫先生嘱正

鲁迅

丧，先是号啕大哭，后是呜咽悲泣，一直哭到蒙蒙地睡去。父亲知道我很难过，和善而又耐心地告诉我上述考虑的意见，并且答应另找机会，特地在白天陪我去观看一次。因而一九三三年十月二十日的《日记》中，就有这样一条记载："午后同广平携海婴观海京伯兽苑"。这"兽苑"里面，只是关着的动物，我们参观时没有什么表演，只看了一些马术和小丑的滑稽节目。不过这对于我，已经是如愿以偿，以后也就不再成天嘛嘴嘟囔不休了。后来听说，这个马戏团去美洲途中，在海上遇到风浪（一说船上失火），连人带兽，全部沉入海底。

从《日记》推算起来，我当时只有四岁多一点。时间虽然过去了六十多年，但这件事情，给我的印象很深。由此可见，父亲为了我的身心健康，是何等煞费苦心。他的慈爱之心，至今仍时刻在温暖着我，也使我认识到如何才能当一个好父亲。

也许因为年纪幼小，那时看电影的情景，大都印象模糊了，只是其中有一次，虽然父亲的《日记》中不记此事，但我却至今不忘。

　　有一天，吃过晚饭以后，时间相当晚了，门外忽然来了一辆汽车，说是请我们去看电影的，父亲和母亲遂带我上了车。不久，来到一个地方，高大的洋楼，建筑非常漂亮。大门内灯火通明，楼道里是鲜红的地毯，头顶上是耀眼的吊灯。我们被引进一所大型的餐厅，说是要参加晚宴。我感到很稀奇：怎么，看电影还请吃饭？请吃饭也不事先告诉，我们都是吃过饭来的，怎么消纳得了？当时看到外国人对父亲很客气，站着跟他讲话，还不住地点头。我听父亲答复说：已经吃过晚饭了。但是按照欧洲人的习惯，晚餐一般都在九点以后，大概盛情难却，结果还是被引到陈列极其丰盛的餐桌旁边，和其他客人顺序坐下。我和母亲坐在侧端座位之上，只见大家都不大动手。因为坐的距离比较远，对主人的谈话听不清，也听不懂。我只好望着一些异香果品，脑子活动开了。母亲察觉我的心理，询问我要吃什么？我羞涩地指了指书本上曾经见过的杠果。母亲伸手取来一只，它又扁又长，通体蜡黄，放在她面前的空盘里，仔细地剥好，然后又谨慎地换过我面前的瓷盘，叮嘱我小心，不要让它滑溜滚去。我闻着杠果透出的阵阵奇香，正在考虑从正面还是从尖端一口咬下去，消受它的佳味，忽然耳边一阵椅子响，主人和客人都纷纷离席，向门口走去。母亲示意让我放下餐巾跟她出来。我只好望着这金黄色的通体沁出汁水而又完整无损的杠果，怅然告别，和其他客人一道来到一间放映厅里。这里只摆两三排沙发，大家随意坐下，稍停便熄灯开映。这次放映的是俄文原版片《夏伯阳》，因为没有翻译，没有字幕旁白，也没有现场解说，我一句也没有听懂。只记得其中有一个镜头，描写夏伯阳在作战时，手把"马克辛"重型机枪向敌人勇猛扫射。这使我感到痛快之极，历久不忘。至于电影演完以后，父母如何向主人致谢，如何和别的客人话别，我却是一点印象也没有了——因为那时我已迷迷糊糊瞌睡起来了。

父亲对我的教育

曾有许多人问过我，父亲是否像三味书屋里的寿老师那样对我教育的？比如在家吃"偏饭"，搞各种形式的单独授课，还亲自每天检查督促作业，询问考试成绩；还另请家庭教师，辅导我练书法、学乐器；或在写作、待客之余，给我讲唐诗宋词、童话典故之类，以启迪我的智慧。总之，凡是当今父母们想得到的种种教子之方，都想在我这里得到印证。我的答复却每每使对方失望。因为父亲对我的教育，就是母亲在《鲁迅先生与海婴》里讲到的那样，"顺其自然，极力不多给他打击，甚或不愿拂逆他的喜爱，除非在极不能容忍，极不合理的某一程度之内"。

我幼时的玩具可谓不少，但我却是个玩具破坏者，凡是能拆卸的都拆卸过。目的有两个：其一是看看内部结构，满足好奇心；其二是认为自己有把握装配复原。那年代会动的铁壳玩具，都是边角相钩固定的，薄薄的马口铁片经不住反复弯折，纷纷断开，再也复原不了。极薄的齿轮，齿牙破蚀，即使以今天的技能，也不易整修。所以，在我一楼的玩具柜里，除了实心木制拆卸不了的，没有几件能够完整活动。但父母从不阻止我这样做。对我"拆卸

"一九三六年，九月，照于大陆新村前。"（母亲的字）我割破了右腕，手腕上的包扎的纱布是父亲亲手裹的

技术"帮助最大的就是前述瞿秋白夫妇送的那套"积铁成象"玩具。它不但使我学会由简单到复杂的几百种积象玩法，还可以脱离图形，自我发挥想象力，拼搭种种东西。有了这个基础，我竟斗胆地把那架父亲特意为我买的留声机也大卸开了。我弄得满手油污，把齿轮当舵轮旋转着玩，趣味无穷。母亲见了，吃了一惊，但她

没有斥责，只让我复原。我办到了。从此我越发胆大自信。一楼里有一架缝纫机，是父亲买给母亲的，日本 JANOME 厂牌。我凭着拆卸留声机的技术积累，拿它拆开装拢，装拢又拆开，性能仍然正常。

在我上学以后，有一次父亲因我赖着不肯去学校，用报纸卷假意要打屁股。但是，待他了解了原因，便让母亲向教师请假，并向同学解释：的确不是赖学，是因气喘病发需在家休息，你们在街上也看到，他还去过医院呢。这才解了小同学堵在我家门口，大唱"周海婴，赖学精，看见先生难为情……"的尴尬局面，友好如初。我虽也偶然挨打骂，其实那只是虚张声势，吓唬一下而已。父亲自己给祖母的信中也说："打起来，声音虽然响，却不痛的。"又说："有时是肯听话的，也讲道理的，所以近一年来，不但不挨打，也不大挨骂了。"这是一九三六年一月，父亲去世前半年，我已将七岁。

叔叔在他供职的商务印书馆参加编辑了《儿童文库》和《少年文库》的丛书，每套几十册。他一齐购来赠给我。母亲收藏了内容较深的少年文库，让我看浅的。我耐心反复翻阅了多遍，不久翻腻了，向母亲索取少年文库，她让我长大些再看，而我坚持要看这套书。争论的声音被父亲听到了，他便让母亲收回成命，从柜子里取出来，放在一楼外间我的专用柜里任凭选阅。这两套丛书，包含文史、童话、常识、卫生、科普等等，相当于现在的《十万个为什么》，却着重于文科。父亲也不过问我选阅了哪些，或指定看哪几篇，背诵哪几段，完全"放任自流"。

父亲给祖母的信里常常提到我生病、痊愈、顽皮、纠缠、读书和考试成绩等情况，有时还让我写上几句。从存留的书信墨迹里，在信尾尚有我歪歪扭扭的个把句子。我当时是想长长地写一大段的，表达很多心里话，可惜一握笔便呆住了。在一九三五年一月十六日的信里，父亲写道："海婴有几句话，写在另一张纸上，今附呈。"

父亲写信经常是用中式信笺，印有浅淡的花卉、人物和风景，按不同亲疏的朋友亲属选用。如遇到父亲写信，我往往快速地从桌子倒数第二个抽屉里挑选信笺，以童子的眼光为标准，挑选有趣味的一页。父亲有时默许使用，也有感到不妥的，希望我另选一枚，遇到我僵持不肯，彼此得不到一致时，他总是叹息一声勉强让步的。偶然父亲坚决以为不妥的，那当然只有我妥协了。据悉有一位日本仙台的研究者阿部兼也先生，他最近专门分析父亲信笺选用与收件者的内在关系。遗憾的是他不知道内中有我的"干扰"，使研究里渗进了"杂质"。在此，我谨向阿部先生表示歉意。

我小时候十分顽皮贪玩。但是我们小朋友之间并不常在弄堂玩耍，因为在那里玩要受日本孩子欺负。母亲就让我们在家里玩，这样她做家务时就不用牵挂着时不时探头察看。有一回，开头我们还安静地看书、玩耍，不久便打闹开了，在客厅和饭厅之间追逐打闹，转着转着眼看小朋友被我追到，他顺手关闭了内外间的玻璃门，我叫不开、推不开，便发力猛推，推了几下，手一滑，从竖格上一下子脱滑，敲击到玻璃上，"砰"的一声玻璃碎裂，右手腕和掌心割了两个裂口，血汩汩而下。小朋友吓得悄悄溜走了，而我也只顾从伤口处挖出碎玻璃，至少有三四小片。许是刚刚割破，倒未有痛感。父亲听到我手腕受了伤，便从二楼走下来，我迎了上去，觉得是自己闯的祸，也没有哭的理由。父亲很镇定，也不责骂，只从楼梯边的柜里取出外伤药水，用纱布替我包扎，裹好之后，仍什么话也没说，就上楼了。

后来他在给祖母的信中提到这件事："前天玻璃割破了手，鲜血淋漓……"这是一九三六年九月二十二日写的，距父亲去世仅二十七天。有一张母亲和我在万国殡仪馆站在一起的照片，可以看到我右手腕包扎着纱布，可见当时伤得不轻。

曾经有人引用一段话，说在父亲葬礼的墓前，我被人抱着不知悲哀地吃饼干，似乎是一个智力低下的小白痴。我翻拍了这张相片寄去，详告真情，祈望考虑。但这位作者却大不以为然，说他的根据是某某名人所述，根据确实，倒是我在鸡蛋里挑骨头，大不友好。试问，我这个七岁男孩长得高高大大，——次年我八岁，学校检查体格，身高已达四尺，即公制的一米二二，请问我还是手抱的儿童吗？——这当然是题外话了。

大陆新村九号

父母到上海定居，住过景云里、阿莫斯北川公寓，以及临时避难的几处。这些我丝毫没有记忆，而大陆新村的印象倒不少。看来幼儿要到三岁以后才有记忆力，至少对我是这样的。这大陆新村，现在知道是当时大陆银行投资所建的，共有两条弄堂，我们住的是第一条。南边的先造，称"青云小筑"。我家住的是九号。靠弄堂底还住有一家日本人，也就是许妈为我秘密存放饼干的地方。我家大门原先是铁栅式，后来封上洋铁皮，因为有日本小孩常来欺负我，丢石块，喊叫"八格耶罗"，还用洋泾浜的中国话骂我"猪猡"。

天 井

大陆新村九号是新式里弄，进前门是方形的小天井，长四公尺，宽二公尺半，人一多就挤得转不开身。这里种过牵牛花，由于只有二尺许一条土壤，名贵花卉种不活，但种过内山夫人赠的南瓜籽。

内山夫人（内山美喜）经常给我家送些花卉。对此，父亲

一九三五年十二月八日，母亲和六岁的我。二十三日父亲日记："上午以广平及海婴照相寄母亲"

在日记中多有记载。如一九三三年五月三十一日赠"踯躅一盆"，十二月三十一日赠"松竹梅一盆"等等，但也有未记载的。我印象较深的是有一次送一盆牵牛花（上海通称喇叭花）。清晨，大家还没有起床，它已迎风带露，徐徐展开圆锥形的花朵，呈现它的风采；到中午，则因经不起烈日，花朵就收拢萎蔫，但一到次日清早，另一批花朵又灿烂挺拔地开放，给人们带来了新的欢愉和希望。它的生命可真是顽强啊！凋谢以后，总要撒下许多延续生命的橘瓣形籽，次年重新将之种下，总不会让爱花的人失望。

父亲很少下楼，也没有工夫为那些花卉整理枝叶浇水施肥，但这盆牵牛花却格外吸引他，他非常赞赏内山夫人的种花手艺。一般的牵牛花都只有小酒盅大，又性喜攀附，只要拉一条绳索，它往往能爬一丈之高。但这盆牵牛花却只在尺许大的盆内盘桓，且花型大的有小汤碗那么大，又逐日轮流开放。日本妇女大多擅长插花和盆景艺术，因此父亲曾饶有兴趣地听内山夫人介绍过摆

（左）父亲去世后几天，他的写字桌（原貌），右上角是玻璃鱼缸，我在鱼缸里养过斗鱼和小青蛙；（右）大陆新村三楼的前阳台，我曾陪父亲在此躺过一会儿

弄牵牛花的奥秘。

　　为了使这盆牵牛花能够年年开放，母亲总是仔细地收拾花籽，挑选颗粒粗壮者保存起来，以备明年再种。而我对于这种事情往往不甚尽心，顶多用双手捧着收集起花籽，倒进一个小罐就算完成任务。我最关心的是一棵南瓜秧。这是乡下农民挑进城来出售的，我买来一棵栽下以后，就早早地央求母亲给它拉上绳子，期望它早日窜藤、开花、结瓜。南瓜秧种在小天井的西侧，这个小天井虽然不过十二三平方米，但它在我的心目中，却感到无限广阔。每天清晨，只要没有忘记，总要给南瓜浇水施肥，忙上一通，然后再去干别的事。终于，见到它开了花。黄黄的，也呈喇叭形。也许是南方本来雨水勤，而我又多浇水的缘故，结果发现花开得倒不少，结瓜却不多。秋天来临，瓜藤逐渐萎黄。

　　有一天下午，父亲兴致很高，和母亲一同来到天井。大门门楣上有一块水泥雨遮，离地面高约三米，这时架起了凳子，不记得是谁爬上去的，只记得令人吃惊地摘下两只沉甸甸的南瓜，一

37

只较大，直径约在尺半以上，扁圆蜡黄满身皱褶，老结得很；另一只很小，还有点青，呈长圆形。我顾不上收藤拉秧这些活，第一次收获的喜悦冲上了心头，当时那高兴的劲头恐怕远远超过了淘金者看到金矿。把它捧到客厅的桌子上以后，还独自端详了很长时间。恰巧晚间内山完造先生来访，告别时，父亲从二楼送到楼下，在南瓜前面停住步，用日语向内山先生介绍，说这是孩子种的瓜，今天上午刚刚摘下来的。内山先生连连夸奖我，称赞瓜长得很大。父亲接着就说："海婴是大方的，既然先生喜欢，就送你一只吧！"说罢，就捧起一只最大的南瓜送给内山先生。我一时没有准备，感到出乎意料，心想：只受了几句夸奖，却失去了一个大南瓜，心里怪不是味儿，但也只得装作豪爽地答应了，心里却感到怅然若失。

第二天中午饭前，内山夫人亲自端来一只盖碗，里边热腾腾地盛着异国香味的煮南瓜，颜色微暗，是用酱油和糖两味调料焖烧的，不加盐和其他佐料。一尝，果然香甜酥软可口，连瓜皮都可以咽下。至此我才心里舒畅不少，感到这只大南瓜送给内山先生实在不可惜了。之后，母亲又将剩下的那只小南瓜煮了绍兴风味的"面疙瘩"汤。吃完以后，心里剩下的疙瘩也就飞到九霄云外去了。

客　厅

从天井进门是客厅，中央一张大桌，可会客也可用餐。它可坐八人，父亲坐南面北，它既是主位又不碍上菜。配的八张椅子，均一色西洋薄黑漆。可是在霞飞坊居住的一九四六或四七年，邵

大陆新村一楼西侧，放置一张瞿秋白写作的桌子

维昌认为要"保护"这张桌子，特意用调和漆重新油漆过，变为深棕黑色。我曾建议上海鲁迅纪念馆设法复原，似乎说过几次都没有动作，不知是否认为证据不足。其实检查桌底和椅子的油漆，便是最翔实可靠的证明。

这间客厅日常很少使用，平时家庭用饭都在玻璃格门内间，隔门可敞开。叔叔婶婶来也在内间吃饭，两家人团聚在一张小桌边更显亲切。孩子不上桌面，碗面上夹些菜在一旁吃，上桌面是孩子长大成人的标志。如叔父不带孩子来，那我就可坐在桌子边

母亲初到上海，住景云里寓所。时一九二八年三月十六日

上了。父亲是绍兴人，又在家乡长大，按照生活环境和遗传，应当具有相当酒量。但记忆中没有见醉倒过。其实他量不大，一两杯而已。喝尽杯中的酒就说："盛饭哉！"同时劝别人再继续喝，但是客人也就此停杯用饭了。我不记得父亲喝过白酒之类。叔叔曾送来五加皮酒，酒色橙红，由于是黑瓶大肚，印象很深。

萧军一九三五年到上海，东北大汉酒量难以估计，在我家吃饭时候，也没有他喝醉的印象。母亲也不曾有过限制的语气。也许是青年在老师面前加意克制吧。

关于醉酒，父亲曾给我讲过，他说，他的父亲"好酒"。绍兴人喜欢以白斩鸡下酒，且以胸脯肉为上乘。某次宴席上的冷盆里鸡脯肉不多，也许别人手快夹走了，我祖父一怒之下竟把台面掀掉，不欢而散。父亲讲了他的父亲的失控，也许亦引以为戒，所以，除了《两地书》起首有提到喝"醉"以外，没有什么文章讲述过这种情节。

这里还有一个关于留声机的故事。在父亲的著作中，常常可以看到，他很讨厌上海三十年代留声机的声响，每当他仰卧藤椅、闭目构思的时候，如果有这类声响来打扰，尤感不适。这时，如果我啰啰唆唆地跑去纠缠，无尽无休地问这问那，母亲就会把我赶快带开，打发我下楼去玩。但一九三五年五月九日，父亲在他的《日记》中有这样一项记载："下午为海婴买留声机一具，二十二元。"

既然他很讨厌当时那种甚嚣尘上的世俗之声，为什么又花钱来买这架留声机呢？原来这又是为了我的缘故。

大概是那年四月，或者更早一些时间吧，许妈带我到隔壁邻居家去串门。那是一户日本侨民。他家有一台落地式手摇大型留声机，高约一米半，比我的身体还高一截。听到他们在播放唱片，我十分新鲜，可是仍感到不过瘾，因为主人不许我用手摸动它，内心隐存羡慕之情。回家以后，婉转向母亲提出要求，母亲又向父亲表达了我的这个愿望。经过商量，他们表示只要不打扰父亲，可以考虑，但规定不许在父亲工作时播唱，只在饭后稍许放一会儿。我自然只有答应。过了几天，有一个下午，看见内山先生笑呵呵地同一个店员来到我家，拎来了一架小型便携式留声机，父亲下楼接待。内山先生用日语向父亲介绍这架留声机的性能，并且当场试放。放完以后，让我再来看看，问我喜欢不喜欢。当时，我觉得它与邻家的那台相比，真是小巫见大巫，差得太远，连连摇头，表示不要。父亲见此情景，就告诉内山先生，说孩子不大喜欢，请麻烦给另换一台。内山先生痛快地答应了，让店员拎走了这台留声机。过了几天，换了一台，仍然不大，我还是嫌小不要；又过了几天，通知说另换了一台，比较大，搬不来，母亲就带我到内山书店去观看。去了以后，见留声机放在里面房间是一种中等大小的。这时我意识到大人们已经很不耐烦了，不能再提过高的要求，就表示接受了。

留声机送到家里以后，我发现它还附有两匣金属钢制唱针，

（左）大陆新村的后门，出入往来和邮信件都走这里；（右）大陆新村一楼东北侧，我的玩具柜

每盒二百支，还有近十张黑色虫胶唱片，都是日本产品，是儿童歌曲，如有声似火车行驶的："呜卡卡……呜卡卡"的音乐片。后来，内山书店店员镰田诚一也送了两张唱片（见一九三五年五月十七日《鲁迅日记》）。还有一张京剧《捉放曹》，记不起是谁的赠品。总之，大都是儿童唱片，而且只有那么几张，听来听去，都熟透能背，非常腻了，再加后来父亲健康欠佳，所以，除非来了客人，或在饭后偶尔播放一两次外，一般也就很少使用了。

这架留声机有共鸣箱，发声比小型便携式洪亮。发条有两盘，上紧以后，可以连续播放正反面达六七分钟之久。但它的缺点是不如小型便携式方便。唱机的其他部件，如齿轮发条、转速平衡器等等经常被我拆开又装拢，装拢又拆开。不过这已经是我八九岁以后的事了。

现在大陆新村旧居一楼，可以看到这一台棕黑色中型手摇留声机，它高约二十九点三厘米，宽约四十厘米，厚约三十六厘米。这台展出的留声机是 Magna Phonic 牌的七十八转钢针放唱的日本产品，它已经陈旧了，覆盖的布料也已破旧。这是当时购置的原件，但如打开它的上盖，就会发现它的面板添了许多大小不等的洞孔。这是我十五六岁时的"杰作"。那时不知爱惜，忽然心血来潮，想把它改成一台"准电唱机"，所以才弄成这个样子。

我在十二三岁的时候，热衷于无线电技术。杨霁云先生与父亲过从颇多，他见我安装矿石收音机，组装电子管收音机，拆拆弄弄，乐之不疲，便把一台他非常喜欢的当时十分先进的金属电子管收音机相赠，专门供我拆装各种无线电试验之用。四十年代初叶，上海无线电零件商行有国产电唱机头开始出售，我买了一个，装在手摇唱头的斜对侧，再用屏蔽电线接入收音机的电唱输入插孔，由收音机后级扩声播唱，音量音质自然比机械振动发声优胜一筹。但这种改装的东西，由于动力是手摇上弦之故，唱片转速很不稳定，所以自出心裁，称它为"准电唱机"。不过这已是父亲过世好几年以后的事了。

阳台、厨房、浴室

从一楼里间北进，迎面是洋灰质楼梯。上去十几级是父亲的卧室。右手边上是亭子间。三楼卧室边上也有一间亭子间，可留住客人。三楼的卧室由我一直住到迁出大陆新村。卧室正面是落地窗，窗外是个宽一米长二米不足的阳台。

有过一次，父亲为了什么事气愤不平，独自躺在这阳台上，母亲束手无策，也不知愤懑的缘由，而我以为这样躺着颇有趣，也挤进去躺在他身边，父亲哼了一声"小狗屁"，起身了，他的气愤也一下子烟消云散，下楼吃饭去了。

三层楼上还有一个晒台，供平日晒晾衣被用。到了春节要燃放花炮、烟花，它又是好去处。楼下的天井太窄，能蹿天的烟花施展不开，而阳台的视野开阔，"穿天老鼠"在空中可摇曳多时，那是孩童最兴奋的时刻。当时我们都不敢点，父亲也不插手，因为有建人叔叔在。那时叔叔才四十上下，正在壮年时期。他燃放烟花时，我们三个小孩都躲在大人身后张望，两个姐姐用手指堵住耳朵，小妹妹周蕖才三岁，连看也没有她的份儿。焰火压轴戏是一个"花筒"，小碗直径，半尺多高。点燃时喷出一蓬二米高的银花，一分钟便熄灭了。我们带着余兴未尽的依恋，在父母"明

上海大陆新村鲁迅故居海婴卧房

在大陆新村寓所附近。约一九三五年摄

年再买！"的许诺中下楼。

　　大陆新村每幢楼的三层组成一个"井"字形，后墙都有一个小窗可开，它通风，冬暖夏凉，采光明亮。一楼厨房间有一个带烤箱的煤气灶，铁铸的，是洋货，我没有见到使用过。还有一具

作者夫妇与徐梵澄（右2）

烧洗澡水的小锅炉，热水直接通到浴缸的龙头，可放洗澡水。但是此锅炉的热效率太低，燃料极不经济。厨房的位置在后门的第一间。厨房后窗下是洗菜池，淘米、接水等日常家庭事务都在这里操持。厨房间也配备煤气灶，不知是因为燃气价格贵还是用不惯"洋玩艺儿"，每家都弃之不用，大多仍是烧煤球炉，每天早晨拎到弄堂生火，用柴火引燃。因此每当早晨六七点钟，弄堂里便烟雾弥漫。后窗也往往是邮件报纸杂志的投递口，邮件向里一抛，常抛入盆里打湿，母亲便默默地晾干交给父亲。有时候还得用熨斗熨干。投递员投掷时，每每口里喊一声"信"，听到喊声，便赶快抢出来接，即使打湿了也便于抹干。若有挂号信来，就从里间柜子抽屉时取出图章盖在收据上。邮递员一般是有章便可并不在意是否"张冠李戴"。大概他们以为门户送准就尽到了职责，无须顾及姓名图章是否相符。那时的女佣也大多只识少量几个字，一定要求收件人姓名与图章相符看来也有点过分。厨房的门装有"司必灵"锁，也即是弹子锁，可用钥匙开启，不必叫门。前门装有挂锁，平时不作进出用，每逢稀客来访才开启，以示隆重。前、后门都装有电门铃，因此有时厨房间内响铃，却分不清是哪边叫门，总得两边奔波一阵。

有一次父亲病卧在床，我正在客厅玩耍，听得后面有人敲门，用人应声出去开了门。来人是个青年，说是要见先生。用人告诉他先生身体不适，不能见客。他二话不说，转身就走。过一会儿又响起敲门声，用人刚刚打开后门，只见来者仍是他，手中捧了束鲜花，招呼也不打，只顾直往楼上冲去。这时母亲正在二楼父亲身边，立即迎了下来，企图挡住他不让他去影响父亲的休息。但他仍径自到父亲床边，什么话也没说，只向父亲身边放上鲜花，转身下楼而去。当时父亲也只看看他，一言未发。这事母亲曾在回忆录里写到过，但没有提名，只说是"一位青年"。

这位执拗的青年就是当今著名的梵文研究家徐梵澄先生。徐先生与父亲本来就熟。当年父亲创导新木刻艺术，很多国外木刻图册就是通过他在德国留学代为购买的。他出国时，父亲曾交给他一些中国宣纸，希望他趁便赠给德国画界朋友，以作中国造纸文化的宣传。不想年轻的徐先生并未领会父亲的意图，回国时将宣纸原封带了回来，使得父亲颇为不悦。也许当他闯进来献花时，父亲还余气未消，才未予理睬的吧。但此一行动也颇见徐先生赤诚的性格。

徐先生对父亲的敬仰之心不但终生未改，还惠及我这个后代。直到晚年（他在中国社科院任职）还经常惦记着我，听到我遭遇不顺的事，如长子的婚事和为父亲稿费问题对簿公堂，特意写信为之呼吁。长辈的这种殷殷关切之情一直使我深为感动。这自然是后话。

可惜，徐先生已于前几年过世。我又少了一位关心爱护我的长辈，实在不胜痛惜。

阿花与许妈

幼时看护过我的保姆有两位，她们是阿花和许妈。

对于阿花，我当时太小，全然没有印象。我是从一张陈旧而尚未褪色的六寸照片中认识她的。从照片上看来，她约莫二十一二岁，清秀的面孔，明亮的眼睛，瓜子脸，端正的鼻梁，乌黑而又匀整的"刘海"覆额齐眉，衣着整洁合身，神态端庄文静，双手扶抱着我坐在她的膝上。其时，我仅一岁。如果不是留下这张照片，我无论如何也想不到，还有这么一位阿姨曾经扶我学步，带领我迈开了走进生活的第一步。

听母亲说，父亲初到上海，家里并不起火，只和叔叔一家搭伙开饭。到我出世以后，因为家庭事务繁重，母亲照顾不过来，所以才聘阿花来帮忙。她是绍兴人，娘家不知还有什么人，丈夫是章家埠的农民，患有"大脚疯"（俗称象皮腿，许是寄生虫病吧），失去了劳动力，生计无法维持，经常虐待和毒打阿花，还想把她卖出去，阿花得知才设法逃脱，来上海独自谋生。先在景云里某家帮工，后经人介绍来我家帮忙。她工作十分得力，做起活来干净利落，一边唱着山歌，一边干活，心情似乎比较愉快。但是过不多久，发现她却有点异常，有人敲门，常常被吓得丧魂落魄。

王阿花抱着我

上海弄堂房屋，前门正对着别人的后门。有一天对面人家厨房里人影绰绰，阿花一见，面色发白，惊恐之情莫可名状。仔细一问，她才对我母亲说，是她丈夫带人从乡下赶来，准备要劫她回去。严重的局面，一直僵持了几天，空气中的氛围相当紧张，眼看祥林嫂被人绑架的一幕又要重演。父亲花钱请来一位律师，向他们传话去，有事大家商量，不要动手。不知是谁，找来了一位绅士从中调停。这位绅士来到景云里，一见父亲大吃一惊，连忙说："原来阿花在先生葛里（这里），好说好说。"原来这位绅士名叫魏福绵，曾请父亲做过他的保证人，并且汇划学费，可以说是非常熟稔。父亲请叔叔出面与他协商，结果说定由父亲垫出一百五十元代阿花"赎身"，准其自由，一场风波才算平息。而这件事情，在父亲一九三〇年一月九日的《日记》中，却只有寥寥二十一个字："夜代女工王阿花付赎身钱百五十元，由魏福绵经手。"也不知后来王阿花归还没有，已经探究不到了。

之后，阿花在我们家有一段时间。她毕竟比较年轻，带幼儿缺少经验，每在清晨抱我在北窗下与人谈天，或去汽车修理间与人说话，以致使我受到风寒，由气管炎转成支气管炎，长期治疗，反复不愈，父母为此也劳累不堪。最后，还是和叔叔商量，不如改请年老的保姆妥当，阿花才离我而去。阿花走后，未见来过，也许是因为我们搬家，她寻不到地方。有人曾经在横浜桥附近见她乘坐在人力车上，衣着尚可，匆匆而去。大概生活暂时尚过得去（当时乘坐人力车出行很平常），但此后再没有音讯。在旧社会，劳动妇女的命运

许妈和我在邻居的天井里。照片上的字为鲁迅手迹

一般都很悲惨，不知她最后下落如何？如果她还健在，计算起来，年纪当在九十岁以上。但世事沧桑，一切都难以意料，也许她早已离开人间，结束了坎坷一生！

继阿花之后，我家又请来一位许妈。她在我家待的时间较长，而我也不再是意识混沌的婴儿，因此对于她，我留有自己的记忆。她是江苏南通人，近五十岁，大概由于在家务农，平素练就了一副好身骨，体格健壮，背起我走毫不费力。她与同乡对话，都用方言，十句中有九句我听不懂。但平时却讲上海话，可见她在上海帮工，时间不短了，母亲让我亲热地称她"许姆妈"。

我第一件有印象的事是，三岁那年患"阿米巴"痢疾。"阿米巴"痢疾当时称"红白痢"。眼下有痢特灵之类的药品，可以说

是特效药了。但在三十年代，医疗水平差，医生最拿手的是"禁食"加"禁食"，反复用这一杀手锏。最优惠的待遇是喝米汤。妈妈煮好一锅稀粥，用纱布过滤净烂米粒，我只能用小碗饮这种照得出面影的"米汤"。但我嘴里喝着米汤，目光却注视着另一只碗里的粥粒，以此进行"精神会餐"。许妈心眼极好，见我饿得东倒西歪、软绵无力的可怜相，恳求我母亲"开恩"让我增加点软粥而无效之下，偷偷用自己的私房钱买了饼干，藏在隔壁邻居日本人家里，交由女主妇保管。现在回想起来，那是一听五磅重的白色松脆的苏打咸饼干，一层层叠得极平整。每层卡得很紧，不"破坏"几片甭想抽出来。当我面对这听尚未打开的饼干时，已闻得出铁皮罐子里的阵阵香味。许妈只敢给我几片，当我鲸吞下去之后，当然不断索取，许妈战战兢兢地又抽出几片之后，赶紧盖回箱盖，半求半骗地抱我离开这只"祸"罐子。之后，我的病情反复，"饼干案"不知怎地被破获，只记得许妈在我面前哭泣着喃喃地说，吃几片饼干碍什么事，怎么能饿肚子呢？病怎么饿得好呢！也许她也是这么向我母亲辩解的，终于没有被辞退，而我也享受到标准的粥喝了。这罐饼干也正大光明地放在我床头边。

平时为了让父亲安心工作，总由她带我出去玩耍消磨时间。大陆新村弄堂口往东迤南，有一爿"老虎灶"。一口硕大的铁锅，煮着沸水。附近居民谁要冲茶或灌热水瓶，往往花一两个铜板立即可得，需要沐浴的住户只要去说一声，就会有人挑一担滚烫的热水送上门来，并且倒入浴盆，服务周到。开办"老虎灶"行业以南通人居多。许妈常领我到那里去玩。这里是劳苦人民集聚的地方，百工杂艺，七十二行，为求谋生，各展其能。有时玩到傍晚，估计我有点饿了，许妈便摸出一两个铜板，临时买个扬州小贩的提篮点心

（如"老虎脚爪""麻油馓子""脆麻花"等等）让我充饥。这在无意之中使我接触到了底层社会的一角，模模糊糊地知道上海除了高楼大厦之外，还有这么一些去处。

从大陆新村弄口直接往北，约走几十丈以外，便呈现着另一番风光。竹篱茅室，前后错落，瓜棚豆架，相映成画。到了秋天，有时候眼前是一片青纱遮目的玉米田野。这时候往往是许妈带我捕捉螳螂和蚂

许妈在抗战胜利后从江苏南通来探望我，我拉她去留影。摄于霞飞路的小店铺

蚱的大好时机，也许在这里她能够呼吸到一些类似家乡农村的气息吧。

许妈还领我到虹口公园玩过。公园里面划出一小块范围供儿童玩，有秋千、滑梯、跷跷板。但玩到后来，不愉快就寻到头上来了。日本孩子一到，见到中国孩子在玩耍，他们便来追逐争夺；洋人孩子他们不逼迫，似乎没有看到，"友善"之至。中国孩子玩什么他们都来争夺，还动手拉扯推搡，什么先来后到的顺序全都不顾，气势汹汹地非要你从上面下来，好让他独霸，嘴里还骂骂咧咧的。带领他们来公园的妇人（想必也是日本人），竟以欣赏赞许神态支持这种野蛮行为。许妈一见到这种情形，赶紧把我背离这种地方，再回到大陆新村北面农地抓螳螂。

随着年岁增长，我被送进幼儿园"关"了起来，与这些写意

一般的生活，也就永远告别了。

由于小时候留下了支气管哮喘的病根，这不但使我痛苦不堪，而且也给许妈带来了很多负担。病一发作，我便不能平卧，她只能扶持着我，坐在胸前，一夜不能合眼。直到东方既白，喘息稍停，她才轻轻放我入睡，自己又须起身干别的事去了。

她带我几年，却从来不谈自己的家事。有时候偶然接到乡下来信，见她独自落泪，我一探问，便敛起悲容，答称"没事"。我因年幼，不懂什么生活的艰辛，也往往不再细问。其实农村妇女除非万不得已，是断乎不肯出外帮佣的，而许妈家中虽有难处，却宁愿独自隐忍，也不肯诉说。现在回想，她真是一位善良而坚韧的妇女啊！

父亲去世，我家搬到法租界霞飞坊以后，她就辞别要回故乡。她对母亲说："大先生已不在世，许先生也很艰难，我回家养老去吧！"临走时答应以后每年都来看我，但实际上并没有常来。大概由于年纪较大，出门不便了吧！直到一九四六年春天，我上初中三年级的时候，她确实践约来看我了。但见她头发已花白，行动也颇蹒跚。见到我似乎很高兴，但不由得露出一丝悲意，颇为伤感地说："弟弟，这次看你长这么大了，回去也放心了，恐怕这是我最后一次和你见面了。"母亲和我都说了一些宽慰的话，请她以后再来上海住住。

临别时她默默无语，黯然伤神，眼眶里饱含着泪水，还给我塞了一些零用钱。我难过得说不出一句话来，只是忍着悲伤，默默地送她上车。从那以后，我再也没有见到她那慈祥而饱受生活磨难的面庞，只能对她留下的照片，沉入深深的思念之中。

父亲的死

诀 别

　　一九三六年的大半年，我们的日子是在忧喜交错之中度过的。父亲的健康状况起伏很大，体力消耗得很多。因此，家里的气氛总与父亲的健康息息相关。

　　每天清晨，我穿好衣服去上学。按照过去惯例，父亲深夜写作睡得很晚。今年以来，因为他不断生病，母亲就叮嘱我，进出要小声，切勿闹出声响，以免影响他休息。

　　遵照母亲的嘱咐，每天我从三楼下来总是蹑手蹑脚，不敢大声说话。父亲的房门一般不关，我悄悄钻进卧室，侧耳倾听他的鼻息声。父亲睡在床外侧，床头凳子上有一个瓷杯，水中浸着他的假牙。瓷杯旁边放着香烟、火柴和烟缸，还有象牙烟嘴。我自知对他的健康帮不了什么，但总想尽点微力，让他有一点欣喜，也算是一点安慰。于是轻轻地从烟盒里抽出一支香烟，细心地插进被熏得又焦又黄的烟嘴里面，放到他醒来以后伸手就能拿到的地方，然后悄然离去。这些动作十分轻捷，没有一点声响。也不敢像过去那样每当出门，总要大声说一声"爸爸晏歇会！"。中午吃饭的时

父亲病中来不及阅读的书籍

候，总盼望父亲对自己安装香烟的"功劳"夸奖一句。不料，父亲往往故意不提。我忍不住，便迂回曲折地询问一句："今朝烟嘴里有啥末事？"父亲听后，微微一笑，便说："小乖姑，香烟是你装的吧。"听到这句话，我觉得比什么奖赏都贵重，心里乐滋滋的，饭也吃得更香了，父亲和母亲也都相视一笑，借此全家人心情宽松了。

　　然而父亲的疾病却是日渐加重了。来访的客人不能一一会见，只得由母亲耐心解释和转达意见。每当病情稍有好转，就有萧军、萧红两人来访。这时候父亲也下楼，和他们一边交谈，一边参观萧红的做饭手艺，包饺子和做"合子"（馅饼）这些十分拿手的北方饭食，一眨眼工夫就热腾腾地上了桌，简直是"阿拉丁"神灯魔力的再现。尤其是她那葱花烙饼的技术更绝，雪白的面层，夹以翠绿的葱末，外黄里嫩，又香又脆。这时候父亲也不禁要多吃一两口，并且赞不绝声，与萧军、萧红边吃边谈，有说有笑，以致压在大家心头的阴云似乎也扫去了不少。这时，我小小的心灵里只有一个愿望，就是希望他们能够常来，为我们带来热情、带来欢快。

　　自六月以后，父亲的疾病更令人担忧了。六月末的这一天，他在自己的日记中追述说，自五日以后，"日渐委顿，终至艰于起坐，（日记）遂不复记"。连一向坚持的日记都不能记，可见他的病是相当严重了。

秋天来临，一片萧瑟。因为父亲日益病重，家里寂静得像医院一样。每天要测量体温，医生也不时前来注射（有时由护士代替）。我耳闻目睹的大都是有关治病的事情，因此，心情更加晦暗。每次吃饭也没有过去的那种欢乐气氛了，父亲虽然还是下楼和我们一起吃饭，但吃得很少，有时提前上楼回他的房里去。陪客人同餐，也不能终席。所以大家感到一种无形的压力正在越来越沉重地向我们袭来。我虽然不懂父亲病情的变化，也不懂什么叫做"死期"，但脑子里影影绰绰地感到它会产生巨大的不幸，而且与父亲的生命有关。只是希望它不要降临，离得越远越好。

有一天，父亲的呼吸比较费力。内山完造先生得知，就亲自带来一只长方形的匣子，上面连有一根电线可以接上电源。打开开关以后，只见匣子微微发出一种"吱吱嘤嘤"的声音，匣内闪出绿色的微光。过了一阵，便可闻到大雷雨之后空气中特有的一股气息——臭氧。一九三六年九月十二日，父亲在日记中写道："夜内山君来，并持来阿纯发生机一具。"说的便是这件事。使用它的目的，是为了使呼吸舒畅一点，但试用了几次，似乎没有明显的疗效。不久，内山先生也就派人取回去了。（并不是那种输氧器械——海婴注）

说来也许奇怪，父亲去世前两天，我下午放学回家，突然耳朵里听到遥远空中有人对我说"你爸爸要死啦！"这句话非常清晰，我大为惊讶，急忙环顾四周，附近并没有什么人。但这句话却异常鲜明地送入我的耳鼓。一个七岁的人就产生幻听？而且在

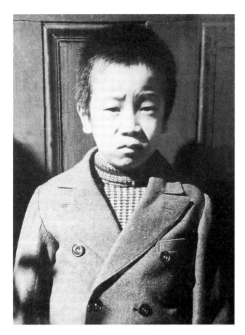

悲哀的七岁孩子

此后这么多年再也不曾发生过，这真是一个不解之谜。姑且写下，以供研究。当时我快步回家，走上三楼，把这件事告诉许妈。许妈斥我："瞎三话四，哪里会有这种事。"

但是不幸终于来临了。这年的十月十九日清晨，我从沉睡中醒来，觉得天色不早，阳光比往常上学的时候亮多了。我十分诧异，许妈为什么忘了叫我起床？连忙穿衣服。这时楼梯轻轻响了，许妈来到三楼，低声说："弟弟，今朝侬勿要上学堂去了。"我急忙问为什么。只见许妈眼睛发红，但却强抑着泪水，迟缓地对我说："爸爸吰没了，侬现在勿要下楼去。"我意识到，这不幸的一天，终于降临了。

我没有时间思索，不顾许妈的劝阻，急促地奔向父亲的房间。父亲仍如过去清晨入睡一般躺在床上，那么平静，那么安详。好像经过彻夜的写作以后，正在作一次深长的休憩。但房间的空气十分低沉，压得人喘不过气来。母亲流着眼泪，赶过来拉我的手，紧紧地贴住我，像是生怕再失去什么。我只觉得悲哀从心头涌起，挨着母亲无言地流泪。父亲的床边还有几个亲友，也在静静地等待，似乎在等待父亲的醒来。时间也仿佛凝滞了，秒针一秒一秒地前进，时光一分一分地流逝，却带不走整个房间里面的愁苦和悲痛。

不一会儿，那个日本女护士似乎下了决心，她走到床前，很有经验地伏下身去，再听听父亲的胸口，心脏是否跳动，等到确认心跳已经停止，她便伸开双手隔着棉被，用力振动父亲瘠瘦的胸膛，左右摇动，上下振动，想用振动方法，使他的心脏重新跳动。这一切，她做得那样专心，充满着必胜的信念，没有一丝一毫的犹豫。我们也屏息等待，等待奇迹的出现。希望他只是暂时的昏迷，暂时的假死，忽然一下苏醒睁开眼睛。然而父亲终于没有苏醒，终于离我们而去，再也不能慈爱地叫我"小乖姑"，不能用胡须来刺我的双颊了……

我的泪水顺着脸颊倾泻而下，连衣襟都湿了。我再也没有爸爸了，在这茫茫无边的黑暗世界之中，就只剩下我和母亲两个人了。我那一向无所忧虑的幼小心灵突然变了，感到应该和母亲共同分担些什么，生活、悲哀，一切一切。母亲拥着我说："现在侬爸爸没有了，我们两人相依为命。"我越加紧贴母亲，想要融进她温暖的胸膛里去。

过了一会儿，又来了一些人，有录制电影的，有拍摄遗照的……室内开始杂乱起来，不似刚才那样寂静了。

这时来了一位日本塑像家，叫奥田杏花，他走近父亲的床前，伏身打开一只箱子，从瓶子里挖出黄色黏厚的凡士林油膏，涂在父亲面颊上，先从额头涂起，仔细地往下，慢慢擦匀，再用调好的白色石膏糊，用手指和刮刀一层层地搽匀，间或薄敷细纱布，直到呈平整的半圆形状。等待了半个钟头，奥田先生托着面具边缘，慢慢向上提起，终于面具脱离了。我看到面具里黏脱十几根父亲的眉毛和胡子，心里一阵异样的揪疼，想冲上去责问几句，身子

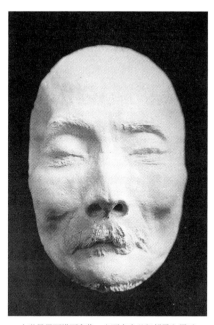
去世早晨面膜石膏像，上面有十几根胡子和眉毛

却动不了，母亲拥着我。她没有作声，我又能说什么呢！奥田先生对面膜的胎具很满意，转头和内山完造先生讲了几句，就离开了。

八九点钟以后，前来吊唁的人渐渐多起来了，但大家的动作仍然很轻，只是默默地哀悼。忽然，我听到楼梯咚咚一阵猛响，我来不及猜想，声到人随，只见一个大汉，没有犹豫，没有停歇，没有客套和应酬，直扑父亲床前，跪倒在地，像一头狮子一样石破天惊般地号啕大哭。他伏在父亲胸前好久没有起身，头上的帽子，沿着父亲的身体急速滚动，一直滚到床边，这些他都顾不上，只是从肺腑深处旁若无人地发出了悲痛的呼号。我从充满泪水的眼帘之中望去，看出是萧军。这位重友谊的关东大汉，前不几天还在和父亲一起谈笑盘桓，为父亲消愁解闷呢！而今也只有用这种方式来表达他对父亲的感情了。我不记得这种情景持续了多久，也记不得是谁扶他起来，劝住他哭泣的。但这最后诀别的一幕，从此在我脑海中凝结，虽然时光像流水一般逝去，始终难以忘怀。

关于父亲的突然亡故，后来据日本友人鹿地亘回忆，前一天，父亲曾步行到他寓所访谈，离去已是傍晚，那时天气转冷，以致当晚就气喘不止，并不断加重，仅半天就告别人世。鹿地亘也就成了父亲最后一位访问过的朋友。

回头再说石膏面膜的事。当时面膜翻注一具，交由我们留作纪念。它上面黏有父亲多根胡子还有几根眉毛，但已不是父亲生时的模样了，脸庞显得狭瘦，两腮凹缩，我想那是奥田杏花翻模时全副假牙没有装入之故，以至腮部下陷的吧。但不管怎样，它是极其珍贵的。五十年代，上海鲁迅纪念馆落成，我们将这具面膜捐献给他们，现在作为一级文物保存着。

一九九九年，上海鲁迅纪念馆重建。在新馆落成典礼上，市委副书记龚学平同志和我一起商量，认为胡子里有父亲的DNA，或许若干年以后会有科学研究价值，应该以特殊的手段专门保存。这当然是好事，作为鲁迅后人，我十分感激和欣慰。

但是此前，我也曾遇到过令人愤慨的事。那是二十世纪七十年代末，北京美术馆对面有一家工艺品商店，竟在出售父亲的"再"复制面膜。它在白色的石膏成品上喷涂了墨绿色，手感分量不重。我买了一具，回到家里稍加研究，发现它没有制作单位，也无任何别的标志，可以判断它是从某一石膏面膜上复制的，而不似"再创造"。我经过多方打听，始终找不到它的出处。这真是一件奇怪的事。如果奥田杏花先生归国时不能多带行李，把这具"原始"阴模留给了谁，这位"保存者"在"文革"后期"生产"了这些"产品"出售，以救穷急，这倒还情有可原。但是，如果它出于某位艺术家的"制作"，那么我不禁要问：拿一个死者的原始面膜翻制赚钱，你的基本道德在哪里？何况这是鲁迅，人们心目中的伟人啊！我祈愿这种亵渎先辈的事，永不再发生。

一个长埋于心底的谜

关于父亲的死，历来的回忆文章多有涉及，说法小异大同，几乎已成定论。但在我母亲许广平和叔叔周建人的心头，始终存有一团排解不去的迷雾。到了一九四九年七月，那时北平虽已解放，新中国尚未成立，建人叔叔即致信母亲要"查究"此事。这封信至今保存完好，全文如下：

许先生惠鉴：

前日来信已如期收到，看后即交予马先生了。马先生屡电催，您究拟何时返平？

鲁迅死时，上海即有人怀疑于为须藤医生所谋害或者延误。记得您告诉我说：老医生（注1）的治疗经过报告与实际治疗不符，这也是疑窦之一。此种疑窦，至今存在。今您既在沪，是否可以探查一下，老医生是否在沪？今上海已解放，已可以无顾忌地查究一下了。

不知您以为何如？草此布达，敬祝

健康

弟　建人　启　七月十四日

到了同年十月，叔叔更在《人民日报》著文，对须藤医生的诊疗公开表示质疑。后来听说日本医学界有位泉彪之助先生，曾为此专程到上海鲁迅纪念馆来查阅过有关资料，最后似乎做了支持须藤医生的结论。但这仍不能排除二老的怀疑。一直到晚年，母亲和叔叔仍不止一次地向我谈起此事，叔叔甚至在病重之际，还难释于怀。如今我也垂垂老矣，因此觉得有责任重提这桩公案，将自己之所知公之于众。至于真相究竟如何，我也无从下结论，只能留待研究者辨析了。

建人叔叔是这样对我说的，父亲临死前，确实肺病极重，美国友人史沫特莱特请一位美国肺科专家邓（DUNN）医生来会诊。孙夫人宋庆龄也在这里起了

父亲去世了，母子相依为命

帮助作用。邓医生检查之后对我们说：病人的肋膜里边积水，要马上抽掉，热度就会退下来，胃口随之就会开，东西能吃得下去，身体的抵抗力就会增加。如果现在就开始治疗、休养，至少还可活十年；如果不这样做，不出半年就死。治疗方法极简单，任何一个医生都会做。你们商量一下，找一个中国医生，让他来找我，我会告诉他治疗方案，只要照我说的去做就行，无须我亲自治疗。提到是否要拍"X"光片，邓医生说，"经我检查，与拍片子一样"。讲得十分把握。邓医生的诊断是结核性肋膜炎，而须藤医生则一口否定。直到一个多月后才承认，才抽积水。我相信叔叔说的话，因为现在我也知道，这种诊断连一般医科高年级学生都能通过听诊得出的，而不应当被误诊。况且须藤医生已为父亲看病多年，更不该搞错。

叔叔接着说：上边这些话，是你爸爸妈妈亲自讲给我听的。

鲁迅全家与冯雪峰全家合影，一九三一年四月二十日摄于上海。前左起：冯雪峰、海婴、鲁迅，后左起：何爱玉、雪明、许广平

那时我还通过冯雪峰的妻子，也同冯（雪峰）先生谈过，但他仍赞成老医生继续看下去，这样邓医生的建议就被搁置起来。孰料邓医生的诊断颇为准确，十月份你父亲就去世了，距他的会诊，恰好半年。你父亲死后，须藤写了一张治疗经过，使用的药物等等；你母亲经常提起这份报告，说这不符合当时治疗的实际情况。诊断报告的前段，讲鲁迅怎么怎么刚强一类空话，后段讲述用药，把诊断肋膜积水的时间提前了。这种倒填治疗时间的做法，非常可疑。记得须藤医生曾代表日本方面邀请鲁迅到日本去治疗，遭到鲁迅断然拒绝，说："日本我是不去的！"是否由此而引起日本

母亲在照片上写："爸爸死了几天之后，坐在藤躺椅摄。一九三六年十月。"正
发气喘病

某个方面做出什么决定呢？再联系到鲁迅病重时，迫不及待地要
搬到法租界住，甚至对我讲，你寻妥看过即可，这里边更大有值
得怀疑之处。也许鲁迅有了什么预感，但理由始终不曾透露。我
为租屋还代刻了一个化名图章。这件事距他逝世很近，由于病情
发展很快，终于没有搬成。

　　须藤医生在我父亲去世后，再也没有遇到过。当时以为，也
许是我们迁往法租界之故吧。但到了解放后，我母亲几次东渡访
问日本，曾见到许多旧日的老朋友，里面也有为我家治过病的医生，
都亲切相晤各叙别后的艰苦岁月。奇怪的是，其中却没有这位与

墓碑上的字是我幼年时写的

我家的关系那么不同寻常的须藤医生，也没有听到谁人来传个话，问候几句。日本人向来重礼仪，母亲访日又是媒体追踪报道的目标，他竟会毫不知情，什么表示也没有，这是不可思议的。只间接听说，他还活着，仍在行医，在一个远离繁华城市的偏僻小地方。难道他曾经诊治过的病人太多，真的遗忘了吗？一句话，他怎么会在那么多熟人里消失了呢？

叔叔又讲，鲁迅死后，你病了想找医生诊治，那时还没有离开虹口大陆新村，问内山完造先生该找哪位医生，内山讲了一句："海婴的病，不要叫须藤医生看了吧！"那意思似乎是已经有一个让他治坏了，别让第二个再受害了。

商务印书馆一位叫赵平声的人曾在"一·二八"前讲过，须藤医生是日本"乌龙会"的副会长，这是个"在乡军人"团体，其性质是支持侵略中国的，所以这个医生不大靠得住。叔叔听了就对父亲讲，并建议现在中日关系紧张，还是谨慎些不找须藤医生吧。

父母的好友萧军、萧红与黄源。照片背面是萧红题字："悄于一九三六年赴日，此影摄于宴罢归家时。"

父亲当时犹豫了一下，说："还是叫他看下去，大概不要紧吧。"

也许是多疑，还有一件事，母亲也对我说过多次。她对用药虽是外行，有一件事却一直耿耿于怀。她说，肺结核病在活动发展期，按常识是应当抑制它的扩展。虽然那时还没有特效药，但总是有治疗的办法，例如注射"空气针"等。但是，须藤医生却使用了激素类针剂，表面上病人自我感觉畅快些，但促进了疾病的发展蔓延。这种针剂是日本产品，我国的医生并不熟悉，又时过几十年，要寻找了解当时日本对此类疾病的治疗专家来鉴定恐怕是很难的了。我在此只是将母亲的疑问记录下来。

母亲还说，父亲临死前一天，病情颇为危急，呼吸局促，冷汗淋漓，十分痛苦。问须藤医生病情的发展，老医生说："过了今天就好了。"母亲后悔地讲，我总往好转缓解的方面去想，不料这句话是双关语，我当时太天真了。到了凌晨，父亲终于因心脏衰竭而亡故了。母亲当时的伤心悔恨，我想谁都能想象得出的。

综合以上事实，作为一个负有全责的、人命关天的抢救医生，

（左）母亲和萧红，一九三五年摄于大陆新村寓门外；（右）母亲和萧军、萧红，前立的是八岁的笔者

须藤医生在这两天里采取了多少积极措施呢？ 这在母亲的回忆录里叙述得很清楚，不再重复。我还有进一步的疑问：父亲是肋间积水，去世前发生气胸，肺叶上缩压迫心脏，最终是心力衰竭而停止了呼吸。我当时站在父亲床前，看到日本女护士，两手左右摇晃父亲的胸部，力图晃动胸中的心脏使它恢复跳动。这仅是"尽人事"而已，毫无效果的。使我怀疑的一点是：须藤似乎是故意在对父亲的病采取拖延行为，因为在那个时代，即使并不太重的病症，只要有需要，经济上又许可，即可送入医院治疗。须藤为什么没有提出这样的建议，而只让父亲挨在家里消极等死？

　　如今父亲去世已经一个甲子了，这件隐藏在上辈人心中的疑惑，总是在我心头闪闪烁烁不时显现。是亲人的多疑还是出于莫须有的不信任？我以为否定不容易，肯定也难寻佐证。但我想还是抛弃顾虑，将之如实写下来为好。我绝无以此煽起仇恨的意思，祈愿日本友人，不要以此怪罪。我只是实事实说。

父亲下葬前，萧军正在整理大队群众队伍

注1. "老医生"指须藤医生，须藤五百三医生一八七六年出生于日本冈山县下原村（现为川上郡成羽町），一八九八年任陆军三等军医。还随军到过中国大陆和台湾。之后还以军医身份任朝鲜总督府立黄海道（海洲）慈惠医院院长。一九一八年退伍，不久在上海创立私人须藤医院。当时地址是密勒路6号（今峨嵋路）他与内山是同乡，一九三二年介绍给鲁迅诊病。由此开端直至一九三六年十月十九日鲁迅去世，一直是主治医生，诊治达一百五十次。在这三年多期间内，有著名学者研究判断，须藤医生对鲁迅的病情，属于"误"诊，不知此据何在。一九四六年，须藤医生回到家乡家中开业，一九五九年去世，享年八十三岁。母亲访问日本时候，须藤医生渺无音讯。我本人两次参加内山完造先生纪念活动到达冈山，也没有关于须藤医生丝毫的痕迹，这现象同样是不可思议的。

（以上摘据陈祖恩先生文，刊登于《上海滩》杂志二〇〇六年三期第四十五页）

丧事和棺木

父亲去世后，坟地选在虹桥路万国公墓。现在看起来那里离市区不远，而那个年代，被视为冷僻的远郊，所以有一大块地方可供土葬。那是孙夫人宋庆龄推荐的，因为在墓穴的不远处有一大块土地是宋家墓地。

我没有跟随母亲去看过墓地的印象，只有和母亲、孙夫人宋庆龄、茅盾夫人孔德沚和婶婶王蕴如这几个人一起去挑选棺木的记忆。那是在万国殡仪馆职工来移走父亲遗体后的次日。我们是早晨乘汽车去的，先看了几家中国人开设的棺木店，店铺陈列的棺木，有些档次很高，也有平民化的。它们清一色是中国式的棺木，板材有些很厚，显得很笨重。油漆上等，光泽鉴人。也有本色的，未曾油漆过。走了几家都不中意。听到大家议论，倾向买西洋式的，既大方又符合父亲的身份。因此，转回到万国公墓附设的售棺展示室，从西洋式里挑选合适的。我看见母亲反复巡视，打算选定一具中等价位，经济上能承受的棺木。她们边看边议，最后大家让母亲买一口相当昂贵的西洋式棺木，也就是人们在葬礼照片里所看到的那一具。我感到母亲的犹豫。但时间过午，不再寻找另一家，便这样确定了。

有文章说，这具西式棺木是宋庆龄出资购买赠予的。胡愈之先生也有这样的回忆。对于宋先生，我始终心存感激，因为无论她与父亲的友谊，对父亲生病和丧事的关怀帮助，以及后来对我们孤寡母子的关怀是众所周知的。至少，或许她有过这个动议和表示吧。但是，我从母亲挑选棺木时和婶婶王蕴如商量的判断，这棺木是自费购买的。

（左）宋庆龄（左2），母亲（右1），我（右下）在父亲下葬时；（右）宋庆龄在鲁迅葬仪上发表演说，左前是姚克

除了棺木，连葬礼费用、殡仪馆等等的开支，据说也有文章说是出于"救国会"的全力资助。对此我仍是这个态度，不论是与否，一样地万分感激。因为，"救国会"确实也对父亲的后事给予过帮助。我希望我的子子孙孙永远记住这一点。

但是，从虹口搬迁到法租界稍稍安定之后，母亲就结算丧葬的开支，全部的支出按当时物价，令人惊骇。母亲还取出一份银行活期存折，指着告诉我："原先爸爸生前，考虑到如果自己有生命的意外，你年龄小又多病，恐怕我一时离不开家里去寻工作。你还要去读书、看病吃药，积蓄了这笔款子，粗茶淡饭可以将就几年。如今，只剩下这么一点了。为了节省开销，请叔叔婶婶全家搬进来同住，也好有个照应。我寻到一家学校去教书，可放心离开半日，你在三叔家里共饭。要乖，听话，妈妈喜欢你。"我以为母亲没有必要向稚龄七岁的儿童讲不实之言。也许"救国会"确实有这个愿望，或者有过决定，但是经费拮据，最终难以兑现。而共商其事的成员以及"耳闻"的人氏，便以此作为事实，并据此写了回忆文章，也未可知。我内心虽有疑云但深知这件重大的史实，不能借推断而轻易抹杀，因此，我特地去请教了三位重要见证人，现将所得摘录如下：

第一位是梅志先生（胡风夫人）。她这样说："我想你应该去向胡愈之了解情况。因为鲁迅先生丧事是冯雪峰代表党在幕后操办的，当时胡愈之也参加。胡风每晚都去向他们汇报、请示。救国会参加办丧事是冯（雪峰）的决定，说过由救国会出钱，可是后来分文未出。抬棺人也是由冯决定的。"

第二位是黄源先生。他答复说："至于丧事费用，购棺木的钱，究竟是谁出的，出多少，（我）都没有亲自参与，事后也没有问过你妈妈，说不确切。你一追求（究），我说不出来。我在（纪念）宋庆龄和鲁迅的文章中也说过，棺木的钱是宋（庆龄）出的，但要追求（究），根据什么，还是谁告诉我的，我就说不出来了。"（一九八四年五月十日函）

再去函胡愈之先生。他回复如下："救国会当时是非法的团体，是没有钱的。救国会长沈钧儒题了'民族魂'三个大字，盖在棺木上。但主持葬礼的是蔡元培、宋庆龄和沈钧儒。宋庆龄亲自到殡仪馆，选定了棺木，又买了下来，但实际上可能由中共付钱的，因（为）宋（庆龄）也没有很多钱。"（一九八四年七月十日）

我又从救国会的资料里查到：（鲁迅）丧（葬）后，宋（庆龄）声明过，所有捐款用于纪念，并非资助丧事。

综合上面几位重要人士的证明，父亲的棺木似乎并非由救国会或孙夫人宋庆龄出资。我母亲历来对党感恩戴德，如果棺木确实是冯雪峰代表党付的款，母亲在国民党的统治下需要保守秘密的话，那么解放后直到她去世，时间约二十年，完全可以不必为这件事保密了。在"文革"期间她心脏病很严重，明知自己健康

万国殡仪馆的父亲灵堂，小照片是沙飞所献

很差，随时可能不测，有些事她就口述，让秘书记录下来，而唯独仍将这件事深埋于心底秘而不宣，是不可思议的。而且，从冯雪峰生前历年的文章、讲话里，也没有看到他讲过鲁迅的棺木确实是我党付的款。

写到这里，想到了二位极其有关的人，打了电话询问。一位是冯雪峰的长子冯夏熊。他对这个问题的回答是：他父亲生前谈论中认为棺木丧葬费是宋庆龄支付的。没有讲过当时是由他把地下党的款子交给治丧委员会或者我的母亲（一九九九年十一月十九日询问）。另一位是母亲生前的秘书王永昌。他在母亲身边工作了近十年，一九五九年曾帮助母亲写《鲁迅回忆录》。他对这个问题的回答：（我母亲）从未讲过鲁迅的丧葬费和买棺木的钱，是救国会或是宋庆龄或是地下党支付的（一九九九年十一月十九日）。他们二位的证言足以从侧面否定了他人或团体曾经在经济上给予支援。

在这里，我将关于父亲丧葬费的支出账单附录于后，这是母

（上）一九三六年十月，载着鲁迅灵柩的汽车正从万国殡仪馆驶向大门；（下）灵车缓缓行驶，带走了我亲爱的父亲，他跟我们永远永远地分别了……

送葬的群众，唱着"安息吧！鲁迅先生"挽歌

亲当时亲笔所写。原物现保存于北京鲁迅博物馆。

丧葬的支出账单：

坟　地　　1280　　（元）

殡仪馆　　1000　　（元）

另　付　　1168.48（元）

这份极其简单的账单，其中第三笔 1168.48 元究竟是什么花费？如果是杂费，那么它已经在殡仪馆的一笔里包括了。是否内含棺木，没有列出。存疑。

让我们从另一个角度来分析。一九三七年在匆匆下葬后的泥地墓园，做了碑和植了树，花费如下：

坟面　　填泥　　12 元

铺草种树（花厂）　19 元

龙柏（龙柏 19 株 大龙柏 12 株）	55 元
运工	6 元
墓碑	10 元
瓷像	12 元
墓碑和像后铺水泥	5 元
发票的日期：民国 25 年（1936 年）11 月 19 日	

正好是父亲去世一个月完工的。

以上支出共计为 119 元。以这笔百元的支出和上面"另付"（注 2、注 3）项的 1168 元相互比较，这笔十倍于后者的巨大支出，花费于哪里不是值得探讨吗？

当然母亲这份账单里也有可疑之处：既然买棺木是那么大一笔开支，又为何不明确标示呢？

总之，关于父亲丧事中的这件大事，是个值得研究的谜。我不是个忘恩负义的人，只是如实说出心中的疑窦。

注 2. 内山书店老店员儿岛享夫人告诉我，许先生（我母亲）去购买棺木的早晨，她在客厅，看到许先生返回楼上，去取来手提钱包。

注 3. 上海鲁迅纪念馆，查到许广平交出的三张收据，是万国公墓墓葬时墓穴、棺木、礼堂一切费用。

单据之一

FUNERAL EXPENSES OF THE
LATE MR. CHOW SHU-JEN

Casket and service as agreed.	$930.00
Two Chapels, use for two agreed.	400.00

Cement vault.   180.00

Coolies   20.00

Delivery of cement vault and hire of

                                            ToTAL $l530.00

(Total amount dollars one thousand five hundred and thirty)

22-10-36 Received $1000.00 Cash A.W. Hortor

Payment Received With Thanks

International Funeral Derector of China

O.W.Horcor

            for Managing Director

[译文]

周树人先生葬礼费用

灵柩及服务费 $930.00

两个礼堂，用两天   400.00

水泥棺座   180.00

水泥棺座搬运及劳务费   20.00

(总计壹千伍佰叁拾元)

1936.10.22 收到 1000.00 现金

感谢付现金   A.W. 霍特

中国   万国殡仪馆

代表总经理: O.W. 霍特

单据之二

ORIGNAL

ReceiptNo. 3267   Date Oct. 23rd 1936

BillNo.3127

FunRef No.3127

Name：Mr. Chow Chu-jen

International   Funeral   Director

Received   from   Mrs.Chow Shu-jen Cash-the sum of

Dollars One Thousand only with

thanks

$1000.00   on a/e

Balance $ 430.00

International Funeral Directors

By   A.W.Hortor

For managing director

[译文]

正　　本

收领号：3267   日期：1936.10.23

发票号：3127

Fun Ref：3127

姓名：周树人先生

万国殡仪馆

周树人先生服务费现金——总数壹仟元，谨此致谢。

$1000.00 on a/e

78

尚欠：430.00

万国殡仪馆

经手：A.W. 霍特

（代表总经理）

单据之三

ORIGINAL

Receipt No.3269　　　　　　　　Date Oct. 24th 1936

Bill No.3128

Fun Ref No.3128

Name：Mr.Chow Shu-jen

　　　　International Funeral Directors

　　207 Kiaochow Road

　　Telephone：34220

Received tgom Mrs. Chow Shu-Jen Cash

Ch.# A-708322-Sin Wsh Trust Sar B'k

the sum of Dollars Four Hundred and thirty only

With thanks

$：430.00 Balance in full

　　　　　International Funeral Directors

　　　　　　By A.W.Hortor

　　　　　For Managing Director

[译文]

正　　本

收领号：3269　　　　　　　　　　日期：1936.10.24

发票号：3128

Fun Ref：3128

姓名：周树人先生

万国殡仪馆

胶州路 207 号

电　话：34220

（收到）周树人先生服务费现金

Ch.# A–708322–Sin Wsh Trust Sar B'k

总数金额肆佰叁拾元，谨此致谢。

$：430.00 差额补足。

万国殡仪馆

经手：A. W. 霍特

（代表总经理）

　　这个材料录取于二〇〇二年十二月出版的王锡荣副馆长著《鲁迅生平疑案》（P275—276），三张收据也同页首次披露。此证据虽然迟见于笔者回忆录之后大致一年半，但仍足以表示感激。

　　以物价粗略计算，当时一石米（一百五十市斤）市场价是八元。以币值比例，当时每一元钱的购买力，相当目前二十至二十五元。

　　母亲在一九四〇年四月致许寿裳长函一封，其中有如下一段："周先生死去后印《且介亭》三册，费去七百元，印《鲁迅书简》，

一九三六年鲁迅下葬后的墓地。可以看到路边的竹篱笆。外面是万国公墓虹桥路

费去二千元；丧费三千余元；从廿五年三月病起至死，每月医药费亏空百余元，共约千余元（周先生病死，为什么一个人也不来负责？这时倒来迫钱了）；以上连家用、印书、丧费、病费，最少共用去一万五千四百余。收入……陆续收到共四千余元。……实亏空一万余元。但此巨数，绝非架空，有事实可根据。"（刊：《许广平文集》第三卷，第337页）

　　由这封通信中可以读到，母亲如何的忍辱负重，她只能向她的世交许寿裳老师诉说，"周先生病死（包括）丧费三千余元，为什么一个人也不来负责？"可见从鲁迅去世之后三年多的时光，没有一个人"负责"丧葬费用，而听凭让母亲承担这么大的重荷。

兄弟失和与八道湾房契

失和的缘由

一九一九年二月，父亲卖掉绍兴祖居老宅，将全家迁往北平。这之前，周作人见大哥忙于搬家，便向北平的学校请了几个月假，带着太太羽太信子和孩子到日本探亲去了。搬家的一切事务自然都落在大哥身上。父亲从找房子到买下八道湾，寻工匠整修房屋和水道，购置家具杂物等等，足足忙碌了九个月。周作人却于八月间带着妻儿和小舅子羽太重久优哉游哉从日本返回北平来了。那时八道湾的房屋修缮尚未完工，父亲无奈，只得临时安排他们住在一家姓王的家里，直到十一月下旬才搬进八道湾。

八道湾的房屋高敞，宽绰而豁亮，是被称为有"三进"的大四合院。父亲让兄弟住后院，那里的北房朝向好，院子又大，小侄子们可以有个活动的天地；又考虑到羽太信子家人的生活习惯，特意将后院的几间房子改装成日本格式。而他自己屈居于中间二排朝北的"前罩房"。这屋子背阳光，比较阴冷。

房子整理安定之后，父亲鲁迅为全家着想，以自己和弟弟作人的收入供养全家。他们兄弟还约定，从此经济合并，永不分离，

北京八道湾 11 号鲁迅故居旧貌

自己的母亲年轻守寡辛苦了一辈子，该享受清福。朱安不识字，能力不足以理家，这副担子自然而然落到羽太信子的身上。父亲鲁迅自己除了留下香烟钱和零用花销，绝大部分薪水都交给羽太信子掌管。

没想到八道湾从此成为羽太信子称王享乐的一统天下。在生活上她穷人乍富，摆阔气讲排场，花钱如流水，毫无计划。饭菜不合口味，就撤回厨房重做。她才生了两个子女，全家雇用的男女仆人少说也有六七个，还不算接送孩子上学的黄包车夫。孩子偶有伤风感冒，马上要请日本医生出诊。日常用品自然都得买日本货。由于当时北京日本侨民很多，有日本人开的店铺，市场上也日货充斥，应该说想要什么有什么。但她仍不满意，常常托亲戚朋友在日本买了捎来。因为在羽太信子眼里，日本的任何东西都比中国货要好。总之，钱的来源她不管，只图花钱舒服痛快。对此，周作人至少是默许的。他要的只是饭来张口衣来伸手，还有他"苦雨斋"里书桌的平静，别的一概不问不闻。当然他对信子向来也不敢说个"不"字。苦的只是父亲，因为他的经济负担更重了。

但这一切仍不能让羽太信子称心满意。她的真正目标是八道湾里只能容留她自己的一家日本人和她的中国丈夫。就这样，在建人叔叔被赶走十个月后，她向鲁迅下手了。也不知道她在枕边向周作人吹了什么耳边风，在大伯鲁迅身上泼了什么污水毒涎——对此别人永远是不可能知道的——我们只知道这一天，一九二三年七月十九日，周作人突然手持一函，外书"鲁迅先生"，信里边咬牙切齿地写着："以后请不要到后边院子里来！"鲁迅感到诧异，想问个明白，"后邀欲问之，不至"。可见羽太信子这一口咬得多么毒！就这样，父亲鲁迅也被周作人夫妇逐出了八道湾。祖母受不了这冷酷的环境，后来也从此住到了长子的新家。八道湾这所大宅终于称心如愿，为周作人夫妇所独占，成了羽太信子的一统天下。祖母也同父亲一样感叹说："八道湾只有一个中国人了。"

父亲受到这种以怨报德的对待，他的愤怒心情充分表现于他用过的一个笔名——"宴之敖"。父亲的解释是，这个"宴"字从上向下分三段看，是：从家、从日、从女；而"敖"字从出、从放。即是说："我是被家中的日本女人逐出的。"

对于这段历史，某些鲁迅研究者的推测，是他看了一眼弟妇沐浴，才导致兄弟失和的。但是据当时住在八道湾客房的章川岛先生说，八道湾后院的房屋，窗户外有土沟，还种着花卉，人是无法靠近的。至于情况究竟如何，我这个小辈当然是没有发言权的。

不过，我以二十世纪九十年代的理念分析，却有自己的看法，这里不妨一谈。我以为，父亲与周作人在东京求学的那个年代，日本的习俗，一般家庭沐浴，男子女子进进出出，相互都不回避。即是说，我们中国传统道德观念中的所谓"男女大防"，在日本并不那么在乎。直到临近世纪末这风俗似乎还保持着，以致连我这样年龄的人也曾亲眼看见过。那是七十年代，我去日本访问，有一回上厕所，看见里面有女工在打扫，她对男士进来小解并不回避。我反倒不好意思，找到一间有门的马桶去方便。据上所述，再联系当时周氏兄弟同住一院，相互出入对方的住处原是寻常事，在这种情况之下，偶尔撞见还值得大惊小怪吗？退一步说，若父亲存心要窥视，也无须踏在花草杂陈的"窗台外"吧？有读者也许会问，你怎可如此议论父辈的这种事？我是讲科学、讲唯物的，不想带着感情去谈论一件有关父亲名誉的事，我不为长者讳。但我倒认为据此可弄清楚他们兄弟之间"失和"的真实缘由。以上所见，也算是一家之言吧。

八道湾房契

父亲被逐出了八道湾，但八道湾房产的名头仍是他。前面说过，八道湾的房子是卖掉绍兴老屋的钱所买的。这院子里外三进，父亲将之安置母亲和三兄弟的家眷。父亲为此请了几位乡亲朋友为见证人，订了一份契约，内容是八道湾的产业，分拆为四份；三兄弟各占一份，母亲（我的祖母）占一份。这一份作为供她养老送终的费用。房产主是周树人（鲁迅）。对此，周作人很清楚。但父亲去世仅几个月，尸骨未寒，他竟私自换写了一份契约，将户主姓名变成他自己，还找了几个"中人"签了字。而这一切，在上海的建人叔叔和我母子都毫无所知。可见周作人将此事干得何等隐秘！直到朱安女士去世，许多朋友赶到西三条去保护鲁迅遗物，这份契约的照片才被母亲的好友常瑞麟发现收存。一九四八年，

祖母

因时势紧张，常姨把这张照片寄到上海。但当时母亲正急于离开上海，匆忙中顾不得细看内容，这张照片就这样搁了下来。直到前几年，我因要编《许广平文集》，才在旧资料里发现了它。我想这是周作人蓄意侵吞八道湾房产最好的证据。

周作人侵吞了八道湾房产后，将空余的房屋出租收钱。而祖母和朱安女士的生活仍要远在上海的母亲承担。当时我们孤儿寡母生活本已十分拮据，但母亲总是及时向北平寄钱，我从她给祖母的信中多处读到因供奉不丰而深感愧疚的语句。母亲还给周作人写信，"恳求"二先生能"负担一半"祖母的生活。但几次去信都不得回复。直至前年看到周作人搞的那个契约，我才明白，原来他为了欺骗大家，早已将赡养祖母这一重要内容有意瞒掉了。

当年与祖母相熟的俞芳也曾告诉我从太师母和许广平的书信往来中可以看到，自鲁迅逝世至一九三七年底共十四个月，太师母和朱安的生活费全部由许广平承担的。直到一九三八年一月开始，周作人才承担太师母的生活费五十元。但是物价在飞涨，而生活费却一直没有增加，太师母过的日子自然很拮据了。尤其在日寇侵占期间，周作人生活很富裕，出入汽车，家里开销很大，

祖母摄于一九二九年春北京某院内。右起：俞芳、祖母、许羡苏、俞藻

可是对老母寡嫂的困难仍然不予理睬。他对老母如此刻薄，竟还好意思给友人写信和在文章中假惺惺地诉苦：留在北平苦守为了奉养老母。这十足是在唱戏给别人看，以瞒骗爱惜他的文化界朋友罢了。而我母亲还为自己的经济力量薄弱，不能宽裕地奉养婆婆而深自歉疚，直到晚年还耿耿于怀。

抗战胜利后，周作人因附逆被判刑，关在南京老虎桥监狱。八道湾的房产，国民党政府没收了周作人的那部分，也就是三分之一，并且分割得很客气，不是竖"切"而是横"切"。这样，前院由国民党的部队占有了，部分后院仍让周作人的家属使用（应当说是很照顾的）。也就是说，从此，他们住的是产权属于父亲和叔叔的那两部分房屋。但是看来周作人并不作如是想，至少羽太信子并不这样认为。

那是一九四八年，北平解放。我随母亲从东北南下到北京，住在旅馆里。某个冬日的下午，章川岛先生陪我到北城购物，因

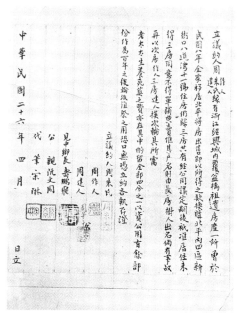

鲁迅去世半年，周作人用偷梁换柱手法，更换的八道湾的房屋"议约"。信封上的邮政章是一九四八年六月二十九日，常瑞麟寄来。时上海已白色恐怖，母亲没法作出反应。信封背面"内八道湾合同"是母亲的字迹

时间尚早，大致才三点多钟，章先生便问我："要勿要到你们的房子去看看？此地靠近八道湾，侬爸爸买格房子就在葛（这）里。"我当然高兴，催促快去。我出生在上海，远在北平的祖母极其盼望能够看看我这个大房孙子，可以说是魂牵梦萦。但她老人家由于健康原因，始终未能南下。我也几次失去北上省亲的机会。南北相隔，只有寄照片以解老人的思念，直到她老人家去世。朱安女士也同样无缘得见。但随着我年龄的渐渐长大，便不时听到有关八道湾的事，知道那里也是自己的家，心里就有一种亲切和向往。走进八道湾十一号大门前院，章川岛先生告诉我，他曾在院里的西屋住过，"兄弟不和"时，他正住在此地。

走进里院，但觉空空荡荡的，很寂静，仅有西北角一个老妇坐在小凳上晒太阳。老妇把章川岛招呼过去，大概是询问来者是谁。章执礼甚恭，谁知仅简单地问答了几句，忽见老妇站起，对着我破口咒骂起来。后来似乎感到用汉语骂得不过瘾，又换了日本话，手又指又划，气势凶猛，像是我侵入了她的领地。章先生连忙拉

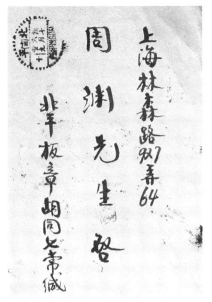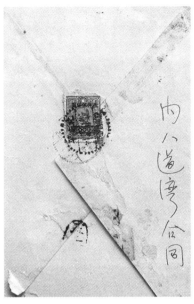

我退到外院，告诉我，她就是周作人的太太羽太信子。照理说，我是她亲侄子，我们又是初会，上一辈哪怕有多大怨仇，也该与我不搭界，而她一听说是我，竟立即做出这种反应。这给予我的印象太深刻了，直到五十多年后的今天，她那穷凶极恶的模样尚历历在目。从此以后，我再也没有踏进八道湾一步。到人民政府成立后，叔叔和我母亲将属于我们的这两份房产共同捐献给了国家，对此，当时报纸曾经有过报道。

关于八道湾，我还要说一件事。前一阵有人提议要保留八道湾的鲁迅"故居"，我感谢爱护父亲遗迹的好意，但我和建人叔叔的后人都以为大可不必。八道湾的房屋以北房最佳，而父亲本人根本没有享受过，而"苦雨斋"又与鲁迅不搭界。他早年住过的屋子，又都破损不堪，而且听说现在也不是原屋了。要说北京的鲁迅故居，西三条才是。因为这是他用自己的钱独立购买的，并且也是居住过的。由此可见，保护八道湾实际等于保护周作人的

（左）八道湾院里的窗户；（右）川岛先生摄于大石作楼上

"苦雨斋"。那么，汉奸的旧居难道是值得国家保护吗？这当然是我个人的看法，仅供有关部门参考。

祖母对周作人的感叹

这里，我顺便说一说祖母对这个二儿子周作人的议论。当然，那时我还年小，又远在上海，不可能亲耳聆听她老人家的谈话。但有一个人却是不时地听到过的。她就是我前面提到过的俞芳。

关于俞芳，我想有必要做些介绍。她也是绍兴人，今已九十高龄，退休前是杭州市学军中学的副校长。她是十二三岁时认识我父亲的，那时她们三姐妹由大姊俞芬带领着从哈尔滨来北平求学，住在砖塔胡同六十一号她们家好友钮伯伯家里。由于她们的父亲俞英崖和我父亲也认识，就与我祖母互有来往。砖塔胡同六十一号有三间空房，正好那时周作人和父亲闹翻，父亲要寻房子搬出八道湾，祖母也不愿住在周作人身边，便想到俞芳那个院子里这三间现成的空房，这样他们就成了同院而居的近邻，由此愈加熟悉。俞芳入北平培根小学读书时，就是父亲为她作保的，后来她毕业于北师大的数学系。

在此期间，每逢节假日和过年，俞芳姊妹经常去陪伴祖母喝茶聊天，从一九三〇年到一九三五年夏，直到俞芳毕业工作为止。这五个年头里，祖母写给我父母的家信算来足有一百多封，平均每月两封，其中绝大部分是俞芳代笔的。俞芳总是先拟了草稿念给老人家听，让她提意见修改内容和口吻，誊清之后，老人家还要亲自过目，从不含糊。所以，俞芳从一九二三年和祖母相识到一九三五年离开，足足有十二个年头，对北平鲁迅的家事十分清楚，她是一位绝好的见证人。

祖母在与俞芳她们聊天时，谈得最多的是二儿子周作人。老人家说，信子是日本人，老二让着点可以，但过分迁就了。信子到了北平，做了当家主妇，得寸进尺，似乎什么事都得听她的，否则就生气、发病，吵吵闹闹全家不得安宁。吵闹起来还要发作晕倒，起初大家不懂这是什么病症，有一次恰好信子的弟弟羽太重久在旁，他说这不要紧的，在日本东京也时有发作，等一会儿就好。可是这样的次数多了，弄得老二也怕她，从此就处处顺着她，种下了信子飞扬跋扈的根源。后来，信子将日本的父母弟弟接到八道湾同住，生活日本化，买东西只去日本铺子。"九一八"事变以后，局势稍有波动，信子就把八道湾门上的"周宅"门牌摘下，

祖母孤零零地住在长子去世之后的家里。（荷侠　摄）

换上"羽太寓"的门牌，甚至干脆挂上日本的国旗，表示这是日本人的住宅。而周作人却安然自得。鲁迅为此叹道："八道湾里只有一个中国人了。"又说，老二如此昏聩！羽太家庭经济困难，寄些钱去接济是可以的，但把他们接到八道湾来住，就很不妥当了。

"七七"事变前，祖母对俞芳的妹妹俞藻说："我真为老二担心，现在教育界开会的消息，报纸上很少有老二的名字，恐怕他对抗战的态度不坚决……"说这话时心情很沉重。

父亲逝世的电报到八道湾，周作人找了宋紫佩先生同往西三条告诉祖母。事后，祖母对俞藻说："那天，老二和宋紫佩来，我心里已猜想到不是好兆头。心想，大约老大的病更加严重了。及至得知老大已经过世，我精神上受到沉重的打击，悲痛到极点。只觉得全身颤抖，两腿抖得厉害，站都站不起来，只好靠在床上说话，但头脑还是清楚的。我说，'老二，以后我全要靠你了。'

老二说：'我苦哉！我苦哉！……'老二实在不会说话，在这种场合，他应该说，'大哥不幸去世，今后家里一切事，理应由我承担，请母亲放心。'这样说既安慰了我，又表明了他的责任。"祖母气愤地说："难道他说苦哉！苦哉！就能摆脱他养活我的责任吗？"

这些都是俞芳老师告诉我的。

建人叔叔的不幸婚姻

建人叔叔的婚姻坎坷而辛酸，我曾听母亲讲过。但翻看有关资料和回忆文字，这方面都有所回避。现就母亲告诉我的，加上俞芳提供的材料，一并记述下来，以免湮没。

羽太信子姊妹

一切都要从羽太信子说起。周作人讨了这个日本老婆竟"乐不思蜀"，不想回来了。还是父亲费了许多口舌，还亲自到日本"接驾"，他们才全家回到绍兴定居。从此父亲一个人在北平挣钱，每月寄去所得，以供养绍兴一家人的生活，包括周作人和他的老婆。为了让信子在家中有稳定感，便把经济大权交到她手里，让其主持家务。也许她自知出身平民，起初还有自卑感（她原是父亲和周作人东京留学时寄宿房东的女儿，专事打扫一类杂务。这是父亲同学告诉我母亲的）。但随着看到家中老太太（祖母）和朱安都放权，又不以尊长的身份约束她，那种要完全主宰周家的野心就此逐渐膨胀起来。

那么，周作人在家中扮演的又是什么角色呢？这从一个例子可以看出。当时家里有一个男管家齐坤，他采购家庭日用品，往往报虚账，连买双周作人穿的布鞋都加了不少码，从中"揩油"。日长时久此事泄露出来了，要向周作人讨个主意是否该辞退他。周作人沉思了一会儿，竟答复说："辞退他对我日常生活的照料没人能替代得了，还是留着吧。"由此可以看出，他对家里是百事不管的，他只要自己过得舒适安逸和书斋的宁静。为此他对羽太信子听之任之，处处姑息迁就。

被周作人逐出"八道湾"住宅的幼弟周建人

不过羽太信子虽然有心控制一切，她在周家毕竟势孤力单，于是想到身边需要有自己贴心的人。待她怀了孕，便提出要让她的妹妹芳子来华照料。芳子小她姐姐九岁，还是个不懂世事的小姑娘。据熟悉内情的俞芳告诉我，其实芳子起初并不愿意到中国来。因为她知道自己姐姐的脾气，任性、自私、跋扈，还有"歇斯底里"症，常常无端发作，难以服侍。可是考虑到家境困难，姐姐又连连去信催促，还汇去了旅费，这样，在犹豫拖延了两年之后，才由胞兄羽太重久陪同来到绍兴。没想到这里的生活起居大大优裕于日本的家，这自然使她乐于在中国生活了。从此，羽太信子得到妹妹无微不至的照顾，芳子对她的任性和跋扈也总是逆来顺受。与此同时，芳子的性格也渐渐起了变化。她本是无知软弱的

祖母（中）和幼子周建人

人，但在信子日长时久的熏陶之下，思想行为渐渐有了姐姐的影子，这也许就是她后来那样无情对待建人叔叔的根由吧。

羽太信子在生活上再也离不开这个妹妹了。为了让妹妹能够永远留在身边给自己做伴，像使女那样服侍自己，并使她对自己有所依赖，最好的办法就是在周家内部解决芳子的终身大事。家里恰好有个尚未成家小叔。虽然在她看来这个小叔子性格软弱又没学历，不能挣大钱，但总比嫁给陌生人进入陌生的家庭好得多。开头，信子的谋划未能实现。那时建人叔叔正与小表妹（舅舅的女儿）感情颇笃。可悲的是这个小表妹后来患病不治而逝。建人叔叔非常悲痛，亲自为她料理丧事。这就给了信子实现计划的机会。终于有一天，她先用酒灌醉了建人叔叔，再把芳子推入他的房间，造成既成事实。因此，后来父亲对母亲谈起叔叔的这桩婚事，说是"逼迫加诈骗成局"的。这事对于周作人，若说他没有参与，从事理推想应该是否定的。因为哪怕他对此有过些许异议，原是很容易被阻止的。但最终老实的叔叔还是被引入了信子的圈套，并从后来周作人对自己亲弟的所作所为可以看出，他在其中究竟扮演了什么角色。

应该实事求是说，建人叔叔与芳子不能说丝毫没有感情，结合以后生活上相互慢慢磨合，又互教汉语日语，并且很快有了孩子，应该说婚姻还是美满的。但信子并不把妹妹成家放在眼里，仍要她像下女那样守在身边。直到晚上，仍不让她回房去照料自己的孩子，而要建人叔叔去抱去哄。信子甚至把建人叔叔也当用人看待，支使他去烧茶水，动作稍慢就信口训斥："慢得像虫爬""木乎乎，木手木脚的中国人！"

叔叔老实，看在和芳子的夫妻情分上，总是忍耐着。不料到后来，由于信子的不断的挑唆，连他们夫妻之间的关系也出现了裂缝。有关这方面的情况，除了婶婶王蕴如，很多是俞芳告诉我的。如前面介绍的，俞芳长时间陪伴我祖母，又是邻居，所见所闻，应当是可靠的第一手资料。再说祖母是一位和蔼、宽容、大度的老人，她的看法应该被认为是客观可信的。俞芳和我通过多封信，时间在一九八七年，那年月还比较有顾虑，不晓得披露的时间是否成熟，就此搁置下来。现在我就将它公之于众吧。

那是全家从绍兴迁到北平八道湾后的事，已属而立之年的建人叔叔由于没有相当的学历，一时找不到合适的工作。为了提高自己，他到大学去旁听社会哲学方面的课，一边阅读各种进步书籍。但他在八道湾的日子越来越不好过，在信子的心目中，他只是个吃闲饭的"呒作头"，整天指桑骂槐，她还大声告诫自己的孩子，不要去找这两个"孤老头"（指父亲和朱安），不要吃他们的东西，让这两个孤老头"冷清煞"。连建人叔叔去北大听课也冷言冷语，说什么"这么大年纪还要去上课，多丢人……"，甚至自己的妻子也当面侮辱叔叔。这是俞芳亲眼看见的。她这样告诉我：有一天周作人夫妇和芳子要出去郊游，三先生（指建人叔叔）要同行，当他刚要迈入汽车，芳子竟然斜着眼冷冷地说："你也想去吗？钱呢？"在旁的周作人竟不置一词。对此建人叔叔实在忍无可忍。

叔叔的南下

父亲支持弟弟在北大进修，感到弟弟在这种家庭难以熬下去了。他们夫妇之间，已丧失了共同生活的基础，也许让弟弟外出寻职业会好些。为此他向蔡元培先生写了求职信。巧得很，前一时，台湾阳明书屋发现了鲁迅一九二三年致蔡元培的两封信，内容正是关于替叔叔介绍工作的，好在篇幅不长，抄录如下：

其一：

……舍弟建人，从去年来京在大学听讲，本系研究生物学，现在哲学系。日愿留学国外而为经济牵连无可设法。比闻里昂华法大学成立在途，想来当用若干办事之人，因此不揣冒昧，拟请先生量予设法，俾得借此略求学问，副其素怀，实为至幸。专此布达。敬请道安。

周树人 谨上
八月十六日

其二：

子民先生左右适蒙，书抵悉。舍弟建人，未入学校。初

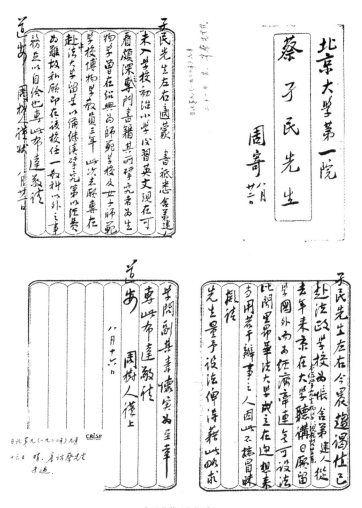

鲁迅致蔡元培信手迹

治小学，后习英文，现在可看颇深之专门书籍。其所研究者为生物学，曾在绍兴为师范学校及女子师范学校博物学教员三年。此次志愿专在赴中法大学留学，以备继续研究。弟以经费为难，故私愿即在该校任一教科以外之事务，足以自足也。专此布达。敬请道安。

周树人　谨状

八月廿一日

就这样，叔叔只在北京待了一年半，便孤身一人南下了。他先是在杭州教了几年书，后来父亲给蔡元培先生的信有了着落，被安排进上海商务印书馆当编辑。

一九六九年，母亲去世后不久，我因患肝炎去杭州休养，住在建人叔叔家里。有时叔叔去上班，婶婶王蕴如得空，陪我聊天，谈起叔叔离京后的艰辛生活和她沉积于心头的委屈，这样，我又知道了更多的情况。

婶婶告诉我，叔叔离京前，父亲嘱咐他，你这次出去，不要想家，不要想那么容易再进这个家门，你在外谋生，自己存些钱，不必寄钱回来（那时全家的生活开支都由父亲和周作人两人承担着）。

叔叔进的是商务印书馆编译所。所长王云五向以严厉管辖下属著称，他用国外进口的打卡机考勤，这在当时的出版界还是首例。上班不准迟到，违者以累进法罚扣薪金，直至开除。叔叔为了保住这个饭碗兢兢业业埋头苦干，不敢稍有懈怠，还经常带稿子回家加班熬夜。

在上海的生活稍为安定之后，叔叔就给妻子芳子去信，让她携带子女来上海共同生活。但这事却遭到信子的百般阻拦。她吓唬芳子：你们几口子住在八道湾，有大伯二伯养活你们，吃喝不愁，住得又宽敞，又有院子可供孩子玩耍，如果你们去了上海，建人一个小职员，不会有多少收入，上海的物价又比北京高，你们的日子一定不会好过……诸如此类。信子竟然还这样说，你替他生了儿子，已经尽到做妻子的责任，没必要再去跟着一起吃苦了。总之，她要把芳子扣在身边，永远做她的贴身使女。而芳子本是个没有主见的人，竟听从了姐姐这些"知心"的话，决计留在北京，甚至去上海探望一下丈夫也不肯，即使祖母出面几次三番地劝说，她也不从。祖母对此深为不满，不止一次在亲友面前说："女人出嫁，理应和丈夫一道过日子。哪有像三太太（芳子）不跟丈夫却和姊姊在一起的道理。"

这些话是俞芳亲耳听到的。信子不但教唆芳子拒绝去上海与丈夫团聚，反而又策动向叔叔要钱。当时叔叔在商务印书馆资历尚浅，工薪菲薄，每月只有八十元的收入，他就按月寄回三十元。芳子尚嫌不够，仍不断地催逼。叔叔无奈，只得汇去月收入的大部分——五十元。他总希望妻子能够回心转意，带领子女来与自己一起生活，因此他在信中一次次提出这个要求，而芳子始终不予理会。后来，叔叔积劳成疾得了肺结核，但他还得硬撑着每天去上班。即使到了这种时候，芳子的态度还是那样冷酷，坚决不肯去上海照料丈夫，甚至也不让丈夫回北平休养，哪怕断绝关系也在所不惜。从一九二一年到一九二五年，他们之间这种名存实亡的婚姻关系就这样拖了整整五年。

叔叔与王蕴如婶婶

在无奈的情况之下，叔叔与王蕴如结合了。虽然这样的结合没有"名分"，婶婶却心甘情愿，并且勇敢地与叔叔一起承担起生活的艰辛。由于叔叔每月还要向北平寄钱，两口子的生活甚为拮据。婶婶告诉我；当她怀的第一个孩子将要临产时，为了省钱，她独自一人返回家乡去坐月子。在那个年代，回娘家生孩子是件不体面的事，会招致邻居亲友的议论，她也只得硬着头皮回去。

一九四三年十二月二十六日上海兰维纳公园（现襄阳公园，曾称杜美公园）周建人夫妇（夫人：王蕴如）

一九三六年十二月，是祖母八十岁大寿。那年父亲刚去世，她老人家与八道湾的次子又形同陌路人，因此，极盼望母亲和我，还有叔叔婶婶能够北上相聚。祖母更希望能见到我这个长孙，这是她老人家最大的心愿。不料正在母亲替我准备北上的冬衣时，我突然出水痘了，不能见风受凉，旅行只得取消，由叔叔婶婶做代表了。婶婶之所以同去，是要趁机公开宣布他们俩的事实婚姻成立，叔叔与羽太芳子婚姻的结束。这原是顺理成章的事，因为一切都是由芳子和她姐姐造成的。

不料，他俩出发才几天就匆匆返沪，显得非常气愤。母亲告诉我，叔叔、婶婶到了北平，住在西三条祖母那里，寿席却设在八道湾。这样婶婶未去赴席。谁知当建人叔叔向祖母祝寿致礼时，他与芳子生的长子周丰二突然从内屋冲出来，手持一把军刀，口称为母亲抱不平，向生身父亲砍去，被众亲友奋力夺下凶器，制止了这场"血案"。幸亏婶婶当时不在场，否则真不知道还会发生什么事呢。但周丰二仍不肯就此罢休，又打电话到日本驻北平的领事馆，要他们派员来扣留叔叔，给以"法办"。幸亏正遇领事馆的值班人员喝醉酒了，答复说不能前往，这事才不了了之。但叔叔婶婶已不能再在北平逗留下去了，只得告别祖母，提早返沪。

这一重要事实，不知何故，在《周建人评传》及有关年表年谱中大多被"遗漏"和"回避"了。须知，这件事给叔叔心灵留下的创伤是终生难忘的。直到二十世纪七十年代，他还心有余悸地对婶婶说："一旦我不在了，或许他（丰二）还会来杀你的。"

也就从这个事件之后，叔叔才下决心不再给八道湾寄钱。只有长女马理没有参与逼迫生父，叔叔仍每月寄给她二十元，通过祖母转交，直到她跟周作人去了日本为止。

到了日伪时期，叔叔与王蕴如婶婶已有三个孩子，是个五口之家了。但当时市面上商品奇缺，物价飞涨，尤其是粮食必须花几倍的钱买黑市的大米来补充，才得以勉强填饱一家大小的肚子。而这一切，全靠叔叔那有限的工薪来维持，其艰难可知。不想，就在此时，作为同胞兄长的周作人竟然使出凶辣的一手：他依仗日寇势力，让北平的日本使馆通知上海领事馆向商务印书馆的负责人王云五下令，由会计科从建人叔叔的每月工资里扣出一半，直接付汇给周作人。这无异是釜底抽薪，使他们的生活雪上加霜。但他只能接受这一事实。因为在那个年代，以叔叔的性格和所从事的专业，想要另找职业是不容易的。为了一家人的生活，他唯有忍气吞声保住"商务"这只饭碗。

当时叔叔的肺病尚未痊愈，好在他意志坚强，很有自持力；也幸亏病情未再发展，使他能够支撑着去上班。本来他还抽烟，喝点酒，此后抽烟说戒就戒，酒也自我限量，并不要婶婶劝说。他们的孩子遇到生病，若非重症，决不去医院诊治。常用的对策便是卧床。对孩子说："生病睡两天寒热退了就会好！"因此我经常看到小妹周蕖卧床。她扁桃腺经常发炎，因感冒而引起，久而久之累及心脏，又得了风湿性心脏病。一九四四年，周蕖腹痛呕吐，叔叔婶婶采取惯用的卧床休息疗法。正碰上方行、姚臻两位熟友来访，他们看出病情不轻，竭力帮助送医院救治，入了红十字医院，才发现阑尾即将破溃穿孔，及时开了刀。二姐周瑾，后颈部长了很大一个疮，有如小酒盅，正对着嘴，老一辈人都叫做"对口疗"，这种疮很凶险，有可能引起并发症，但也没有送医院，是我母亲自己动手治疗的。有一天，脓头肿胀得要穿破，又顶不出，二姐非常痛楚。母亲将一把剪刀用酒精消过毒，铰开疮的顶端，挑出脓头，才挤出许多脓液来。婶婶吓得不敢在旁边看，也怕听到女儿的呼痛声，躲到弄堂外面去了。但二姐很坚强，咬紧牙始终不出声。这件事她自己至今还记得。（二姐于二〇〇一年三月二十七日去世。）

就在这艰难的日子里，我发现叔叔房间里书柜顶上那台玻璃罩的德国显微镜突然不在其位了。这台显微镜是父亲买了送给叔叔的。他专研生物，没有这工具真如砍掉他的手臂、挖掉他的眼睛。若非无奈到了借贷无门，我想他是绝不愿捧出去变卖的，我不禁想起他平时谈论生物学，话题总离不开显微镜，讲得眉飞色舞，连苍白的脸色也变得红润起来。自从卖了显微镜，他再也不提这个话题了。

周作人对胞弟的逼迫，甚至直到解放后仍不肯罢休。他唆使羽太芳子向法院状告建人叔叔"重婚"。为什么说这是周作人唆使的呢？因为羽太芳子的状子，内行人看了都觉得文笔犀利，功力非同一般；而几位知堂（周作人笔名）的老友，更明确无误地判定，这捉刀人就是周作人本人。大家都不免为之叹息：知堂老人坐不住，又出山了（周作人自己向外承认仅"改了几个字"）。这件官司出面的是周丰二，他以北平家族代表自居，气势汹汹，摆出一副非把建人叔叔扳倒不可的架势。

然而，出乎周作人意料，他认定稳操胜券的这场官司，竟然以败诉而告终。不必讳言，官司开始时对建人叔叔颇为不利。状子写得滴水不漏，"情、理"俱全：周建人在北平已有子女，竟又在上海结婚生女。这使被告方建人叔叔显得势弱理亏。待开庭后，法庭发现了许多疑点，感到这个案件不单纯是个"重婚"问题，需要进一步取证。因此，在休庭之后，法院做了大量的调查访问，又向妇联咨询，取得许多人证和书面证明，使案情得以真相大白。最后，法庭判决叔叔与羽太芳子的实际离婚成立。并宣判周丰二与父亲脱离父子关系，周作人的如意计谋就这样打了"水漂"。

需要说明的是，上述一切，除了我，婶婶从未向她的女儿、女婿提起过。也许往事太过悲苦，她不愿以此刺激女儿的心吧。这样，我成了唯一的"孤证"。婶婶当时是含着眼泪跟我说的，如今我也是七十多岁的老人了，我有责任将之公诸于众，供史家去研究。

关于周作人和周建人，这两位兄弟的恩怨纠葛，我已将自己所知悉如上述。在我这个后辈人看来，建人叔叔和周作人之间的矛盾是不可调和的、终其一生的。这有事实为证，那是解放不久，新中国的政府部门成立，建人叔叔被委任为出版总署副署长，署里有两位老友，即担任正副领导的叶圣陶和胡愈之，他们出于良好的愿望，曾想促成这对兄弟的和解，于是在某一天，他们一人一边，用双手紧紧把住建人叔叔的手臂，硬拉进一辆小卧车，开到了一个地方，这时周作人已经坐在那里。这两位老友竭力为双方撮合，要他们互相表态愿意和好。而两人始终坐在那里不说话。僵持了一会儿，两位老友无奈，只得讪讪地一起离去。

近期看到一部电视剧，有一场戏表现他们兄弟俩在一个礼堂门口相遇，互相交谈，似乎不存芥蒂。我不知道该剧的根据是什么。

至于周作人的长子周丰一，建人叔叔倒与他有过两次晤面，丰一曾在北京图书馆任职，于二十世纪九十年代中去世。他是中国民主促进会的成员。

叔叔的儿女

最后，我还得说说建人叔叔几个子女的情况。

叔叔与婶婶所生的三个女儿，其中大姐周晔原是上海译文出版社社长。她在父亲九十三岁高龄视力衰退不能执笔时，毅然请了长假，听父亲慢慢回忆，做成卡片，再比照核对别人的资料、回忆，形成文稿，又经过叔叔的补充纠正，为鲁迅研究提供了可贵的资料。此书经我的推荐，于一九八四年七月由湖南人民出版社出版，可惜大姐未及看到，已经因患肺癌于一九八四年一月三十一日去世。

二姐周瑾也垂垂老矣，因患红斑狼疮卧病在床。她是长期搞药检的，也许因此而染病的吧。（注：二〇〇一年三月二十七日去世）

幼女周蕖年龄最小，原北京师范大学教育系教师，如今也是七十多岁的老妇了。

叔叔与前妻羽太芳子所生的二子一女，我最早接触的是他的

马理（周建人的女儿）一九三六年夏到上海割扁桃腺体。十一月十九日母亲陪伴在南京路照相店摄

长女马理（即周鞠子）。她于一九三六年夏天曾由建人叔叔送到上海大陆新村我的家中，住在三楼的亭子间里。她大我十岁，由于她下面还有叔叔在上海的三个妹妹，父母让我叫她"大大阿姊"。我当时已经上学，正逢暑假，很感寂寞。她的到来，使我极其兴奋，总是纠缠她陪我玩、讲故事。马理姐姐文静而又耐心，面貌圆胖，肤色浅白，讲话细声低语的。母亲常常劝我让她有些个人时间，看看书籍之类。住了几天后，她由父亲陪着去了医院，经过检查，患的仍是扁桃腺肥大，几天后动了手术，手术后回到家中脸色苍白，我站在旁边看她极为不安，讲不出话，似乎在强行抑制胸腹的不适，一会儿见她冲到墙角，呕出许多血液，十分可怕，我见父亲雇车送她到医院，后来血止了，休养了多天才好转。不久她迁往别处，据说报考学校并不顺利，又返回北平去了。父亲的日记里有关于马理到上海的记录，也有多次同去看电影的记载，可是割扁桃腺之事却未能找到，不知为何。我是向周瑾姐姐电话证实这次割扁桃腺手术的。父亲在给北平祖母的信中，曾提到马理到上

海的主要目的是报考音乐学校。还说到我和马理姐姐："他同玛利（即马理）很要好，因为他一向是喜欢客人，爱热闹的，平常也时时口出怨言，说没有兄弟姐妹，只生他一个，冷静得很。见了玛利，他很高兴，但被他黏缠起来的时候，我看实在也讨厌之至。"

但我与这位姐姐相聚仅此一次。以后天南地北，再也不曾见过面，连一封信都没有通过。听婶婶王蕴如说，当年叔叔按月给她寄钱，她总是不敢张扬，偷偷到祖母那里去取的。又听说她学的是音乐，晚年定居唐山，不幸死于一九七六年七月二十七日那场大地震。好在相册里面有一张她的照片，聊慰我的思念。

建人叔叔在北平的幼子叫周丰三，和母亲芳子一道寄居在八道湾。他平时学习很好，虽还是个中学生，却关心国家安危，有正义感。由于生活在周作人的家庭环境内，使他能经常耳闻目睹这位二伯的所作所为和对日本侵略者的态度，心里很不赞成，因此他与这个家的气氛总是格格不入。在周作人附逆越来越明显时，丰三多次劝说，请他悬崖勒马，不能投向日本侵略者，不要去当"华北行署"的大官。周作人丝毫听不进去。那时丰三正是血气方刚的年龄，眼看劝说无效，自己在这个家庭里又孤立无援，为此而郁郁不乐。这是周作人儿子周丰一对人说的。母亲告诉我丰三最后竟想到以死相谏，白白牺牲了自己年轻的生命。写到这里，我不禁有点不平，有点悲哀。像丰三这样一位正义爱国的热血青年，那些叙述周氏兄弟身世的著作里竟然都没有顺笔一提。《周建人评传》里也没有，那些研究周作人的著作（恕我看到的书少）里也不曾提到。而对于他，我以为万万不应该遗漏的。因为丰三壮烈的死，岂不正可以反衬周作人是何等死心塌地的卖身事敌？

至于前面说到的那位曾要持刀弑父的周丰二，我后来倒是见

后排左起:许广平、王蕴如、周建人。前排:周蘗、周晔、著者、周瑾（三女子均为周建人的女儿）

过一面。那是北京解放两三年后,我们住在西城区大石作胡同十号。春节时他来拜访,孤身一个,没带妻小,也许尚未成家吧,他那时在中学当数学老师。对我这个弟弟显出很有好感,也许他本人没有亲兄弟了吧。他告诉我说喜爱打猎,愿意带我一起去打野鸡野兔,郊外有很多野味可打,这项活动很有趣的。我一方面对此没有兴趣,也和他不熟,此后便没有再来往。当然,其中也有一个重要原因,即那时建人叔叔已和这个儿子断绝了父子关系,我自然也就不便与之往来了。

朱安女士

母亲保存着一页日历，上面用铅笔清晰地写着"晨　朱女士逝世"几个字。日期是大大的阿拉伯数字 29（西历一九四七年六月，中华民国卅六年六月二十九日）。农历丁亥年五月十一日。当时母亲正受国民党的监视，不能离开上海去北平料理丧事，只能按照预先的安排委托老同学常瑞麟和地下党的朋友。而近在咫尺的周作人是否给予援手呢？我没听说。

父亲与母亲的结合，并有了我，对此，周作人及其日本老婆并不予承认，并视之为仇。解放后，章川岛先生陪着我第一次踏进八道湾的院里，这么一来似乎进入了她的领地，她当场指着我破口大骂，这是人所共知的。既如此，那他们就应该把其视作"正宗"的嫂子朱安好好供养起来，况且她还与我祖母一起生活，这才顺乎其理。再说，当时周作人也并非没有这个能力。但他偏偏把朱女士的生计推给远在上海的我的母亲来承担；而母亲拖着我这个病孩，生计极其艰难，有时生活费还得靠朋友资助，但她仍毫不犹豫地将这副担子接了过来，一直到朱女士病故。关于这方面的事，我在前文已经叙及。这里，我要向读者说一说朱安女士（母亲对我这样称呼她）与我们母子的关系。

（左）日历右侧，母亲写："晨朱女士逝世"；（右）朱安女士照片

这里我要声明：因为我当时年纪尚小，关于这方面的事情，仅仅耳闻，所知有限，而且直到朱安女士去世，我都未曾见过她。但我从朱女士托人代笔的来往书信中看到，她对我们母子的态度与周作人截然不同。

一九三六年十月十九日父亲去世，朱女士当月就给建人叔叔写信，要他转告母亲：欢迎我们母子搬去北平与祖母和她同住。她说："许妹及海婴为堂上（祖母——海婴注）所钟爱，倘肯莅平朝夕随侍，可上慰慈怀，亦即下安逝者。"并且表示，若母亲接受她的建议，她"当扫往相迓，决不能使（你）稍有委曲（屈）"，还愿意"同甘共苦扶持堂上，教养遗孤"，她不但将我们母子的住房都做了安排，甚至还说："倘许妹尚有踌躇，尽请提示条件"，她"无不接受"。那年我才七岁，当然不可能晓得母亲是如何回复的。而事实上是我们并没有去。

111

母亲一九四六年十月二十二日抵北平，整理父亲遗物。藏书、碑帖、文物等三大柜并二十三箱，并看望了朱安女士

　　这件事母亲后来也不曾谈起过，但我能理解。因为这是个不能实现的建议。别的不讲，单是父亲的手稿遗物都保存在上海，凭这一点，母亲能忍心离开它吗？

　　不过，我现在重读这封信，深切地体会到，她是一位心地善良的女性。她虽然没有文化，却能正视现实，能如此对待我们母子，称母亲为"妹"，视我如己出，这与号称新派大学者的叔叔周作人，对比是何等强烈！

　　在此后的岁月里，她常有书信写给母亲，内容主要围绕经济问题，因为母亲总是把她的生活放在心上，除了自己直接寄钱，还不时寄到北平朋友那里，托他（她）们分期送去，同时也替我母亲去探望她。对此，她在信中总是表示感激之情，说"您对我的关照使我终身（生）难忘"，并体谅地讲，"您一个人要负担两方面的费用，又值现在生活高涨的时候，是很为难的"。收到生活费后如何开支，她在信中常常讲得很具体。有一回，母亲寄去了钱，之后朱安又得到一笔馈赠，就主动写信提出手头的钱"数目已多，贵处要用我还可以给兑回一部分去"，由此可以看出她的为人坦荡和对母亲的体贴。

一九四六年秋冬之际，朱安女士心脏病加重，母亲为了她的病特意赶到北平，寻求良医和治疗方案，并为朱安的后事做好嘱托。母亲回沪后，朱安来信说："你走后，我心里很难受，要跟你说的话很多，但当时一句也想不起来。承你美意，叫我买点吃食，补补身体，我现在正在照你的话办。"这体现出朱女士对母亲有着一种依恋情怀。如果没有我母亲的细心关照，她能产生这种感情吗？

对于我，朱女士表现出慈母般的关爱。一次托人代笔在给母亲的信中说："我听说海婴有病，我很记挂他。您要给他好好的保养、保养。"当她得知我着迷无线电制作时，就在信中说："听说海婴研究无线电颇有心得，凡人有一艺之长，便可立足，也很好的。"充分表露了她的满意欣慰之情。当我十五六岁时，她开始直接给我写信，还关心我的学习和身体。有一次在信中提出："你同你母亲有没有最近的像片，给我寄一张来。我是很想你们的。"直至病危临终前，她还念念不忘我们母子俩。我体会到她心理上对于周家有了后代是欣慰的。她是把我当作自己的香火承继人一般看待的。这封信虽是写给母亲，实际上嘱咐我，日后烧香火来祭奠她。她的心里感到踏实，能够死而瞑目了。这封信写道：

> 许先生：我病已有三个月，病势与日俱深……自想若不能好，亦不愿住医院，身后所用寿材须好……衣服着白色小衫裤一套，蓝棉袄裤一套，小脚短夹袄一件，小长（藏）青夹袄一套，裤袍一件，淡蓝丝绸一件，红青外套一件，蓝裙

朱安和她的亲戚们

一条，大红被一条，开领黄被一条，粉被一条，长青圆帽一顶，衾一件，招魂袋一个。

须供至七七。海婴不在身边，两位侄男亦不找他们（指周作人儿子）。此事请您与三先生（指周建人）酌量办理。

我若病重，此地应托何人照料并去电报通知？

关于爷爷、娘娘（指祖父母）之事，如有所费，应照股摊负。

周朱氏字

中华民国三十六年（一九四七年）三月一日

一九四七年前后，物价飞涨，每次母亲给朱安寄去的生活费，经过汇兑到她手里，就要遭受币制贬值之苦，她总感生活拮据。但她宁愿受苦，也不肯轻易接受别人的馈赠。她在给我的信中说，有个报馆的人愿赠她一笔钱，条件是只要交给他鲁迅的遗作。她当场表示"逊谢不收"，同时也拒绝提供我父亲的任何文稿字迹。同一个月，又有某个艺术团体的理事长要送她一笔钱，"我亦婉谢"。

鲁迅故居庭院

她说，自己的生活"虽感竭蹶，为顾念汝父名誉"，"故宁自苦，不愿苟取"。这反映出，她是个有原则的人。

只有一次她破了例。一九四二年二月一日，她写信告诉母亲：国民党中央党部的秘书长郑彦芬找到她家，代表蒋委员长送她十万法币，她开始仍"辞不敢收"，但是这位秘书长说出一番道理，可把她蒙住了。秘书长这样告诫："长官赐不敢辞。别人的可以不收，委员长的意思，一定要领受。"送钱还有以这种命令方式硬送的，难怪将这位妇道人家降服了，不得不接受。只是委员长此举至今仍令我费解：一方面在政治上压迫父亲、母亲和我，另一方面又假借"关心"父亲的前妻，这究竟是要达到什么目的。

朱女士与我们母子通信，主要是一九四五至一九四七年她病故前那段时期，尤以一九四六至一九四七年为最多，其中写给母亲十六封，写给我有九封。从信中得知，她死于老年性心力衰竭等疾病。当时由于母亲正受到国民党的监视，不能亲自去料理她的丧事，只得请刘清扬、常瑞麟、宋琳先生及一家阮姓远亲代为办理，这些前已写到，不多说了。

这两张鲁迅书房与卧室的照片，是许寿裳一九三七年拍摄的，后许寿裳赠给罗常培。杨霁云转赠作者

　　最后还要说一件事。一九八六年，北京鲁迅博物馆计划恢复原朱安女士的卧室，她睡的那张床是一架四尺竹床。为什么故居没有第二张床呢？自从祖母去世后，朱安女士就睡到祖母的房间去了，而把自己的卧房改为父亲藏书的存放之处，为的是可以腾空房屋租借出去维持生计。一九四六年我母亲去北平所见到的就是这个格局。故在"鲁博"筹备时，母亲凭记忆，在此室挂了"鲁迅藏书室"的铭牌。现在要改过来，这就涉及恢复朱安女士的卧

（上）北京鲁迅博物馆；（下）"老虎尾巴"

室陈列布置的难题，又出现的一个问题是恢复祖母的卧室，那么祖母那只眠床哪里去了？经过一番寻访，鲁迅博物馆的研究员叶淑穗同志来告诉我一个好消息，她说，老太太的眠床找到了。几十年来，朱安睡到祖母的房间里，一直用的是她自己的那架四尺竹床，谁都不怀疑它是祖母用的。现在查到鲁迅一九二四年六月二十八的日记上，记着："买四尺竹床一，泉（钱）十二元。"床上挂的是麻布本色帐子。显然不是买给鲁迅母亲的。经过艰难的调查，

117

这张床在一位姓关的大妈家里。关大妈是周作人家的保姆，负责照顾幼年周丰一（周作人的长子）的。当她离开周作人家的时候，周作人把生母的床送给了她。这张床有床头、床栏、尾挡板，四周立有支杆可悬挂蚊帐。这张床是鲁迅从绍兴搬迁到北平时运来的，是采用南方式样制作的。鲁迅博物馆买了一只新床与关大妈替换，这才得以恢复了五十年前婆媳居室的面貌。我在此感激关大妈全家的支持。由这段故事可以证明，祖母在世，周作人没尽扶养老母亲的义务，死后倒去抢遗产——除了这张绍兴古式床还有许多衣物和日用品。找到了这张关键的床，祖母和朱安的卧室得以复原了，现在观众到北京的鲁迅故居，"老虎尾巴"左右两侧的房间确是值得一看的，它含有那么多的故事。

［注：许广平在一九四六年一八月十日写给朱安信中谈到：托上海银行"汇出（法币）两笔共四万元，顷又托人汇去十五万元，三批共十九万元"。说明当时母亲对待朱安的负责态度。］

"不卖血"的朋友

内山书店

"不卖血"，这是父亲对内山先生的评价。即是说，他不出卖朋友。作为一个日本人，在那个年代是难能可贵的。这里就我所知，对这位可尊敬的前辈的生平和身后情况做些补充。

内山先生开设的内山书店，我幼年时去得较多，可说是相当熟悉。单开间的门面，左右有两个橱窗。店里经常出售最新书籍，橱窗中的玻璃上不时更换着招贴广告。读者进店内仿佛来到了书籍的海洋之中，书架一直顶上房顶，每排每架，满满当当，丝毫不留空隙，几乎把所有能利用的空间都利用了。售书实行开架制，高的可达顶层，低的可取中层书籍，读者可以自己上梯取阅选购，店员毫不干涉。书店中间，特设新书台，陈列新到书籍，集中醒目，方便读者，使他容易寻觅近期书刊，便于浏览选购。这些书籍大都是洋装的外文版本，我的年龄太小，全看不懂，所以到底都是些什么内容现在一无印象。不过每次来到书店以后，总要爬上高梯，居高临下，俯视一切，俨然成了一个"盖世英雄"。这似乎也没有遭到过父亲的呵止，有时到他起身回家时，才招呼我下来一同回去，

119

应内山完造之邀所摄。一九三六年二月十一日摄于上海新月亭

这个印象总是历久不忘。

在内山书店逗留，除了可以任意攀登的木梯，还有两样东西在我的记忆中一直存在，不能淡忘。这就是夏天放在门口的茶桶和冬天摆在屋内的炭火盆。

三十年代的上海，有些店铺夏天备有茶桶。有的用大缸，有的用木桶，也有用铁皮焊成的洋铁桶，外装两三个水龙头，并备有简易的竹质或搪瓷水杯几只，供劳动者临时休息解渴饮用。内山书店也不例外，门口也有这样一座茶桶，在夏天为劳动者施茶。父亲与内山书店的"施茶"措施不知有何关系，也不知这种关系始于何时，后来我看他的《日记》，在一九三五年五月九日项下，记有"以茶叶一囊交内山君，为施茶之用"，看来至少是赞助的。看了这条日记，使我模模糊糊地想起，有时父亲远从绍兴嵊县购置茶叶十至二十斤（大概即所谓"一囊"吧），或者即为此用也说不定。大概这类山茶叶大耐泡，投入桶内，茶味能保持到一定时间，

（左）三十年代上海内山书店；（右）内山夫妇在上海的书店里，倚靠的梯子供顾客取高层的书

足能帮助解渴之用。当时因为自己年幼，不懂这些事情，也没有向父亲当面问过，所以只能是一个猜测罢了。

上海夏天酷热，冬天则又变得很冷，但一般店铺，店堂内并不生火。内山书店却不是这样，因为那里经常有人选购图书，有时还有"漫谈"活动，所以生有炭火照顾来客。冬天我随父亲到内山书店时，就见他和完造先生在低矮的圆形瓷炭盆边围坐，盆内架一只三腿圆架，上坐茶壶，冲饮日本宇治地方特产清茗。我无事可做，对拨弄炭火发生兴趣。用铁筷（尾带金属链条）拨夹火炭，大放阵阵暖气，驱赶室内的寒冷，使大家的脸颊热得通红。

父亲单独带我去书店的机会不多，往往是父母两人携我同去。要说购书，我在这里没有买过书。我想起另一件事。有一次，从这里又转到另一家中国人开的旧书店，看到的书籍不再是厚厚的日文书和其他外文书，而是可以识得一些字的中文读物，不禁兴高采烈，赶快挑了几本，要求买回家去阅读。谁知尚未开口，却看到父亲现出一副从未见过的极不高兴的脸色，放下手中浏览的书籍，让母亲领了我跟他一起很快离开这个书店。父亲甚至连已经挑选好的书籍也放弃了。当时我心里纳闷，不知出了什么事。事后，母亲向我解释，说是旧书太脏，有些是病人出售的，放在书店里又是什么人都来翻阅，小孩子抵抗力较弱，容易传染上疾病，所以父亲才那么着急。

两个不解之谜

父亲去世后，我们搬离虹口区，便极少和内山完造先生接触。信件、书刊不再从书店转递，店员也没什么来往。

日军进租界，没收英美等对日宣战国的财产，内山分配到南京路一家三四个门面的书店，此处原是中美图书公司。这家书店规模不小，一楼售文具、杂志，二楼售书，都是外文洋装书。内山接管后调整架位，排列成西洋夹东洋的，并且还跟虹口内山书店一样放置了木扶梯，便于读者选择书籍。由于供电不足，店堂平时就阴沉沉地点了洋蜡烛，顾客又稀少，与南京路的繁华商业呈强烈的反差。据说内山完造对此店并未下力经营。内山的《花甲录》里讲：上面来"一道让内山书店接管中美图书公司的命令，所以使我十分为难。由我管理，我不喜欢这样做（因战胜而扩大书店）。所以，让长谷川和中村二人去经营了"。看来，内山完造毕竟是基督徒，对"战胜"国有他自己的看法，这从抗战胜利后内山返回日本后的言行可以证实。母亲在日本宪兵队遭受七十六天磨难，日寇严刑未能得到什么口供之后，迫于社会舆论要释放

增田涉先生和笔者。七十年代于北京。增田涉翻译《中国小说史略》，和鲁迅有来往质疑的通信八十多封，历时三年余

母亲。为了掩盖其罪行，不直接从宪兵队放出，而是转移到沪西七十六号"调查统计局"，由那里取保释放，并要由中国人开的店铺做担保。母亲回答没有相识的中国店铺，只认识内山书店。她内心想，日本人无理抓我，现在要放，我让日本人来作保，证明你们抓错了。七十六号开始不允许，双方僵持了一阵，觉得人不是他们抓的，扣留下去不好向舆论界交待，只得让母亲打电话请内山先生来保。内山请示了宪兵队，出面作了保，母亲才于次日离开那时人们视为魔窟的"七十六号"。

过了两个月，七十六号发信要母亲去"谈话"，要出去的人照"我们这里的规矩，把朋友介绍进来"。母亲的回答是："我一直待在家里，不敢和任何人来往，别人也不来看我了，哪能知道他们在什么地方？"

又过了不久，大约正是春夏之交的时候，母亲接到内山完造的通知，邀她某日下午到虹口"六三花园"喝茶。母亲对此百思不得其解。那段时期我们和内山没有什么往来，七十六号问话，

内山完造的后夫人，内山真野。摄于东京郊外的寓所前。时一九八四年八月

没有达到"把朋友介绍进来"的告密、出卖同志朋友的目的，是不是又想要什么新花样，要通过保人内山完造下达些什么？母亲和我商量，既然保人让去，看来是躲不了的，不能以装病或者什么别的借口推托。母亲想了一下，让我陪她同去，也好有个回旋余地和托词。

到了那天，我们乘了有轨电车到达虹口，走到"六三花园"已经比约定钟点迟了少许。见内山先生正在张罗，还要出席者签名，他见到我们母子俩，目光似乎一怔，迟疑了一下，像是想不到你们竟然会来。他从入口处的桌上，拿一条红色名签，替母亲佩在胸前，又看到我，找不到空白无名字的条签，寻了一条上面写着"陶晶荪"的，翻过来填上我的名字。我随意向里望去，熙熙攘攘半屋子人，都在高谈阔论。认识的人很少，似乎有夏丏尊先生，妈妈告诉我他们都是些滞留上海的文化界人士。我们不得不缓步进去，稍作点头，算是招呼。我嫌弃这枚胸条，故意把自己名字翻过去，

鲁迅墓碑遭破坏后，日本报纸刊出的报道照片

使"陶晶荪"三字露在上面。屋里和母亲招呼的客人把目光移到一个孩子的"大名"，却是那位当时颇遭微词的文人，忍不住放声大笑。内山完造听到这笑声，踱步过来，显得有点尴尬，又不便表示什么。我戏弄完这一幕，取下佩条，随母亲离开了会场，算是"到过了"。估计内山也是遵照上面什么意图，通知母亲去，母亲也到了，证明没有离开上海，算是给了担保人的面子。内山完造没有提出什么希望或者任何暗示，因此，这个哑谜只能由知悉内情者来解释。我当时一步都没有离开母亲，是可以这么讲的。也许这真是一件"××××之谜"吧。

第二个与内山先生有关的不解之谜，也是发生在抗战期间。虹桥路万国公墓父亲的墓碑，上面镶嵌着烧瓷头像。不知何时，这像被人破坏，且敲得很技巧，沿面孔周围用细槌击凿，正好是

内山完造在抗战胜利之后，第一次访问中国时，就到父亲的墓前凭吊，着深色衣服，持手杖者为内山先生，右侧是母亲，左侧是王宝良先生

当中面容那部分失去了，四周却没有大的裂痕，不像有人因泄恨而猛力打击，或者被顽童以石块敲砸所致。是行家里手小心翼翼地把整个瓷像面部取走了。问题是这样做的动机究竟是什么？如果从善意分析，也许是为鲁迅墓的安全着想，以此掩人耳目，才费了这番苦心。母亲在一篇文章里，依据那时的世道人心，有过上述的猜想。

后来，市面比较平静了，万国公墓的管理虽仍不如前，倒也收拾了破烂的门墙，对整个墓园也稍做了修整。这时有朋友告诉母亲，父亲墓碑上那块被敲掉的瓷质画像，又完整地按原样复制烧了一块，重镶在碑面上。这位无名仁人是谁？真令人诧异。有一次在某场合，问了内山完造先生，他一口否认。又过了一段时间，母亲又向内山书店的老店员，唯一的中国雇员王宝良打听，问他这件事是不是内山先生所为，王没有正面承认，也没有强烈地否认。我想，这谜底已经不难解开了吧。

126

内山的晚年

日本投降后，内山完造先生在上海的财产被没收。这时他的夫人内山美喜已经去世。因此一九四七年十二月被遣返回国时，他是赤手空拳孤零零一个人走的。

这里有一个事实，需顺便说明一下。日本有位叫吉田旷二的作家，在他的著作《内山完造的肖像》里讲到，日本投降后关闭了上海的内山书店，内山完造只身遣返回国，"考虑资产的分配，店员的今后生活以及自己的前途，老板（指内山）让会计开了账目、资产的分配方案，把店里的全部资产和负债额列成表。把给日本、中国店员的东西都做了安排，还从店的资产中给鲁迅夫人一百五十令洋纸"。这最后一句，与事实并不相符。

母亲和日本友人内山嘉吉夫妇、内山真野（内山完造后夫人）相晤

真实的情况是，日本投降后，有一天内山先生到霞飞坊来，适巧母亲和我都在家，也许那天恰是星期日吧。内山先生从布包袱里摸出三只匣子，当面打开，交代清楚，请母亲代为保管。一匣是刻画油印蜡纸的多种工具，有粗

日本友人增出涉，一九二四年五月摄。鲁迅那个阶段指导他翻译《中国小说史略》

细铁笔，画虚线的几种滚轮，约十二种。另二匣是日本货自来水笔，派路脱牌（Piolet）每匣一打。今天看起来价值不过几百元罢了。随后，他行色匆匆地离去了。不久，也许是遣返前吧，他来告别，并把笔和刻蜡纸的工具都带回去了。由此可见，当时内山先生很困难，而一百五十令洋纸是非同小可的数目，他那时有这个能力赠送吗？我记得的是，内山先生确实让中国店员运来过一百五十令洋纸，但那是折价卖的。母亲为此和我议论过怎样筹划这笔款子，其中一部分纸还让给了某一二个书店。因此我以为内山先生是以这笔卖纸的款子用作店员解散费的。那年我十六岁，自信已有足够的记忆力了。我的分析是：日本战败，所有动产、不动产都属于逆产，是不允许移动变卖的。内山完造委托店员把纸运来，必然不会公开说是卖而讲送。这么说，即使走漏了风声，追查起来也不算违犯规定。

内山先生回国后，在反思的基础上感到和鲁迅认识交往的几十年间认识了中国。他热爱中国，希望日中两国恢复友好，决心向有头脑的日本人传播视为亲友的鲁迅思想。这样，他为自己的后半生选择了"点燃鲁迅精神的火种"（日本学者吉田旷二语）这样一条生活道路。那是一九四八年一月，内山来到东京岩波书店见到小林勇，岩波老板岩波雄估计也在，他们建议内山先生"向日本人介绍中国的真实情况，到日本各地去做有关中国的报告"。他接受了这一建议。

日本岗山，内山完造先生颂德碑（一九七九年）

就这样，他第一次在日本长野县高远的一个小学向教师做了"漫谈中国"的演讲。从这第一步起，他的整个后半生从北方的北海道到南边的九州，足迹遍布全日本，巡回演讲超过八百场！他的讲演不计报酬，只要对方邀请，总是欣然前往。这时期还笔耕不已，写了《流着同样血的朋友》等书，还帮助岩波书店做编辑《鲁迅全集》的工作。

内山先生以开设书店起家，经营书店几乎成了他生命的一部分。但自从回国以后，他没有时间再经营书店了，哪怕战后东京百废待兴，正是重操旧业的好时机，可是内山先生却一心只宣传日中友好，因为他认为恢复日中邦交这件事远比个人经商赚钱更有意义。但这样一来，他的生活失去固定的经济来源，变得拮据起来，虽然偶有稿费收入和朋友的帮助，总是难解长久的困难。

母亲得知此事，便和我商议，决定把岩波书店的日文版《鲁迅全集》版税全部交由内山先生领取，为此还专门写了一封委托书。我想，这对内山先生不无小补吧。这期间，母亲曾有机会几次访日，每回都去拜访他。但毕竟年龄不饶人，到他七十四岁那年，终因东奔西走巡回演讲过度劳累而病倒，在糖尿病、胆结石、高血压多种病痛的折磨下不得不休养了。过了不久，我国对外友协，诚恳地邀请他和夫人到我国来疗养。

一九五九年九月十九日，内山先生不停歇地经香港、广州，乘飞机抵达北京，显然，旅途十分劳顿。但是大家都没有想到会发生意外，应该让内山先生抵京后先行休息、检查身体，而在下飞机的当晚，借一家北方风味的老店丰泽园举行接风宴会。内山先生心情也很兴奋，当然不会拒绝老朋友的宴请。出席宴会的有阳翰笙、西园寺公一等多位友协的朋友。气氛甚为热烈。席间阳翰笙代表有关方面邀请他们夫妇参加建国十周年庆典，然后去外地休养。内山先生回答说："那太好了！"刚说完这句话，右手就颤抖起来，腿也软了，随即倒了下去。这时正是晚上八点左右。立刻送到协和医院，经过各种医疗措施，终于抢救无效，于次日晚上九点四十分离开了人世。

内山先生的骨灰，一半安葬在上海万国公墓第一位夫人内山美喜墓旁，在中国老朋友鲁迅长眠的同一个公墓里。中间几经变迁，最终又从专为外国友人安葬的墓地回迁至宋庆龄陵园（万国公墓现改名为宋庆龄陵园）。

内山的未亡人

内山先生过世后，未亡人是内山真野。她是在日本与先生结合的。我们见到她时，估计六十开外，身高一米六左右，结实健壮，像劳动妇女。她单身独居在距东京市区几十公里叫板桥的地方，去那里要换三次公交车，花两个多小时才能到达。我们尚未走到她的寓所门口，她老人家穿着木屐已经从街上迎了上来。街道很洁静，行人很少。路两侧是门面不大的店铺，似乎都是老店，没有繁华都市那种甚嚣尘上的气氛。真野女士住的临街平房，入门便是居室，右侧卧室，内置一个百立升小冰箱。环顾四周陈设，可以用"清贫"两字做概括。家中饲养两三只小动物，是些普通的杂色猫，那是她收养的无主猫。说着话儿小猫依偎上来，不怕生人。老人家正在为一位留学生代管伙食，以此贴补生活，聊胜于无。我国驻东京使馆每逢国庆招待活动，都邀请她去参加。我还从侧面了解到，内山真野女士靠老人救济金和侄子的补贴过日子，平均每天的生活费只有一千多日元，生计极为拮据。因为按日本那时的生活标准，每日这么点钱只够买三碗热汤面。看到老人的困境，我心里很不是滋味，于是就想：内山先生曾经帮助过许多中国文化名人，其中不仅有父亲鲁迅，还有很多人，比如郭沫若避难逃离上海时，也得到内山先生的救助。他被遣送回国后，又长期致力于中日友好活动，这样一位可尊敬的友好人士的遗孀，我们难道不该伸出援手吗？

后来，我接到内山真野女士来信。她得知大连市有一家养老院，很多老人在那里疗养。里边也有外国孤老，她很希望自己有机会进那里养老。我把她的请求转到对外友协，等了很久，没有回复。

内山完造的灵堂，夫人手抱内山先生的爱犬

有一次，我到北京医院探望阳翰笙，讲到这件事，他很同情内山夫人的境况，应允向王炳南反映（王这时在友协任领导）。之后，得到答复是：大连的国际友人养老院是收留共产党人的遗属的，内山夫人不在此列。这件事使我愧对内山夫人。因此我觉得自己作为鲁迅的后人，有责任代表曾经受到内山完造先生帮助过的所有革命者、文化人士对他处于困厄之中的未亡人予以报答的。

恰好，一九八四年至一九八五年间，日本学研社与我国人民文学出版社签订在日本出版十八卷日文译本《鲁迅全集》的合同，我的继承权虽被非法剥夺（我将在另文详述此事），他们总可以用这全集版税给内山夫人一些帮助吧。我提出了这一建议，但久久未见答复。再三探询，才听到一种传闻：周海婴是共产党员、人大代表，是不应当得这笔"巨大"外汇的；又说内山夫人信基督教，心肠很软，凡是有募捐者前来，不用多费口舌，她便会以基督精神，来者不拒，尽其所有去奉献，所以不能捐钱给她，但凡所得，她必保留不住。我于是又设想一个两全其美方案：外汇不必经我手，免得"水过地皮湿"，而是直接付给我国驻日使馆，由使馆方面保管，或存银行，每月支付给内山夫人若干，这样总可以吧？谁知还是不放心，怕我一旦把持不牢，弄得身败名裂，还玷污了父亲的名声。在这种"好意"的说辞之下，帮助内山先生未亡人的计划就此化为烟云。

我之所以不厌其烦地讲述这些，目的无他，是想告慰内山完造先生在天之灵：我已经尽了力了。我只能报以无奈的苦笑。至于内山真野女士据闻后来住入了日本的养老院，至我执笔写回忆录时，听说已过世了。

迁入霞飞坊

前文说过，父亲去世前，曾提出要赶紧搬离虹口。并嘱咐幼弟周建人到租界去租赁新居，只要他相看中意，不必再让我父亲复看，定租便可。为此叔叔专门刻了一枚名为"周裕斋"的图章。但这事不及进行，父亲已经长逝了。到丧事忙过，稍事休息之后，大致是十月底，又开始着手搬迁的事。

我们于同年十一月上旬搬到法租界霞飞坊六十四号（霞飞坊现名淮海坊，即淮海中路九二七弄）。至于为何选择霞飞坊，是否母亲亲自选定的，一直没有弄清楚。在母亲生前，我也想不到向她询问这件事。这个谜底直到一九八五年和萧军同到日本参加内山书店新屋落成开幕式，闲聊时他才告诉我，是他和萧红介绍的。原来那时二萧正住在霞飞坊沿环龙路（现南昌路）一边，是临街楼房的三楼，号码为三百多号。

霞飞坊建于一九三四年，三层红砖结构，前门是铁栅，透空可以望穿小天井。天井与大陆新村相仿而稍大，前门进入是客厅。后门是木质的。每家后门装有"司必灵"锁。进门有一个小厕所。左（或右）拐是厨房。楼梯木质。二楼、三楼开间大小相同，还有两间亭子间。三楼外有阳台，可晾晒衣被，这是当时的标准结

霞飞坊

构。据说是葡国产业，法商管理。霞飞坊第一条弄堂居民叫它"大弄堂"，比较开阔，月租较高。我们租的是中弄，每月租金六十元。入租时房东讲明，每年可免费粉刷油漆一次，如不需要享受这种服务，每年可免一月租金。这约定是一九三六年底的行情，因为当时整条霞飞坊才住了一半房客。第二年抗日战火燃起，租客盈满，这承诺便无形中消失了。中弄北面是后弄，稍狭，附有几间"汽车间"让有车阶级停车用。那时只不过三五辆车存放在那里，也不知是哪家阔佬的。后来租界居房紧俏，汽车间遂改作为住房了。

搬迁时，最多的是书籍，一箱箱要从溧阳路藏书室运来。书箱运到三楼，四周不够放，中间还加一行。也有以木箱侧放权作书柜的，记得里边放的是杂志，如《奔流》月刊、《世界文库》等等，前面挡以牛皮纸。洋装书厚重，放在二楼到三楼的楼梯一侧，剩下一半空隙做通道。这时，三楼没住人。

这里有个问题也困扰了我多年。那就是：从大陆新村搬运家具的劳务，是否请内山书店的伙计？按常理，书店里都是年轻小伙子，而且他们一直对我家给予各种援手，帮带着完成也是合乎常情的事。但当我问及内山书店的老店员儿岛享先生及其他几位时，他们都异口同声讲没有插手。因此对这段历史，多年来我一直无以寻找答案。有一次，我抱着姑且一问的心情向梅志先生提起这件事，竟柳暗花明，疑窦顿时得到化解。她告诉我：请的是搬家公司。她说那时寻搬家公司挺方便，收费也不算贵，四个搬运工，人力加运输的车辆，以四块钱一个钟头计算，并不必供应搬运工饭食。这个价目足以搬运到三楼或四楼的高度，再高的楼层另计。我倒没问要不要另付"酒钱"或"香烟钱"。以我的记忆，那个年代是有加一点小费惯例的。

现在再说霞飞坊新居的事。父亲的床不再使用了（据我的记忆先借给邵铭之，后又借给许寿裳夫人）。母亲和我睡在二楼，用我幼时睡的那架大床。从这时起，母亲便陪伴我睡，带我三年半的南通籍许妈，已经近五十岁（她来帮佣时瞒了几岁），体力下降，家乡儿女也需要她回去，在我们搬家之后，她就流着泪走了。

刚搬到霞飞坊，电灯尚未接通，晚间要点白色蜡烛照明。我向母亲要了一册硬皮日记本，记得里边是竖格的。我雄心勃勃，要每天记日记，把生活经历写下来，无奈识字不多，写不成句，没几天就中止了。我很生自己的气，这样没出息！

有一天母亲拿来毛笔、砚台和一些纸，嘱咐我书写父亲墓碑上的字。我从未练过毛笔字，真是惶恐之极，面对这令人畏惧的工具，突然变得十分可怕，它们岂是我小孩子所能使的？父亲天天用毛笔写字，因此我认为这应当是大人的事，做梦也想不到会

（左）母亲坐在霞飞坊大门前，一九四三年十二月十九日；（右）霞飞坊 64 号观影

要我写毛笔字。而且写的竟是父亲坟上的碑文。但母亲坚持鼓励我写。她说："爸爸的墓碑，谁写都会受到牵连，你是儿子，又是孩子，他们抓不到把柄的。"就这样，万国公墓里这块字迹幼稚的"鲁迅先生之墓"，总算是我献的丑。这水泥旧碑现保存在上海鲁迅纪念馆里。每当我走近它，都会感到又伤感又惭愧。

住了没几天，有天早晨母亲醒来（我睡在她身边），发现太阳已经从南窗晒到床前，母亲很诧异，要看钟点，一摸床旁，茶几上的银质怀表失去踪影。转过头去，又见大柜门敞开，柜里空荡荡的，仅有衣架悬着。检查下来，母亲的海虎绒大衣和我一件呢大衣、几件衣服都不见了。还有钱包里的钞票也不翼而飞。粗笨的东西倒没有少。走到窗前，从那张父亲写作的桌子上可以看出，那窃贼留有一个浅淡的赤足印，那五只脚趾显出是个成年人。母亲当即向弄堂的巡捕报告。不久来了四五个人，职位最高的是穿着黄咔叽佩有肩章的法国巡捕房的捕头，另几个是中国人"包打听"。他们听了失窃经过和初步损失后，当即拍胸脯保证迅速破案，包赔损失。随后侦查窃贼进来的窗口。这里窗外有个挑出一米宽二米多长的平台，用以遮挡天井和客堂的雨淋滴水。显然盗贼是从铁门爬到沿墙，再从这平台翻进来的。正查看时，又发现窗沿上插着三支烧尽的香杆，杆紫红色，寸半长，粗细如牙签的中段，香灰洒落在窗边，呈极细腻的淡灰色。发现香杆的"包打听"轻轻惊呼一声，喊同伴来看。他们轻声交谈一会儿之后，个个面部表情便显得沉重起来，不作任何交代，就匆匆离去了。从此，巡捕房、房东各方面不再提起此事，当然亦无赔偿了。可见江湖上所传的"闷香"确有其物。只不知为何连法国巡捕房的人见到这种"高档"盗窃竟也会退避三舍溜之乎也？

我的过错

经过这次失窃，家里发生两个变化。小变化是找铁匠铺装铁栅窗。之后，便再也没有小偷来光顾了；大变化是经母亲的恳求，叔叔周建人一家搬来我家，住在一楼客厅。他们原先住在雷米路（现永康路）颖村的一幢三层楼房里。与叔叔同住这幢楼还有冯雪峰（一楼）和胡风（三楼），叔叔住的是二楼。这房子是冯雪峰租下的，离霞飞坊不远。

母亲求叔叔一家搬来同住，一方面是害怕盗贼，同时也考虑到这样可以节省开支。父亲治病和丧事，支出了近六千元，加上

霞飞坊靠近南昌路的出口。右立者是笔者老友马永庆

新家的搬迁押金和房租又要花去几百元，以致一时变得手头很紧。叔叔搬来，就能共同开伙，大家都能省去不少日常开销。在佣工上，也可以省去一个人。当时叔叔有个绍兴女佣阿三，阿三个头矮，有鸡胸，想必幼年患过软骨病。

自从叔叔搬来后，我们的伙食从母亲的半广东半绍兴的菜式，变成彻底的绍兴口味了。记得日常会有霉干菜烧肉、霉千张、霉豆之类。直到母亲晚年，还自己做霉豆吃。还"引申"到自制霉腐乳。沪上的豆腐店铺，可以定制一板豆腐，但必须告诉他是做腐乳用的。这种豆腐切成小方块也不倒、不碎、不散，布于竹木托盘里，过几天，每块小豆腐上慢慢长出绒毛，闻着有一股淡香。待坯子开始变软，湿润润的，这时可装入罐子或玻璃瓶中，爱辣味的可放进辣椒面和盐末，再注入凉的花椒水过面，封紧，大约二周后可食。母亲每次做的总不够分配亲友，大家都赞不绝口："许大姊做的广东腐乳好食！"纷纷有来索取，以致此后每次连做二板、三板也不显多。母亲是广东人，却爱吃霉豆、霉千张、臭豆腐之类，这跟嫂叔两家合作开伙大有关系。我长久受这种生活习惯的熏陶，不仅喜爱这种风味，还爱吃霉苋菜梗、宁波臭冬瓜，甚至连带着绿色绒毛的法国臭乳酪都能吃，而且欣赏水平不低，受到同席老饕的钦佩。

叔叔全家搬来合住对于我来说是最高兴不过的事。从此，我从寂静孤独的"独生子女"摇身一变而为上有两个姊姊，下有一个妹妹的多姐妹家庭。大姊名周晔，比我年长四岁，二姊名周瑾，我称呼她"小姊"（这个姊字用绍兴发音："基"），妹妹周蕖小我三岁，故我也直呼她小名"蕖官"。我把自己完全融入这三姊妹的生活里，未意识到孩子之间尚有叔伯堂兄妹之间的男女差异和家庭之别，以致后来发生这样那样的纠葛和不愉快，我现在回想真是不胜汗颜。

那时我已从大陆新村附近的大陆小学转学到海光小学一年级，与两位姊姊同校。因此我们三个孩子（妹妹才五岁尚未入学）每天都由阿三一起送到校门，中午她拎个"饭格"来给我们送饭。这在当时很普遍，只要住得稍远都这样做。饭格是搪瓷制的，分四层，末格大二分之一，用以装米饭。由于我们是三个人吃，所以另外还有个盛饭的小锅。小学生正是容易肚饥的年纪，又不能像在家里，肚子饿了总能摸得到些零食充饥。因此还没等到中午下末节课，早已个个饥肠辘辘了。看到阿三送饭，未待她安排妥帖，我们三人一拥而上，争吃得津津有味，阿三拦也拦不住，只能听由我们抢夺。几天下来，姊姊年长谦让，我总能多吃一些。阿三回到婶婶面前，说些什么可想而知。于是下次送饭来，两个姊姊合餐，我另一份了。

再说洗浴。当时热水要用"铜铫"（即铜质水壶）烧热，两铫热水注入浴缸，这才冷暖调匀。我们四个孩子，开头妹妹和我先一齐洗，浴后同一盆水，再由二位姊姊用。不久，让我第一个洗了。我表示应当让妹妹也来同浴，吵个不休。母亲走来劝阻，说些什么记不清了。从此，母亲多了一个任务，另煮热水，替我单浴。现在想到，父母洗浴时，和我共浴室赤裸进出，可以不相回避，但堂兄妹之间该是"男女授受不亲"的。可是那时我才七岁，根本不曾意识到这些。

第三件事，孩子总想模仿，不论女孩男孩，全有过"过家家"这种游戏。有模拟的，也有像真的。当时有盒装成套的儿童玩具小锅、小餐具。但我们几个觉得玩假的不过瘾，就把生大米放在玩具锅里，加了水放到煤球炉上煮成稀饭，可以吃，味道顶香的。我们总是下午煮。但是，煤球炉火午饭后就封了，小锅煮不开，我们就捅开火，大模大样地用大火烧稀饭了。现在回想起来，那时煤球十分金贵，这样浪费自然是不能容忍的。阿三因此封了火，把小锅稀饭移到炉子边缘。我走来取稀饭，不小心手被小锅烫了一下，整锅粥便倾注在我左脚上。我赶紧脱下袜子，除了起两个大水泡，还拉脱一块皮。粥又不比开水，黏稠不会流动，所以伤得很重。母亲仍是用兜安氏止痛药水包扎，鞋不能穿，又不能走路，只好坐黄包车去上学。这件事阿三免不了也要向婶婶禀报的。

第四件事是为一辆小自行车，它是婶婶向亲戚借来的。在此之前，附近有个小弄堂，叫做钱家塘，那里的修车铺有各种大小脚踏车出租，以钟点计费。我们租来学习骑车颇为兴奋。由于租费不廉，婶婶才借来这辆自行车。每次在弄堂里骑，三个孩子总是有两个在旁守着，很不耐烦又不过瘾。某一天，婶婶没让她的孩子骑车，她自己又不知在为什么家务忙碌着。我想既然这自行车是让大家玩的，就没请示婶婶，把车推出门口玩起来，还有一位"搭档"，是隔壁六十三号的顾亚铨。婶婶听到自行车的响声，赶到门口来，从兴高采烈的我们手中将车夺了回去，藏进自己的房间。次日放学回家，便不见这辆车了，必定是物归原主了吧。

没过几天，叔叔向母亲说，夏丏尊住在本弄三号，家里冷清，有空闲的屋子，让他们搬去做伴。这样，叔叔一家便搬走了。母亲叹了口气对我说："我们难道不冷清、不需要陪伴？"而我从心里明白：错都在我！

《鲁迅全集》的出版

叔叔一家搬走后，我正感觉冷清之时，恰好父母的朋友们感到时势越来越紧张，建议母亲尽快将父亲的著作全部汇编成集出版，以免湮没流失，再说霞飞坊又有空闲的房子，正可作编校的场所。为此专门成立了编辑委员会，热心的朋友陆续前来报到，这样，我们家又重新热闹起来。

编校场所设在客堂和亭子间两处。亭子间本来不宽敞，坐在里面的人却不少，我记得有林珏和他的夫人周玉兰，以及吴观周、蒯斯曛等几位，以至桌椅相接，空间很小，凡有人进出，都得相互起坐相让，为此还闹出了不愉快。这事起因于吴观周先生开了个小玩笑。因大家都面对面贴近而坐，吴先生便幽了一默，说："我这个观周的周，就是'观'看周玉兰小姐。"不想这话传到林珏先生那里，竟认真起来，大概以为这是在吃他老婆"豆腐"，于是

（左）许广平摄于霞飞坊64号二楼南窗前，时一九四三年十一月十日，方镜箱摄；（右）一九四三年十二月十九日摄于霞飞坊弄堂，母亲和王洛华（王任叔夫人），母亲被日本宪兵抓捕后，我避住到"王师母"家数日，我使用的是 Kodak 方匣的 Brownie 相机

兴师问罪，闹了起来。幸亏柯灵、蒯斯曛先生（我记得还有唐弢、金性尧）等几位出面劝解，又将座位做了调整，此事才得平息。

全集的日常编校相当忙碌。校对按流水作业，初校二校大家做，末校定稿由王任叔和母亲等人负责。印刷厂打出校样，印在一种薄质纸上，半透光，背面粗糙不能印刷的。校对错字用红墨水，也有用毛笔、蘸水笔的。改正后速送印刷厂修改。在校对过程中，有时会遇到具体问题，比如文章有些用字，父亲有他的习惯和历史因素，而校对的朋友也有他的习惯用法，往往按自己的理解改"正"，这样，末校的负责人就比较辛苦，若不对照原稿，只顾一路顺畅地看下去，比错别字更难发现。这些校对过的旧纸，最终的贡献是置于厕所当手纸了。

每日午餐由编委会供应。那时有许多包饭作坊（上海人叫"包饭作"），谈妥每月入伙人数和价钱，按日中午挑担送到，一头是菜肴，另一头是白饭、碗筷。每每"试吃"和月初几餐，菜肴质佳量丰，我也尝过，滋味确实不错。但到了月中和月末，逐渐荤少素多，直到吃不饱只得另换一家为止。包饭几个月下来，大家都吃得腻味了，干脆自寻门路，到小摊贩那儿去吃面条、烙饼和馄饨。后来发现环龙路有几家"罗宋大菜"店铺，伙计山东人居多，虽然每客价钱要比摊贩贵不少，但是桌子上都放置一盆切片大罗宋面包，烤得外壳香脆，很是引人食欲，放开肚子吃，吃完再添，店东不皱眉头。至于主菜，每客一菜一汤，菜有三五种可以任选其一，也只是炸猪排、鱼排、大肉饼而已，汤约二三种，罗宋汤上漂浮着酸奶油，还有一片煮得毫无鲜味的牛肉。但穷文人们还是乐于喝它，因为毕竟多少有些油水，聊以解馋。偶尔，有几位年轻的看我孤单可怜，也带我去那里"美餐"一顿。

《鲁迅全集》很快就出版了。分为木箱精装纪念本和没有木箱的精装本；再有一种，是红色布封面装帧，这是普及本，便于低薪读者购买。因为还收集了父亲的翻译作品，全集共有二十卷，堪称洋洋大观。鲁迅生前未曾出版过他的全集。一九三八年母亲将鲁迅的全部文稿（包括译文）编成《鲁迅全集》。这就是大家通常说的一九三八年版。

不久，随着抗战形势日益吃紧，连住在租界里也人心惶惶了，这时那些原先协助全集出版的朋友，除了少数坚持留下来，大都纷纷向后方撤退。这样我们家重又变得空荡荡了。但这日子并没延续多久，为了生计，母亲后来陆续将一部分房间租了出去。这套全集的纸型，更成了我们在孤岛赖以生存的依靠。这些都是后话。

霞飞坊邻居

初搬进霞飞坊感觉是静。住户不多，弄堂出入人员稀少。我们这批七八岁的孩童在屋里待不住，总跑到弄堂里去玩耍。

早晨弄堂里弥漫一股酸溜溜的牛臊味，淌着洗碗水的排水沟里，漂着很厚的黄白色油腻。这是从我家右侧隔五家的七十号白俄住宅里流出来的。这家的俄国主妇每天总要烧一大锅汤，用的是大块牛胫骨、番茄、洋山芋、胡萝卜、洋葱头。据说还要加发酵的酸奶油。这倒是真正的"罗宋汤"。那时，白俄手头尚有从国内带出来的细软可以变卖，生活还比较富裕。弄堂口有家山东人开的杂货店，主顾大多是白俄，还有法国侨民、犹太人等。店门洞里摆放着大桶腌酸菜，里面盛着切碎的洋白菜，点些许红辣椒和香叶；玻璃窗口的冰箱里是牛肉香肠之类，还有切开的鸡肉。橱窗上挂的是烟熏蜡黄流油的鳗鱼段和骨刺很少的鱼块。店里还悬挂着各色香肠，从外表看去，粗细不一，有些肥肉粒凸起，它的表面呈紫色。这些高档西洋腊味，价格甚为昂贵，在我们这批搬迁来的文化人中没有见到去购买的。店旁一家烟纸店有零拷的黄酒和高粱烧酒。

早晨总见到一个穿破烂西装的，我们叫他"洋装瘪三"，带着隔夜的醉醺气，趑到柜台前，摸出一角钱，不说话，小店伙计拿出一只玻璃杯，倾入大半杯烧酒。只见他一仰头，咕咕几口灌了下去，再憋出一口气，便蹒跚而去。他的国籍，或者根本就没有国籍，谁也不曾去关心查考过，后来不知所终，只发现他忽然消失了。

七十号的白俄家庭有个五六岁金黄头发的女娃娃，活泼愉快，经常在门前游玩，只听到叫她尤拉。到一九四五年秋日本投降，美军水手大量抵沪，出入于灯红酒绿的酒吧时，尤拉刚发育成少女，只见她手挽美军水手招摇过市，一天要换几个主。可叹她不经几年，已经蓬头灰发，面容憔悴，像个四五十岁的老妇，一个女人的青春光辉就这样瞬息而逝了。

住在这里还有个好处，就是各种美味小吃会送到家门口来卖。晨曦初起，传来的是广东点心叫卖声：白糖菱角糕、马拉糕、咸煎饼……还有苏州赤豆粥和馄饨担的敲击声。这些在今天看来极普通的点心，对于那时文人家庭的孩子来说，只有听的资格。上学前的早餐，总是只有咸菜加泡饭。稍迟，就会有叫卖水果的担子挑进来，"嗳！西路蜜橘！大格蜜橘！"这类食物也是面向弄堂里迟起床的"白领"阶层太太们的。夏日傍晚叫卖的有高邮咸蛋、沙角菱、臭豆腐干。还有两端挑着圆担子，卖的却是腌金花菜、芥腊菜、甘草梅子，是一些腌渍过的口味较清淡的小菜，可以空口吃也可下泡饭。这吃食不贵，一般人买得起。你向小贩买的时候，苏州人小贩就在上面洒些甘草细粉，叫做"甘草梅子"，这些是少女们喜欢的闲食。男孩子则往往买有咬劲的五香豆嚼。到了冬日夜晚，静寂的弄堂里便能听到熟悉而苍老的声音，总是不慌不忙，也不特别响亮地喊着：鸭膀鸭舌头、五香茶叶蛋、火腿粽子！檀香橄榄哦！他又是另一个急匆匆的未成年小贩。这时候，我已蒙蒙眬眬开始进入梦乡了。

住在霞飞坊的文化界人士可也不少。隔壁六十三号是顾均正，他曾在虹口梧州路开明书店工作。还有也从开明书店迁来的夏丏尊、叶圣陶、金仲华、索非、唐锡光。再有三十五号的章锡琛和王伯祥，三十三号的剧作家陈西禾。巴金住在五十九号索非家的三楼。这几位都在霞飞坊住过几十年以上。萧军、萧红也来住过短时间。日本友人鹿地亘因避难也在我家亭子间短期住过。下面就我熟悉的逐一予以介绍。

顾均正先生

先说我家隔壁六十三号的顾均正。他家早于我们三个月从狄思威路麦加里（现溧阳路九六五弄）搬来，是索非帮助介绍的。他先预付三个月房租，自住二楼和亭子间。一楼三楼借给洪姓和金姓两位房客居住。

抗战爆发，上海沦陷成孤岛，开明书店内迁，顾先生留守，每月只有三十元的生活费，无法养活一家七八口人，只有白天上班，晚上伏案拼命写作，常到深夜一二点钟。

顾先生是科普作者，在中学教化学课。日寇时期，每户每月限用电三度。那年代，煤油是军用物资，老百姓用电不够，只好点豆油灯。记得那时顾先生领我们几个青少年钻研提高植物油灯亮度的方法，从灯芯、上油方式的改变，到使用酒精灯烧玻璃管拉制灯罩，用各种异形进出气口径，强制通气以增加氧气供给，通过不断的改进，灯芯的光焰，竟然因燃烧温度上升而更亮了，效果居然接近小煤油灯，读书做作业，不再是灯光如豆了。令我难以忘怀的，还有顾先生用科学方法生煤球炉。那时木柴稀缺，他切细成丝条，在炉膛里搭架成交叉状，用半张报纸，浇点酒精，竟然也把劣质煤球生着了。记得那时每户人家，每餐烧饭煤球按个数使用，一旦多耗费，就不敷应付到月底了。当然，也有黑市煤球可买，但囊中羞涩的文化人买了煤就没钱买米钱，哪家不是"数着米粒"过日子的。有一日中午我到他家，听到孩子们欢欣鼓舞像过节般地在吃饭，我走近看去，桌上没有菜，只有一罐猪油用以拌饭。

就在抗战胜利前一年，一九四四年秋天，一日吃晚餐前，顾夫人周国华（一九九二年二月十九日在北京逝世）来叫母亲去他家。原来顾先生要告诉母亲一个奇特的消息：沪地的旧书铺子接到北平书肆传来一份书目，说是周作人要卖鲁迅在北平的藏书，书目有一厚册。母亲一听几乎昏了过去。为了保护父亲的文稿、遗物，母亲宁愿坚守孤岛，为此而倍受日寇凌辱迫害（见母亲《遭难前后》一书）；而身为胞弟的周作人竟要毁掉鲁迅遗物中重要的一部分——藏书。母亲即托顾先生再去寻找熟朋友打听详情。

两三天后，得到证实的消息是：因沪京两地战乱汇兑难，北京朱安女士手头拮据，生活有困难，理所当然要向小叔子周作人暂借些柴米钱。周作人竟借此怂恿朱安卖书，让北平图书馆的几个职员清理鲁迅藏书，开录中外文三册详细书目，交给书商去推销。由于商界的竞争，书目才传到上海来了。因索的价是个令人吃惊的数目，不然北平的书肆为何不马上一口"吃"下来？显然，这书价必是内行的周作人开的。又有消息说，大汉奸陈群表示要全部包下。这事让藏书家郑振铎得悉了，郑先生历年收藏善本旧书，和旧书商有极深交谊，所以书商把这"秘密"透露给他，由郑传给开明书店负责人王伯祥，辗转告诉母亲的。

母亲表示，家里的东西，不论粗细，除了该保存的父亲遗物，可卖可当的就当尽卖光，再有不够，哪怕四处筹借，也要把这些书籍全部抢救下来。若一旦散失，将来必如大海捞

顾均正先生

针，再也无从搜回了。当这不惜代价收购的消息传到北平之后（没有透露是谁要全部买下），不久又传来：在售书目录里，有若干善本古籍，已被周作人圈掉占为己有，而售价仍旧不变。各书商听得此种从未遇到过的不义行为，纷纷摇头表示不屑。

母亲的另一想法是托北平的老朋友去劝阻朱安女士，同时急筹一笔钱送去，解除她眼前的困难，以此釜底抽薪之法使父亲的北京藏书不被变卖，周作人的招数才会落空。于是，即托唐弢、刘哲民二位专程北上去向朱安女士说服安慰，保证她的生活费一定及时解决。之后，母亲筹措了一笔钱，存在北平友人处，按月送给朱安女士，这才避免了因战乱而致汇兑阻隔造成她生活的困难。当然，鉴于我们母子自身的困境，每月能付给的生活费是不多的。而此时，周作人却过着拥有多个佣工、管家、车夫的上层生活，与之相比近在身边的嫂嫂所过的日子差别是多么悬殊！

顾先生原在商务印书馆工作，后转入开明书店负责编写理化课本。他自学成材，没上过一年大学，却发表了百余篇科普文章，有《在北极底下》《少年化学实验手册》等等，受到青少年读者欢迎。一九四五年抗战胜利，国民党接收了《正言报》，想邀顾先生任儿童文艺副刊主编，待遇优厚。但顾先生得知这是国民党三青团的报纸后，毅然拒之不去。

索非先生

回忆顾均正先生必然要想起索非先生。因为在霞飞坊，顾、索两家不仅住得近，他们俩还一起推动科普事业，这在当时十分难得。

三十年代后期，在我国科普落后的情况下，他们二位已经创立"天工实业社"以推进青少年科普教育，这恐怕已经鲜为人知了。他们合作于一九三五年，研制一种"浑得消"的化工膏剂，抹涂在玻璃窗和镜面上，能有效防止雾气吸附。之后，又生产一种自制玩具橡皮气球，买回去一份套件，可以自己浸汲橡胶液在玻璃胎具上，硫化之后剥离下来，便是可以吹胀的大、小气球。并可以掺入多种颜色，使之色彩缤纷。现今孩子们都掏钱买现成气球，而在三十年代自制气球，不亚于今天搞航模，是有难度的。

索非住在五十九号，从楼下厨房进去，堆得满满的都是上述待销的科普套件。各式大大小小的玻璃筒、玻璃试管，橡皮塞和橡胶管，大大小小棕色药瓶、木箱、纸匣，从地面一直堆到楼梯转角顶。这是因抗战爆发，推销不了，积压在此。他们二位还研究设计一种"少年化学实验箱"，附加一本有原理有实验的手册，可以按手册顺序做一百多种试验。我第一次进入化学境界是索非先生送我三支试管、两瓶化学药物。配出澄清的内含药品的二支清水，倒来倾去，清水魔法般地变成樱红色，又可复回清澈，神奇有趣。我在小学同学面前变这戏法，小朋友十分惊奇。从此，我对化学实验产生浓厚的兴趣，不能不说是受索非先生影响所致。我在后面将专门讲到，在此不赘。

据我记忆，索非是学医的，不知有没有行医执照，没有看到挂牌开业，只为亲友治治一般小毛病。他有

（上）霞飞坊五十九号巴金的房东索非先生（台北摄）；
（下）巴金、索非聆听唱片的落地式手摇唱机

两个孩子，一男一女，儿子名叫"鞠躬"，和我同年同月生，现在是中科院院士、西安四医大神经科研专家；女儿取名"沉沦"，后改名沈沦，曾工作于上海海燕电影制片厂。沈沦一度是我的女友，她曾以极大的秘密告诉我，她本姓周，我和她的恋爱关系因多次"失之交臂"而终止。

索非多才多艺，爱好古典音乐，家里有落地式手摇唱机，那时拥有这种高级"音响"，不亚于如今拥有三十四寸彩电。这是他从旧货店买来的，估计代价不会很贵。古典音乐唱片，他收藏不少。但对我来讲，听来如"对牛弹琴"。索非在话剧界也有一些影响，朋友有陈西禾、师陀、柯灵等，曹禺的剧本在上海公演，他曾是曹禺的全权代表。巴金著作的出版，也是他出面的。一九四九年前，索非和开明书店老板章锡琛合作不下去，矛盾很大，正好范寿康任台湾省教育厅厅长，邀他去开办书店。他在那里先办"台湾书店"，后开"友信书房"。

他长寿，一直活到九十高龄，于一九八八年在台北病逝。他女儿曾去探亲，儿子因是军籍未得前往，父子五十年两岸相隔，至死都不得一见，实是件悲伤的事。

巴金先生

索非家的三楼，曾住过巴金的三哥李尧林。他因患肺结核，静养在房里深居简出。由于他是病人，我到五十九号玩耍，不踏进他的房间。我甚至记不得有没有与他交谈过，只感到他文弱、清瘦、脸色较差。

巴金那时还单身一人，住在霞飞坊时间虽不长，却完成了《春》和《秋》两部传世名著。记得那时常有一位年轻姑娘出入霞飞坊五十九号探访巴金，我当时才十几岁，猜不出她是学生还是不定期的助手，最深刻的印象是她生性活泼，讲的是宁波口音的上海话，频率高，速度快。她每回来访，巴金总是语言不多，但很有耐心。

巴金夫妇和女儿李小林

这位姑娘就是萧珊。经过八年马拉松韧性恋爱，她终于成为巴老海枯石烂心不移的终身伴侣。这方面，巴老有许多回忆篇章，这里就不多写了。

抗战胜利后，巴金夫妇回到霞飞坊，仍住五十九号三楼。那时他俩已有女儿李小林。我记得她每天从后门出来，喜欢在弄堂里拉着一把小竹椅，又当车又当马，愉快地奔跑着。不多日子，椅脚磨歪几乎坐不得了。她母亲在旁监护着，不时惊呼，要她当心摔跤。夏天闷热，傍晚居家习惯在弄堂里一边纳凉一边喂小孩儿吃饭。萧珊总是很有耐心，一边看着小林吃饭，一边在旁唱儿歌。遇到卖咸鸭蛋的小贩经过，就买下几只，小林吃得越发顺当。沪上卖咸鸭蛋的小贩都手提一个竹篮，浮面有三四只外壳开口的淡青绿色的高邮咸蛋，去壳的地方漂出一汪红油，很是吊人胃口。在那个柴米油盐样样昂贵的年代，一只油汪汪的咸鸭蛋对于爬格子的文化人家庭，不啻是美味佳肴了。

巴金和我父亲的写作习惯相仿。晚上九十点开始动笔，直写

一九八六年十月二十日巴金在客厅。巴金严肃地考虑后说，应当有"文革博物馆"以教育后人

到清晨。吃住很简单。踏进他房间，里面并没有各种厚重书籍和大小字典满桌子堆放着。仅仅是临窗一张桌子，边上几把椅子和床，余下的空间，是一排排书架和书柜。室内光照不强，黑洞洞的令人有神秘感。有时听到客人的谈话声和爽朗的笑声，随着谈话声抑扬传来，门口飘逸出一种香气，那是陈西禾、黄佐临来访时专门烧煮的一种饮料，黑而且苦，我不明白大人为什么会喜欢喝它。

鞠躬（索非的长子）告诉我那是咖啡，有的客人连糖也不放呢。他还指着一只立式铝壶讲，壶里套有铝芯，上有布满小孔的盒，咖啡粉按客人人数增减纳入，小罐盒伸出一根管子到壶底，水沸之后随压力升到盒面，喷洒而入。咖啡淋出汁到壶里，三分钟即可。有些人不懂煮咖啡的诀窍，任其沸腾，待香气满溢四邻，苦涩全部浸出，掩掉了甘纯之味，杯中的饮料只剩苦水一杯，这就外行了。我俩还常常领得去购买咖啡粉的任务，从霞飞坊朝东穿出弄堂，三分钟路程，便到霞飞路"DDS"酒吧旁的咖啡豆专卖店，距店几丈远就能闻到焙烘着的咖啡豆的芳香。咖啡豆盛在落地透明长筒形玻璃缸内，颜色有黑棕、棕黑、棕褐、淡棕，依焙炒火候强度而各异。豆子有发亮的和发暗的，据说那是炒时放入了白塔油。豆粒也有大中小之别。旁边还有几筒未炒熟的生豆子，深绿色的。也许有些老饕愿意自己动手烘焙吧。可是对于咖啡，父亲生前并不热衷，还曾经说过，他把喝咖啡的时间留下来写文章。而巴金他们这几位咖啡爱好者，文章依然喷涌而出，并未误人误己。我呢，后来也有了喝咖啡的习惯，并且深谙烧煮的诀窍，却并无出息。

巴老是四川人，多年在外，仍一口浓重的乡音。对我们这些少年，不管自己心情如何，总很客气。他平时爱喝浓茶，喝沱茶，更爱喝香浓的佳品红茶，也有时见他买回大茶砖，我们便帮他敲碎。巴老吃饭的菜肴很随便，从不挑拣。那时小饭馆价格低廉丰俭随意，来客坐到吃饭时，同赴小馆子极为平常，并不认为是一种"高消费"，客人也不会感觉是欠了人情而要改日来还。巴老和四川人一样能饮酒，却容易脸红。他会多种外文，有时远在底楼下就能听到他的朗读声，抑扬顿挫，好似在朗诵诗歌，至于是什么语种就不知道了。

吴克坚先生

吴克坚是当时上海地下党财经方面负责人，夫人姚文辉是索非夫人的妹妹。我们都称他俩姨夫、阿姨。姚文辉也在开明书店工作过，那是抗战前的事（姚在"文革"初期，因不堪凌辱而自尽。那时她在北京建工学院任领导）。"八一三"抗战初起，她公开了党员身份，参加"上海市文化界妇女战地服务团"到武汉，后去延安。抗战胜利不久，她和吴克坚带了孩子回到上海，由于一九四五年索非去了台湾，他们搬来五十九号住过。待巴金也住回来，霞飞坊五十九号顿时热闹起来。

吴克坚身材不高，行动稳健，经常穿中式服装，商人打扮。身份是霞飞坊靠霞飞路弄堂口左侧的一家中型百货商店"金刚公司"的经理，以此作为职业掩护。夫妇都去工作时，孩子就委托顾均正夫人周国华照看，他们都还年幼，和我们玩不到一块。孩子会唱解放区的歌，这使顾夫人大为吃惊，总要立即加以劝止。吴克坚在五十九号居住不久，就转移到赫德路（现常德路）一幢石库门房子去，之后，他们又搬到善钟路（现常熟路）公寓房里住，我去过几次。

粉碎"四人帮"后，吴克坚落实了政策，一九八〇年，我们先后搬到北京复兴门外一幢高层楼房，都住在同一号楼里。吴克坚每天早晨坚持散步，步子走得很快，他说快步能锻炼身体，快才有效。有一次突然病倒，据医生分析，原因是走得过多过累，心脏肌肉承受不了。他于八十年代去世，享年八十多岁。

霞飞坊的小朋友

住进霞飞坊后，除了周围邻居变了，还有一个很大不同，那就是同学们很少来我家串门。因为他们都住得不近。而我是贪玩热闹的，因此隔壁邻居的孩子就成了我的玩伴。我们总是先有一个孩子在弄堂里高声一呼，大家便纷纷从各自的后门奔出来，霎时间，这条弄堂就成了我们的乐园，而在我们看来，这条弄堂又长又宽，世界很大，我们爱怎么玩就怎么玩。

我们玩得可真"疯"！先是玩溜冰鞋，那是四只小铁轮的，不敢穿双脚，单支撑一条腿滑，那"哗哗"声就响彻整条弄堂。因此每当我们玩得兴高采烈的当口，有幢楼的二楼窗口就会伸出个男人的大脑袋来干涉，特别是那户不晓得什么国籍的高鼻子洋人更要大声呵斥，他们说的是令人发噱的洋泾浜中文："去！去！哇啦、哇啦！……"还挥着手臂驱赶我们。不过我们不会气馁，禁止一种，我们又玩另一种游戏，反而吵声更大。那是利用一只空罐头匣，放置地面的中间，分攻守两方，以谁踢得最远次数最多的为胜方。铁罐的优点是不像小皮球，会飞入人家院子而遭没收，它只会在地面打滚，每踢一脚，便发出"当啷啷"的巨响，这在我们听来分外刺激悦耳。不过玩这种游戏的时间，洋人已经被日本人强迫迁出租界了。

　　住在周围的孩子们也玩本地的土游戏。如抽陀螺（也叫打勿杀）、打玻璃弹子、刮香烟牌子、扯响铃（抖空竹）等等。而我们这一圈子的孩子玩的是骑自行车，谁有车子，大家共享。学车的时候，由于我的"授"业，都习惯从车子的右侧上车。抗战胜利后，上海的车辆统统规定改变为右侧行驶，这批由我带出来的十几个右侧骑士正好用上，感觉特别适应和方便。

　　稍微长大之后，顽皮的事更多。那个时候的气枪用的是圆球形铅弹子，压力小，射程短，往往麻雀被射中后，抖擞一下羽毛，又振翅飞走了，令我们颇为气馁。有一次过年玩小鞭炮，便想到一招：把小鞭炮插在气枪口，点着后远远地射进邻居的室内，"啪"地一响，一定挺吓人的。不过那时正过春节，是喜庆日子，"被害者"也不肯张口骂孩子，出来客客气气讲几句道理便算了。这事的共谋者中除了我，还有索非先生的儿子——如今的中科院院士鞠躬教授。他与我同岁。可见,顽皮的孩子并不都如我这般没出息,也有人中俊杰。我们这批调皮蛋,经常要大小闯点祸,我感到这与那时家长的管教比较宽松有关,邻居也碍于大人的情面,不肯轻易骂上门来。

待我们年龄稍长之后,便文明一些了,开始玩一种宜于在弄堂里开展的运动——打羽毛球。它不会打破人家的玻璃窗,对行人也不构成威胁。我的体质又宜于这种小球,因此到了十六七岁,我的球技已经算比较好了。也就在那时开始,我迷上了无线电,成天地在家里摆弄,还搞了个小"实验室",从此才"改弦易辙"不再是弄堂里的"皮大王"了。鞠躬教授呢,他从小喜欢听唱片,对古典音乐十分熟悉,讲起来真是如数家珍。顾均正的儿子比我大一岁,虽也喜欢听音乐,但他家里没有唱片,便从短波电台上去收听。这时他和我一起学着摆弄无线电,也参加当时的"中国业余无线电协会"。

总之,我们这些调皮蛋都逐渐长大了,不再干那惹人嫌的游戏了。但是,我们还有共同的爱好,那就是一道出去看电影。附近是国泰电影院,它上演的是首轮片子,票价贵,我们看不起。不过稍远几百米,就有五家二轮片影院,巴黎、杜美、上海、金门、平安电影院,我们就成了它的常客。看电影大家以看好莱坞片子为主,国产影片很少去光顾。不过,杜美路(现东湖路)上一座简陋的房屋里放映苏联电影,如《保卫斯大林格勒》等卫国战争片我们都看过,并感受到很大的信心和鼓舞。

多年后,我重返霞飞坊,想找回少时的感觉,不料早已荡然无存。只觉得这条弄堂又短又狭,毫无"宽广世界"的印象。倒忆起了当年种种调皮事,不免汗颜,也不胜感慨系之。

母亲的被捕

　　一九四一年十二月八日，日本向英、美不宣而战，一天后就进入租界。日本当时声称，这次是向英美作战，对中国人是优待的，就是抗日分子也予以"宽容"。母亲的大多数朋友的看法是，日本人对鲁迅先生很尊重，你向来没做什么事，绝不会对你怎么样的。谁知未过一星期，即同月十五日的凌晨，母亲就被日本宪兵抓去，关了整整七十六天，受尽种种酷刑和凌辱。后来母亲据此写了《遭难前后》这本书，读者想已看过。我这里再补充些有关情况。

　　虽然朋友们说了宽慰的话，但母亲还是觉得不能不防。当日本人进了租界之后，霞飞坊我们家里仍很紧张。母亲寻找书籍、杂志、信件等等文字材料，以父亲去世的一九三六年划线，分别归类。母亲对我说：三六年以前的，都可以往你爸爸身上推，我们是保存遗物，留作纪念，孩子长大了要看的。用这样的理由搪塞，大概没有事的，定不了什么"罪"。因此，凡是父亲去世后的一切"危险"品，母亲都拿到厨房，由我负责烧毁。厨房间有一只盘香管炉灶，炉膛里盘旋几圈水管，连接左侧一只储水罐。这炉灶每户都有，谁家也不用，因它耗煤太凶，但用来焚烧期刊书籍，却颇感好使。只是，在这熊熊炉火里，一册册书扔下去，感

右边是我的少年朋友谢绥星，他和我同榻而眠，目睹日本敌人搜捕母亲

觉烧的是一份份心血和情谊，因为我那年已经十三岁，开始懂事了，知道许多书是作者、朋友亲自送来的，每本都有亲笔签名。我那时内心总想：现在看不懂，以后长大了看。况且其中有那么几本，我已略略翻过，半懂不懂地还很感兴趣。所以，烧书像是在烧自己的肉体那样痛楚。正在伤感时隔壁邻居来反映了，说是屋顶烟囱向四周飘洒出片片纸灰。母亲抬头一望，弄堂上空像飞翔着无数黑色小蝴蝶，缓缓降落又随着气流升起来，吃惊之下，赶紧灭火停烧。幸亏霞飞坊没有日本侨民居住，要是有人去通风报信就麻烦了。但地上还堆着这么多书，该怎么消灭？若是撕碎冲掉，马桶岂不会被堵塞？末了还是烧。少量慢喂，勤出灰，随时用水冲进地沟。这"工程"也有我的小朋友来援手，好在大家对东洋鬼子都恨得牙痒痒的，谁都愿意帮忙。这样，烧了整整两天。可是那只储水罐仍旧不曾烧热，因为燃烧报纸只是火光大，热力却不强。

此外，母亲还做了别的预防工作，把亲友通讯本保存在邻居家里，把抽屉里我的气喘药物集中在一起，装在小匣中，衣服用品也交代一番。最要紧的是告诉我，万一她被捕，让我到"王家姆妈"家里去，绝不能待在家里。她是王任叔的妻子，带着孩子就住在附近。王任叔已避到外面安全的地方去了。除了请王家姆妈照顾我，母亲还交代，一旦自己有事，该通知哪些朋友。母亲想到的和能够做的就只有这些。至于当时地下党有过什么考虑和安排，我至今不知道，也未有蛛丝马迹可寻，因此难以推测。或许当时地下党组织认为我母亲会平安无事也未可知。等到风声越来越紧，眼看着日寇即将入侵租界，母亲就拿了些随身细软，带我到离霞飞坊不远（似乎在永嘉路一带）的许寿裳先生家去暂避，以观时局发展。许先生是母亲在"北女师大"读书时的校长，又是父亲同乡，可以说是至交。许先生当时不在家，夫人陶伯勤接待了我们。她显得有些老态，戴着高度近视眼镜。母亲让我称呼她许师母。

许家当时住在我国摄影界元老郎静山的房子里，他们似乎有着远亲关系。此时，郎静山与家眷已远去内地，房屋空着，正好供我们母子栖息。我于是在这些空屋里到处游荡，当我进到二楼中的一间，只见整个房间的墙壁都被刷成深黑色，墙脚下还堆放着许多大幅照片，想是丢弃的作品，但在我看来它们的画面都挺美。我现在懊悔当时为何不拣几张，这可是珍贵的艺术品啊。巧得很，有一年我与老伴去台北探亲，某日傍晚路过一家饭店，适遇郎大师在那里过九十大寿，他正站在门口送客，我真想趋前问候，又觉素昧平生，不敢贸然过去。后来获悉他骑鹤仙去，使我不胜惆怅惋惜之至。

我们在永嘉路许师母家住了几天，觉得日本鬼子进租界后市面还算平静，便放心返回自己的家。不想灾难立即降临到我们头上。

日寇来搜捕是在凌晨，我正睡得很熟，待梦乡醒来，已经满屋子人。带领上楼的法国巡捕似乎完成了使命，站在房门口，没有插手，汉奸也没有翻寻物品。只有日本宪兵在翻箱倒柜地搜查，但他们的目标似乎只是文字材料，也不像电影里表现的那样故意乱砸乱扔，而是从柜子和抽屉里集中他们所需要的，用我家的布包裹而去。搜查进程中，日本宪兵看到我的一本定位式集邮册，按国别排列着外国邮票，空白框位里插着邮票照片，以便按图索骥地搜集填补。大概由于它的说明文字都是英文，以为是什么重要材料竟也席卷去。他们把母亲抓走，同时带走两包东西，那时天色已将黎明，母亲的回忆录里讲到的收音机，是日本宪兵走了之后，汉奸又返回来拿去的。这是一架刚刚买了两三个月的五灯国产收音机。弄堂里似乎没有安插盯梢的，因之有邻居来探望我并无阻碍。等到天亮后，按母亲的嘱咐，女佣双喜就送我到王家姆妈家里去。

王家姆妈一听到母亲被捕，立刻打电话通知各界朋友。她家是三房客。二房东在楼梯旁装有壁挂电话，王家姆妈连续打了好多个，中午、下午都有通话，内容都是让朋友们隐蔽。不多久，常姨和母亲别的友人来探望我。常姨又一次告诉我，他们全家要返回营口去了。常姨待人亲切和蔼，从不高声发脾气训人，对我更爱护备至，视同亲生骨肉。我当时年纪虽小，感情却十分敏锐，父亲的去世，心灵已经受到极大的伤害，如今母亲又被日本鬼子抓去，就像刚刚经历了一场巨大地震，感到这世界一片荒凉，举目无亲，唯一可以依赖的就只有常姨了，而她竟也要离我而去，我为此极其伤感。当时她的孩子建议让我同去东北，还要将皮衣让给我穿，陪我滑冰……我听了内心极感温暖，因此当常姨问我愿不愿意同去时，我一口答应。但是王师母听了大吃一惊。她想不到我会自愿送入虎口深处去。看来她认为这事太严重了，就立即去告诉了建人叔叔。过了两天，当我正在简单打点行装准备出发时，王师母陪着三妈（建人叔叔妻子王蕴如）来了，很严肃地叫我住到她家里去，在一旁的王师母接着说，她也即将回乡下去了，我必须在沪等候母亲出狱。还说了些别的警告的话。我没有别的选择，只好随三妈住到四明村去。

在叔叔家住了两三天，常姨又来探望我，告诉我王家姆妈已经回乡下去了。后来听说是房东希望王家姆妈退租的，但是前几年看到一篇文章，是"立信会计学校"创办人家属写的，意思是王家的离开并非由于他们的催促。王家姆妈已去世多年，这事自然无从查考。但是我想在那险恶的年代，遇上这样的事，谁都在担风险，谁都要为自己一家子人着想，因此一切是可以理解的。至于王家姆妈我至今仍怀念她，感激她当年收留我这"危险"的种子。

建人叔叔的家住在福煦路（今延安西路）四明村三十八号三

周建人六十大寿生日，十一月十二日。十二月二十六日摄于杜美公园（现襄阳公园）

楼，连带一间三楼亭子间。亭子间住他三个女儿，我被安排在叔叔婶婶睡的三楼，靠西墙一个单人床。房间中央是吃饭的八仙桌，孩子们放学回家，就在这桌上做作业。屋北是双人床，四周有支架，挂上布幔帐。房间外面左手角落是简易的卫生间，有浴缸，但不常用。由于水压低三楼经常没有水，凡是白天用水、拖地板，都得从一楼拎上来。四明村的楼梯很陡，听着婶婶提着铅桶一步步沉重的踏步声，每天要上下几十次，真是辛苦。叔叔家曾有个佣工阿三，由于经济拮据转到房东家干活去了。房东姓金，是婶婶绍兴老家的远亲，做茶叶生意的。一九四八年春，母亲和我与叔叔全家第一次回乡，便住在他家里。母亲有过一篇文章《第一次到了鲁迅先生的故乡》记叙此事。

我那时还在读五年级。因幼年哮喘和伤寒症耽误了升级。住在叔叔的家里，便就近转入二位姐姐读书的学校，校名光夏小学，它是光夏中学的属小，有关这段学习生活，我将在下文专门谈到，在此不多说了。不过有一事可在这里一提，那就是在这样的时局里，我的身份具有一定的不安全性，叔叔为此沉思了一天，决定为我重新起个名字。他说两个姐姐和妹妹都用的是单名：晔、瑾、蕖，你就用陶渊明的渊字，就叫周渊吧。那时，叔叔作为家长用的也是假名，叫"周松涛"，并刻了图章，用在家长联络本上。周渊这个名字我一直用了八年，直到全国解放，我才得以恢复父亲替我取的名字：海婴。为了永远纪念父亲，这名字我将终生使用。虽然他说过：这是孩子的名字，长大可以换。

我在三叔家住，虽然只多添一双筷子，却使他们并不宽裕的生活愈加艰难。每餐要填饱六个人肚子，其中四个还是正在发育的少年，从九岁至十六岁，个个肚子都像无底洞，为此叔叔婶婶真是煞费苦心。主食是配给粮、六谷粉每月不足充饥，一般老百姓都靠买黑市米过日子，那时弄堂里常有些身上穿着臃肿棉衣的小贩出没，他们棉衣的夹层里就灌入着粮食。待双方讲妥价钱，他悄悄掩进你的厨房，脱下衣服倒出粮食。这些米贩都是越过封锁线过来的，随时都有被日寇刺刀挑死的危险，他们是在做着刀刀上讨生活的买卖。因此买黑市米要比市价贵很多倍。但每户人家又不得不买。实在过不下去的，只有离开城市回乡这一条路。由此我们日常有咸菜泡饭吃已属美味佳肴了。绍兴人本来勤俭，一般不起油锅，大锅里放个竹蒸架，小菜都是这样隔水蒸熟，然后面上浇几滴麻油，取点"香头"。婶婶制作绍兴霉豆很有经验，她把豆子蒸熟后，晾在竹匾上任其霉变，三五天后豆面上出现一层白乎乎的绒毛，待绒毛稍落，豆身湿润润的，便可入瓿，这时再放入生姜末、花椒，还有等量的白豆腐干小粒，最后冲入晾冷的淡盐水，盖严密封，不几日便可食用。吃的时候，浇上麻油，最好是小磨的，其香扑鼻。这种霉豆，基本每餐必备，因为菜量不足，只能以此送饭。宁波人叫做"压饭榔头"。这便是当时艰难生活的写照。

建人叔叔每天从商务印书馆下班回家，天色总是早已黑了。有时兴致高了，从架上取下五加皮酒，倒出一小盅，慢慢啜饮。下酒菜是不计较的，酒也仅以一杯为度。偶然有些日子，带回一小包五香花生米，倒在桌上，我们孩子围上去也吃上几颗。这时，叔叔会讲些趣闻或最近时局。两姐姐后来很早参加革命，我想必与这样的家庭教育和气氛有关。我至今记忆犹深的是叔叔讲到过一个土药方剂。他说凡是年代久远的古坟，在下葬时脚后必有一盏油灯，若干年后，如遇迁葬、修坟，打开坑穴时如果灯油未干，刮下这厚厚的油脂，便是灵丹妙药。那些长久不愈的"老烂脚"，取这油脂搽上，会有特效。这种油叫"阴油"。我不知道这"阴"字是否准确。以今日想来埋入深坑内的油脂，也许有某种细菌在繁殖，久远年代后，生成某种抗生素也说不定。我在这里特别要说的是，叔叔家虽然自己生活拮据，对我却格外关爱。有时我放学回家，婶婶问我肚子饿不饿，我不愿说假话，这时婶婶便摸出一碗馄饨钱，让我向弄堂的馄饨担买一碗吃。这种特殊的享受，两个姐姐是轮不到的。

自从母亲被宪兵队抓去，建人叔叔就想方设法去打听消息，不几天就打听出一些情况来，内山完造虽见不到面，但是传话过来，不要紧，过几天就会出来，是真是假分不清，但愿尽快成为事实。全国人民对日寇的愤恨都埋在心里，对于我来说，这仇恨更深、更重。生活一步步紧缩，老百姓连吃大米也"犯法"了。粮店有时候只有卖"六谷粉"（苞米粉），还限量每人二斤。为此我和姐姐承担了买粮的任务。我们清早就去粮店排队，店门尚未开，买粮的人已挤得人山人海。我在二楼金家排的队的前后档里占一个位置。买粮的时候，每人的手指要在紫色染料里沾一下，以防多次排队。但有的人又是想出窍门，用油脂预先涂在手上，这样沾上的颜色就便于洗掉，也就可以再次去排队。能买到六谷粉是十分幸运的，可省掉不少买黑市粮的钱。但是这种"平价"粉，不仅有沙，还夹杂霉变呈绿色的绒絮无法剔出。南方人又不会做窝窝头，只能烧糊糊吃，大家称之"六谷糊糊"。

母亲在宪兵队的情况虽然若明若暗，未知加的是什么罪，不过所幸没有听到亲近的朋友被捕，那些知根知底的也是已避到可靠的地方或干脆回到乡下去了。过了约有半个月，内山完造托人通知，天气冷了，宪兵队允许送毯子去。我们家里都用的棉被，哪买得起毯子啊！正在犯难发愁，内山又传话说毯子由他解决。但是不多日，宪兵队又通知取回毯子，叔叔不便出面，只得仍托内山派人去取。拿回家，以为当中必定夹着母亲的什么字条之类的讯息，但翻来覆去搜寻，什么纸片布角都没有。待母亲出狱后问她，才知这条毯子又厚又宽，牢卒以为她多盖了一床，挨了狠狠一顿打，硬要退回。内山先生的好心，反让母亲多吃一次苦头，这是他始料不及的吧。

常姨一家真的要回东北了。她带来二位哥哥告别，使我再度伤感。她留下一百元钱让我买点喜欢的东西。四明村旁有个亚美公司门市部，那是苏氏兄弟开的。我有了自己支配的零花钱，便在那里买些制作矿石收音机的小零件和一副耳机。我的五十多年"业余无线电"生涯，是从这时而启蒙，直到老年仍然爱好不减。

母亲被关了七十六天牢狱，受尽拷问、鞭打、凌辱、电刑各类审讯酷刑，释放时两腿痛楚不能行走。我见她两腿膝盖在月亮板凹陷的位置，都有个二寸圆的乌青块。以我现在的知识判断，日寇对母亲施的电刑电压、电流相当强烈。若施刑时仅仅电压高、电流小，行刑时的震撼虽大，对肉体的伤害还不会太明显；如电流大电压低，关节位置也不至于烧成乌青瘀血。当时的电刑一般都使用老式电话的手摇电机。那种设备是不足以有能量把两膝烧焦的，而母亲受的伤害如此之重，可见日寇残忍之甚。

还有一点可补充的，在母亲释放发还的零碎物品里，竟夹有几个小汽车发动机电器零件，还有一块无线电发讯机的波长曲线图，可供短波发报机按指定波段调整用的。为什么将这些东西"发还"给母亲，我至今还深感纳闷。这些汽车零件当时我卖给店铺，还挺值几个钱呢。

我家的房客

《鲁迅全集》出版后，我家很快便住进了房客。

首先住进一楼客堂的，是广东籍日本归侨郑老伯一家。母亲让我称呼老伯夫妇阿公阿婆。在我眼里，二老总有六七十岁了，他们有九个女儿，九小姐只比我大二三岁，阿婆的实际年龄估计才五十上下。他们的生活起居、日常言谈，完全是广东式的。而我一向生活在绍兴气氛中，因此对看到和听到的都很新奇。尤其是广东话，我非常陌生。母亲虽是广东人，却从来未听见她讲过广东话。父亲在世时，很少有母亲的亲戚来走动。我对广东话虽感到新奇，大概是有着血缘关系吧，心理上却并不排斥。听了不久，我就渐渐懂得他们在说些什么了，好比现在电脑的存储，到了一定时候，便开始"输出"。这么一来，我也能讲些广东话了。直到现在，有关生活上的用语我还能讲得比较流利。阿公阿婆家还有令我感兴趣的，是用一只葫芦形的金属圆柱治病。打开这金属圆柱顶端盖子，便见一层密集的针，细如毫发。当有压力揿按时，绒针缩入端内，似乎它们每根都会独立行走。哪里疼痛不适，就在上边轻轻按动，用这绒针刺激皮肤表层，一提一放，"嗒嗒"有声。见我好奇，拉我尝试，在我的手臂上揿按，只觉轻微麻痒。他们

女佣钱双喜。日本宪兵来时，她说三楼住的是别家房客，保护了三楼的文物、图书

还有一只日本式胖肚炭盆，到了冬天用以取暖，还能烧冲茶的开水，和内山书店里的那只相仿。没想到正是这只日本炭盆在日本宪兵搜捕母亲时，无意中为保护父亲遗物、书籍起了大作用。

原来那天半夜日本宪兵冲进六十四号，先进的是一楼郑家，开头气势汹汹，待见到这只炭盆，日本宪兵说了一句"稀巴奇"，阿婆机智地用日语应道："这是从日本带回来的。"这下鬼子的凶相稍敛了。接着，阿公阿婆又用日语与他们聊在日本横滨的生活，这就给了日本宪兵一个麻痹，让他们产生六十四号不止一家住户的印象。因此，当我家女佣双喜说三楼住了别家，他们竟然信了没去搜查。若非如此，上海鲁迅纪念馆里收藏的文物，恐怕要大大地打折扣了。写到这里，我不禁要向郑家阿公阿婆在天之灵致以深深的谢忱！同时我也要为我家佣工双喜记上一笔，是她的一句话，才保全了父亲的大部分遗物。双喜是广东人，由母亲一位嫂嫂带来上海，作为麻利能干的女佣介绍到我家帮工。可叹的是她身世很苦，先嫁给上海大场地区一位农民，丈夫不幸病故。直到抗战胜利后，她才与霞飞坊一位姓周的里弄保安结为夫妇。多年过去再无什么联络。所幸当时我曾为她拍过一张照片，特附刊书里，以表示我对她的怀念和感谢之情。

对于郑家二老，我当时并不知道身份，他们是叔叔搬走后，经母亲和冯雪峰商量，认为请他们进住既放心又可以有个照应。他们的女儿都是好样的：二女郑玉颜是刘长胜的妻子，为革命做了许多工作；四女郑育之的丈夫是左联成员周文，父亲称赞他是"最优秀的左联作家之一"，常和胡风、周扬一起参加左联常委会议。七女、八女也参加革命，是中共党员。

母亲出狱后，我们的经济越来越困难。只得将住房一步步向上收缩，利用楼梯旁的边沿堆放书箱，上楼需要侧身才能通过，幸而霞飞坊建筑坚固，书箱堆到顶着天花板，连带地板都下陷了，却没有出险。但记得有一天晚上，母亲外出开会，嘱咐我服了哮喘药乖乖睡觉。正当我蒙眬欲睡之际，忽听到一些异响，睁大眼睛望去，只见床对面的书柜箱正在一点点向前倾斜。我下意识地向床后移动，刚移到墙边，刹那间书本像一堵墙似的哗地冲下来，堆积在床垫床档上。待母亲回家搬开书本，那铁管制做的床架都压弯了。假如当时我没有本能地自我保护意识，也许成了某种残疾者。

二楼亭子间租给姓吴的兄妹。吴先生会拉小提琴，由于寻不到稳定工作，心境不佳，凡是听不到琴声，便是他们饿肚皮的日子。自然，那也是付不出房租的时候。这倒还是可以理解。令人烦恼的是吴先生在生活小节方面也比较粗糙，水龙头常常不关，流水潺潺，母亲听到，总是唤我去拧紧。最讨厌而又腻心的是，他常常解小手而不掀起马桶盖，弄得四周都是尿液，我每日仅大解一次，大不了擦一回，女士就免不了啧有烦言。提请母亲出面去交涉，又往往得不到通达情理的回应，因而这种小事总是悬而不能解决，

二〇〇〇年作者摄于旧寓大门前

让人心烦，却又无可奈何。

为了多腾出房间出租，除了尽量压缩存放书籍的空间，母亲后来还将大陆新村搬来的大床借给邵铭之先生，后来又借给过许寿裳的夫人。此床后来归还了，它是父亲睡过的原物，现陈列于上海鲁迅纪念馆的故居。母亲和我则缩身到三楼书箱缝隙里去居住，以书箱为卧床。这样二楼也腾出来了，租给一位姓李的报馆编辑。

李先生是山东人，姓名似乎是李秋生，是笔名还是化名不知道。他有个女儿叫李丽，一口京片子，说明是从北京迁居来的。李妻却是山东口音。不久又从山东老家把寄养的儿子接来。他比李丽姊姊约小二岁，体形干瘦而面黑，但在我们弄堂小朋友中间，颇受崇敬。因他会上树掏鸟，身手敏捷，尤其会用小石子投掷，本领高超，命中率很高。聊起乡下的趣事，每每令我们又羡慕又钦佩。

最近，偶然从上海出版的《世纪》杂志中看到，抗战期间的《文汇报》编辑部同人中也有个李秋生，似乎就是我家二楼的这位房客。我于是托朋友向文汇报老人打听，得知这位李先生当时在《文汇报》编副刊，后来去了《中央日报》，随后又自己办《正言报》。大约解放前后去香港，继续以办报为业，思想倾向颇好，没有发表过对大陆不利的文章。晚年定居美国，九十多岁亡故。李先生还曾是个老布尔什维克，出席过党的"四大"。看来我们党也一直牵记着他，有一回文汇报老人严宝礼、徐铸成两位去香港，周恩来总理还特地请他们代为致意，并邀请他回大陆来。

我也由此想起他的女儿李丽和"黑皮"儿子——我们一起玩的小朋友，不知姐弟俩现在哪里，一切可好，我十分怀念他们！李家还有一个亲戚，也是一口漂亮的京片子，名叫马骥。他对话剧和电影很热衷，也喜欢结交演员，后来自己进了演艺界。一九九七年春季，台北的报纸刊出同名同姓的老艺人去世。我未及打探便返回大陆。我想是这位马骥的可能性很大。

李先生本人喜欢帮助孩子们集邮。爱好者之间互通有无，这种邮品交换的方式，原是一种高层次的业余爱好。令我感到不快的是，李先生以"中间人"的姿态，调整相互交换的"等价"，往往把我从父亲那里得来的俄国、德国、日本的珍稀邮票，替自己儿子交换走了。由于他年长一辈，我又年幼，只好"忍让"，但我心痛不已。

李先生住了约有两年，说是"形势紧张"，全家搬走不知去向，但有一件事尚可一谈。一九七六年，我因公带队到西德考察立体声录音技术，全团十个人预约在一家中式小餐馆吃午饭。没想到巧遇他儿子也在另一桌用饭，他们大约有三个人。相距三十年的岁月，他竟能一眼把我认准，喊出姓名。他告诉我在代表台湾的某石油系统工作，混得不错，并告诉我他住的旅馆。回旅馆之后，左思右想非常纳闷。世界未免太小了，巧遇到同时、同地、同国、同餐厅、同午餐，五个"同"。二十世纪七十年代，国民党正下力气搞"策反"，他们会不会利用幼年朋友，又是同住在霞飞坊六十四号的关系，向我（们）有所企图亦未可知。因为我团的考察计划半年多前报到法、德两国，这情报台湾方面是很容易得到的，我向使馆报告了这次巧遇。当晚，我们改换了旅馆，离开原地，就再没有别的动静。如今已时隔二十四五年，我和李兄彼此已过了古稀之年，此文此段如果李兄见到，对这次相逢，不论是真的巧遇还是另有缘故，都祈盼你给我写封信，揭开这个谜底。

霞飞坊六十四号还有一家房客，是郑家阿公阿婆搬走后，经邻居六十二号吴元良介绍住进来的。姓王。迁入时吴先生说是他的同学，曾学制药专业，就读于北方，现在毕业找到生化制药厂的第一份职业，新结婚没有寻到住房，要借住短期，今后你们自己需要用房随要随迁。这样，这位王先生夫妇便住了进来。不久生了个女儿，很漂亮。他们一直住到抗战胜利，母亲收到胡风从抗战后方经过沈钧儒帮助（那时沈是律师）索回的版税，便用这部分款子补偿王先生，供他在亨利路（现新乐路）"顶"了二楼的住房。这样，六十四号的房客就到此为止。上海解放后，母亲和我已定居北京，这所房子便退租了。

霞飞坊六十四号曾发生过一次火警，这事值得一提。那是我已经上初中的时候。有一天中午放学回家，门口拥了不少邻居，抬头向三楼阳台望去，只见左侧靠六十三号的小窗有烟雾泄出，阳台里有邻居在接水，用脸盆泼着。母亲在紧张地奔忙。不久有消防队员赶来，身手敏捷地冲进三楼抢出箱子。几分钟后，队长招呼队员收队。实际上，明火早已熄了，余烬的残烟在消防队员到来之前也已经被邻居泼灭。内行人讲，幸亏那个小房间不通风，火势起不来，也幸亏母亲燃着的是裹包衣箱的麻袋套，更幸而当时母亲没有远离房门。火势熄灭之前，救火车并没有进弄堂，只停在茂名路上待命。队长问了起火原因，母亲是"火头"，要带到

174

队里问话、处理。他们还有个不成文的规矩：救火车出动，必须用水龙头喷浇一通；若不喷浇，就要付"黄鱼"（金条）两根，不然"不好交代"。可是，家中那么多书籍哪经得起喷浇啊，父亲一辈子收集的各种版本图书岂不将全部成废纸？母亲无可奈何，只能从这两种命运里选择后者，正在为从哪里筹集这两根"黄鱼"犯愁时，队长在室内到处巡视，看到父亲那张葬礼时悬挂在棺木上的遗照，他突然讲："哦！这是周先生，交关有名，交关有名！啊，没事！没事！好，收队、收队！"不待母亲致谢，径直下楼离去。一场不大不小的破财灾祸，就这样烟消云散了。知道内情的朋友告诉我们，若非队长晓得父亲的名望，这笔竹杠是非要被敲去不可的。

第二天，母亲整理被烧的箱笼，发现损失并不大，火焰仅在箱外肆虐，还没有穿透进去。仅有一只藤箱，里边的几件日本衣衫受损，那是日本友人鹿地亘寄存的。但他们夫妇离沪到重庆去后，再也没有见面过，这几件衣衫已破旧，母亲便不再保存了。

几位朋友

杨先生

父亲去世后，各方朋友都来慰问和关怀，给予我们母子许多帮助。关于这些，母亲在回忆文章里多有提及。而对于我来说，最值得怀念的是杨霁云先生。

杨先生是父亲的朋友之一，曾经搜集出版父亲的《集外集》《集外集拾遗》。过去他常来大陆新村，后来我们搬到法租界霞飞坊，他仍经常从徐家汇住处搭乘有轨电车，专程来探望我们。在那个年代，徐家汇被认为是挺远的地方，来一趟不容易。使我最高兴的是杨先生——这是我幼年时开始的称呼，还承揽了带我看电影的"任务"。因为那时无论在经济上和精力上，母亲都没有这方面的余裕。现在的年轻人一定难以想象，两三个星期看一场电影竟然是相当奢侈的享受。有一次杨先生带我去看电影，问我有没有尝过一种叫做"白雪公主"的雪糕？我回答说没有，杨先生便掏钱买了一根给我吃。我问他为何自己不吃？他说前几天刚吃过（现在我才理解，他这是为了省钱）。这雪糕我想念已久，曾听小朋友议论过，说普通的棒冰太硬，"白雪公主"软中兼硬，有弹性，而且是巧克力滋味，听了真令人神往，用"梦寐以求"这句话来形容毫不为过。他让我看的电影以卡通为主，如《木偶奇遇记》《唐老鸭》《米老鼠》《大力水手》和滑稽片《劳莱与哈台》（*Loure & Hardy*），还有卓别林的黑白故事片。杨先生还带我去过"回力球场"，这是一种双人壁上对打球赛，属于赌博性质。还去"逸园"看过跑

一九四三年十二月二十五日上海外滩。杨霁云先生

狗赛，也是一种赌博，赌注颇大，赌法有单赢、双赢、连赢等等。杨先生告诉我，有的人赌得入迷，直到倾家荡产。

杨霁云先生的夫人也是常州人。她很会做菜，有一味香糟肉十分拿手。在我十岁光景，杨先生股票上赚了一点，要请母亲去吃"年夜饭"，为此预先向我打听："你妈妈喜欢吃什么？"以为童言真实无虚。我不假思索地回答："妈妈喜欢吃肥肉！"不料闹出大笑话。到了吃年夜饭那天，杨师母尽向母亲碗里夹大块大块的糟肥肉，吃了又夹，并说这是你家海婴讲的"妈妈喜欢吃肥肉！"母亲这才恍然大悟，解释说：其实自己也是不大爱吃肥肉的，只因平日家里买的猪肉总是肥瘦相间，孩子发育期间，以吃瘦肉为佳，所以给他吃的都是瘦肉，海婴半懂不懂，定要平均分食，我只好对他说"妈妈喜欢吃肥肉"。而我竟信以为真，才错递了"情报"。

大家听了不由得哈哈大笑起来。这个笑话后来熟朋友间都知道。

杨先生还好意要帮妈妈做股票，以缓解我们生活的拮据。他解释说，经过反复钻研，从报上的升降曲线，结合时局动荡以判断"买进"还是"卖出"，试过几次，胜算概率颇大，因此建议母亲与他合在一起做，他会按时送来赢利。母亲实际并没有多少钱，就抽出生活费交给他。前后做了一年，结果输多赚少，弄得杨先生颇为狼狈。后来据说他回乡卖了田产，这亏空才得以弥补。

杨先生得到日寇要侵入租界的讯息，并听说虹口地区已经风声很紧，便建议把父亲的日记抄录下来分藏几处，以策安全。这样，在一九四一年日寇占领租界前，母亲将存放在"麦加利银行"保险库里的鲁迅日记取出，分册复写抄录，杨先生也帮着抄，他们的右手中指都抄起硬硬的老茧。现在还保存一张母亲夏天挥汗抄写的照片，便是我当时拍摄的。

解放后，冯雪峰把杨先生请到北京的鲁迅编辑室工作，后来又转到人民文学出版社任职。他还是北京鲁迅研究室的顾问。杨先生于一九九六年二月二十六日去世。可以说，杨先生为鲁迅著作的收集出版付出了毕生的精力。

杨霁云先生还有两个至死都不肯透露的秘密。其一是在他年轻的时候，父亲曾给他写了两幅字。其中一幅披露过，而另一幅却一直不让他人看，哪怕是挚友至亲都没这个福分。而我作为鲁迅的后人，年少时与他的关系那么特殊，解放后又经常探望他，借给他各种自购的杂书让他"随便翻翻"，如武侠侦探小说、国外的各种译著等等。但这幅字我始终未得一观。他说，拿出来似有抬高自己之嫌。由于杨先生的谦逊，我们关心这幅父亲手迹的每个人只好遗憾和无奈了。再有一个秘密是父亲生前与他谈过许多看法，其中也包括中国共产党夺取政权和执政后的一些分析估计。这些内容杨先生也一直没肯讲出来。即使我去探望时一再问他，杨先生总是婉言回绝："以后再说，现在不讲它。"不过我想，这样也好。父亲的一生，给研究者留存点悬念，也是有趣的一件事。

常　姨

在讲述母亲被捕这一节里，我曾多次提到常姨。她名叫常瑞麟，是母亲从天津女子师范读书时起相知一辈子的挚友。她俩在生活上一直互相关心照顾。我父亲在一九二九年便有致常瑞麟丈夫谢敦南的信，告知我出生的情况，还多次寄赠过我们的家庭合影。

在母亲被捕前约半年，常瑞麟全家从东北来沪。他们来的目的，一方面是为料理她丈夫祖母的丧事，同时也为了操办侄儿婚事。再有个打算，就是要把两个儿子谢绥星、谢龙星送到上海的学校读书。因为那时占领东北的日寇已在搞"奴化"教育，中文程度很低。她让我母亲教兄弟俩国文课，顺便复习英语。我也趁机当旁听生。由于谢先生家人口多，住房拥挤，两兄弟便从这年的五六月起，就一直住在我家。母亲将和我合睡的大床让出，由三个男孩同睡，她自己在旁睡另一张单人床。所以后来日寇来抓母亲的情景，他们兄弟也是亲眼目睹的。我记得日寇和汉奸并没有查问我们三个男孩子是谁。看来他们的任务并未要抓孩子，也没"即兴"多带一名"人犯"去交差的念头。

母亲教他们的课文是《桃花源记》《陋室铭》和朱自清的《背影》、父亲的《秋夜》。还送给他们儿童读物《小奸细》和《少年

常瑞麟和母亲摄于天津求学时期

英雄》，前者叙述一个贫儿"小瘪三"的生活和抗日人员共同斗争的故事，后者是描写抗日根据地儿童团的活动。我想，这两本书对谢氏兄弟后来参加革命不无潜移默化的作用吧。谢龙星曾经是北京大学哲学系教授、系主任。谢绥星一九四八年参加革命队伍，现在已经在家离休。我们至今一直有来往。

蔡咏裳阿姨

父亲的去世和搬家等一系列大事，使母亲在伤心和辛劳的双重折磨之下，体质每况愈下，反复感冒，久治不愈。她原是生长在南方的，到十八岁才北上求学，因此每到冬天，总不能适应那里的气候。这时候她的鼻子总是红红的，流着清水鼻涕，嗓子也疼痛咳嗽，常常要延续一个多月，服药也不见效。但那时她并不在意，以自己年轻的身体支撑着。而现在，她不能不担心地想到会不会从父亲那里传染了肺结核病菌，趁身心两亏时发作了呢？

到次年放春假时，来了一位好友，就是蔡咏裳阿姨。她见母亲身心如此虚弱，便劝母亲到杭州一游，借此散散心。母亲同意了。至于我，听得能到杭州去玩，自然心里极为兴奋。殊不知母亲心里竟另有打算。她在一篇《悼念一个朋友》里写道："见到了C（指蔡）女士，真有预先托孤之意。"因为她感到自己身体状况"颇觉严重了，在医生叫我照X光之后，尚未知道是否肺病，像待决的囚徒"，又想到七岁的孩子，"既不强壮，倘使更有那不治之症，如何招呼他长大呢？"——原来母亲是想借此让我和蔡咏裳阿姨有个熟悉的机会，万一自己发生意外，也可以将我"顺利交接"与她。几年以后，在日本军队占领租界前夕，母亲曾经打算带我到南洋去，后因种种原因未能成行，这计划也是蔡咏裳阿姨安排的。可见她俩情谊之深厚。

蔡咏裳阿姨生于一九〇一年，一九二六年毕业于燕京大学。曾在香港任职于苏俄远东情报系统的"第三国际东方局"。一九四〇年后，她因难产去世。按常情说，若要"托孤"，当时叔叔婶婶正和我们合住，将我交给他们应该是顺理成章的事，因为我是周家的血脉嘛。但是母亲选择的前提是我的政治、教育的成长方向；当然也考虑到叔叔自家孩子太多，已经不胜负担，哪能再增加一个我呢？日本军队进租界前，母亲交代，如果她遭到日本宪兵逮捕，让我住到王任叔家里去，这也同样是从政治方面考虑的。总之，请不要误会，这一切并非出于对建人叔叔和婶婶的不信任。

我们一行在杭州玩了三天。在西湖游船上，我们吃到了山核桃、香榧子和一种绿色的菜瓜，那种香脆可口的滋味至今仍不能忘怀。

一九三七年春应蔡咏裳阿姨之邀到杭州小休

我们还到灵隐、虎跑、六和塔、九溪十八涧、岳坟这些名胜古迹游览。那时游客不多，环境安静，空气清新纯净，民风也朴实，对游人很少"刨黄瓜儿"（即漫天要价、欺诈）。蔡咏裳阿姨带了只蔡司牌小型相机，不时给我们拍照。我是生平首次按快门，可惜我的手震动不稳，拍的那几张，图像都不清晰。返沪后，她送来一沓照片，至今还留存在我的相册里。可惜的是，所有的照片里，都没有她的形象。我现在想，这或许是蔡咏裳阿姨肩负特殊的工作任务，不能随便留影之故吧。只记得她瘦瘦小小，比母亲个子矮，性格开朗，也用广东话和母亲交谈。没有她的形象留存下来，我至今都觉得遗憾。

自杭州愉快地游览休息过后，母亲的咳嗽减轻不少，脸色也没有原先那么苍白了。加之经医生复诊，X光确定，肺部没有结核性病变，说明仅是劳累过度所致。由此，母亲度过了忧心忡忡的日子，慢慢地恢复了健康。

关于母亲与蔡女士相识的经过，母亲在上述《悼念一个朋友》的文章里，曾有叙述："所深刻遗留着的最早的一次印象，是在鲁迅先生纪念五十岁诞辰的那一天。在三两个女性之中就有她……才始知道她是 C 女士。"即是说，蔡阿姨与母亲是在偶然的机会中不期而遇的。但到后来，她们竟发展成了莫逆之交："不管我们怎样地潜伏着，每回到上海，她总想尽方法来畅谈一下。而每回的相见，她的经验，常识，以及体魄，都壮大起来了……不是'西关小姐'型了。每次相见，我们都增加了快慰。"

关于蔡阿姨后来难产的详情，母亲曾告诉我一些。蔡阿姨结婚后，想到自己的艰险工作和年龄不宜于生育孩子，但又想为了丈夫，赶紧留下个孩子，竟由此而难产亡故。那时她正居住在香港。

袁雪芬与《祥林嫂》

胜利后的某一天上午，我家来了一位年轻女士，身着浅月蓝色旗袍，坐在我家二楼桌前，显得文静而拘谨，脸色稍显苍白。母亲告诉我，她就是越剧界有名的袁雪芬。恰巧我手头的照相机里尚有底片，就为她拍了一帧照片。

袁雪芬此来的目的是为将父亲的小说《祝福》改编成越剧，来征得母亲的同意。父亲这部作品有着深刻的反封建意义，而且一向以演才子佳人为主的越剧能够改而表现现实生活，这本身是一件大好事，母亲当然很愿意予以支持。甚至当袁雪芬提出，为了剧情的需要，改编时要添加一些内容，她也爽快同意了。总之，这次会面，她们谈得挺愉快。

袁雪芬女士在霞飞坊六十四号二楼桌前，和母亲谈改编《祝福》的越剧剧本

　　此后，袁雪芬又到我家来过。因我当时不在家，她们谈些什么不得而知，我想不外乎仍是关于改编的事吧。我只晓得，过了才两个多月，这部改名为《祥林嫂》的戏就公演了。为了扩大这出戏的影响，母亲动员文化界的朋友于伶、田汉、黄佐临、史东山等前去观看，受到他们一致的好评。有少数朋友，如胡风等几位，对戏中增添的"青梅竹马"情节有异议，母亲做了解释，得到了他们的谅解。对此，袁雪芬一直心怀感激。几十年后，她在纪念母亲的文章中还说，"《祥林嫂》引导我走上革命的道路，许广平是我的指路人。"（《许广平纪念集》P10）

　　也许由于这段历史关系，母亲当时又是全国妇联的领导人之一，一九五五年，我国政府派越剧团赴苏联、民主德国演出，母亲被委任为中国越剧团的团长。这是越剧头一回走出国门。她们巡回演出达两个多月，所到之处都受到热烈欢迎，应该说，这次任

周恩来接见上海越剧团成员。前排左 2 傅全香，左 3 周恩来，左 4 范瑞娟，后排左 2 田汉，左 4 许广平

务完成得很圆满。因此回国后，越剧团的主要成员包括导演南薇与袁雪芬、傅全香等十多位主要演职人员，受到邓颖超同志的亲切接见。读者也许看到过记录这次接见的照片，可是你曾注意过没有，这当中，唯独没有作为团长的母亲。当然，母亲并不计较这个。她依旧精神饱满地干她该干的工作。直到许久之后，我们才清楚其中的原委。

事情是这样的：剧团在国外两个月，对方主人想得挺周到，他们认为剧团演职人员多是女性，必定需要添置些日常生活的用品，因此按人头发放了少量的零用钱。这钱开头不敢分发，直到临近回国，在一次正副团长的碰头会上，母亲认为团里都是当妈妈的，让她们带些纪念品回去，也可博取家人儿女一笑，为此提议取出部分款子分发给每个人。这建议得到与会者的一致赞同。团员们自然都兴高采烈。母亲也为长孙买了几个小玩偶和一些日常备用药品。殊不知回国以后，这件皆大欢喜的事竟被视为"不当"。那么，作为对主要负责人和提议者的儆戒，母亲被剥夺受接见的资格也就不足为怪了。

我在这里顺记一笔，不为替母亲倾诉委屈，只想说，当时的政治环境就是这样的。

母亲娘家的亲戚

母亲的广东娘家原来是个大家庭，叔伯舅姑关系繁多，单是住在上海的就有好几家。但在我的记忆里，我们住在虹口大陆新村时期，母亲与她娘家一边的人可以说没有多少往来。此中缘由我一直不曾向母亲深问过，不过以我现在的理解，不外乎这两条吧。

一是母亲当年随哥哥离家北上天津求学，是为了反抗封建包办婚姻，这在那个年代是礼法所不容的，由此与家庭断了往来。这可见母亲思想之进步，性格之刚烈；再一个原因，许是出于对父亲安全的考虑。那时白色恐怖弥漫，国民党反动派视一切进步文化人士如眼中钉，父亲受到的威胁自然更大，因此他的住址对外保密，结交的朋友除非关系特别者，都尽量约在外面或在内山书店会面。为此之故，母亲也尽量避免与自己娘家人往来了。

直到父亲去世，我们迁居霞飞坊，上述的禁忌才解除。且又过了这么多年，随着时世变迁，娘家人的思想也逐渐开通，能够重新接纳"叛逆"的母亲。这样他们就一下子在我面前冒了出来，我为此感到庆幸，除了建人叔叔一家，自己原来还有许多舅舅、舅妈、表哥、表弟。

记得我们住到霞飞坊这些年里，每逢春节后的年初一、初二，

天津求学时期的母亲

母亲总带着我去许家亲戚拜年。首先去的是西摩路（现陕西北路）。
这个地域代号表示是广州的许氏舅家门。进门见到的长辈，都以
某某数字称呼，如"廿九舅父""卅一舅妈"等，可见人口之众。
这使我像广东话说的，"一头雾水"。而我得面对这众多生人，又
要行礼如仪，又要尊敬地恭称××舅父、××舅妈，又不能搞
错出洋相，弄得我实在头脑涨涨的，到现在我所能记得的，就只
有一位"豆皮"卅二舅父。因为他幼时出过天花，大家都这样叫
他，我才没有忘怀。另一个明显的印象是舅舅们都比较瘦，至少
我从未接触过大腹便便的（我之身材瘦高，到现在还无须节食，体
形没有从父而从母，脑子也笨，看来绍兴周家给我的遗传基因不多，
倒是广东母亲系统占先吧）。

这西摩路的房子，原是母亲堂哥许崇智在上海的公馆，我从未见过他，故也无从知道他是我的第几号舅舅。只晓得他是个大名鼎鼎的人物，辛亥革命后当过粤军司令，但后来似乎政坛失意，长期居住在香港，以经商为生，闲时打打麻将，再也不过问政治。这里从此就成了另几位舅舅聚居的家。另外我还记得，舅家住在一家叫陶园的著名广东香肠、腊鸭店附近，母亲带我去拜年之后，总是顺路买点腊味回家。

　　除过年拜访西摩路众舅父之外，母亲还带我去走访别的亲戚。从霞飞坊向北进入亚尔培路（现陕西南路），那里有一个安静的小区，排列着一幢幢三层楼房。其中一幢，住着母亲的另一位嫂嫂（李瑛），母亲让我称呼她舅妈。她是七舅父许崇灏的妻子（崇灏的父亲是许炳昕，母亲的父亲许炳枟是祖父辈几个兄弟的分支。这是我最近查阅了母亲家谱才明白的）。崇灏舅父青年时代思想革命，加入同盟会，曾在黄兴领导下参加过镇江起义，进攻南京，炮轰张勋司令部，并任南京警备司令。此后又在广州追随孙中山先生，先后担任过汕头军区司令、粤汉铁路总理、滇军参谋长（当时朱德是该军旅长，聂耳是士兵），抗战期间，又任重庆国民政府委员，是一位有地位受尊敬的人物。但他那时不在上海，留下他的母亲朱妙缘在沪。老人家笃信佛教，在楼上设个小佛坛，供奉观音菩萨，每天烧香念经。母亲带我上楼拜见这位阿婆时，她总要从佛坛上取个苹果之类的水果，慈爱地用广东话对我讲："呢个系菩萨食过嘅，你食落去会消灾祛病，长命百岁。"我回家一尝，味道淡而松软。当时我不懂是菩萨的口味和平民相异，还是菩萨尝过的就变味不好吃了？不过这家的许锡绰与我最谈得来。他有两个哥哥一个姊姊，因家里最小，被大家称为小弟弟，而他年龄又大于我，舅妈想了一阵，

189

让我称呼他"弟弟哥"。

我与这位"弟弟哥"由于年龄相近，见了面总是聊得起劲，都是些星空宇宙之类的科技幻想。我和他又"同病相怜"，患的是同样的病：过敏性哮喘病——广东话叫"牵虾"。这倒也颇形象，发病时背部曲弯呼噜噜地喘息，活脱脱像一只大虾米。由于同病也"享受"同一个偏方。夏季三伏的日子里，我到他家去，与他一道祖背伏卧在席子上，背上放置中药，是白芥子、麝香之类研末用醋

广州母亲的出生地高第街一角

调合成的，棋子大小，放在后背脊柱旁的六个穴位上。待半个时辰后取下，背上就出豆大的水泡。大人们团团围着看到这晶莹鼓胀的水泡，全都欣慰地认为：这可去掉寒气，拔除病根了。可惜并无些许疗效，秋天一到，我们照样"牵虾"，倒让我们白吃了苦头。但热心人仍源源不断地介绍偏方来。有的简直是稀奇古怪，匪夷所思。比如我试过一个偏方，就有每顿饭前喝一碗芹菜汁，连喝一百天，还有野外柴火烤文旦皮裹乌骨鸡等等。另有听到的种种忌口，如不能吃虾蟹鱼腥之类。我们总是在母亲的恳求和不妨一试的劝诱下，做这自我牺牲的治疗尝试。以至到现在，餐桌上遇到乌骨鸡和芹菜总是不愿下箸。

"弟弟哥"的大哥许锡缵很少见到。他当时任职国防部，身穿

国民党军官制服，终日沉默寡言。直到解放后才知道，锡缵大哥原来是奉命进去的，那部门是专门掌握军事技术研究和发展的第六厅，任三科科长。他利用这个职务，源源不断地把有价值的情报传递给中共地下党。迎接南京解放后，他转到华东野战军司令部工作，才结束了十年地下斗争生活。

母亲和广东的亲戚接触多了，渐渐也学会了烹饪做广东菜。我在一个小

冯姑母许漾，是我母亲的亲姑母。冯姑母的丈夫是冯启钧（字少竹），居住南洋

本子里看到她记录着广东"萝卜糕"的制作方法。关键是萝卜和米的比例。米要用籼米水磨，才爽滑不粘牙。糕里还要加以瘦肉粒、虾米、腊肠、干贝、冬菇、嫩笋等辅料，而且刨萝卜丝、选料、预腌、预熟、拌合、调料，都有讲究。母亲对自己能制作家乡糕点很得意，每当蒸好"萝卜糕"，总是欣喜地托着送给邻居友好。还让我骑着自行车给建人叔叔送去，让他们合家共享。当然，限于经济条件所赠不多，只能尝尝味道而已。

我们住到霞飞坊以后，偶尔还有亲戚来访，那是母亲的亲姑母，我称呼她"冯姑婆"。冯姑婆一两年来一次。每次来，都用广东话与母亲交谈，讲到伤心处总是唏嘘落泪，母亲便加以劝解安

二〇〇一年二月，作者与表姐冯琳（她是冯姑母的孙女）

慰。听母亲说，她久住在南洋的菲律宾，丈夫是国民党的驻外官员，似乎也发生了"第三者插足"这样的烦恼事，故她的心情总是郁郁的。有人问我冯姑婆和冯惠熹是什么关系，我不很清楚。我只知道冯惠熹是母亲的表妹，北平协和医学院学生，一九三〇年九月一日，父亲曾赠她一诗：

题赠冯惠熹

杀人有将，救人为医。

杀了大半，救其孑遗。

小补之哉，乌乎噫嘻。

我们和冯惠熹几十年来一直没有联系，听说她早就定居国外了。

在上海我还有一位姨妈，至今仍闹不清她是哪房哪系的。她个子比母亲瘦小，也是偶尔来一趟。还总是上午来，闲聊一阵，吃了午饭就告别。她穿着朴素，没有一点打扮，虔诚吃素以修"来世"。但奇怪得很，每当她来午饭，母亲除了准备豆腐、蔬菜之外，还特意炒一碟鸡蛋。我十分纳闷这鸡蛋怎么会是"素"的？姨妈耐心地给我解释，她吃的是"观音素"，说是鸡蛋里没有血，吃它不算杀生。又说蚝（牡蛎干）亦可以吃。因为有一次观音菩萨找不到任何吃的东西，走到小溪河畔，实在饿得走不动路了，便从发髻上拔下一支银簪，祈祷之后将之插进水里，带出的是一只硕大的牡蛎，便以此果腹。故此，"观音菩萨能吃的，我们吃观音素的也可以吃"。

由于母亲常带我去舅妈家走动，相互的关系越来越亲近，因此其中有几位住得跟我家较近的远房外甥，也不时地到我家来坐坐。闲谈中，母亲常常有意识地向他们深入浅出地讲些国际国内形势和革命道理，有时还相互辩论，气氛十分热烈融洽。临走时，还借些进步书籍让他们带回去阅读。她的外甥女许锦漪，在怀文中学念书时就加入了共产党，并带着弟弟许锡采同去苏北参加了新四军，我想这与母亲的影响不无关系。可惜的是，他们后来因病去世了。至于母亲的几个嫡亲侄子，那是在我们搬进霞飞坊不久就来走动了。首先来的是许锡玉、许锡申兄弟俩，还过了夜，没有眠床，就在亭子间里打地铺。他们是二哥许崇懂的孩子。锡玉表哥要比我大十岁半。他后来当铁路工程师，一九五七年被错划为右派。平反后，退休于广州。我的母亲一九六八年三月去世，他赶来吊唁，进屋后哭泣着要下跪行大礼，被我们劝阻。锡申抗战时参军到滇缅公路，多年以来再也没有遇到过。

母亲还有一个侄儿锡琳是三哥许崇怡（号叔和，抗战时病逝于重庆）的长子，五十年代分配到北京，在国家某机构工作。有一次出差广州，按规定可以乘坐硬席卧铺，他"自作主张"没有

许东平（母亲的亲妹妹）和丈夫张维汉

享受卧铺，改乘廉价的硬座，往返差额有几十元，他补充若干，凑起来买了只国产普通手表。这只亮晶晶的手表引起他所在那个小部门的轰动，他便一五一十地向大家传授了这省钱的经验。不久"三反""五反"运动轰轰烈烈开展，单位就凭这件事定他为"老虎"，遭受可想而知的待遇。他一时想不开"便自绝于人民了"。他的母亲那时刚到北京不久，便遭受到这丧子之痛。锡琳这一"走"，扔下两个正在读书的男孩和一个小女儿，媳妇也正年轻，其悲戚之状可想而知。母亲对此也无可奈何，除了时加慰抚，唯一能做的便是设法安排侄媳到民主促进会去工作，以维持生计。

母亲在家族里排行第六，常听到亲戚们叫她"六姑姐"。她有两个嫡亲妹妹，一位只小她两岁，叫许东平，我将在另文讲到。另一位许月平姨妈，比母亲小了六岁。母亲离开广东跟随哥哥到天津去读书的时候，她还很幼小。等到一九二七年母亲回广州与父亲会合，那时父亲正在市区开了一家书店，需要人手，母亲就让这位小妹妹前来帮着卖书，那年她十六岁。

这个书店很小，是为进步文艺青年而开办的，坐落在一条叫芳草街的小胡同里（这房子到一九八〇年还在，因为那年我去拍过照片），租金为六十元，有二楼，一前一后两间，附带一个小厨房。前房做书店，许月平姨妈住宿在后间。前房三边矗立书架，中央一个长柜，读者只能挤在书架之间站着挑选。这就是开张不满半年的"北新书屋"。

广州时期的母亲

我至今弄不清它与一字之差的李小峰先生办的"北新书店"有什么关系，鲁迅研究者们似乎也不曾注意过它。母亲虽常去书店，仅是帮忙，实际上这书店是由小妹妹在一手经营着。半年后母亲与父亲赴沪，书店也随之停业。之后母亲似乎与这位姨妈并无多少联系，也许结婚后忙于家务吧。

"四人帮"粉碎不久，月平姨妈来北京，我们才初次见面。她是从香港九龙参加旅游团来北京的。见面前后我还按规定向组织做了汇报，因当时还看重"海外关系"，谁个也不敢疏忽大意。姨妈到北京之后，便在东单附近一个部队开办的半内部招待所（那时港澳地区旅客不能任意入宿旅馆）住下，我邀请她到家里坐了坐。在那个年代，一位六十多岁的老人敢于只身到一个生疏的刚刚经

195

母亲的小妹妹许月平（中）首次来京。时七十年代。两侧是作者夫妇

过"文革"的大陆城市，探望七八年前去世的姐姐的后人，真是需要一定勇气的。

到了一九八四年，月平姨妈来信告诉我，她两眼做了手术，一只失明，另一只暂时保住，健康状况也下降了，极其盼望我们能去香港探望，几封来信都写得挺凄凉，说是若不去，这辈子怕是见不到了。恰那时我正遭遇长子赴台北结婚的事件，单位领导吴冷西为我定了三条纪律，其中一条就是不能出国。去香港就是出境，也在被禁之列。而这种内情又不能告诉姨妈，正在我为难之时，幸亏被一位长者得知，给予疏通，才批准我们夫妇赴港探望。

月平姨妈于一九九四年六月十五日住入澳大利亚 Croydon，Brady St.19# 的老人院，读信复函都要靠别人帮助，很不方便。（已于二〇〇五年在定居澳大利亚国外的女儿居留地去世。）

坚守上海

日寇侵占租界后的十几天，母亲便被日本宪兵投入狱中，施以酷刑，前面已经叙述过。从狱中出来，母亲面临两个选择：是带着我离开上海到抗战的内地重庆，还是坚守在上海？但当时母亲和我的身体状况都不佳。母亲出狱后身体十分虚弱，两个膝盖被电刑烧成焦黑色的圆块，步履艰难，且又贫血咳嗽，正由杨素兰女医师治疗，我也又到了气喘病发季节，夜不能寐。因此我们两人都不宜长途跋涉。

但母亲最主要的考虑是霞飞坊里存有着许多父亲的遗物，这是母亲心中的至宝，她如何忍心离开？当然也根本不可能随身带着迁移。因此，虽然她在日本宪兵那里吃了这么大的苦头，也明知他们绝不轻易放过自己，会随时随地盯着她的一举一动，母亲仍决心留下来，坚守父亲的遗物。朋友中间有不放心的，如凌山阿姨多次关切地问过母亲，而她的决心始终不曾动摇。

另一方面，困守上海的亲戚朋友也不在少数。首先是几个远房舅舅，他们并没有流露出离开的意思。也有一些朋友由于家里人口多，后方又缺少谋生的关系，只能忍而不动。其中一些文化界人，如叔父周建人和夏丏尊、柯灵、董秋斯等等，认为在孤岛

一九四〇年四月母亲用日本的陶质研釜,磨碎杏仁和大米,自制杏仁茶汤

也有抗日工作可做,就有意识地潜伏下来暗里进行斗争。这些都使母亲感到自己并不孤独。

但是,要在夹缝里求生存谈何容易。父亲生前虽为我们母子准备了一笔钱,但由于丧事和搬家,已几乎告罄。而在日常生活方面,母亲早已尽量压缩开支,并把所住的一楼、二楼和二层、三层楼的亭子间都租出去。母亲和我挤进三楼的书籍夹缝里栖身。当时我还在发育长身体的年龄,照理应该多补充些营养。但生活的拮据甚至连荤腥都买不起。偶尔买到了猪肉,妈妈总把瘦的让给我吃,而我天真竟以为"妈妈喜欢吃肥肉",从而闹出笑话。这些我也在前面说过。

我们母子当时的困境,真切地反映在她写给郁达夫先生的回信中。这封信写于一九四〇年一月三日。同年二月一日,发表于郁先生主编的新加坡《星期日报·晨星》副刊上,并加上了《孤寡之声》的标题。它是诸天寅、孙逸忠两位先生找到的,甚是难能可贵,我深谢他们。信的全文如下:

达夫先生：

　　十二月十日惠示拜悉。日前从适夷先生处交来先生写给他的信，也谈及先生关心我们的生活，闻之衷心感激，几至泣下。窃自鲁迅逝世以来，忽又三年了，这似久又暂的光阴，就这样飞度了过去，承许多关心的老友照顾，留心到我们的生活，是万分感激的。自鲁迅逝世后，我还支持着度日，有时学写些小文，但不能卖钱。上海文人多如此，偶然收到三五元的酬金，真是杯水车薪，毫无补益。《鲁迅全集》虽出了，但头两版因要普及，徇朋友之情，每部（二十册）只收版税一二元，其中便宜了托总经售的书店，他们费国币十一二元买下（名为读者预约），再在香港南洋卖外币若干元，转手之间，便大发其财。而内地重庆，只生活书店编辑部有一部，因书去内地运费极昂而价低，不上算也。经此挫折，出书处没有本钱，不能再印，我们连些微版税都落空了。而目前上海生活费较战前贵了两三倍以上，有时是难以预料地不可捉摸。平均若是平常百元可过去的，现非二三百元不可了。似此突增负担，有生活费的还不易维持，毫无保障者就更不堪设想了。而我经常还有两重负担，北平方面，每月开销，鲁迅死后，我一直担负支持全部到两年之久。实不得已，才去信二先生周作人，请他负担，他并不回信，只由老太太来字说他担任一半，其余一半及意外开销还要我设法，想到她们的孤苦，我也只好硬着头皮设法，如此又度去了一年。但上海近来开销更大了，房租大涨，再加海婴体弱，哮喘时发，不得不多方医治。每月生活费及医药（非常贵）以及营养等费，只他一人有时至百金以上；其余共计每月非二三百元不可。

如何能维持得久远呢？有医生说，最好到热带地方去，气候暖，海婴不易感冒，气管慢性炎或可能好起来，免成终身废人（现不能读书）。所以一面欲乘此解决生活的减轻负担，以职业的所得来维持二人生活；一面也望如此他可能健康起来。去秋二人又病了，先是他病，后来传给了我，总之体弱即易罹一切病症。有些朋友看到不忍，就多方设法，给谋出路，因此有写信给先生之事。但闻出国护照，现在国际关系复杂，多所限制，不易批准。如非有职业在彼，或不易弄到。现时只能在沪勉强支持着，找些小事做做，再待机会，未悉先生以为如何？余者一百二十元，特汇寄作为鲁迅纪念基金，以供先生抚育海婴之费。收到后我即回信去："蒙当场募集捐款，特拨出一百二十元作为'捐助鲁迅纪念基金'，谨当代为妥存，一俟大局安全能举行纪念时，当随时奉陈如何纪念用途，以慰远望。"因为是指明作纪念基金，我想还是不要动用好，所以如此回信的。励志社也有款及信云："兹遵大会决议案，将全款之一半拨助先生家属，借充生活费用，兹汇寄中国银行国币七十五元，至祈察收。"予收后亦回信致谢，拜领盛意！诚恐去信或有遗失，此信到后，先生如晤两方面负责人时，更请代达一切。承命多写文章，更见先生垂念周详，惟寄到国外，自不能写不痛不痒的文字，若有关痛痒的，又恐寄出不易。目前此地较一九二七（年）以后，更不堪言。主持动手者，似仍为一九二七（年）以后的那批人，真是驾轻就熟；再兼泰山重压，小民真如卵之易碎。目前有一茅女士（茅丽瑛烈士）不过做些妇女职业的要求，及为救济难民举办一次义卖，也被惨致击毙。自此人人自危，大有生命不知何日丧之感。我住上海，并不活动，又兼小孩多疾，终日做看护还来不及，外面事自管不得许多。不过还是中国人，或者这就是罪名，也难说。现时大家就觉得仿佛住在火海，也不容易自拔。因为到别处去生活（费）一样高，也许更困难，普通人都觉如此，令兄（郁华）之事，更无论了。他是忠于职守的好人，很幸运地，在他未逝世的前些天，蒙郁风招去她家夜饭，后又见到令兄，这真是难得的一面之缘。及到入殓的一天，也曾到殡仪馆去祭过；说不出的悲愤，在每个吊客的心头横梗着。然而肃杀之气凌厉，大家不由得不守缄默，只见花圈，不见多少挽联。不用说，原因是大家清楚的。可喜的，是各位令侄，英秀不凡，贵门出此，不幸中之大幸也。关于先生事，亦在报端略知一二，请达观些，为将来着想吧！闻先生颇有回国之想，我意还是暂缓较佳。也许天快亮了，在夜里睡不着的时候，起来做些明天的准备工夫，不是随地随时，都可以的吗？一切望为国珍重！

　　肃此敬候著祺 并祝

春福

许广平上　一月三日

　　从信中可以看出，我们母子俩的艰难度日，连远在南洋的郁达夫先生都得悉了，故有邀请我们去南洋的动议；不仅如此，他还在南洋发起募捐，以期对我们的生活有所帮助，这真令人感动。实际上，在国内，出于对父亲的热爱，有多少相识的和不相识的朋友在向我们伸出援助之手。我当时年少，不可能晓得很多详情。但我后来知道：据说正处困难之中的党曾通过地下渠道，给过我们一些资助。梅志阿姨也告诉我，沈钧儒和胡风这些老朋友，虽然身在大后方，仍常常商量怎么能设法托人带些生活费接济"许先生"。

虽然有组织和朋友的关照，但这对于当时昂贵的生活费用来说仍不过是"杯水车薪"。因此，为了坚守上海，保护好父亲的遗物，母亲开始靠出版父亲的著作以维持生计。

需要指出的，是母亲出版这些著作的初衷，原是为了纪念和宣传父亲的，为此早在一九三八年就在朋友们的协助下编辑出版了《鲁迅全集》，编辑场所就设在霞飞坊我们的家里。直到一九四〇年，为了生活，才开始开设"鲁迅全集出版社"，个人正式出版发行父亲的著作。

关于出版社，我至今还保存当年母亲手书的一个账本，那是自一九四二年十二月份到一九四三年六月，总共七个月。为什么后来停止不记了，我尚未想出其中原故，留待以后再分析吧。

账本是薄薄的学生用的练习本，仅写了三页，后面空白了。

第一行是三十一年（一九四二年）十一月二十六日起。搬书三天：

小车 7 部	118 元
大车 2 部	70 元
酒资（车夫和照料人）	36 元
总共	224 元

我记得这次搬来的书，把我家的扶梯、走廊都塞得满满当当了。

账目具体内容如下：

日期	《鲁迅全集》甲种本	《鲁迅三十年集》	单行本
12/14		1 套　75 折	24 种 /235 本
12/15		1 套　75 折	
12/17		3 套　75 折	18 种 /440 本
1/18（1943 年）			220 本
1/30			180 本　10 天期支票
2/10	1 部（编号 118）	2	26 日付款
2/17	1 部	2（7 折）	15 种 /75 本　内山书店
2/22			2 种 /80 本　光明书店
2/24		6	光明书店
2/26			5 种 /6 本
2/27		2	内山书店
3/3			3 种 /80 本　光明书店
3/22		10	110 本　中央书店
3/25			105 本　光明书店
4/3	1 部	5	内山书店
4/3		2	光明书店
4/7		1	光明书店
4/28		2	5 种 /99 本　光明书店
4/30		3	内山书店
5/3			50 本欠付　光明书店
5/19			50 七天付　兄弟书店
6/15		4	光明书店
6/17			120 本　光明书店

从这二十四笔账目的趋势可以看出，想以出版父亲著作来维持生计，谈何容易？从这年的三四月开始，书籍的销售情况越发

清淡。光明书店要了五十本书，不欠付。兄弟书店也是七天后才付款。单行本仅卖五十至一百二十本，且经过一个半月之久，扣除成本，实际没有赚头，可以说是在吃老本。而整整七个月里，《全集》仅卖出了三部，《三十年集》四十四部，单行本一千八百五十本。我记得母亲接到书店要书的清单，总是又喜又忧，心里矛盾得很：既有可以借以糊口的收入，又是亏本生意。销出去的书一般总是由我把书送到四马路的书店，店里也常常不拿出现金，只能交给一张远期支票。支票轧入银行的户头里，有时遇到退票，再去书店换一张支票，等于拖延付款。好不容易等到可以支付的日期，书店忽然又来一个电话，说再迟几天银行才有款，母亲也无可奈何。而对这种困境，母亲只得连客户是谁都不管了。比如中央书店也来过订购，母亲想这家是国民党背景的店，卖还是不卖，虽然犹豫了一阵，最终还是将书发了出去。过后倒也未有什么动静。想必他们也是在商言商，只为利润计，并不考虑政治吧，这才放了心。账面上所记卖了三部纪念本，这是母亲不肯轻易出手的，只因手头实在拮据才忍痛割爱的。当时母亲为此常常流露的那种焦虑和无奈，直到今天还清晰地呈现在我的眼前。

至于此中遇到的种种纠葛和不愉快，直到多年后母亲回忆起来，仍不免感慨系之，心潮难平。比如著名的生活书店，他们以前出版父亲的著作，却从未认真结算过版税，而负责人章宗麟竟在《上海周报》上著文说，他们印了多少书，付了多少版税给许某人。这使母亲看了不由得怒火中烧。须知，对她来说，有没有付过款倒还在其次，主要是怕引起北平方面的误会。如朱安女士，她会认为母亲在向她故意哭穷而克扣她的生活费，如果周作人再乘机插上一杠子，搞点什么名堂，岂不会造成分解不清的纠纷？母亲

胡风夫妇和作者，他们一九八○年刚返回北京，住国务院第二招待所

为此当即写文章予以辩驳，却被主编章宗麟扣下不予发表。因此后来当胡绳先生代表生活书店来商借《鲁迅全集》的纸型，应允每印一套给一元钱，母亲因余气未消而不予答应，连朋友也得罪了。

最让母亲痛心的是其中竟还有多年的熟朋友，利用她的宽厚和商业上的缺少经验，从中渔利。这位先生已经作古，我本该为死者讳，但我又不能不尊重历史，只好向他的后人深表歉意了。当然我也不会忘记某先生曾经为我父母做过的事。一九二七年，母亲随父亲来到上海。不久父亲与内山完造先生相识。相互熟悉后，有一回内山先生向父亲讲起，他手下有两个信赖的人，一个是日本店员长谷川，另一个中国店员就是这位先生。说他年轻，日语学得快，人品也老实，店里新添人员大多由他介绍来的。店里凡有纠纷或人事问题，都靠他们两人处理。因此内山完造得以抽身从事一些社交活动，结交中国的知名人士。有一天，某先生出去收账（或存款），回来报告说，他路过小弄堂，被抢去了款子，内山也没有加以追究，可见对他的信任。父亲生前那些年，但凡内山先生有事要与父亲联系，如递送书籍信件之类，或父亲要托书店办什么事，内山先生也派他过来。可以说他与我家相当熟悉。正因此，当抗战胜利，他告诉母亲，内山先生的财产已被没收，将要遣返日本时，母亲拿出二十元托他转交（估计他也会有些资助）。

内山回国，书店关了门，他失了业，来寻母亲，请求说："我现在空闲着，周先生待我不错，我有空多来看望你，四马路的书店我都熟悉，他们要批进书，我顺便来带走，岂不方便。"母亲信任他，便爽快地答应了。在运送书籍过程中，他看到有些畅销书售缺，如《呐喊》《彷徨》等，回来向母亲反映。但要再版，母亲的手头紧缺，凑不足钱。在此窘境下，他又提议说：内山完造临走给了他十几令白报纸，愿意先拿它垫用印书。母亲想，印出书之后，陆续偿还也可，就接受了他的建议。母亲见他常要去四马路推销书籍，挺辛苦的，出钱替他买了一辆英国进口自行车。我当时正在读初中，每天却骑一辆破自行车去上学，而它原是许寿萱儿子用的，因他去英国留学，才借给我。因此我对拥有这样一辆又轻便又美观的车，真是羡慕。母亲劝导说，他与你不一样，要出去跑生意，很辛苦的。由此可见母亲对他的器重和关心。但是过不几天，却发现他不骑这辆自行车而包了一辆三轮车往来，派头大了。且衣着鲜亮，俨然以经理自居起来。原来他把自行车给自己儿子玩了。随后又听得他在背后散布自己是不拿工资白干活。当《彷徨》《呐喊》印制完成，母亲要和他结算纸张的款子，他先提出这批书就算一人一半吧。虽然明知这样给他占了便宜，母亲还是爽快地答应了。谁知过了几天，他又向母亲提出：鲁迅全集出版社也应当有他一半的份儿。还拿出两份合股合同要她签字。母亲想书分他一半，已经便宜了他，但那是从我分内给他的，自己可以做主。至于出版社这是多人集股而成，于是回答他，我无权做主分割。他才无言走了。过了若干时候，又来对母亲说，他一个人跑书店不方便。现有一个朋友叫邵维昌，为人老实，会文书会计，让他来帮帮忙吧。母亲又是老实地想，长久让某先生代送书籍确也不宜，有邵维昌住在我家，就有了一个专职的工作人员。于是表示接受他的建议，要他，由母亲每月付给工资，并管吃管住。

四十年代的母亲（一九四三年四月）

　　母亲对他的信任甚至到了这样的程度，连父亲的手稿与自己积蓄的钱，都交付他保管。父亲的手稿原存麦加利银行的保险箱。日本人进租界后，强令租用箱子的用户开箱退租（据说日本人趁机掠得许多金银珠宝和证券）。母亲被迫把手稿取回，一直藏在家里。抗战胜利后，母亲害怕国民党会有什么举动，只得将这些手稿不断转移，有时塞在楼梯角的煤堆里，有时存放于隔壁顾均正家中。每有风声传来总是提心吊胆，不知哪处才安全。由此母亲想到了他的家。因为他家正好底楼有个空间。他是宁波商人，一向不过问政治，和政治人物几乎也没有牵连，大概不会出现意外，于是将父亲所有的手稿六七大包，连同多年的一些积蓄，悉数寄存他的家里。此外，为了怕国民党来查抄，又把新印成的父亲著作一万多册，也存放他家里。当然，这也应当感谢他的爽快相助。

从此，母亲负责总的出版事宜，比如筹款，由母亲出面去向银行申请信用透支（类似短期贷款），或去马斯南路（现思南路）周恩来公馆商借。这些他管不了，也并不清楚。至于开印前登广告预约购书、买纸张、封面布、接洽印刷厂等事务，就交与他去办理。待书印成后，除去借款、版税、纸张、印刷费等开支，所有盈余作两份分开，他分得的钱，折合成的黄金相当于三条多（每条十两重），应该说，他从母亲那里得到的好处不算少了。

　　再说邵维昌。自从邵来之后，某先生就很少露面了，但母亲对他仍很放心。邵维昌经常跑书店，大腿有疾病，走路一拐一拐的，很慢。他自己说："这是'穿骨流注'，勿容易治愈的。"显然挺悲观。母亲介绍他去红十字医院治疗，并送他医药费。邵对此很感激。在业务上，他揽生意多次空手而归。母亲也不计较，照常付给他工资。有时还让我去买原甏（五十斤）的绍兴酒，供他和许寿萱共饮。也许母亲那种亲切关怀和信任感动了邵维昌，有一天他终于向母亲坦白说：这位朋友让他住在我们家，原来是派来做"眼线"的，以"监督许先生的鲁迅全集出版社"。因为他自以为霞飞坊六十四号里的书有他一半的份儿，提出让邵来掌握账册资金的进出，也因为这里面有他的"一半资金"。母亲听了，自然大感意外，从此不能不有所警惕。不久她就发现，自从邵维昌来了之后，售书的生意逐渐清淡，再也没有新的客户前来购书，有业务来往的仅是一两家原来极熟的书店，这使母亲从此开始留意起来，后来终于发现他背后做手脚。那是有一天，外地一家书店寄来一张定购目录单，受者竟是"鲁迅出版社"，少了"全集"两个字。母亲立即追究这个社的来历，逼得邵维昌不得不说出：他去他的家，看到他家的前门墙上，悬挂着"鲁迅出版社"的招牌。

重修的鲁迅墓，许广平和周建人夫妇

很显然，这家外地书店是按原址写了，才"错投"到我们家，母亲这才恍然大悟，她被蒙骗了。

原来，这位朋友看到印售鲁迅全集有利可图，就想插手进来，他当面对母亲说得好听："侬年纪大喽，用勿着介辛苦哉！坐洞（在）屋落（家里）享享福，我到辰光来送版税，侬坐坐吃吃好哉！"母亲想到在他家里寄存着鲁迅的手稿，有这份情谊，才同意让他参与鲁迅著作的出版业务，让他也得些好处。但母亲只答应让其印刷《三十年集》，而他竟趁机搞起个冒牌出版社，来与"鲁迅全集出版社"争抢生意了。

邵维昌在他行为暴露之后，言语中也露出对他的不满。有一天邵维昌对母亲说：让他去家里便宴，听说还请了别的客人，不晓得该不该去吃这顿饭，拿不定主意。母亲想趁机去摸摸底，就对邵说，我也想去走一趟呢。于是两人一同到了这位朋友的家，但见排场阔绰，楼上楼下都是书店来的人，另有好几张桌子在打麻将。突然发现母亲到来，面孔立即变得尴尬，又听那批客人连声称呼他"老板"，比经理还高一档，一时变得手足无措。当然，见此场面，母亲也就明白，马上退出了，从此彻底看透了这位朋友。

随后母亲很快采取措施，会同文化界著名朋友，向他要回寄存的鲁迅手稿和钱，他见已经隐瞒不住，只得坦白说，"我用了你的钱"，答应一定要退还母亲应得的一份。待算完账退还了钱，还立了正式的字据。母亲后来告诉我，抗战胜利后能够重修父亲墓，其中一部分费用就是他归还的钱。但他对交还这笔钱一直心有不甘。一九四六年的冬天，快到春节时候，他突然闯来我家，说没有钱过年了，要拉母亲一同去跳黄浦（江）。意图很明白，他要讨这笔钱。为此纠缠了一个上午。直到母亲告诉他，钱是从鲁迅著作中得来的，并已用于重修鲁迅墓，他才无奈而去。

新中国成立，他也许看到形势变了，母亲有了地位，也许确实有了悔悟之意。有一天，母亲忽然收到他的信，说自己文化低，做过很对不起你的事，希望你原谅云云。母亲没有回信，从此也就未再联系。

上面这些，都是母亲亲口所言，我只是如实记录罢了。母亲还留下一些有关的字据、账目，包括这位朋友亲笔所写的，在此不必详述了。若问我对此有何感想？我以为作为商人，总难免为利益所驱动，何况又处在那个艰难的年代，由此而发生的一切，也就不足为怪了。

胜利前后

大家知道，母亲在学生时代就是个叱咤风云的社会活动分子。后来她为了支持父亲的事业，社会活动一概不参加，约她写稿统统谢绝，成了地道的家庭主妇，朋友们称羡的"贤内助"。父亲故去，我们母子俩搬到法租界霞飞坊栖身，经济拮据，幼小的我又三日两头被病魔折磨着，真使她身心都承受着重大的负担。即便如此，她仍将自己的一部分精力投身于当时抗日救亡和社会活动之中，做些力所能及的工作。只是很抱歉，那时我还年纪还小，又在上学，因此我的回忆只能是"一鳞半爪"，点点滴滴的了。

上街义卖和参加抗日救亡座谈会

记得那是搬到租界不久，母亲听说上海市民在组织慰问队到敌后慰问抗日战士和新四军，虽然自己经济力量微薄，仍凑钱买了一百支手电筒（我记得买的是国产"大无畏"牌子），每个电筒配了两节干电池。还买了备用电池和电珠各一百套。母亲又领着我以"节约献金""劝募寒衣"的名义上街义卖纪念徽章。我们的捐献和义卖所得，都送到何香凝那里去。

那时何老太住在法租界离我家不远的一条弄堂里（记不清是否是辣斐坊 8 号），她家楼下的客厅，堆积着一个个帆布包，直到房顶。许多阿姨还在忙着往包里装急救用品。我记得那是草绿色袋子，内分几格，分别装进剪刀、镊子、纱布和急救包。袋边还插着几个瓶子，分别装着红药水、酒精和硼酸水。另有几个牛皮纸袋，告诉我这是消炎药粉。别的还有什么就记不得了。客厅另一角落堆满布鞋，都是手工纳的千层底子。还不时有人三三两两送来，增加着鞋"山"的高度。原来这些都是以劝募来的资金买的，连同棉布、棉衣、棉背心，统统集中到何老太太那里，再运送到新四军手里。这当然是沦陷之前的事。

上海沦为孤岛后，母亲的活动并未停止，她曾带我去参加过两个座谈会，分别称为"星期六聚餐会"和"星期二聚餐会"。前者范围狭人数少，都是进步人士，如胡愈之、巴人（王任叔）、吴大琨、冯宾符、周建人等。会议常邀请党内人士讲述国内外形势。他们开会时并没有对我说"你到一旁玩去！"我听着虽然似懂非懂，多少也有点开窍。座谈会为了隐蔽，总是找敌人容易疏忽的公共场所举行，那些地方总是相当安静。大家在饭前二小时左右陆续到达。比较常去的地方是功德林素菜馆。有时也去八仙桥青年会楼上的西餐部和一个记不得名称的和尚庙。聚餐费是按名头出份子，但我经常吃白食，大家并不让母亲交两份餐费，席上也不对我有丝毫的年龄歧视，照样在圆桌上占个正位。饭后散去时，为了保证我们母子安全，总是安排我们在中间时段离开。

据褚银先生的文章回忆，另一个"星期二聚餐会"实际上是"中共领导的一个外围进步政治组织"。也是由各人自出聚餐钱，会上请一人主讲当时的时事和形势，然后大家漫谈。经常出席的除严景耀外，有沈体兰、吴耀宗、张宗麟、陈已生、林汉达、冯宾符、郑振铎、雷洁琼、赵朴初等。凭我的记忆每次的人数大致是六至八人，似乎是大家轮流参加的。比如说，沈体兰、吴耀宗见面次数少，冯宾符、林汉达经常来。凡是在寺庙里座谈，赵朴初必到，大概是他出面向住持借的吧。他

凌山——董秋斯的妻子

们在座谈时，我便溜到大殿、偏殿东张西看。那里一个香客都没有，亦不见和尚。面对狰狞可怖的金刚，我也不觉得惧怕。看到供桌上有签筒，我不摇不求，信手抽出一支，上写着"求签心不诚，罚灯油几斤"，又随手抽出一支，仍是罚灯油。好几支都是如此，我便悄悄地离开了。如果认真起来，赵朴初先生不知如何替我交账呢。

　　说到这里，我想顺便讲一件事。有一次母亲带我去参加某个妇女界抗日座谈会，还曾经轮换去的某一家，却很奇怪，一向对我关怀有加的阿姨们突然变得挺冷淡。我当时年少，懵里懵懂也不以为意，仍然随处走动，看到有一张桌子的抽屉旁醒目地放着几张角票，我不明白它为什么这样放着，仍旧我玩我的。直到新中国成立后，当时与会的一位阿姨才告诉我，这是她们共同策划的，因为在某次座谈会后，主人发现少了几角钱，便企图以此测验我周海婴是不是小偷。虽然已时隔几十年，我听了仍不寒而栗，深感她们设置这样的"陷阱"是何等不当和危险，须知我当时还

213

是个九岁左右的孩子，头脑里还没有"偷"和"拿"的罪错区别，犹如我们平常看到的一个孩子去某家做客，看到好吃的食物，很自然地拿了就吃，而不知什么"规矩"和"礼貌"。要是我当时果真不慎拿了，那不仅是"鲁迅儿子是小偷"的铁案成立，甚至有可能连带影响母亲参加抗日救国活动的权利，其后果真是不堪设想。我祈愿天下所有的孩子都不要遇到这种"测验"，也请一切为父母者三思。

遇到生病的日子，母亲就把我留在家里卧床休息，临行前总对我再三嘱咐，要我按时服药。有一次我不慎服下两倍量的药水，以为犯了大错误，心情紧张到简直要晕了，心想或许会中毒吧？眼望着挂钟的分针，怎么也不见移动，什么胡思乱想全都冒出来，如果母亲迟一刻回家，恐怕只能见到我的尸体了……

母亲曾有一篇文章《扁桃腺》，写有一次我开刀后的诉说："蒙药真难闻，（用的是可罗仿，即乙醚）大约有三分钟，心里晓得，口里说不出话来，好似说不出的可怕。他心里想：'见不到妈妈了，妈妈白养他了'，这孩子就有如此多的想头，听了也叫人难受。他边说边哭了，每逢提到这时的心情，他就泪水汪汪地想哭。像这样善感的孩子，全身麻醉给他的印象太深了……"可见我当时的恋母心情。好容易盼到母亲回家，全部神经立刻松弛下来，心跳也平稳下来，喜笑颜开地迎接母亲，似乎是从死亡里逃了回来。今天回想，这瓶药水其实不过是棕色的甘草止咳合剂，里面加了少量的"可待因"而已，多喝一点，实在并不会有什么了不得的。

孤岛时期，上海妇女界成立难民救济会，母亲任会里负责人之一，同时还担任中华女中的校长。她为这个学校聘请了许多有渊博学识和教学经验的老师，学校的教学受到广大学生欢迎。

一九三九年大汉奸汪精卫准备在沦陷区粉墨登场，敌伪加紧向教育界下手，上海的形势日渐恶化。在这风声鹤唳的时候，这个抗日救亡思想的培育阵地——中华女中自然也受到威胁。母亲作为校长，收到几封恐吓信，并被便衣特务跟踪盯梢。这样，母亲的行动只能缩减，许多地方避免前往，以防牵连友人。凡遇必要的外出，临行总要对我再三嘱咐，使得幼稚的我也敏感地产生焦躁和不安心情。朋友们担心敌人加害母亲的迹象，地下党组织经过研究决定她尽快撤出学校。这段经历，曾有文章回忆到。在学校的校务扩大会议上，母亲宣布："学校保不牢，有人要来接管，我也要离开学校了。"蔡夏莹等老师也在会上讲话，情绪激动。移交前，为了避免后患，母亲、蒯斯曛老师与学生曹贞华，一同在宿舍里仔仔细细地检查一遍，以免有什么"把柄"遗留下来发生意外。母亲还和学生开了告别会，叮嘱说："要做坚持真理的人，要坚持斗争；最后胜利必属我们，我们后会有期……"师生们相对而泣，挥泪而别。

在母亲留存的资料里，有一份当年中华女子学校解散的"让渡费"账单，从中可以看出母亲支撑这所学校之不易。学校的经济长期处于困境之中，教职员工半年、一年发不出薪俸，甚至连必要的粉刷墙壁的六十元钱，还要靠教员借助。在我幼小的记忆里，这个时期母亲为学校曾向一位"黄先生"筹借过两笔款子。记得母亲带着我去拜访她的情景。寒暄过后，黄先生很自豪地带领我们到后院，欣赏她饲养的猛犬。只见院内有将近十个铁笼分布四周，笼子上都是手指粗的铁栅。每个笼里养一条、几条不等。猛犬一色是大型狮犬，皮呈土黄色，横嘴大口，犬牙锋利，凶猛异常，一见陌生人入院，吼叫群声震耳，但主人轻轻一斥，立刻肃静（这种猛犬即是珍稀品种獒犬，最大的几乎像头小牛犊，称为斗牛獒犬，学名似乎称 Bullmastiff Dog，这是我最近从图录中查到的）。黄先生回转头问我要不要，送你一头好吗？母亲替我婉言谢却了。

这位"黄先生"莫非就是当时上海抗日妇女中经济实力最强的黄定慧女士？为此我拜访了梅益同志。梅老已经八十多岁，多年的腰椎疾病把他的腰折磨成近三十度的弓形，必须持杖而行。但他的记忆极佳，不假思索就把我的问题回答了。不错，这"黄先生"就是黄定慧女士。他说：在北京能够比较了解黄定慧的，恐怕我是唯一的人了。

梅益老告诉我，黄定慧的丈夫叫陈志皋，他是律师，又是做银行业的。抗日前就经商，一直颇具经济实力。陈志皋还是《译报》董事会的主任，黄定慧任董事长和经理。梅益当时具体负责这个刊物，而钱是他们出的。因此他与这对夫妇之间有着工作关系。

还有一个"互济会"，是专门暗中营救被捕革命志士、共产党员的，做了很多工作，可称之为政治性的慈善机构。黄定慧也参与其事。黄是早期的共产党员，大革命时代在武汉，她就担任妇女部长，可见是位很活跃很能干的女将。

那时上海的"难民收容所"，其任务是帮助流亡的难民，由赵朴初负责。黄定慧到了上海，也参加这件事，为它四处奔走筹集经费。因为大量难民的进出流动，需要供应伙食、衣物、路费，耗资甚巨。到了一九三八年，黄定慧开办的钱庄因经营发生困难而关闭，生活拮据，便去香港住了一段时间。这期间她又帮助潘汉年做地下情报工作。由于她工作的特殊性质，便和周恩来、邓颖超两位很熟悉。"文革"期间，黄定慧受到极大冲击，鉴于她经历的复杂性，落实政策的难度很大，时间耗费很长，最终落实了政策，在上海安排她担任文史馆员。黄定慧还是一位才女，八十多高龄了还在写自传。近年兴致所至，经常写写诗词，每有所得总会寄给梅老看看。听了梅老的介绍，我不禁对黄定慧先生更肃然起敬了。

我眼中的关露

由黄定慧，我想起了另一位女士关露。这位长期蒙冤的革命者，当年给我的印象大约在二十五岁左右，高挑身材，烫发，面貌一般，谈吐和蔼可亲，看不出是个能够单身深入虎穴的人。她常来我家，跟母亲很谈得来。

有一天上午，母亲带领我去探望她。路程不远，步行去的。她居住在一幢弄堂房子的三楼，刚上楼梯，她已经迎了下来。身边有一位小姑娘，比我年长两岁光景，十三四岁吧。脚下跟着一只卷毛白色巴儿狗，调教得颇驯顺。关露住的房间朝阳，铺陈简单，却有一般住宅少见的双人沙发。据母亲讲，这位小姑娘是关露收养的，算是养女。我当时的感觉好像双方的年龄相差太近，似乎不合一般母女年龄的比例。当然，这仅是我童稚的判断。究竟如何，便不清楚了。这次她和母亲相晤，似有告别的意思，表面欢愉的交谈中含有一丝凄楚的意味，这是我所不能明白的。

这之后，隐隐约约地听到不利于她的言谈，说她投身日寇那边去了。母亲也不再提到她，更没有往来接触了。从此她一直被当作叛徒汉奸看待。直到一九八二年四月才得以平反，承认她为革命所做的贡献。但她的个人生活仍甚为凄凉悲苦，并于同年

二〇〇〇年八月三十日下午，经梅益确认照片及背面的笔迹，是关露无疑。字迹"廿八年中秋节"即一九三九年

十二月五日去世，骨灰安葬于八宝山。

去年底，为了撰写回忆录，我翻阅旧年的相册，发现其中一张照片中的人似曾相识。那是一位年轻女士与一个少女相拥而坐，膝上有一只长毛哈巴狗——这不是三四十年代有名的女作家关露吗？翻过背面，上有"广平先生、梅魂敬赠"字样，落款的日期是"廿八（一九三九）年中秋节"。我持此照片去请教梅益老。他看了毫不犹豫地回答：不错，这人正是关露。并说这张照片很珍贵，值得附在我的回忆录里发表。既然这张照片有历史价值，为了慎重起见，我又将之寄给鲁迅研究兼文史专家丁景唐老人的女公子，关露传记《谍海才女》作者丁言昭，烦她转请关露还健在的胞妹，如今已九十高龄的胡绣枫先生再予辨认。孰料胡先生不认为，照片里的人是她的亲姐姐。这究竟是怎么回事呢？我只

得回头再去找梅益老。而他又一次肯定了自己的判断，并且说出如下一段鲜为人知的史实来。

原来关露之打入敌伪机构，是梅益老所亲自派遣的，她的一切活动全由他掌握。抗战胜利后，群情激奋要求清算汉奸罪行，关露自然也成为进步文化界唾弃的人物，地下党为保护关露，仍由梅益老出面，交给交通员二百元路费，专门护送她到苏北新四军根据地去。后来，又让她转赴大连，在那里隐姓埋名定居下来。直到新中国成立，她才移居到北京。因此梅益老斩钉截铁地说："关露的所作所为，包括她在照片背面题的字，都是我所熟悉的，我决不会认错。"他倒怀疑胡绣枫先生虽为关露胞妹，毕竟九十高龄难免记忆有误，何况还有个特殊情况：关露曾与电影明星白杨一起做过隆鼻术，她的手术又不甚理想，看起来有些肿胀，以至她妹妹一时认不出来也未可知。梅益老还说了件有趣的事，她到苏北根据地后，曾托护送她的交通员带回一只藤箧。打开一看，里边仅有几双破丝袜，此外什么也没有。是原本就别无他物，还是藤箧里的东西已被人盗窃了？这事实在蹊跷，令人百思不得其解。

虽然有上述的波折疑问，我还是决定将照片附在书里，以供史家研究，也表示我对这位为党为民族做过特殊贡献的前辈的崇敬之情。

（注：此书出版后，曾经有学者对这帧照片上的人是否是关露再次提出商榷，我又把特意放大的照片请梅益审看，他再次表示"这是关露！在上海和她一个组织，我领导关露！"）

董秋斯凌山夫妇

这个时期，母亲还常带我到董秋斯、凌山夫妇家里去玩。董秋斯先生当时已是翻译名家了，但他们夫妻二人住的地方却是白赛仲路上（现复兴西路）一幢五层公寓的顶层。这顶层原是给用人住的，逼仄狭小真是名副其实的"斗室"，仅能容纳一桌一床而已。顶层又没有厨房和水盆，用水是从悬挂式抽水马桶的水箱里用细橡胶管引下来的，一切生活用水全靠它。即使这样地蜗居隐蔽，在他们的女儿出生才两三个月之时，突然几个日本宪兵闯入房里搜查，董先生也受到宪兵司令部的审问。他年轻求学时曾因肺病在北平协和医院切去一叶肺，呼吸能力减弱，面对这种审问，必定很受折磨。幸亏没有搜出片纸只字的把柄，也没有让他们抓到他是共产党员的证据，才未被投入牢狱。而别的文化界人士，如柯灵、杨霁云两位先生便没那么幸运了。他们饱受日寇刑审之苦，甚至被放出狼狗扑咬，其惨状是可以想见的。

在执笔撰写这部回忆录的时候，我想到一个问题：母亲何以与董秋斯夫妇关系如此深厚？一九六八年三月，当"鲁迅手稿"事件发生时，母亲急得连夜给周恩来总理写信，次日一早，她要找朋友商量，首先想到的就是董秋斯夫妇，这说明母亲与他们有着非同寻常的友谊。只可惜我一直未曾想到过要细问这些。现在我只得去打搅还健在的凌山先生了。老人今年已经八十四岁，对往事记忆仍十分清晰。她讲述了我父母跟董先生一家长久而密切的交往，同时也使我搞清了何以母亲会如此信赖蔡咏裳阿姨，当她病体不支时，竟欲将我托付于她。

我们的谈话先从董秋斯先生说起。原来他和蔡咏裳阿姨是燕京大学的同班同学。一九二六年毕业后，两人就结了婚。随后一道去武汉编刊物，接着又南下广州，在协和神学院教书。就在那里，董秋斯从公开的出版物中接受了马克思主义。而这时，年轻的凌山也正就读于广州最大的中学真光中学（这是一所美国教会学校，良好英语的根底奠定了她一生从事译著的基础）。就在这个时期，她与董秋斯夫妇相识了。

可惜，董秋斯虽然长得身材高大魁梧，却不幸于一九二八年得了严重的肺病。先在上海求医，后来又因劳累过度大口吐血，病情加重。蔡咏裳阿姨遂于一九三四年把董先生送到北平的协和医院治疗，亏得一位德国名医以手术切掉左肺（去掉了七根肋骨，心脏也向右移位了），病后又转到北平郊外的香山去疗养。但董秋斯先生并没有让自己闲着，他开始为《战争与和平》这部皇皇巨著和别的外国名著的翻译做准备工作（他的早期译著《士敏土》是三十年代经父亲帮助出版的）。由于董先生需在西山长期休

董秋斯凌山夫妇和子女

养,蔡咏裳阿姨无法在旁照顾,便只身南下工作,夫妻由此而分开。到了四十年代,蔡咏裳阿姨与另一位姓戚的同事又是同志结了婚。这样,凌山阿姨才与董秋斯先生结为夫妇。

我与凌山阿姨的话题又转到当年父亲五十岁的生日庆祝活动上。这次活动是由史沫特莱等几位朋友所倡议,董秋斯是整个活动的口译者,这段佳话大家已经熟知。但人们不一定知道又是什么机缘使史沫特莱选中董秋斯为翻译的呢?原来,当时董秋斯所编党的外围刊物《世界月刊》勇敢地全文揭露了日本法西斯那个鼓吹侵略战争的《田中奏折》,史沫特莱认为董秋斯很有正义感和胆识,设法结识了他,并通过他再认识还住在景云里的父亲。担任口译的自然仍是董先生。史氏钦佩父亲,庆祝生日之举便由此而发起。

当时白色恐怖那么严重,父亲又是敌人的眼中钉,因此操办这个庆祝活动是要担当很大风险的。董秋斯和蔡咏裳两位寻到法

父亲与萧伯纳、蔡元培合影之一，一九三三年二月十七日摄于上海宋庆龄住宅院内

租界的一家荷兰餐厅，才使许多左翼作家有这一次值得载入史册的聚会。总之，这项活动的一切跑腿打杂，包括安全工作的布置，都由董秋斯夫妇和一些同志承担的。我父亲与这两位关系之深厚于此可以想见了。只不过后来董先生与蔡咏裳阿姨离异，改与凌山阿姨结为夫妇，但大家的友情依旧。何况母亲起先也是经蔡咏裳阿姨的介绍才认识凌山的。

凌山阿姨生第一个孩子是一九四四年（正值罗马尼亚从法西斯铁蹄下解放，所以孩子取名"志凯"），我母亲细心地向这位初为人母的阿姨传授当妈妈的经验，还亲手缝拼花色布块的"百衲被"和绣了花的小"和尚袍"送给他们（这种拼布叫做"百家衣"，也是生活拮据时代的节俭之道）。为此，凌山至今还深情地忆念着"许大姊如慈母般的帮助"。

董秋斯先生侥幸未被早年的严重肺病夺走生命，到晚年竟遭

鲁迅五十岁生辰全家合影

江青逼迫而死。这就要讲到他与张文秋的关系了。张文秋是毛主席的亲家，他们女儿刘思齐和邵华分别嫁给毛岸英和毛岸青，这是大家都知道的。但很少人知道，张文秋的大女儿刘思齐有好几年是由董秋斯夫妇代为抚养的。一九二九年，张文秋的丈夫刘谦初是中共山东省委书记。他俩不幸被军阀韩复榘双双抓获。由于叛徒出卖，刘的身份被暴露，而对张文秋又一时抓不到把柄，加

一九四七年十二月二十八日普希金铜像揭幕式,母亲与朋友和上海苏联塔斯社同人,摄于"素侨协会"。左 2 胡风,左 3 许广平,左后 4 罗果夫,左后 5 姜椿芳,左后 6 张梅林,左后 7 葛一虹,左后 1 戈宝权,前右 2 是顾征南

上当时她已怀孕在身,经组织营救得以脱离虎口,但刘谦初与二十一位革命志士一起被韩复榘杀害了。

张文秋出狱后来到上海,经组织的安排住在刘谦初好友董秋斯家里待产。一九三〇年春天,生下的刘思齐寄养在董家,请个女工带着。她自己继续从事地下工作。后来,张文秋也是在董秋斯的家里认识了史沫特莱,并由史沫特莱将她推荐给共产国际谍报系统的左尔格,成为他情报网里的一员。(左尔格一九四一年在日本被捕杀,该情报系统撤回苏联。)张文秋却早在一九三六年带着女儿思齐去了延安。

"文化大革命"开始,江青指派专人来找董秋斯,强迫他写证明材料,要他否认刘思齐是刘谦初烈士的亲生骨肉。江青之所以这样做,无非是妄图陷害张文秋。董秋斯那时已经七十多岁,身体十分衰弱,但他面对这种高压,仍奋起回答:"思齐是刘谦初牺牲前交代我照顾的，怎么会不是他的女儿！"江青派来的人一次次逼迫，他一次次强烈抗辩，决不改口。他的心脏经受不了这种无休止的逼迫，心力衰竭反复发作，又因为有"问题"而不让住院治疗，终于在我母亲去世后的第二年，一九六九年的除夕夜，在家里因无医疗条件抢救而含冤逝世。可以这样说，董秋斯以自己的生命保护了张文秋。未悉张文秋本人知也不知？

胜利的欢欣

抗战胜利的消息，对我们来说是来得既突然又自然。上海虽是"孤岛"，消息却极为灵通。苏联塔斯社的新闻，能悄悄收听到。尤其是"口传新闻"传递最为神速，不消半天，大街小巷都晓得了。

那时母亲惯例在星期六晚饭后，带着我从霞飞坊步行到福熙路四明村三十八号建人叔叔家去，途中顺便买两斤花生米，大家围坐在八仙桌边谈天，成为我们两家极高的享受。这两个小时里，便是大人们相互交流"小道消息"的机会，然后一起加以判断分析，由此估计不久的将来日本法西斯必定灭亡。我们这些在旁静听的孩子，偶尔提问一句，大人也不申斥，有时还给予解释。

过了不多久，我们真的看到日本鬼子在准备夹起尾巴滚蛋了。距霞飞坊不远有一座高层建筑，老百姓习惯叫它"十三层楼"，这就是现在的锦江饭店北楼。而在当时这幢楼被市民们认为是日寇的第二司令部，是虹口的日军司令部的一部分，情报和文职人员，早就暗中迁到这里，戒备极为森严，整天有日军站岗，四周布着铁丝网、沙袋，街角上还筑有碉堡，绝不容许中国老百姓靠近。

周建人站在绍兴乌篷船上，舱内是许广平。一九四八年三月三十一日从祖坟回程

日本天皇宣告投降后，这座高层建筑的顶层便开始向外四散飞扬烧过的纸屑，足足烧了好几天。大家分析这是在销毁文件档案，虽然明知是在消灭罪证，但谁都无可奈何。胆大的市民走近岗哨，看到控制圈已经缩小，原在路上站岗的日兵已经向里撤退，这条路可以畅通了。过了几天，重庆的接收大员和美军开进上海，街上的日本店铺纷纷关闭，日本侨民开始返国，到虹口地区去也不再胆战心惊了。马路边上，日本侨民摆了一堆堆的小地摊，出售日常家庭用品，个个露出惶恐不安的神色。这时候，也未见中国人对这批"落难者"有什么欺凌行为，可见中国百姓虽然饱受屈辱，恩怨仍是分明的。

一直尽量避免与外界交往的母亲，这时开始公开在家接待客人。先是罗淑章从重庆飞来住在我们家里。她是个忙人，经常外出开会，在我家仅仅落个脚而已。她搬走之后，又有廖梦醒带着十五岁的女儿李湄来住。李湄是廖阿姨和李少石烈士的女儿，李少石在重庆被国民党伤兵拦路枪杀，她向母亲诉说当时的情景，

抗战胜利后，一九四八年三月三十一日和周建人全家回绍兴。站在祖坟前戴毡帽的是看坟人阿金。地点：阮山

怎么也不能接受这桩命案是个"意外事件"。李湄一口四川话，送给我几片橡皮糖，这是我第一次尝到美国货。我陪她到城隍庙去玩，她似乎对那里琳琅满目的小商品兴趣不大。

随后，我家越来越热闹了。除了日常来往的客人，由于地址公开，我家又成了往来通信的联络点。例如廖梦醒和一位穿美军服装的中国人老李晤面，就安排在我们家里。她与孙夫人宋庆龄似乎也有讯息往来。

有一回老朋友来我家开座谈会，会后母亲留大家便饭，他们对母亲的厨艺大加赞赏，其中数李平心、冯宾符两位先生情绪最高。冯先生虽是宁波人，却喜欢母亲创造性发展的广东菜。母亲烹制的"酿鱼"，是把一条两斤上下的鲜鱼，从背脊两侧片下鱼肉，切断首尾的两端，保留鱼皮的完整。鱼肉去骨切细，另取猪腿肉、香菇、金钩虾米，混合斩碎加淡抽油（白酱油）等调料拌匀，不加味精，然后置于鱼皮里重新包裹成一条鱼。由于鱼的头尾保留着，烹熟

228

之后辨认不出是经过加工的。母亲用刀切开分给客人，大家同声赞叹形色味俱佳。另外一味罗宋汤，本是每个普通家庭都能烧煮的。但母亲用料精选，在山东人开的店铺买得牛的大腿骨，请店伙计敲开，先煮两小时，待骨髓融入汤汁中，再将骨头去掉，加上牛肉、卷心菜、洋山芋、番茄、胡萝卜、芹菜（取其芳香）等作料，慢火熬成。烧煮这种罗宋汤还有一个关键是要使用一种高立身的锅，炖的时候牛髓油浮在面上，封密了香味的外泄，以保持原汁原味和原香。这只汤自然又得到很高的评价。至于下饭的菜肴，那也是广东绍兴混合，如霉干菜烧肉、霉豆、霉千张、广式咸鱼蒸肉饼、冬瓜盅等，这里从略不细说了。从这里可以看出，胜利了，母亲的心情是多么欢欣！

到解放区去

秘密离沪

到了一九四八年秋，形势越发紧张，国民党的假民主面目已彻底暴露，母亲作为"鲁迅夫人"的社会地位已保障不了她的安全。我那年已十九岁，正热衷于无线电收发技术，曾经做过空中无线电话的联络，并经考试取得了执照和呼号："C1CYC"，还参加了"中国业余无线电协会"。即使有这个民间组织的牌子，仍然挡不住国民党特务的怀疑。

曾经有两次，便衣一敲开门就直冲我家三楼亭子间，来查看我的无线电设备。直至看到墙上贴的电台执照，才嘟囔着离去。地下党的徐迈进同志为此告诉我母亲，要我再也不能玩无线电了，赶紧收摊。我就把无线电接收机和设备转移到一位信基督教的王医生家里，由我的朋友王忠毅保存。

我们住的霞飞坊本是个小贩随意进出叫卖的开放型弄堂，但到了十月中旬，有"收旧货"的，"贩卖水果"的和"修锁"的铜匠担，不沿弄堂走动招徕生意，却坐在我家后门口"歇息"，甚至此走彼来，前后衔接。从厨房望出去，这批人的打扮分明不像是小贩。这怪现象后来连邻居也察觉到了，顾均正的夫人为此悄悄过来关照我们要多加小心。可是怎么当心也摆脱不了他们的监视。

这时，"民主促进会"的领导马叙伦等人已经撤退到达香港。我党在港的领导方方、潘汉年、连贯等同志就与马老计划让母亲和我脱离危险的方案。离开上海有空、海、陆三条路线，选哪条妥当颇费斟酌。在此之前已经有人陆续赴港，国民党方面开始警觉，海、空这两条路线被控制和监视。加之富商和国民党党政人员都走的这两条路，母亲这些年又积极参加社会活动，因此难免会有人认出她。而从陆路走，由于往来人员复杂，其中有很多做小本生意和投机倒把的"黄牛"，倒便于鱼目混"人"。

地下党和民主促进会由此决定了从铁路和公路走的方案。并挑选了民主促进会的吴企尧先生负责护送我们母子，他对这条路线很熟悉，沿途的人际关系也多，外貌神态又像个公馆里的"大管家"，他扮作母亲的随从不会有破绽。他还找了同行的伙伴，是一位真正的纺织界商人，与我们可说"五百年前同一家"，也姓周，我们称他周先生。他的大名直到近来才知道叫周景胡。但那时是不便乱打听的，只知道他开纺织厂，生产高档西装毛料。周先生的妻子是吴企尧的亲姐姐吴圣筠，她的年龄和母亲接近，我们就装作一起到南方去做生意。吴企尧还关照母亲，沿途要多谈生意经，比如"买进卖出"美钞银圆，还可以谈些烧香拜佛求菩萨显灵保佑大家这一趟发财那类话题。文字书本一概不带，免受注意（临行我忍不住在书摊上买了一本侦探杂志，在长途汽车上翻看，就遭到车上人的侧目注视。可见当时"眼线"到处都有）。我们离沪的日期定在父亲忌日的前一天。按习俗，这一天家里总是要去上坟祭扫，监视方面自然会放松些。

231

临行前一天，母亲把家里的事做了安排：委托鲁迅全集出版社账房邵先生和她子侄辈亲戚（比母亲年长）许寿萱，请他们两位照料一切。母亲只对他们讲要"出门去了"，也不说去哪里和何时回来。在这种时势之下，我想大家都是心照不宣的。家里所珍藏的父亲书籍、遗物都是抗战前期的，如果国民党来查，估计也找不出"现行罪证"，这倒可以放心；若能不遇到打仗、火灾之类的天灾人祸，全部收藏得以保存下来，这自然是万幸了。但是谁又能料想到最后的结果会怎样呢？我们母子心情虽然复杂而沉重，也只得一切听天由命了。至于邵先生和许寿萱他们两人的生活和六十四号房子的日常开销，母亲让用鲁迅全集出版社的收入来维持它。出版社还在营业，多少会有些生意的。

　　走的那天，吴先生嘱咐母亲要化妆，打扮成一个阔妇人模样。母亲向来不施脂粉，这回嘴上搽了厚厚的红唇膏，还拿着手袋。当日气温并不低，却穿上了薄大衣。我穿上半截西装，手提简单衣物。好在目的地是香港，已属亚热带地区，估计那里的冬天不会很冷。到了下午，一辆出租汽车直接开到前门口（霞飞坊的居民一般都不启用前门，从厨房间的后门出入），就这样，我们悄悄地走了。不想，这一次离别，竟就此告别上海，定居北京，至今已有五十余年了。

　　我们的出租车直奔火车站。一路上车辆稀少，只有法商有轨电车和少量公共汽车在行驶，有没有"尾巴"跟踪极易发觉。因此也不必绕道，一路平安地到了火车站，登上开赴杭州的火车。到了杭州，有当地佛教界知名的杨欣莲老居士接站，这时大家心头才松了一口气，至少是离虎狼之口远了一些。杨居士领我们到头发巷里的节义庵住宿。庵内清幽寂静，吸入鼻孔的是一阵阵香烛气息，心里感到仿佛进入了超凡脱俗的境界，唯一遗憾的是电灯光暗淡如烛。

第二天早晨再搭火车去南昌。次日清晨到南昌，游览了东湖、滕王阁等地的名胜。最令人难忘的是到一家普通饭店吃午饭，踏进店堂只觉一切都大，好比进入了大人国，开间陈设宽敞，圆台面大到可坐二十个人，我们六个人坐下显得稀稀朗朗的。吃饭的筷子也几乎长一倍，不然夹不到桌上的菜肴。送上来的菜，盆大量大堆成小山，可见当地民风的淳朴，商家是实实在在做生意。大家放开肚皮吃，桌上的菜还没消受掉一半，尤其那盘雪菜肉丝剩下更多，弃之实在可惜。正在惋惜，跑堂过来献策了，建议把菜留在桌上罩上罩，晚上再来吃。这让人感到又亲切又实惠，而店家又可借此把顾客再留一顿。

从南昌动身，不是直接南下广州，而是绕了一个弯，转道先去长沙。为什么要那样走？我们不明白也没有问。反正这一路住宿坐车，全由吴企尧先生一手操办策划。当时又是秘密行动，类乎"潜逃"，大家一路上都提心吊胆，生怕会突然遭遇什么不测，也想不到那么多。又由于是匆匆路过，对长沙这座城市也没留下什么印象，能够回忆起来的是车站上卖的土"匣饭"其实是一只硕大的碗，小贩们捧着吆喝兜售，碗里盛着热腾腾的米饭，足有半斤，上面盖着蔬菜和五花肉、腊肠、油煎鸡蛋之类，香气四溢，十分吊人胃口。稀奇的是旅客们吃完，就把海碗随手一放，任凭附近的孩子捡拾而去。这景象是现在所看不到的。

从长沙到广州，乘坐的是长途汽车。也许是为了在车顶多载货物行李，这里的汽车车厢造得很低矮，沿途的公路又凹凸不平，以致车身不仅在不断地"筛沙子"，还上下颠簸，乘客是头上吃栗子，屁股打板子。母亲恰遇更年期，月经的流血量很多，到了站头几乎迈不开步。进入广州，在一个嘈杂的小旅店住下。这旅店的客人看来三教九流都有，大白天公然兜揽"姑娘松骨"的色情生意。母亲本是广州生长的，现在重返故地，自然成了大家的导游。她首先带领大家去看她高第街的旧居。为怕被亲戚认出，避免额外的应酬，只在屋外绕了一圈，便匆匆离去。我们还到黄花岗七十二烈士墓和荔湾、沙面这些地方去浏览。不久，吴企尧先生以重金从黑市买到去九龙的飞机票，飞机原是美国军用运输机，铝质舱里的座椅都已开裂，想是美军的淘汰货吧，而国民党的民航班机还在当作宝贝使用，怪不得经常发生空难。

到达九龙后，我们还转道去澳门参观过一家大赌场，它当时很有名气，楼上楼下场子很大，有各种赌博形式。因为时间尚早，赌博没有开始。赌台上的人看到我们走近摊位，就交代"托儿"佯装下注，桌上立即显着赢得很热烈，但我们没有赌瘾，倒将这一切的"设计"冷眼观察清楚了。若是赌徒恐怕目光只注意牌九、扑克、筹码，认不清他们的设局。事后大家开玩笑说，如果一开始就下小注，赌场为了吸引我们，必可赢钱。小赢便走，一顿饭钱大概不成问题。

随后，我们平安抵达香港，这次长途行程，便告结束。但有一事这里必须一提。此次南下，一路上没有让母亲出过什么钱，吴企尧先生事先也没有说要共同负担旅费，因此母亲以为既是地下党通知我们离沪的，这路费必然也是党所提供的。几十年来我们都这样认为，一直心安理得。但近悉吴先生有一篇回忆文章，讲到此次南下所费一切竟是他姐夫周先生所资助。这样的话，今天我不知道该如何对待和回馈感谢了。

234

在香港等待的日子

一到香港，使我们骤然有了轻松之感，毋须要时刻警惕什么了。我们的住宿地，地下党安排在跑马地的一所居民楼里。跑马地我是熟悉的，高中一年级曾在那里的培侨中学读过书。关于这段经历，我将在另文谈到。我们刚进入居民楼，就受到一位女士的迎接。她比我年长四五岁，是沈钧儒的小女儿沈谱。丈夫就是著名记者范长江，这是后来知道的。她让母亲和我住进一间早已收拾干净的房间，两床一桌，很简单，我们是初次见面，必然寒暄一番，由此得知沈谱也抵港不久，当谈到此地的香港环境交通和语言，母亲和我倒不比她陌生。

当天晚上，方方、潘汉年、连贯来探望（后来的日常联络人是徐伯昕）。从谈话中我们才知道，此行并不是暂居香港，而是要等待机会北上。至于需要等多久，是几个月或许半年，他们没有透露，母亲也不便询问。

这样告别之后，母亲就有了件烦恼事：出发时我们不曾带冬衣。东北地区我们从未去过，只知道冷得会冻掉耳朵，南方人本来怕冷，而我又是个十几年的"老"气喘，突然要去这天寒地冻的地方，能不能受得了，真是个未知数。若是自己购置寒衣，这笔"置装费"肯定不少，我们初来乍到，又该到明日里去筹措？但几位领导和徐伯昕都不曾对此有所交代，又不便细问。母亲只能心里着急。从上海虽带来一点钱，但只是少量的几张美钞。母亲随身带有一面方型镜子，我把它四周掀开，将美钞在玻璃镜片夹层里平夹着，再用烙铁焊接复原，使之"天衣无缝"。这是以备不时之需的。因此，要靠它置办寒衣，显然是不够的。母亲还进而想到：战争的进展速度，谁也无法估计（可见我们当时对形势了解得多么少！），要是在香港久待下去，若没有正常收入，我们的生活怎么办？我的学业又如何继续？我于是提出，让我一人偷偷回上海，把家里的《鲁迅全集》这类书尽量低价廉售，这样也许能筹集一笔钱。我把这打算讲给徐伯昕听，他觉得很是幼稚可笑，当即就否定了，这不是去自投罗网吗！可见当时我是多么无知。直到以后，我们才逐渐知道，其实这一切组织都会周到地考虑的，只因地下党纪律严，哪怕细枝末节，未到时候都不便向你透露。但当时我们哪懂得这些，心里自然不免打鼓。

我们就在这种忐忑不安的心情中等待着。每天的午晚餐由沈谱提供，佣工烧煮。吃的是广东口味的家常菜，如咸鱼蒸肉饼、清炖鲩鱼、芥兰菜之类。我们出去逛街也顺便买回牛肉罐头，是父亲生前喜欢食用的那种，一头稍宽呈梯形的方听，开启后便于倾出。牛肉是绞碎的，间杂着红白色，有一股香气。这种牛肉，肉质香酥，父亲满口义齿，对这类易于咀嚼的食物自然很合口味。此外，还买些广东腊味和卤水熟菜，尤其是烧鹅，以偿母亲对家乡口味的怀念。从另一角度讲，我们自己添加些菜肴也可为沈谱节省些开支，因为我们察觉她手头很紧。

这期间，母亲让我去探望过一位亲戚，她是我母亲一位早年嫁到香港的妹妹，叫许东平。母亲说，这个妹妹很聪明，幼年时一起读私塾，她记忆力特强，母亲尚未背出书，她已经出去玩耍了。只可惜她很年轻就结婚，早早地被家务子女所拖累，埋没了自己的才华。而婚姻又不幸福，丈夫名张襄武，也是广东人，据说当过英语教师，曾在广州工务局任职，与她感情不融洽，按照现在说法，在外有了"二奶"。她家住在九龙，有一个女儿，比我大一些。

一九四八年十月底，母亲和我住在沈钧儒的女儿沈谱家中。摄于二楼阳台

丈夫分居出去，母女俩生活过得很清苦。

其实那时居港的文化人和民主人士不少，既然领导人和徐伯昕没向我们说起谁住在何处，母亲也不便贸然打听。但何香凝何老太太，我们是必要去拜访的。首先是因为何老太太向来为母亲所敬爱，相互的关系本来又挺亲热，再说何老太太在香港是半公开的，国民党反动派虽然视她为眼中钉，派特务监视，但她是国民党元老，也奈何不了她。鉴于此，地下党才允许母亲前去探望。当我们进到何府，只见老人正端坐在桌前兴高采烈地玩麻将牌，因此，虽在香港初次见面，也不能多说什么，仅是嘘寒问暖而已。在平时，母亲总是深居简出，凡必要的生活用品多数由我去采购。

大约等了十多天，终于通知要出发了，目的地是东北的哈尔滨。连贯送来一些港币，供买寒衣和衣箱，也没有详细说明该买些什么，一切由我们自己安排。这购置冬衣的任务便落到我的身上。香港有旧货街，商店鳞次栉比，门面有大有小，出售的衣服有挂有堆，任凭挑选，价格低廉。我先逛了一圈，回来向母亲汇报。我还告诉母亲，在路上突然见到一位熟人，衣着鲜亮，一身本色纺绸短衫裤，神态飘逸，像煞广东的公子哥儿，原来他是连贯同志。我们边走边聊。这回他比较详细地告诉我还有几天离开香港和一些要做准备的事。母亲和我这才心里有些底。第二天便去打预防针、种牛痘苗，另外还需要准备照片，用于制作证件。

我想到去东北解放区，除了衣物，照相机必然有用，愿意小做贡献，拍摄些具有新闻价值的照片。就把购买寒衣的预算设法压缩，紧缩的办法是买二手旧衣。第二天到旧衣店，买了绒线衫裤，是绿色的美军物资。我的大衣也是买的美军旧货，再去洗衣店染成藏青色。我的这身打扮，后来差一点让人误认为是美国俘虏，幸亏不是高鼻子蓝眼睛，才没有挨骂。我替母亲买的是翻皮大衣，因为香港的冬天温暖，不适合穿（除非阔太太摆谱），故这件狼皮大衣在旧衣摊折价出售，我欣欣然自以为捡了个便宜，不想后来竟令我懊悔不迭。到了东北没见有人穿这类翻皮大衣，母亲穿着也感到非常别扭，简直像个国民党的官太太。这件大衣总共只穿过两三回吧，后来干脆贡献出去，用作拍电影的服装，由接待部门派裁缝另做大衣，这是后话。

为购买相机我真是动足了脑筋。我花费很多时间，跑了不少店询问价格，尽量选择质量合意而又价钱适宜的品牌。最后我选了低价"禄莱"相机，后来使用结果，成像的清晰度差了很多，放大后的相片比较"软"，这也是无可奈何的事。但这架相机后来又成为一九八一年出版的《鲁迅画传》现拍照片的主角。那是在一九八〇年，我和儿子令一同去南京、绍兴、广州，拍摄过不少的

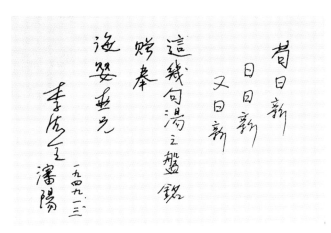

苟日新
日日新
又日新
這幾句湯之盤銘
贈奉
逸婓先先
李德全
瀋陽
一五四九·三

李德全在我的纪念册上题词

照片用在画册上。

离港的前几天，我们向何老太太去辞行，她老人家少不了设家宴饯行。也去舅舅许涤新夫妇那里辞行，他当时是中共在港的领导之一。别的朋友母亲尽量少去惊动他们。香港虽然比国统区安全，但国民党也布下不少眼线，总以少张扬为宜。

我们的冬装和棉被分别装在皮箱和帆布的"马桶包"内，先期运到船上，我们只需轻装等待。过了一二天，告诉我们十一月二十三日下午会有车来接。到了这天傍晚，来了一辆汽车，我们遂向沈谱告别。车行不久，我发觉并非直驶码头，而是绕到了九龙一户人家门口。我们在此下车，从狭窄的楼梯上去，像是个本地工人的家。不料进入门内一看竟有不少熟人已经等候在那里，他们之中有茅盾夫妇、沈志远、侯外庐多位，可谓济济一堂。大家见了面又惊讶又高兴，谁也想不到会在这里突然遇到那么多的朋友。再一想，又觉得这原是理所当然的事，大家都向往着奔赴同一个目标嘛。最令人感到意外和有趣的是，适巧在前天或昨日才见过面，甚至一起参加了某位朋友的饯行宴，却谁也不说自己即将离港的计划，这种新奇与诡秘使大家油然又增加一层亲近感，连曾经有过的隔阂也无形中消失，感觉相互间已经是"同志"，可以无话不谈，再无须顾忌戒备什么。我想，当时大家都是那样想的。但是此后现实生活无情地告诉我，这样的理解真有些太天真，太可笑了。

北上旅次

我们在那家陌生人的屋里，一直等到暮色来临，才通知大家分头离开，各自乘坐小汽车向不同方向驶去。母亲和我的车绕着街转到一个小码头，那里已有一条小舢板等候着，连贯换了土布衣裤，俨然工人打扮，招呼我们登上船后，小舢舨随即驶离码头，靠到一艘轮船边，我们爬上去，先在大厅休息，同行的人也陆续上来了，晚餐八人一桌，坐满八人便开饭。这船上的桌子很特别，桌沿边都镶有一条木档，我估计那是为防止遇风浪时船身摆动盆碗滑落。

这条船为了安全，总共才上三十几个人，除了我们母子俩，有郭沫若、马叙伦、冯裕芳，致工党的陈其尤，经济学家沈志远，民主人士丘哲、朱明生，民革的许宝驹，史学家翦伯赞、侯外庐，法学家沙千里等。法学家沙千里那时还年轻（后来到东北、北平参观，有几次曾安排我和他同住一室，因此我们搞得很熟）。同船的还有一位黄振声，是国统区学生代表，在东北一次大会上还发过言，可是几十年来报纸上没有见到过他的名字，心里一直惦念着。中共领导连贯、宦乡、胡绳和几个不认识的干部也跟我们同船北上。饭后发给我一张"船员"证，名字是沈渊，这是我先前在香港用

一九四八年十一月，摄于"华中轮"北上途中。右起：侯外庐、郭沫若、许广平、作者

过的，母亲也用了化名。这份证件蓝色油光纸封面，夹层贴着香港拍的照片，制作得比较粗糙。妇女和老人都不发证件，所以母亲也没有。考虑到白天的紧张劳累，饭后让我们都早早安睡。我被安排在狭长的单人小间，室内灯光暗淡，仅有一个小舷窗和一张床而已。我很快就入睡了，因此对船何时起锚毫无所知。

次日，天尚未大亮，我就起床上了甲板。举目望去，海天相接，渺渺茫茫，不知身在何处。看到海员在忙碌着清洗甲板，我占了会些广东话的便宜，询问现在船到了哪里，船员告诉我正在向东驶去，时速大约十至十二海里。这是一条千吨级的小海轮，属于香港船东，挂着葡萄牙国旗，要经过台湾海峡，目的地说是北方，旁的就说不清了。近年有些回忆护送民主人士北上的文章，对这条船所悬旗帜说法不一，有讲是挪威国旗的，但我以为是葡萄牙

"我在单人小间……"自拍机摄，海婴一九四八年十一月三十日

旗帜无疑。因为当时在船上连贯、宦乡两位就告诉我过，为了悬挂这幅旗帜，所付代价相等于租一趟船的费用，我曾为此十分吃惊，故而至今仍印象深刻。

由于这是一条混装船，没有正规客房，仅有少量几间舱房，原是大副、水手长的卧室，临时让出来，照顾郭沫若、马叙伦、冯裕芳等几位长者。多数人睡统舱，男女分开，睡舱里又暗又狭，不适宜聊天。顶层大厅是聚首谈天之所，但只要是风浪平静，大家都到两边甲板去漫步闲谈。

大厅即是我们初上船的餐厅，布置了七八张方桌，集中开会和通报消息也在这里，厅两侧有黑漆皮条状软座，厅正面左右是入口，中间有一张长桌，上面放了一台短波收音机，是 NC 厂"国际"牌的十灯机。每天由我开机，把频率对准到延安新华广播电台。

它的开始曲很容易辨别，是一首《兄妹开荒》，只要听见"雄鸡、雄鸡，高呀高声叫……"就找对了。因为干扰我台，频率的两边都挤夹着国民党强功率电台。好在我们这条船驶离了陆地，干扰的强度大大减弱。新华台的电力小，讯号不强却极清晰，句句可闻。每日的新闻发播时间，大家准会自动聚拢来听。由空中传来每天的解放军节节胜利的好消息，大家都显得那么欢欣鼓舞，有的还计算着什么时候过长江，几年可以解放全中国。

除了延安电台，还能听到伦敦 BBC 的英语广播和印度"德里"电台。收听 BBC 的任务就落在精通英语的宦乡身上，他听后再向大家转述，这样可以多一个消息渠道，以了解世界各国对中国形势的反映，舆论的向背，也等于多一份"参考消息"。那个年代，"美国之音"是没人听的。因为在当时人们的心目中，这四个字就代表扯谎、胡说八道，以致谁讲了假话，别人就指他是"美国之音"。

几天之后，船长、大副与这批特殊旅客熟悉了。有一回还陪同几位较年轻又好奇的旅客去轮机舱参观。这里面当然还包括我。下到舱里只觉得又闷又热，机器声响到面对面听不清谈话。两台柴油"第塞尔"动力船机，动力通过长轴传到船尾的螺旋桨，轴的直径约有大海碗粗，缓缓地转动着，我试着站到轴面上去，总是立不住。我们还经过货舱，舱内是运到解放区的物资，据说都是急需的药品、五金等等，但外表看不出是什么货物。大家也不便多打听，匆匆而过，并不停步，知道这是需要保密的。

有时晚餐之后，睡觉尚早，大家并不急于回舱，这时便有沈志远、黄振声等几位较年轻又活跃的组织文娱晚会。可惜这批人里没有演艺界的成员，只配当个观众，谁也出不了节目。无奈之下，只能搞些大众化的内容不外乎唱些解放区的歌，讲些笑话。这当中，

左起郭沫若、李济深、章伯钧、王少鳌

唯独许宝驹先生的京剧清唱很精彩,最受大家欢迎。他身材并不高,但嗓音洪亮,唱的是老生,"秦琼卖马"之类,韵味十足,唱了一段又一段,欲罢难休。直到他的压轴戏结束,大家才回舱休息。

但是母亲却没有这样的闲情逸致。打从上船,母亲就在为我的冬衣日夜忙碌着。出发前,她摸摸我买的旧军用衫裤,觉得又薄又不保暖,天气又临近十一月下旬,于是临时买了两磅绒线,广东人叫做"毛冷"线的,带到船上为我赶织毛线衫裤。郭沫若几次从我们舱门口经过,想是看到她终日埋头编织的情景,遂向我要了本小册子,过不多久,笑眯眯地送还给我。我一页页翻过去,直到最末的一页,才发现郭老在上面题了一首诗:

团团毛冷线,船头日夜编。

北行日以远,线编日以短。

化作身上衣,大雪失其寒。

乃知慈母心,胜彼春晖暖。

244

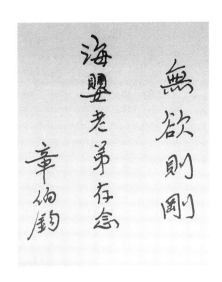

后面还有附言：

一九四八年十一月月杪，由香港乘华中轮北上，同行者十余人。广平大姊在舟中日夕为海婴织毛线衣，无一刻稍辍，急成之以备登陆时着用也。因成此章，书奉海婴世兄以为纪念。

郭沫若　十一月廿八日

就在四天前，我们刚上船，我就请郭老在这个本上题过词。内容是：

"横眉冷对千夫指，俯首甘为孺子牛。"

鲁迅先生这两句诗实即新民主主义之人生哲学，毛周诸公均服膺之，愿与海婴世兄共同悬为座右铭，不必求诸远矣。

一九四八年十一月廿四日
同赴光明区域之舟中　郭沫若

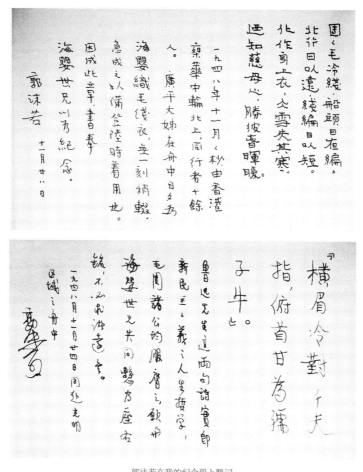

郭沫若在我的纪念册上题词

　　我这本纪念册购于香港，是当时流行的。它对我来说极为宝贵，至今还保存着。

　　船行头几天风静浪平，二十五日将进入台湾海峡的时候，天空暗下来，头顶像被一顶铅色帽子罩住，但见船员们穿着防水衣在忙碌着，捆绑船甲板上的设备。船长也亲临甲板，镇定地指挥着，并劝告我们赶快回舱，必要时还得卧床。台风马上就要来了，行走必然困难，说不定还会呕吐的。我仗着年轻，不甚重视，仍随意观看。不久台风果然来了，风力逐渐增强，若不扶着栏杆绳索，已经难以迈步。到傍晚，风力加强到六级，餐厅开晚餐时，仅有少数几位去用饭。但我不晕船，照常上桌吃得有滋有味。只是船只的摇晃度超过了桌子的挡碗木沿，有些高的杯子、碗盏不时从桌沿掉落摔碎。饭后困难地回到房舱，耳听大浪阵阵拍向船体，船的木结构部分发出轧轧的呻吟声，我突然觉得这千吨级的海轮在劈头盖脸的巨浪下或许会像蛋壳般地破裂，散成碎片。

将近半夜，风浪趋近七级，为了安全，船需要顶风逆驶，以躲避浪峰和浪谷，这样一来，行进的速度基本处于停滞状态，时速仅有一二海里。可是船的动力又不能开足，避免在海浪峰谷起伏时船体上抬，螺旋桨打空，造成机器损毁。在这种关键时刻，船长的驾驶经验非常重要，相互间的配合丝毫差错不得。但这晚我们所遇的危险还不止是风浪。那是事后船长告诉我的，他说如果那晚的风力再增强一级，这船必需靠岸躲避，硬顶是绝对顶不住的。而这时我们的船正驶行在台湾岛的边缘，即是说只能靠拢到"虎口"上去。幸而半夜过后，台风转移，风浪逐渐减弱，船才得以恢复正常航行，否则结局会怎样，谁也难以预测。

到次日早晨，台风已完全过去，海面上一派霞光，好多海鸥紧紧跟随着船尾追逐飞翔，一切都显得那么平静而美丽，昨夜的风险似乎仅是虚幻梦境。这时各位老人和学者又漫步在甲板上。兴许他们也知道昨夜的险情，但已事过境迁，大家谁也不再提起吧。

接着，连续几天风平浪静。此时大概船已过了山东，气温渐渐下降，站在甲板上，只觉寒风阵阵，耳朵刺痛。年纪大的，纷纷棉衣上身。也有几位没有穿厚冬衣，或许耐寒力强吧。我提着照相机，许多老先生见了互相招呼，让我替他们在船上留念。这些底片一直保存在我这里，如今五十年已逝，老人们先后归了道山，

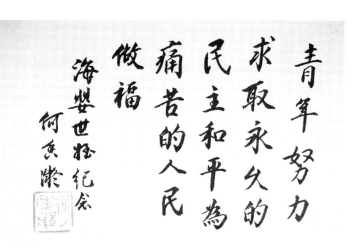

青年努力
求取永久的
民主和平為
痛苦的人民
做福

海婴世祐纪念
何香凝

何香凝在我的纪念册上题词

这些照片该是珍贵的"孤本"了。可惜拍摄时结影疲软，色调比较浅淡。

正在大家兴致盎然拍照留念时，领导来催促大家下舱了。并指着远处，有一艘军舰正在向我们驶来，由于距离很远，不易判断旗帜的标识，万一是国民党舰艇，那便会引来麻烦，不如小心为好。下舱后，又让大家做好准备（实际并没什么可准备的，大件行李都集中入舱储存，手头仅有替换衣服和途中阅读的书籍而已）等待通知，到时见机行事。不久，军舰渐渐驶近，从望远镜里看清是苏联海军，对方似乎也辨认出我们属于商船，转舵向外洋驶去。遇到苏联军舰说明我们的船已经接近解放区了。这个区域常有苏联军舰巡弋，国民党的舰艇是不敢贸然跑到这里来的。这使大家都松了口气，心情和踏上了解放区的土地毫无两样，喜笑颜开地哼唱着革命歌曲。

十二月三日一早，船已抛锚停泊了。远远可以望见海滩和少数几幢高耸的建筑。领导告诉大家这里已是安东（现丹东）附近的"大王岛"，让我们等待舢舨接到小码头上岸，那里已有吉普车

曾子曰、吾日三省吾身、為人謀而不忠乎、與朋友交而不信乎、傳不習乎、海嬰、世兄正之 李济深

（左）李济深题字；（右）李济深坐于沈阳宾馆房间内

和大、小汽车在等候，并有交际处的干部及几位领导来迎接。还告诉我们，由于解放战争进展神速，暂时不用去哈尔滨了，可以直接前往沈阳待命。

此后两天，我们在赶往沈阳的路上度过。由于气温很低，中途在一家中式皮帽店停车买帽子，每位男士一顶，式样任凭个人喜爱自选，价格不问。不一会，大家挑选结束，各人头上都戴上了新帽子，而店主还在忙碌着，并向郭沫若再三表示歉意。原来这店里竟找不到他能戴的帽子。最后郭老勉强挑了一顶尺码最大的，头的顶部还套不进去，顶在头上明显高出一截。大家不由得感叹郭老才学过人，原来他有个硕大的脑袋。这算是路上的一个小插曲吧。

从沈阳到北平

旅居生活点滴

我们一行抵达沈阳，被安排住在铁路宾馆。连贯、宦乡、翦伯赞这几位，已在安东与我们分手，转道去了大连。

宾馆才腾空不久，是俄式建筑，内部开间较大，其设施条件之好在当时该是首屈一指了。只是室内暖气太热，大约有二十七八度，我们这批江南生长的人，对这种干燥的环境不适应，一个个热得脸红耳赤流鼻血，只好经常敞开气窗，放些冷湿空气进来。幸而街上也有冻梨、冻柿子卖，吃了可以去火。宾馆的房客仅有我们这十几个人，许多客房空关着，说是某某、某某某将要来，需留给他们住的。还听说尚有更多的民主人士即将抵沈，大伙都翘首盼着。

宾馆一层大厅供应一日三餐，布置着许多大圆桌，尺寸大于一般的圆台面。每桌十人，坐满便上菜开饭。早晨，供应北方式的早餐和牛奶。南方人习惯吃的"泡饭"，这里是看不到的。午、晚餐的质量基本相同，经常有酸菜白肉火锅。考虑到知识分子的生活习惯，晚睡的还供应简单的夜宵，有牛奶一杯和随意取食的

第一届政协会议前，各界人士南下列车中，邓颖超向各位致欢迎词

清蛋糕（即没有甜奶油）。厨房有西餐厨师，受过"老毛子"培训，会做俄式西餐，和上海的罗宋大菜口味相近。冷菜供给红鱼子，是马哈鱼的，晶莹透明而带红色，现在市面上很稀有了。厨师的拿手菜是"黄油鸡卷"，把整条鸡腿带骨片开，展开后抹上黄油、味精、盐，再卷紧，外裹面包粉，以热油炸熟。口感又脆又香，入口酥松，每人能吃完一份便很饱了。一日三餐之外，还不论男女和年龄，都按"供给制"待遇，每月每人发给若干零花钱，那时使用的是东北币，大约相当于现在的三五百元吧。从当时的经济状况说，这个数目不算少了。有趣的是除了另发毛巾牙膏一类生活日用品，还每人按月供应两条香烟。有的人不吸烟，比如母亲和我也得收下，但可转赠给别人。因为这是"规定"。

宾馆里有一间四周布满沙发的会议室，沙发硕大，也许是沙俄时期留下的家具吧。就在这间会议室内，每隔几天就有活动，举行时事报告或民主人士座谈会，也有小范围的学术讲演。比如

251

（左）周海婴在沈阳参观；（右）李富春同志和沈钧儒先生

从美国归来的心理学家丁瓒先生，讲过欧美的心理学研究现状。我听了大开"心"界，但大家的反应却平平，因为讲的是"资产阶级"的心理学，无人向他提出询问，因而未引起什么讨论，丁先生一讲完，报告会就冷冷清清地结束了。

长春解放后，也是在这个会议室里，当时东北地区的政治委员高岗亲自来向民主人士介绍这场战役的经过。高岗身材魁梧高大，脸膛黝黑而遍布麻坑。他说这场战役打到最后，变成一场混战，指挥部和各级指战员之间，因通信员都牺牲了，联络都中断了，司令部里搞不清是胜是败。但我们的战士个个士气高昂，都能"人自为战"，而国民党军队士气低落，因此虽然兵力悬殊，我军最终还是取得了胜利。他接着还说，战场上遍布国民党军队丢弃的美式汽车、大炮和各种辎重，要打扫的话，需要许多天。这时高岗忽然转过头来对我说，有一种美式大炮，它的口径之大，伸进一

沈阳南下赴北平前，火车站前的留影。左1许广平、左2沈钧儒、左6罗淑章、左7李德全、右1郭沫若、右2李文宜

个脑袋还有富余，你要不要去看看？ 当然此话说过拉倒，再也没有谁来向我落实过。

宾馆二楼的侧面，还有一间弹子房（台球室），这是整个旅馆唯一的休闲文娱室。室内布置了三张球桌，一张"落袋"（斯诺克）和二张"开伦"（花式台球）球桌。喜欢打台球的常客有李济深、朱学范、沙千里、林一心、赖亚力。李济深只打"开伦"，往往由林一心陪打。交际处处长管易文偶尔也来陪陪，可以感觉到他是忙里偷闲，为了不冷落客人，属于统战任务之列。他通过打球可以征询些要求和意见，他谈话水平很高，总是不直接表达意图，而在聊家常和询问健康过程中慢慢传达自己所要说的意见。

由于沈阳的治安很好，领导上允许大家分批出去逛逛商店。警卫人员自然是要跟随着的，但不摆阵势，属于"微服"出访性质。有一回我跟着郭老和马老、侯外庐几位先生去逛古玩店（文物商店这名称好像是后来才有的）。进入里边，生意极其清淡，老掌柜坐在不旺的炉火边，一脸的寂寞和凄凉，店里也不见伙计，大概都辞退了。郭老的目标是青铜器，马叙伦先生却热衷于搜集"哥窑"之类古瓷。郭老是鉴别青铜器的专家，当场考证评论真伪，使老掌柜钦佩不已，不敢拿出假古董来骗钱。他叹着气说，要不是为了偿还债务，断不会把压仓底的善品拿出来卖掉的。郭老那天买到"三凤瓶"和"三龙笔洗"，欣喜之余曾赋诗一首：

三龙水洗三凤瓶，

龙凤齐飞入旧京。

四海山呼三万岁，

新春瑞庆属编氓。

马老心目中想要的瓷器向来是稀罕物，据说他家藏的珍品不少，店里的都选不中，只随意买了点小玩意。而对于我这个小青年来说，却喜欢旧货摊上的旧军用望远镜，品质虽不高，价格却相当低廉。它是国民党军队抛弃之物，老百姓从战场拾来赚些外快的，不想几位老先生看到我买了这东西，觉得用来看演出倒很合用，差不多每个人都托我去买。以至于旧货市场的小贩们误认为有人在大量收购，我只得挑明要货的就是我，才使他们不再漫天要价。

意外的烦恼事

在宾馆等待的日子，虽然安稳而舒适，但时间久了，竟接二连三地发生让我们母子烦恼难堪的事，这是在离开香港时所始料不及的。且让我一一道来。

餐厅里有一架带放音响的电唱机，时间使用久了，放起来声音挺微弱。交际处的干部不知从哪里得知我会摆弄电器，便来找我修理，希望能放出音乐来好让大家跳跳交谊舞，调剂一下单调的旅居生活。我听了以后，感到有了"为人民服务"的机会，兴冲冲搬回住处，用三用电表检查出这台机器的毛病是电子管老化。这很容易解决，换成新的就行。等到两只管子买来，顾不得已经入夜，我就迫不及待地试放起来。我那时真是年少不懂事，一时心情十分兴奋，又是第一次替公家办事，不自觉地便有了想表现一下自己的心态，为此我把房门敞开着，让优美的旋律在走廊里回荡，心里得意极了。

不料第二天一早，母亲告诉我，昨晚的"喧闹"影响了周围人的休息，还一直责问到"上头"去了。"上头"的某某将这事告诉民主促进会的王先生（母亲也是民进的领导人之一），让他再转告我母亲。我连忙把修好的电唱机送回餐厅，内心却深感委屈。我以自己简单的头脑想：这样的小事一桩，只需当时过来关照一下就可解决的，竟弄得这么郑重其事，非要等到第二天，再绕那么一个大弯子传达到我这里，岂不小题大做？不知如今环境变了，我的身份也变了，成了个"统战对象"，我该多个心眼，处处约束自己，注意"影响"才是，但我没有想到这些。

"唱机事件"之后不久，我又闯了更大的"祸"。事情是这样

的。我那时虽已年龄十九，实际还是个好动爱玩的学生。而旅馆
等待的日子很枯燥，同来的又都是大人，有的还是六七十岁的老
人，我在他们面前需要毕恭毕敬，他们的活动和交谈，哪里容我
插得进去？甚至因我的在场，有几位民主人士还开玩笑地称我"周
老"。但是，就在宾馆的底层，驻有很多警卫战士，年龄都与我相仿，
我在他们中间可以说笑玩乐、无拘无束。这样，一有空我就溜到
他们的休息室去听战斗故事。对我来说，他们每个人都挺了不起，
有过数不尽的战斗经历，立过许多大小战功。他们的枪法都很好，
有几个还是"神枪手"。我自然也对武器感兴趣，就询问手枪的结
构原理，怎样射击等等。

就在这次谈话几天后的下午，有个朝鲜族和一个东北籍的战
士，陪我去沈阳著名的北陵游玩，据说那是早期清代的皇陵。此
行也可以说是三个人共同发起的，当然用的是陪我的名义。进入

北陵，发现除了我们三个，周围毫无人迹，颇感荒芜，因而逛了一会儿就兴味索然了。这时那个朝鲜族战士说，好久没打枪了，打几枪过过瘾，拔出驳壳枪来便推上膛打了两发。另一个也跟着用他自己的左轮枪开了两响，之后问我要不要试试。我不假思索，拿过朝鲜族战士的驳壳打了两发。刚射击完往回走，一队荷枪实弹的

朱学范在宾馆大门口，正待外出参观

士兵包抄过来，立刻缴了那两个战士的枪，把我们押到附近一个营部。两个战士之一悄悄对我说，只要承认打枪是你发起的，一切都会平安无事。我就这样在营部讲了。

到傍晚，交际处派来干部和吉普车接我们回去。由于拖延了很长时间，回到宾馆时晚餐已经开始。当我步入饭厅，立即受到众人的"注目"礼，并听到窃窃低语："回来了，那就好了！"好似我是一个受了宽大释放的犯人。不用说，这事让母亲尴尬。人们一定在想，鲁迅的儿子怎么能这样？但他们为什么不想想，鲁迅的儿子和他父亲一样，都是普通的人啊，我又是个初涉社会、毛手毛脚的小青年。但此时此地，我们又能说什么呢？

第二天，我遵照母亲的训导，低着头去向领导认错请罪。但我没把预先拟好的认罪词说完，那位领导就哈哈大笑起来，连声说："你没事，你没事，那两个战士已经坦白了，是他们让你试枪的。"当然，这使我又一次尴尬，因为我听了那战士的话，说了谎。

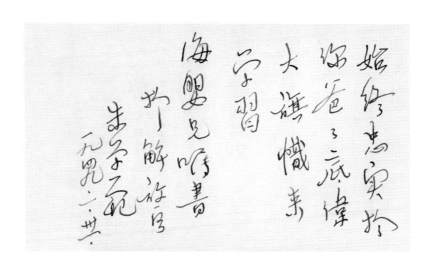

这事件的真相总算弄清楚了，错不在我，我是受了那战士的怂恿。只是，我不知道别人是否都听到解释，后来又是怎样想的。

有了这两次教训，母亲再三叮嘱我，切勿忘乎所以，言谈举止一切都得小心谨慎。拿后来的话说就是要"夹紧尾巴做人"。没想到尾巴夹紧了还是"闯祸"。母亲关照我，凡有外出参观活动，老老实实跟在队伍后面，切勿乱跑，我就问："那我跟在哪些人后面妥当？"母亲思索了一下说："这样吧，你跟在茅盾夫人孔德沚婶婶后面，就不会出差错了。"从此我牢牢记住这句话。几天之后，正逢市里举行欢迎民主人士抵达沈阳的大会，我也同队去了，那是一个剧场，里边坐满了人，留下前面第一排让贵宾落座，我也忝列末座。过了一会，台上招呼贵宾从舞台左边的小梯上去，于是以郭老为首（那时李济深还未抵沈），大家鱼贯而上。那么我怎么办呢？我自己衡量仅仅是个民主人士的家属，是属于不需要上去之列的，便稳稳当当地坐在椅子里，没有随同站立起来。这时已上台的被一个个地介绍，台下哗哗地鼓着掌。渐渐的，大部分人都上台去了，最后轮到茅盾夫人孔德沚登上梯子，她回头盯着我，紧张地挥着手招呼："快走！等什么，还不走呀！"就在这一刹那

沈钧儒在沈阳宾馆外摄。这盆植物，沈老指定拍在一起

间，我的意识又出了岔子。我想：不上去怕不好吧，会显得自己孤傲和不合群；再说母亲关照我要跟着孔德沚婶婶行动，那么我跟着她上台去该是符合原定行动准则的。就这样，我最后一个上了舞台。等到台上把每一位来宾介绍完毕，请他们都集中到台中央，再回头一看，台边上怎么还多出一个我，孤零零地站在那里，显得那么突出。我想此时不光是会议的主持者，连剧场里的与会者也一定惊诧不已，怎么会忽地多出一个人来？看到主持人朝我一愣，我心里也不由得一激灵，知道坏了，他们根本没安排我上台，我跟错了。正在我进退为难之际，主持人想了一下，把我让到身旁，介绍说这是谁谁的儿子，没想到，他的话音刚落，下面的掌声似乎比前一个还响亮些。但我的背上一时如有万根芒刺在戳，我生平头一回体会到，这"乞讨"来的掌声是什么滋味。果然第二天闲话来了，而且是冲着母亲的，说什么许广平为了想把儿子培养成

259

政治家，竟用这种手段塞到台上去亮相云云。

那么对于我的前程，母亲究竟是怎么想的呢？她真的要把儿子引向仕途上去吗？就在前不久，即这一年的十二月一日，在我们所乘的海轮驶向解放区途中，她在我的纪念册里，写了这样一段话：

> 照旧俗，中国古礼，男子二十日冠，算是成人的年龄了。现在，就这弱冠期中，我把你送到新的社会，新的大中国摇篮中，使你从这里长大，生息，学习，坚壮，以至于得贡献其涓滴。以毋负抚育之深意，是所至盼！
>
> 海儿览
>
> 母亲 于舟中 1.12.1948

母亲还曾不止一次地对我说过："我把你交给党！"我想，上述的题词便是她对于我的期望，她只要我能够健康成长，为新社会"供献涓滴"而无其他。但人们的误解——我只能用"误解"这个词，竟是那么强烈。

紧接着我们又陷入了更为难堪的境地。这是从逛街引起的。

有一回，我跟随大人们出去，进了一家书店。这家店铺面不大，陈列着东北出版的各类新书，其中除了许多种马列和毛泽东的著作，还有小说《原动力》《新儿女英雄传》《活人塘》，诗歌《马凡陀山歌》，也有少量的香港进步书籍如《虾球传》等。这当中，我看到了父亲的著作，有《呐喊》《彷徨》《野草》《二心集》《准风月谈》《两地书》等，也有整套的《鲁迅全集》《鲁迅三十年集》和父亲的翻译作品，可以说品种很多。书的末页标明出版者为"光

照舊俗中國古禮男
子二十日冠,算是成人
的年齡了。現在就把你
這弱冠期中,我把你
親自送到新的社會
新的大中國搖籃中
使你從這裡長大生
息,學習,堅壯以望
於得貢獻其涓滴,
以母負撫育之深意。
果彤至影!
海嬰覽。
拾一中母親
1.12.1948

华书店"和"东北书店",印刷地点在大连、哈尔滨和安东。看到父亲的著作,品种又这么多,我自然无比亲切和高兴。在上海,我们鲁迅全集出版社印的书,千方百计都难以运抵解放区,而今在此大量出版应市,读者可以任意选购,不但价格低廉,还无须担惊受怕偷偷地买。真是两个不同的天地啊!我回去告诉母亲,她也满心喜悦,让我每种都买一册回来作为版本收藏。待我捧着一大沓书回到宾馆,被交际处的同志看到了,很热情地帮我一道拎进母亲的房间。母亲在表示感谢之后,少不得无话寻话寒暄一番,顺便问问这两个名字生疏的出版社,知道这不是盗版,也不是民间的书社,而是党开设的正规出版社,心里更是高兴。讲过了这些,我们也就置之脑后不放在心上了。

不料过了几天,忽然来了几位陌生人探望母亲,自我介绍他们是出版系统的领导,为首的那位叫邵公文同志。他们向母亲非常诚恳地解释并道歉,说东北地区需要供应鲁迅先生的书籍,以满足许多读者的渴望。许大姐远在国统区,我们无法去征求意见,版权的手续也不可能办理,此地等不及只好先开印了。好在许大姐已来到,我们一定补上应付的版税。母亲很轻松地缓释了他们

一九四九年二月二十一日上午到鲁艺，母亲讲课一小时并送金五十两（五条）。二十二日李初梨来旅馆，退还捐赠。再托马叙伦（民主促进会主席）转，亦不收。二十三日吕骥、张庚代表鲁艺来，先客气一番，后应允接受了。前第三排中间为许广平、周海婴母子

的歉意，说明我们到了解放区，一切生活都是供给制，已无需用钱，况且是党的出版社印的书，哪能按国统区的方式收取版税呢？母亲诚恳地反复解释了自己的态度。对方似乎也完全听明白了，坐了一会儿，起身告辞而去。或许他们以为母亲只不过是表面的客套话，也或许是当时的政策不允许。总之，过了两天，送来一封信并一张支票。支票的抬头是"鲁迅版税"，收款人是母亲。信中写道：

许广平同志：

欣闻来沈，不胜愉快，想您对出版方面，一定能给以很大的帮助，我们非常的兴奋。过去曾出版鲁迅小说选，因环境关系，未能事先和您取得联系，希见谅。现奉上稿费二百九十四万元整及样本一册，请收。因尚未定版税办法，

仍按本店稿费暂行条例支付，请见谅。

　　由于我们对于出版方面的经验很少，工作中是有错误的，请多多予以批评与指正为盼。此致
敬礼

东北书店　二月一日

（注：盖的图章是："东北书店总店　编辑部"）

　　母亲和我商议后，很快把支票送到宾馆交际处负责人那里，再一次申明不收版税的理由，请他代转给邵公文同志。并附了一封信，内容是：

东北书店各位同志：
　　顷由贵店送来《鲁迅小说选》一册，又版税二百九十四万元整。均已敬悉。贵店为国家书店，所出各书，纯为人民服务，我们愿追随学习。凡有关鲁迅著作，由贵店印出，均愿放弃版税，以符私志。至于所送出书一册，谨当拜收，以作纪念。兹随函附回二百九十四万元整。敬祈誉收！
　　此致
敬礼！

许广平启　二月二日

　　没想到隔天又将支票送了过来。母亲仍旧坚决地退回去。歇了两天未有动静，我们以为此事已经过去。岂知仍是那位民主促进会的王先生，寻到我们房间里，来与母亲促膝谈心，耐心地反复劝说，动员她一定要收下这笔钱，并说共产党办事向来按照国

际国内惯例做的，也包括出版书籍应当付给作者版税，况且也不是只对你们，大家都照此办理，鲁迅先生是世界闻名的作家，你们如果不接受，别人也不敢收取版税，岂不是影响了一大片？况且，你们在国统区不就是依靠出版书籍为生的嘛！又说，从书籍的定价里，本来已经把稿费计算进去了，你们若不取，老挂在账上，出版社也不好处理……如此等等。

听了这番话，母亲便提出一个方案：可否代我们捐掉，比如某个文化部门，艺术学校等等。这时王先生说，马老马叙伦先生也建议许大姐收下这笔钱。这一来，母亲就不能再说什么了。

母亲作为上海民主促进会发起人之一，对马老一向很尊重，既然民进中央的领导也发了话，又关乎多数作家利益这样的大局，不收下看来是不行了。在此无可奈何之下，母亲只能先予接受，以后再做处置。

此之前，我们曾经听说此地有一个"鲁迅文艺学院"，很有名气，在国统区都称它是"鲁艺"。于是想到不如将这笔钱捐献给这个学校。其实这个意愿在此之前已经有了，故有请为代捐的动议。现在他们既然连这一方案也不接受，只有自己设法直接去联系了。这所"鲁艺"是由延安的鲁艺和当地的长白学院美术系、吉林师大美术系合并而成的，内设美术、音乐、文学三个部分。从感情上说，母亲自然极愿意把款子捐赠予这所以鲁迅命名的学校。

但现在首要的是先得将钱从银行提出来。于是第二天，我向交际处要了一辆车，由一个警卫员陪伴着到东北银行去取款。

那时东北使用的货币票面不大，以致领到的钱足有半麻袋。我想到此地物价并不稳定，钞票一样在贬值，便用时下上海人通用的钞票到手立即换成"大头"（银元）、美钞、黄金的习惯做法，随即转到另一银行兑成了金条。也许这位小战士回来后向领导汇报我去做了什么，又不知后来是怎样传布出去的，反正到了第二天，母亲和我去饭厅用餐，突然发觉谁也不与我们打招呼了，看见我们别转头如同陌生人一样。饭桌是坐满十人才开饭的，以往先到的人总是热情地招呼我们过去，争取这张桌子早点坐满，此刻竟是一个个面若冰霜，唯恐我们坐到他们一桌去。我们知趣，只好另找别桌，却不料另一桌的人也唯恐躲避不及。可怜我们母子俩竟被彻底地误解了。人家北上是赤胆忠心投身革命，而我们却是来向党伸手讨账要钱的。我们被看成浑身充满铜臭的资产阶级。后来，幸亏有几位老者来到饭厅，他们的神态和平素一样，随和地坐了过来，这张桌子的饭才得以开成。这顿饭的滋味是怎样的，谁都能想象得到。

在这种被误解受屈辱的氛围里，我们母子心情之抑郁是不用说了。好在经过母亲多少次请求，又经过上头多少次汇报、研究……直到临近离开沈阳，我们的请求终于得到回复：可以接受捐款。这样，我们在某天的下午，乘了吉普车到"鲁艺"，在一个小会议室里，母亲把致"鲁艺"的信，向几位领导和老师代表念了。它是这样写的：

　　鲁迅文艺学院各工作同志暨各位同学：
　　　　在许久以前，从我听到过有这样一个文艺学院起，就寄予无限的景仰，为了完成新民主主义而奋斗，为了新中国的建立，为了和中国人民打成一片，作紧密的联系，在这方面，你们负起了繁剧坚忍的任务。为此，谨向你们致最亲爱的敬意！
　　　　为了表示些微诚意，兹特献金五条（注：每条约拾两），

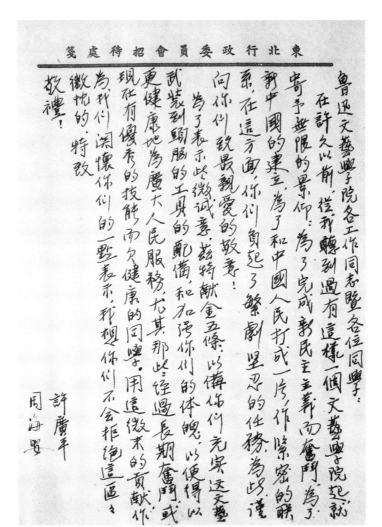

鲁迅文艺学院各工作同志暨各位同学：

在许久以前，从我听到过有这样一个文艺学院起就寄予无限的景仰。为了完成新民主主义而奋斗，为了新中国的建立，为了和中国人民打成一片，作紧密的联系，在这方面，你们负起了繁剧坚忍的任务，为此谨向你们致最亲爱的敬意！

为了表示此微诚意，兹特献金五条，以备你们充实这文艺武装到头脑的工具的配备，和加强你们的体魄，以便得以更健康地为广大人民服务。尤其那些经过长期奋斗，或现在有优秀的技能而欠健康的同学，用这微末的贡献，作为我们关怀你们的一点表示，我想你们不会拒绝这区区微忱的。特致

敬礼！

许广平　周海婴

以备你们充实这文艺武装到头脑的工具的配备和加强你们的体魄，以便得以更健康地为广大人民服务。尤其那些经过长期奋斗，或现在有优秀的技能而欠健康的同学，用这微末的贡献，作为我们关怀你们的一点表示，我想你们不会拒绝这区区微忱的。特致

敬礼！

许广平　周海婴

266

信念毕，把捐款奉出，简单的仪式随即结束，大家到院子里，和学院领导并全体同学们拍照留念。所幸的是他们至今还保存着此照的底片。一九九七年，我应邀参加该学院的鲁迅塑像揭幕式，院领导特意放大一张，赠我留念。当我捧着这张照片，回想起半个世纪前的这一段往事，仍禁不住身上一阵阵的寒栗。

到北平

我们住的沈阳铁路宾馆，隔几天就有一次当地首长出面举行的"接风"宴，欢迎又一批民主人士抵达。他们之中有蔡廷锴、李济深、王昆仑、章伯钧、章乃器、朱学范、彭泽民、谭平山、邓初民、孙起孟、阎宝航、吴茂荪、洪深、朱明生等知名人士。还有一位仅比我年长一岁的王金陵，是王昆仑的女儿。有关方面介绍说，他们有从哈尔滨过来，也有绕远道从苏联和法国过来的，各有不同的途径，但大家都只顾听，至于路上的过程细节谁也不打听。因为这些"通道"也许仍有使用价值，万一不慎透露出去，将对"通道"环节的人员不利。

冯玉祥将军的夫人李德全到达后，向大家详细叙述了冯将军死难的经过，使众人听了很感悲痛和疑惑。她本人对这件灾祸虽有疑问，为怕影响中苏关系，只得忍着丧夫之痛，也没有明确地提出详细调查的要求。所以大家听了也都不便表示什么。

我至今记得的是，冯夫人当时回忆说，冯将军是应邀回国来参加新政协大会的，他们夫妇带两个女儿和儿子、女婿，还有秘书赖亚力，一起从美国搭乘苏联客轮"胜利号"借道埃及去苏联。

客轮先到高加索的港口城市巴统，放下一千五百名欧洲归国的苏侨（白俄），然后横渡黑海，开往奥德萨（据他的长女冯弗伐说，此船是德国军用船改装的，并非正规的商用客轮）。船上的文娱生活很丰富，每天除了有音乐会和交谊舞会，还放映电影，因此电影胶片积聚有成百卷之多。抵埠前的一天，即是八月二十二日，放映员在回倒电影胶卷过程中，不慎拷贝起火，并很快从放映室蔓延到客房。由于风大火势凶猛，浓烟冲腾而起，正与两个女儿在舱内谈话的冯将军立即带着夫人、女儿向出口处冲去，不料离房间最近的那扇门竟被从外面锁死，怎么呼唤也无法打开，为寻找出口，小女儿冯晓达冲向走廊的另一端，竟被烈火所吞噬。他们三人被困在胶片燃烧的化学气体充溢的走廊里，直到儿子洪达和四女婿、赖亚力先生几人把他们一一抢救到了甲板，冯将军心脏已经停止跳动。在冯夫人叙述的全过程中，她没有提到曾有苏联船员前来救援，只说下到救生艇是由船员带领的。

冯玉祥另一女儿当时受了轻伤。赖亚力的脸部被烧伤，在苏联的医院住院治疗。直到过了三个多月之后，我们还看得出他脸上皮肤的颜色明显有异。这件不应发生的灾难屈指算来已经超过半个世纪，且已时势大变，应当也可以解密，说个分晓了吧？我所能提供的情况是，在全国政协一起开会期间，冯弗伐曾向前国民党军统头目沈醉提出过她对父亲遇难的疑问。沈醉的答复甚可回味。他说："蒋介石对于冯玉祥在美国演讲反对援蒋反对内战是恨之入骨的，可惜他的手没有那么长。"我想，这也可算作解密的一部分吧。

住在宾馆里这许多知名人士，经常聚在一起讨论党中央提出的由李富春同志传达的为准备召开新政协的征询意见。平时则在

（左）蔡廷锴在沈阳铁路宾馆；（右）孙起孟参观小丰满发电厂内景

各自的房间里看书读报，或相互串门聊天，或到文娱室玩扑克，如桥牌、百分、拱猪等。喜欢桥牌的往往是这几位：朱学范、沙千里、章乃器、赖亚力，他们的年纪都在三四十岁左右。有时李济深将军也去参加，大家都自觉对老者"放水"，情让一步，使他高兴高兴。我有时不识相，仗着自己年纪最轻，记忆力强，出过的牌都记得，偶尔不客气咬住不放，让李老多"下"，做不成局。他的秘书林一心在旁观战，也许心中有点着急吧，可是在这种游戏场合，亦不便表示什么。

按照上面的意思，这一大批民主人士，原打算请他们到哈尔滨住上一阵，待平津解放，大军渡江后再图南下。可是形势发展很快，只不过两个月时间，解放战争已势如破竹，四平一战，又解放了长春，平津已是指日可得，也许开春便可以去北平，不需要转到哈尔滨再去等候了。因此，把北上的计划改为到吉林、长春、抚顺、鞍山、小丰满、哈尔滨这些地方去参观学习。对这次活动，

一九四九年春季的北京饭店（先称"老楼"）。左起周蕖、王蕴如、周建人、马佩（马叙伦幼女）、许广平

我本来有过一些简单的记录。但"文革"开始后，这些笔记都被我付之一炬。我至今记忆犹深的是住在哈尔滨马迪尔饭店时，父亲的青年朋友萧军来探望。他带来一沓自己编的《文化报》和合订本给母亲看。就在那年（一九四八年）秋，他为"文化报事件"受到了公开的批判。他创办的鲁迅文化出版社也被停业交公。这些事，母亲抵达东北时已略有所闻，因当时讲述者回避闪烁，语焉不详，这事究竟如何，她并不清楚。萧军造访的目的，看得出是要向母亲一吐胸中的块垒，谈谈整个事件的原委。但我们刚到解放区，这事件又实在太复杂，一时半刻难以弄清。再说停办《文化报》是东北局文化方面领导的决定，萧军的党员朋友为此也纷纷与他"划清界线"，母亲自然也很难表示什么。也许萧军对她的回应不满意，也就告辞而去。其实母亲在听到这事件之后，也曾

百感交集。奈何她爱莫能助，什么事也做不了，况且自身在"版税"问题上又正被误解，各种风言风语如影随形，久久挥之不去，使她百口莫辩，哪里还管得了别人的事？

哈尔滨等地的参观学习完毕，转回沈阳的原住地。交际处告诉大家，为了准备到北平，可以定做简易的木箱，数量多少不论，每人按需提出。我们这一批人除了零用钱买

茅盾夫妇在吉林省小丰满水电站

的杂七杂八之外，行李确实增加不少。公家发的有每人定做的皮大衣一件，日本士兵穿的厚绒线衣裤一套，俄国式的长绒羊毛毡一条，美国军用睡袋一只。仅仅这些物品就足够塞满一只大木箱。以至后来一只只大木箱在走廊里排列成行，蔚为壮观。

一九四九年二月一日，即北平宣布和平解放的第二天，五十六位民主人士共同签署的庆祝解放战争伟大胜利的贺电发表。一个多月前开始的，由赖亚力授课、李德全担任助手的俄语入门学习班（将近有十个学生），因大家忙于准备起程，也宣布结业。

二月二十五日，民主人士乘的专列抵达北平。列车将要抵达前门车站时，只见铁路两旁的屋顶，每隔十米都有持枪战士守卫，可见安全保卫工作之严密。进站后，大家被直接送到北京饭店，

郭沫若在哈尔滨市的欢迎大会上演讲。——庆祝平津解放胜利大会

也就是现在夹在新造的北京饭店中间的老楼。母亲和我被安排住在三楼，几天后，叔叔周建人全家也到了北平，与我们住在一起。他们是从上海乘船到天津，先在西柏坡的李家庄停留，等待北平解放。还有许多老朋友如柳亚子、马寅初、王任叔、胡愈之、郑振铎、萨空了、沈体兰、张志让、艾寒松、徐迈进等等，也都在北京饭店晤面，开饭时济济一堂，十分热闹。王任叔带了他已当了解放军炮兵的长子王克宁来看望我们。我们两家在上海本来住得挺近，母亲遭难时我又在他家住过，因此相见倍感亲切，在一起合影留念。可惜的是，才过了半年，王克宁就病逝了。

据统计，从一九四八年八月到第二年的八月，整整一个年头里，秘密经过香港北上的民主人士，约有三百五十人，其中一百一十九人参加了第一届全国政协会议。母亲被选为全国妇联筹委会常委，三月二十四日代表国统区任正团长，参加第一届全国妇联代表大会，任主席团成员。后被选为妇联执行委员。到九月又参加了政协会议，任政协委员。十月又被任命为政务院副秘书长。从此定居北京。我呢，只在北京饭店住了几天，就到河北正定去，进了当时为革命青年开办的华北大学，编入政训第三十一班，参加为期三个月的学习。我全新的生活就这样开始了。

最后需要交代的是，出发前母亲一直担心我耐不住北方的严寒，为此一路上总是忧心忡忡。没想到船一进入东北地区，那长久折磨我的胸闷气急突然变得松快了。原来这里的干燥气候，使我过敏的根源一扫而光，以致我的哮喘病终于获得"解放"——消失了。

父亲遗物的处置

我们在北京住下后，关于上海霞飞坊六十四号住处如何退租，我知之不详，我只晓得已经在政务院任副秘书长的母亲，得到周恩来总理批准给假，匆匆赶到上海处理了两件事。一件是结束鲁迅全集出版社的业务；另一件是把父亲遗物点交给各纪念馆。

母亲把遗物分为三份：上海、北京、绍兴。绍兴老家父亲用过的遗物上海没有。从绍兴带到北平的也极少。那时迁往外地，尤其是携家带口的，往往以带必要的衣着为主。而父亲以书籍为重点，专门请了木匠，按他的设计做出既便于搬运、又便于置放的书箱。这些都在北京的故居展出。至于周作人拿掉过什么，或者当时兄弟间没有界限，"你的就是我的，我的就是你的"，这笔账算不清。因此，绍兴鲁迅故居纪念馆里，母亲捐献的不多，只好照回忆录和亲友的讲述，去制作复制品，如展出的玩具刀、枪、"老鼠成亲"画片等。另有一册搬家的账本是建人叔叔当时所记，这

同三叔周建人全家。一九五〇年八月北京东总布胡同弘通观——出版总署宿舍。前排左 1 周瑾、中坐为作者、右 1 周蘖，中排右侧周晔、后排左 1 王蕴如、中立者为周建人、后排右侧许广平

次按图索物，也讨了些物件回来。也许曾给点补偿，可能相当微薄，不过以当时的情势，谁都不敢有异言的吧。因此展出的文物，绍兴最"穷"，事实如此，只好遗憾了。但参观的人，却远远超过京沪两地。因为绍兴是鲁迅故乡，有"三味书屋""百草园""老台门"，又是人文旅游热点，它得天独厚，远近中外闻名。加之商家操作，利用鲁迅小说的名称、人物，卖得极火，无形资产难以估算。至于今后还会不会再升值，那要看商家怎么做。

曾有好奇的朋友向我打听那些靠鲁迅发财的商家有没有向你"意思意思"，意即是否给过些经济上的回报，在此郑重报告大家：没有一家有这个表示，我也不打算要。如果某个用了鲁迅小说中的人物名称的企业、店铺，钞票赚得盆满罐溢，想做些功德，我倒曾表示过，请他为鲁迅研究帮助些资金吧。当然，这必须有完全可靠的司库，账目公开，真正地用之于"民"。

北京的鲁迅博物馆，应当说是真正的父亲故居。它是父亲被周作人从八道湾赶出来后，独立购置的。保存的文物，除用具、书籍以外，仅有少量古物、钱币、碑帖等（移居上海后，父亲再未收藏过这方面的文物），它并不完整。因为朱安去世时，曾被周作人的家属拿走过一些，至今仍不知究竟少了哪些，这也是永远"研究"不清的题目。至于住上海"后十年"与父亲有关的物品，母亲尽量"点滴不漏"地交给了鲁迅纪念馆。不容讳言，有些日用品物在霞飞坊曾经使用过。虽然母亲在思想上要尽力完整无损地保存它们，打算将来办个纪念馆以永久纪念父亲，但眼前的生活现实又往往使她不得不万般无奈地改变初衷。比如有一件厚绒线衫，原是母亲为父亲打算到苏联养病而专门编织的，应当是值得保存的纪念品。但当时我已经开始长高，又无力添置新衣，母亲只得忍痛把它拆了，编织成我身上的冬衣。出于同样的经济原因，有些日常用品比如碗盆锅瓢之类，也不得不使用过。但我深知母亲内心是痛苦的，每当看到她为此而忧伤不忍时，连我幼小的心灵都受到了震撼。记得我十四五岁时，夏季酷热，我没有薄裤子穿，母亲犹豫了很久，翻出两条"香云纱"材料的中式长裤，带着深沉的怀念，告诉我："这是你爸爸穿过的。"说到这里，我们母子相对久久默然不语。这两条裤子，在我十九岁离开霞飞坊时还在箱子里，后来有没有丢失，不得而知。还有，父亲离开日本回国时，有一位邻居老武士，曾经赠给他两把匕首。电视剧《鲁迅与许广平》里有一场景，表演母亲从北京西三条住房的枕头边，抽出了一把短刀。实际上这位日本武士送的是木壳套的短匕首。母亲告诉过我，这匕首，无漆，本色，木制刀壳由两瓣合成，用纸带蘸糯糊粘成一体，紧急防身时抽刀即刺，不必抽拔以省分

（左）北京鲁迅故居南屋会客室；（右）北京鲁迅故居北屋祖母卧室

秒时间，刺中对方时，木壳自动分裂脱离，刀口即现。这两把匕首已不知去向。我曾问建人叔叔有没有得到过，他说没有。查了北京鲁迅博物馆内藏品，也都没有经手。有几位日本朋友承询此物，只能据实奉告了。

还有一件东西比较特别，它是一只装中药"双料——白凰丸"的铁皮匣子，母亲曾用来放钥匙的，才一直带到北京。它是"种德园"老药铺生产的，地址"上海河南路老巡捕房对门"。曾有人著文，批评鲁迅反对中药，更不信中医。实际似乎并不如此。根据就是这个匣子。母亲当时因过度劳累，白带颇多，西医让用冲洗方法，没有见效。她遂买"乌鸡白凤丸"服下了见效很快，连西医也感到吃惊。这种中药丸，后来父母亲还专门介绍给萧红服用，因她也是体弱劳累，生活不安定，以致患了妇科病，结果也治愈了。

我的学习经历

很不幸，自从我幼时得了哮喘，各种疾病随之而来，并且一直折磨着我，使我此后长期不能接受正常的教育。因此关于我的学习生活，实在没有什么值得写的。但是因为有人对鲁迅的后代是弱智还是天才感兴趣，我只得不怕丢人现眼，报一报这方面的流水账了。加之过去有"许广平溺爱儿子"的议论，我想也有必要把真相说一下，以供识者研究。

小学和中学

六十年前我进幼稚园的事，前面已经交代过。这里只说园方对我智、学、品的评价。

我现在还保存着成绩单，可以说只具有普通智力，没有获得上代的遗传因子：

智力方面：理解　甲，想象　甲，观察　甲，审美　乙，记忆　超，

学习方面：音乐　甲，故事　乙，常识　甲，游戏　乙，工作　乙，

品性方面：习惯　甲，礼貌　超，态度　超，感情　甲，体格　乙。

上海市私立海光小學

成績報告單

二十五年度 下 學期

一 年級學生 周海嬰

校址：法租界亞爾培路五五二號

附　告

九、本校定於八月廿二日開學，該生須於八月廿日來本校註冊，並繳納學雜費國幣注十三元0角。

八、該生科不及格須於　月　日來校補考及格後始得升級。

七、每學月測驗後，請貴家長檢閱或績並請蓋章。

六、本學期於六月廿日結束，下學期該生應在一二年級。

五、學生身體缺點，請隨時注意醫治。

四、記載學業成績分「超」「優」「中」「可」「劣」五等，劣等不及格。

三、我們發現許多小朋友學業進步太慢切望貴家長每日按時督促。

二、清潔是健康要素，請時時注意小朋友四面身體的清潔，每天小刷友到校時，要帶一塊手帕。

一、請貴家長不要輕易讓小朋友缺課。

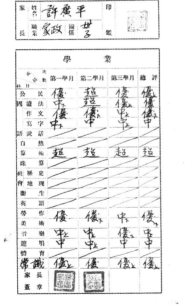

家長	姓名	許廣平	印鑑	
	職業	家政	關係	母

學業

科目＼學月	第一學月	第二學月	第三學月	總評
公民	優中	超	優中	優中
國語 讀法	優中	超	優中	優中
作文 寫字				
說話				
算術 心算	超	超	超	超
珠算				
社會 歷史 地理				
衛生				
英語				
勞作 美工	優中	優中	中	優中
音樂				
遊藝 體育	優中	優中	優中	優中
常識	優中	優中	優中	優中
家長蓋章				

履學歷生身體	姓名	周海嬰	年齡	八	性別	男
	籍貫	浙江	入校年月	二十五年秋		
	住址	霞飛路霞飛坊64號				

符號說明
(✓)健全無缺點
(十)不能和不必矯治之缺點
(十十)可以從緩矯治之缺點
(十十十)應立即矯治之缺點

行為

學月＼項目	第一學月	第二學月	第三學月	總評	優點
愛國愛羣	0	0	0	0	
勇敢果斷	0	0	0	0	
整齊清潔	0	0	0	0	
快樂活潑	0	0	0	0	
遵守紀律	0	0	0	0	
誠實不欺	0	0	0	0	
勤勉好學	0	0	0	0	
工作耐勞	0	0	0	0	

符號說明（○）通過（×）未通過（？）有懷疑

校長	教務主任	級任

周海嬰民國廿五年（一九三六年）的學習成績單

278

评分标准是：超 九十分以上；甲 八十分以上；乙 七十分以上；丙 六十分以上；丁 六十分以下。

第二张成绩报告单是民国廿五年（一九三六年）七月，也就是父亲去世前三个月。和上半年比较，观察从甲降了一级。体格由乙下落到不健，可见因病而缺课的日子很多。由于是毕业班，有二项新列：喜欢做的工作——剪贴，不喜欢做的工作——折纸。结论是：成绩可准升入（小学）一年级。

小学一年级是八月二十日开学，成绩单只到十月三日止。父亲去世前的半个月没去上课，请了病假。单上载有"缺课四天"，大概正是哮喘病发作，假条有缺漏吧。父亲去世后的第二个月，我们就从虹口搬到法租界霞飞坊，学业也转到亚尔培路五五二号的上海市私立海光小学。这学期上课一百一十五天，病假十七天，迟到三次。照理春天我的哮喘应该比秋天稍轻，这次病假是因脚面破溃，感染破伤风所致。

我那时八岁，学校入学体检，查出有肥肿的扁桃腺、严重的沙眼需立即治疗。还有龋齿，需要填补。我的身高是四英尺，等于一米二二。学校一个学期有三次考试，我的成绩尚称均衡，也有成绩单为证。学业：公民 优上，国语：读法 优，作文 优下，写字 中下，算术 超，劳作 优下，音乐 中上，游唱 中，常识 优上，行为评估方面，共有八项，这八项是：爱国爱群，勇敢果断，整齐清洁，快乐活泼，遵守纪律，诚实不欺，勤勉好学，工作耐劳。这八项都通过了。

关于这份成绩单，有三点可以讲一下。一是从这张成绩单以后，直到五年级下学年，没有一次读到学期结束，故没有大考的成绩单。就是因为哮喘发作，不能坚持上课，缺课缺考，母亲只好请家庭教师为我授业。由此引来不少微词，说这是母亲对我的溺爱。这些我在下面再说。第二是想说，凡是在一二年级成绩优良的课程，对我以后所学专业与爱好很有影响。例如劳作得优下，我成年后在修理方面比较擅长，一辈子喜欢修修补补。而在弱项方面，如唱歌、舞蹈，于我如同笨鸭。说出来也许你会不信，我跳交际舞简直是个木头，以致终身不能"下海"；唱歌也五音不全。我写的一笔字，稚拙无比。虽然在我十几岁的时候，李平心先生曾热心介绍我去一个寺庙，那里有一位挂单和尚，书、画都有名气，法名若瓢。若瓢让我写几个字，观察之后，判断我适合学柳公权的字帖。是不是因为我的体形瘦削，宜于柳体，反正我也不敢询问究竟。每次我骑车二十分钟到那个寺庙，他让我先磨墨活动手腕，然后选定某页临两张。他自去"腾云驾雾"——吸鸦片，待我临毕，授课也就结束。也许他早已断定我是个"不可教也"的孺子，碍于情面才勉强收留我的吧。所以，直至今日，不成器的我才敢透露曾有这样一位大名鼎鼎的书法老师。但他赠我的一幅墨竹扇面至今还珍藏着。

这里详细说一说我何以不能坚持上学，而母亲只得为我请家教的苦衷。

以今天的判断，我幼时患的过敏性哮喘是比较严重的。从三岁始，每年要发作，到二十岁，已发展成肺气肿。医生形象地向我解释，说我的肺已经像打气打过了头的气球，一旦放气，就会变成个瘪气囊。因此我大学的体育课归在活动量轻的病号班。对这种病，现在各种口服脱敏药物很多，可谓患者幸福。而那时只有麻黄素，用量少压不住，剂量稍大又有副作用：全身虚汗、心悸、脱水等等。要等到黎明时刻，才能从坐姿斜斜靠下，进入梦乡。

而此时已近早晨五点，身体软绵绵的，去不了学校。这样上午的课程，只能作罢。母亲的朋友不知道详情，只看见我常常请假缺课，好意地劝解说，许大姊太宝贝太娇惯孩子吧。如何如何……但母亲见我如此痛苦，也只能无可奈何，听凭别人指戳了。

前几年有几位客观的医生判断说，像我这样的人能够存活下来，已属极不容易了。因此我这条小命，若没有当年母亲的精心照料和忍讥负谤，早就夭折，这可真应了鲁迅敌人"断子绝孙"的咒语。别的不说，单讲九岁左右那年，我病得走也走不动，人无力得像一堆一息尚存的躯壳。母亲雇了辆三轮车带我去求医，医生得知我是颠簸而来，紧张地说："这孩子得的是伤寒症，肠子极薄要断的，怎么可以乘三轮车来！你铜钱呒没，我免费出诊。好好困落屋里，勿要下床！勿要出来！"这位好心的医生，来过我家多次，直到我康复。我记得极清楚的是，将近痊愈时，舌苔厚得像上面长有一层壳，忽然有一天它像虾蟹蜕壳般地脱了下来，胃口就此大开，味觉敏锐，食物的清鲜都尝得出了，同时连走路也轻松灵活起来。自然，这段时间我是根本去不了学校的。

等到下一学期小学开学，我高高兴兴地收拾书包去入学，从班上的老师手里领来了新的课本，母亲帮我整齐地包了书皮。不料开学不多日，正好秋凉刮西北风，北方的寒流入侵，我的哮喘病又发作了，只得再度休学。

母亲为我的病，真是煞费苦心，四方求医。我至今还记得有一位西医，当时在上海负有盛名的小儿科大夫高镜朗。高大夫的门诊很忙，诊治速度也快，看病时不论孩子怎么哭闹，他都能哄得安安静静，听凭他这样那样的检查。他还有一种特殊本事，就是一面检查这个孩子，同时又替上一个病孩开药方，他口述，由助手记录，一个上午竟可以看一百个号。这当中还经常有"拔号"，即提前看，还有加号的。这样，他每天要看到下午二点才歇手。匆匆吃过午饭，又赶紧去出诊了。遇到经济困难的病孩，还免费给药。他开的方子，外面药房里配不着，亦看不懂药名，必须是在他的配药间里才配得到。高大夫如在处方上画个符号，取药就免费。也许介绍的朋友透露了我们的窘况，他也为我们免了药费。这样一来，母亲就不好意思常常再去找他看病了。

至于为了治病，我从小吃的苦头，真是"罄竹难书"。这里且再举两例。先说其中一位中医，也是朋友介绍的，需要中午去，因为他有抽大烟的嗜好，起床很晚。他开的药方很怪，记得蛤蚧只用尾巴入药，每用必须雌雄成对，还要陈年的化橘红，也很难配到。不仅药难配，他还有多种忌口：醋、酒、葱、蒜、鱼虾螃蟹海腥，尤其是螃蟹最"神"，碰也碰不得，似乎一入口即会遭到"杀身大祸"。后来我偷偷试着吃了，发现与哮喘毫不相干。当时隔壁的一个女孩也因发哮喘不让吃，当她得知我"试吃"的结果，在家里向父母宣讲了，也获准"试吃"，结果也冲破了"禁区"。为此她对我又感恩又崇拜。如今她也快七十岁了，她是我妻妹，现定居马来西亚。这倒还其次，最让我受不了的，还是到一家外籍（似乎是法国人）私人医生开的诊室去看病。这位四十左右的女医生给我配了一种针剂，叫"奥斯特灵——钙"。每逢注射，我总是胆战心惊。她打针的手法十分特别，先以针尖垂直揿进我的小屁股蛋，再接上针筒揿打药水。幸亏我的神经还不是那么脆弱，否则受这可怕的一击定会当场尖叫起来。因此每次打针，总是在妈妈好言好语哄劝之下才去的。打了几次之后，我的屁股红肿胀鼓，里面跳疼，仿佛正在释放地震的能量，摸着烫烫的。但她看了竟说：

"不要紧！熟了开刀就行。免费开刀……"几天后，我享受了她的免费手术，只见一刀下去，脓液喷涌而出，顷刻间腰形盆里就堆满了沾有脓血的纱布。好在我当时还是个孩子，伤口痊愈得很快，当她过后仍要按老方法在我刚刚长出粉红色新肉上打针时，我再也不能忍受了，无论母亲怎样哄劝，我也不肯踏进这位洋"医生"的门。

就是于这万般无奈之中，为了调治我的病体，又不致影响学业，母亲才请了家庭教师。这是一位二十来岁的大姐姐，叫颜逸清。她每天下午来我家，除了照学校规定的进度讲课外，还要我天天练大字和小楷。她让我学习的是颜体，比较端庄平稳，便于打基础。此外，她还买来厚厚的算术练习本，上面印好许多加减乘除式子，循序渐进每天做一二页。授业基本上到四点半结束。

她后来在回忆文章中说，除了为我授课外，还帮助母亲的《上海妇女》杂志工作过，如联络、送稿子、传递材料等等。《上海滩》有一篇《博物馆之友——朱立波》，文中说他曾拜访朱老，据朱立波回忆，如要找《上海妇女》这份进步刊物，颜逸清有可能保存，不妨一询。果然在颜家的墙壁夹缝里，藏着《上海妇女》和"孤岛"时期上海出版的毛泽东著作。

颜逸清老师高兴地献出了这批珍贵文物。老人家如今已年近九十，住在上海儿子家里，我偶尔去信问候。

我拿到的小学毕业证书是在光夏小学，与叔叔周建人的两个女儿同校。在那里开始读五年级上学期。它是光夏中学的附小，外面只挂中学牌子。学校在福煦路慕尔鸣路东北角（现茂名路口），离叔叔家四明村只有七八分钟路程。前文说过，因为母亲被日本宪兵抓去，我才临时住在叔叔家，改上这个学校的。我从这次入学一直读到小学毕业，一年半里，病假没超标，拿到了三个学年的成绩单。但整个小学期间我只有一头一尾的学历，因为从二年级到五年级上半年，都生病休学在家里，因此严格地说，我是不够小学毕业资格的。

光夏附小的五年级老师凑巧也姓周。她教我们国语课，对学生十分严厉，不顾刚刚讲过的这篇古文长短难易，下课时总是交代一句："明天统统背！"学生第二天背不出这篇古文的，也统统都打手心，打到末一个为止，以显她的毫不留情。有些吃硬的同学，抽打时如果没有痛楚的表现，老师便让他把手搁在台角，桌尖对着手背，使之两面遭受疼痛，达到"事半而功倍"的惩罚目的。记得有一个同学，肤色黧黑，个头不高，身体比较结实，每次排队挨打他总不例外。他挨打前把左手正反两面在粗布裤上用力擦红，这样处理后，手掌有麻木感，挨打时便会不太痛。他还把这个窍门推荐给别的同学。几次下来，终被老师发现，叫他换手挨打，也不顾右手挨打之后还能不能握笔。这个同学又想出办法，把两只手都擦红，让老师任选，颇有好汉的风度。老师看着这个同学，嘴巴一歪一拧，突然杀气腾腾用手拎住他的耳朵，凶狠地上下左右拉扯转拧，口中还念念有词，似乎两人在比试武功。如此的场面可把大家吓坏了。直到发现这只耳朵那么不经拉扯，竟有鲜血汩汩流出，老师这才住手，排列其后的同学也都被赦免了，我们这才屏气静息地离开了教室。

我回到家，把这段课堂"用刑"经过告诉了母亲。母亲知道我曾经有过一次忘了带唱歌本，结果凡是没带歌本的同学都挨了板子。这次老师打我的时候表情里带着我是稀客的嘲弄意味，下手一样的凶狠，使我至今还深刻地印在脑海里。这是我一辈子首次也是唯一的一次因课堂"错误"而挨板子。大概这事使母亲感到有必要采取某种行动，但当时她并没有说什么话，只简单地问了几句。到第二天上学前，她交给我一封信，贴了本埠邮票，让我投入邮筒。我看到收信人就是那位老师。隔了一天，这位老师坐在讲桌后面的椅子上，注视一会儿耳朵受伤的同学，又向全体同学扫视两圈，似乎要从孩子的表情里看出些什么。我看到她桌上有一封信，正是妈妈让我寄的。大概她想侦破这封信的案子吧。似乎无所觅得，于是转而询问各人家长的职业，谁是教师？听到我家长不是教育界的，便不往下追问。团团查问下来，终于什么也没得到。不过从此以后，可以感到这位老师的作风有所改进，教育学生的方法开始往"灵魂工程师"的目标靠近了。可见母亲这封信没有白写。事后，母亲告诉我，她是以一名教师的身份给这位老师写信的。可惜，我至今不知道母亲在信里写了些什么，竟一下子使这位暴戾的老师改变了——这自然是插曲一段。我继续讲自己的读书经历。

使我至今不能忘怀的，是一位给我补习初中课程的老师。他让我称呼他乐老师。本来他只管教我数学等课程，但他看到学校的英语课本内容枯燥，有一天就带来一册特别的课本让我学习。那是十六开本的英文书，里面没有一个中文字。书名叫：Curberson Bridge Self-teather 意即"克勃生桥牌自习书"。每次正课授完之后，再翻开这本书，为我讲解一段。他知道年轻人爱在课余打桥牌，并看到我也在和邻居小友玩。他认为从兴趣爱好的内容学外语，大脑活跃，易收事半功倍之效。果然，我的英语进步很快，可以跟上学校的进度了。这位乐老师，多年前在中科院担任领导职务，我曾经偶然见过他，现在也该退休了吧。请接受我诚挚的问候！

因为学过"克勃生"式的桥牌，后来也引来个小误会，挺有趣的，不妨一说。那是解放后在北京大学物理系入学不久的事。

那时读书并不如现在那么竞争激烈，做完作业之后，还有些文娱活动的余暇。我们都是住校的。某日下午在宿舍里，有几个同学正在打桥牌，边上还站有旁观的，他们正在争论一副牌的叫牌规则。这时我恰巧经过，停步在一旁听了他们的争议，忍不住插嘴，按桥牌的规则解释了几句。说完便离开了。不料从此在同学中间传播一条"新闻"，风言风语说："周某某这个人（那时已恢复原名），整天打桥牌，不好好读书……"后来竟传到学校青年团领导那里，连石幼姗书记也知道了，为此专门找我去谈话，劝导我一番。意思是作为一个班干部（我是共青团员），又是某某的儿子，要顾及影响，不该沉湎于打桥牌等等。从此之后，吓得我对学校和班上的任何文娱活动，一概不敢再涉足了。

无线电爱好者

前文说过，我从小喜欢拆拆装装，以致当年大陆新村家里的那台留声机被我拆了装，装了拆，不知肢解过多少回。这爱好发展到后来，便是我开始热衷于无线电技术。这当然是搬到霞飞坊以后的事。

摸索无线电始于摆弄矿石机。以今天眼光看来，这矿石机是多么原始和简陋，但在当时可还是新鲜玩意。矿石机的检波矿石，是从中药店铺里买来的中药矿石"自然铜"，把它用小锤子轻轻敲打成碎粒，挑选出结晶闪亮的小块，如绿豆大小，夹在电木小管子里，一端固定，另一端用细钢丝接触，耐心选择"灵敏"点，等耳机里可听到广播电台的悦耳音乐或戏曲，这时的心情真比今天有了辆私家车还要高兴！不光是我，凡是我遇到过的七十岁以上的无线电爱好者，讲到自己亲手装配的第一台矿石收音机，都说与我有相同的感受。后来随着兴趣和技术增进，我对此不满足了，开始进一步向真空管收音机发展，只是价格相当昂贵，但它抵不过我对无线电的兴致，最终咬咬牙取出私囊的积蓄将它买到手。

那时教我学无线电的是邻居黄幼雄和周健生两位先生。前者是一位科普作家，后者当时在交通大学机电系读书，比我才年长五六岁。两人中周健生对我帮助最多，有什么无线电方面的疑问，他都给我耐心讲解，偶尔还赠我稀缺的零件。可惜他后来被日本鬼子抓去，受了酷刑，直到胜利前一年才出狱。但那时他的身体已经垮了，吐血不止，不久死在松江乡下。

一九四五年，我又因气喘病发辍学，这时虽然抗战已达七年多，胜利曙光就在眼前，但孤岛的生活环境也愈加紧迫。这一年我已十六岁，马上要迈入成年的门槛了。母亲便和我商议：虽然我不能正常上学读书，但老是在家里闲着无所事事，也不是办法，不如趁机去学习些什么为好。上海的短期学校有好几类，还是寻个夜校去读，比如簿记、会计之类，这样好歹也能有个一技之长，将来可以找个吃饭的去处。但我去试听后觉得与我的兴趣大不相合。还有一种是无线电技校，分电讯班和工程班，有三极无线电学校、中华无线电工专、南洋无线电工专等等，晚上也可上课，并不影响我白天复习中学的课程。这倒是我的爱好所在。至于学费的筹措，我曾在二年前利用压岁钱等私蓄买了架照相机，可以把它卖掉。母亲想想也同意了。

这夜校晚间七点上课，授课老师有潘人庸、姚肇亭等，都是当时的专家。他们利用职业外的时间兼课，师资水平很高。我读的这个工程班有实验课，这是大家最感兴趣的。上课时，每人发一堆零散的无线电零件，一块焊接用的底座，根据教学进度，由浅入深装配成收音机、发讯机。从电路板上听到自己装配的一串零件竟然放出了声音，那份高兴真是无可名状。要知道这是四十年代，无线电还是相当神秘的特殊机器呢，所以这个短训班我一直坚持到结业。

除了无线电，我还曾热衷于做化学实验。在我的整个初中时期，我家三楼扶梯的转角，靠近露天的晒台，有个小柜和一只横面敞开的木箱，中央做一隔板，算是器皿柜，那就是我的小小化学试验角。我依照隔壁六十三号顾均正先生的《少年化学实验手册》，配套的《少年化学实验库》的药品和简单的化学器皿，按部就班地做着自己的实验。实验离不开水，而三楼晒台正有一只自来水龙头，用起来甚为方便。但我这化学实验仅断断续续做了二年多，因为我的兴趣主要仍在无线电方面。

上海沦陷前，因经济虚假繁荣，私营电台大量增加，度盘上密集排满了电台。所播节目如评弹、京剧、地方戏曲、滑稽、歌曲等等，听众很多。到日寇进入租界，这些私营电台立即遭封，整个上海只剩几家敌伪电台和法国苏联两家电台还在播出。居民家中凡有收音机的，都需去登记备案。登记的范围后来甚至包括仅能收听到几公里电波的简易式矿石机，可见其监控之严厉。

抗战胜利了，电讯方面开禁，市民端出藏在角落里的收音机，光明正大地收听新恢复的当地的广播电台，连短波也可以自由收听了。

这时，无线电爱好者们也仿佛突然苏醒了似的，个人业余无线电台如雨后春笋般纷纷开设。我这个无线电爱好者自然也蠢蠢欲动起来,要自己搞个电台。又一时不知道该向谁申报设台的手续。后经许毓嘉先生的指点,向上海的业余无线电协会提了申请。之后,经考试合格(在朱松龄先生的主考下)取得了C1CYC电台呼号的执照。这样,我便进而开始了业余无线电台的活动。为了提高发射效果,我买了两支长毛竹,从自己的屋顶向北边邻居的屋顶架起一根天线,它横跨东西向弄堂,支在二十八号朋友的房顶上。这支天线称为"齐伯林式",中心下降两条并行的馈线,每隔一段有小竹棍支着,远看像杂技高空飞人的梯子,十分刺眼。谁知这一来引起国民党当局的注意。有一天来了两个歪帽斜眼的人,也不亮出身份,直冲我的亭子间,盯着机器盘问,气势汹汹。我不敢开罪于这类人物,指着墙上的电台执照解释,直到他们悻悻而去。过了几天,又换了另外的人来查,走的时候,也并不交代什么。我当时正年轻气盛,心想这是合法行为,何可畏惧?仍然我行我素。但过了不几天,一位也搞业余无线电的长辈周其信先生前来,告诫我说:"你还在弄无线电呀!"随后我母亲也接到地下党通知:赶紧拆掉机器,停止活动。我只得将它拆了,把接收机送到朋友王忠毅的家里托管,他父亲是开业医师,全家信奉基督教,不至于受到国民党的注意。其余的机器,都拆卸化整为零,存放到别的朋友家里。但事情并未就此结束。到秋天将临,地下党得知我仍旧被注意,需要离开上海为妥。恰巧许涤新夫妇要赴港工作,便让我跟随同去。许先生恰与我母亲同姓,这样便认了许涤新夫妇做舅父舅妈,就更便于照应了。

　　一九四六年十一月初,我随许涤新夫妇乘船出发。到达香港后,先临时住在跑马地半山的培侨中学里,几天后舅父舅妈迁往离校不远的景光街二十八号楼下,把我留在校内念高中一年级。这个学校校长是叶廷英，有许多地下党员在那里当校务和教师，是一所思想进步学校，所以有些文化人士放心地把自己的孩子送来入学，如夏衍的女儿沈宁，廖承志的外甥女李湄，李公朴的儿媳张国男等。香港的私家学校英文比较深，我跟班有点费力，其他如国文就不如内地艰深。学生没有走读的，一律住读。每餐包伙，菜肴一律。男生饭量大的，可以添蒸自备香肠一支，开饭的时候领取。但是一到开饭，炊事员在忙乱中分发，谁也吃不到自己购买的那一份，那些富家子弟便明显吃亏，他们的鹅肝肠、瘦肉肠，眼睁睁地看着被别人嚼食，也无可奈何。校园外沿是公路，可以看到一个足球场，节假日常有球赛，我们居高临下观战，看过多场重要比赛，如名将铁腿戴麟经、门将贾佑全上场与洋人队鏖战，看得同学们个个倾倒陶醉，凡我方进球，无不欢呼雀跃。那时的比赛可观性似乎较强，裁判也公正。

许涤新夫妇住的地段靠近山林道，环境较幽静，我假日经常去他们那里。房子很狭小，总共不足三十平方米，仅有一个小客厅和一间卧室。生活用品很缺乏，我似乎还送过一只热水瓶。虽然许舅舅是我党在香港财经方面的负责人，手里进出大笔党的经费，但他们自己的生活费极为菲薄（按那时的规定，"港工委"属下的干部，每人每月伙食费仅有四十港元，零用钱十元，房租公家付——录自许涤新《风狂霜峭录》）。他们的大孩子"小火车"患了脊椎结核症，相当严重，但缺钱治疗，拖延了半年，最后还是靠了几位朋友凑的四百元钱，得以勉强送医院做手术。可惜由于术后营养失调，骨瘦如柴，以致背椎畸形，造成终生佝偻。但他虽残疾却有着极顽强的生命力，从小学一直读到科技大学。他们一家这种共产党人的艰苦朴素、严于律己的道德风范实在值得后人学习。

一九四六年香港浅水湾萧红墓葬地前，前右1李湄，后右2作者

在香港期间，我曾与几个培侨同学，到浅水湾萧红的墓地凭吊。墓地近海滩，立着一块小小低矮的木板碑，上面写着：萧红之墓。对于这位热情的天才的阿姨，当时我虽然年少，她来我家时的音容笑貌仍记忆犹新，伫立她的墓前不禁怆然生悲，随即拍摄几张照片留念，至今还保存着。

在培侨读书虽然很好，但等到第二年开春，香港空气的湿度对我的气喘病却不适合，难以在那里坚持读书了。再说离开上海已经半年多，我头上的"小辫子"也该剪脱了吧；又看到形势尚称平稳，便于一九四七年春离开培侨学校，搭乘美国商船"美琪将军号"回到上海母亲的身边。这是我又一次因病被迫辍学。

关于我的无线电爱好，还有一段插曲值得一说。那是抗战胜利后，母亲参与并负责《上海妇女》杂志的编辑工作，认识了姜平、朱立波、朱文央等多位妇女界活跃人士。其中朱文央的丈夫蔡叔厚，大家称他老蔡。他在福煦路四百一十七号（现延安中路三百七十九号）开了一家名为中国电工企业公司的中小型电器修理店。店铺有两三个门面宽，工场分楼上楼下，下层专门修理电器马达之类，工人和学徒大概有十多个，还有几台车、铣、钻、刨小型机械。母亲还是出于那样的考虑：既然我那么喜欢搞无线电，又不能坚持上课读书，不如去当学徒学修电器，学到本领又能挣钱。她向朱文央讲了这个愿望，朱回复说老蔡答应了，过几天就让我去。可是后来又告诉我不能去了，也未解释理由。我虽不满意，也只得忍下。直到近几年，才从一篇文章中得知，老蔡开的这家公司原来是新四军依靠的一个电器材料和无线电零件采购点。我若进去，必然引起国民党当局注意，它的安全将会受牵连。所以估计这事是被老蔡的上级刘少文、潘汉年同志劝阻的。要不然，我此后的生活道路，也许是另一种样子了。

华北大学

我重新参加学习，是来到了解放了的北平后，进入华北大学，时间在一九四九年初。

当时华北大学和另一所革命大学都在敞开大门吸收青年入学。我们这批学员每班约五十人，分成几个小组。设班主任二人，男女各一，因为入学的女生占了三分之一，便于工作和交心。班里的小组，每组十几个人，由学员选出大组长和小组长。学员年龄大都二十岁上下，但其中一位看上去有四十岁，所以实际上入学是没有年龄上限的。报名后没有严格的语文、数学之类入学考试。初入学分住在几个大院里睡通铺，自带卧具和洗涤用品。华大与

作者着华北大学的校服

革大都不收学费，实行的是供给制。每天生活费标准按小米计量，大约是二十七两（十六两制），包括饭食菜金和调料。后来有两次寒衣捐助，又减到二十三两。每人还发两套校服，暗绿蓝色土布，手纳布底鞋，是老区成批的产品。每餐小米干饭尽吃，青年们的胃口很大，除去粮食，每天剩下的菜金便不多了，开饭时只有一大桶水煮蔬菜，略有些简单的调料。有的男学生吃不惯这种粗劣伙食，自去小店铺买辣椒酱下饭。这并非人人都能享受到，因为每人每月发给的生活费不多。有些同学虽然出身富裕，但他们是脱离了家庭入学的，界限划清了，自然不可能有额外的入账。有烟瘾的学生，买点烟叶子手工卷成土烟吸。我们学员最高级的享受是吃炒花生米，那已经属于"打牙祭"的档次了。但谁买了炒花生米独自吃，也不会有人给他扣上"资产阶级思想"这顶帽子。在那里，人人都感受到自己是融入了革命大家庭，都需要脱胎换骨，是大海中的一滴水珠，谁也没有优越感，却又毫不自卑。

华北大学原先在北平，后来由于校舍拥挤，环境也不理想，上级便把学员们拉出繁华的城市，统统迁到百里外的河北省正定县城，住进大佛寺旁的一批空房屋里。我们大队人马到达的时候，那里只有廊子和二层楼，空空荡荡，什么家具也没有，学员只能睡稻草地铺。这些稻草也许原是军队睡过的，不多几天，大伙就感到身上痒痒的，我脱衣观察，衣服的缝边上满满排列着颜色灰灰的胖胖的虱子。好在虱子"极乖"，听凭抓捕。我寻来一只玻璃杯，放上半杯水，把捉到的虱子一只只抛入，听其潜泳，因为我不愿意用指甲按死它，觉得那样做心里腻腻的。对我的如此在乎，男生们看到倒满不在乎，女生却哭了起来，我至今还不明白这究竟出于一种怎样的心情。

　　学习开始，每隔几天上课，一律在大广场集中听大课。学员按队列整齐地坐马扎子小凳，膝盖上放置笔记本，纸质黄而粗糙，用蘸水钢笔记录，墨水是紫颜料浸成，倒也不褪色（母亲当年在天津师范学院读书时用的记录本，也是这种紫色墨水，有一本上面还写有她退婚信草稿，至今已经过了八十年，字迹色泽仍然完好）。大课讲的是社会发展史、历史唯物论、经济学基础等等。讲课的教员很有名，艾思奇也来讲过唯物论辩证法。听课之后大家先准备写发言提纲，然后是小组讨论。我在这方面的基础欠缺，讨论时思想水平很低，只有虚心恭听，没有主动发言的份。

　　学习三个多月之后，全体学员去参观抗日战争时期开展的地道战。钻入四通八达迷魂阵似的地道，认识到全民抗战的伟大。不久又通知全体去石家庄市。我们在晨曦中出发，按行军方式背上背包，但我们这支队伍既没有佩带水壶小米袋，更没有武器，以致引来街上老百姓奇异的目光，也许他们在想，这些人既不像

河北省正定县，华北大学的集中学习地，当地两大宗教建筑，正定大佛寺和基督教堂。左立者是华大最年长的一位同学

俘虏，又不像带枪的八路军，究竟是什么队伍呢？这一天据说走了六十多里，虽然多数人是首次步行这么长的路程，脚底都打了水泡，却没有一个掉队的，应该说是经受住了考验。直到夜色降临，我们才进入石家庄市区。这时已经饥肠辘辘，人的生理本能在这饿了多半天的状态下发挥出特异的嗅觉能力，学员们虽然走在大街石板道的中央，距街道边缘的小店有十多米远，可是我们的鼻子分明地闻到了饭店、熟肉铺里的气味，分辨得出悬挂在那里的鸡鸭鱼肉。这一切对于我来说都是前所未有的经历。

　　在石家庄市，我们又开始听报告、参观，进行新一轮的学习，了解城市手工业政策和对工商业的简单的规章管理等等。但这时的学业已大幅度提前，有些课程如政治经济学等干脆就被砍掉了。不久校领导宣布：由于革命形势进展很快，广东、广西已经解放，需要许多南下的干部补充各级机关部门，因此要求抓紧结束学业。十多天后，大队又回到正定，领导要求学员写保证书，表态服从组织分配。青年团和共产党公布了新加入的成员名单。我就在那个时期参加了青年团，时间是一九四九年五月二十三日，是由于连珂同学介绍入团的，另一位介绍人是班主任王一同志。

无条件服从组织分配虽是大前提，但在具体安排上，校方却是十分灵活体贴人的。比如已经成熟的恋人，两人可以向领导汇报，在分配工作时能够照顾在一起。这一来，在平时贴墙报的地方，一夜之间如雨后春笋般地出现许许多多长短格式不一的"通告"，一篇篇书写端庄整齐。内容不外乎：我俩经过长期自由恋爱，革命志向相同……愿意走向共同的革命道路，在此宣布确定我们的恋爱关系……下边是两人的具名。有些恋人早就在平时表现出来了，是意料之中的。有的简直让人怎么也想象不到，于是引来同学们感叹和祝贺。

在此顺便讲讲关于我的小插曲。原来在学习期间，我也有幸得到女生的青睐，有位女生还为此设了妙计。可惜我当时还是呆头鹅，不但让对方的一片美意落空，还吃了苦头，而我竟连表示歉意的机会都没有。那是因为我长年多病，"久病成医"，有了些医疗知识，入学时又带了少量退热止痛之类的常用药，班上就让我当个小卫生员。有一天午饭后，一位文学修养很好的女学员，悄悄地塞给我一小袋花生米，说是"送给你吃"。正巧我饭刚吃饱，又有一个同学胃疼找我，我便把这一小袋花生米随手塞在床铺边。待到傍晚前回屋，室友向我索取花生米共享，我便大方地交出。吃到一半有同学发现袋里一张小纸条，上面的留言大意是大佛寺旁的风景很美，（我）喜欢照相，可以去拍摄几张等等，下边便是她的具名。我与这位女学员过去从来没有交谈过，相互并不熟悉，加上此时天色已晚，便没去赴这个约。过了很久之后，有同学告

华北大学同学夹道欢送南下的同学

诉我，原来这位女同学那天在大佛寺旁边等到了晚饭前后，也许回来连晚饭都错过了。写到这里，我深愧年轻时的无知轻率，即使自己不愿与之交往，过去打个招呼解释一下也是应该的。另有一位女学员，采用的计策更令人钦佩了。她与几个女生想我是卫生员，设计了在某一场合由她假装昏倒，随后让我赶去救治，以此达到与我接触之目的。我到了之后，给她一粒阿司匹林之类的药片吞服下去，见她马上就好转了，我还以为是这颗小药片起到了神奇效果，而根本不曾想及其他。自然我仍然没理会这个情。

不知不觉几天过去了，只见大队部在日夜加班开会。我们学员间互留永久通信地址。我留的是上海霞飞坊六十四号，但后来始终没有接到过一封信。现在回想，在新中国刚刚成立期间，大家才投入工作，顾不得写信是正常的。离开"华大"前，班里一个同学手持一枚石章赠我。他有点内向腼腆，在班里一向是不大出声的。他说以此石章作为纪念。石章刻了我的名字，边款是"海

康殷刻章，一九四九年春持赠

婴同志存　辽西　康殷"。他就是古文字专家、金石家大康，这是我后来才知道的。这枚石章我很喜爱，一直在使用着。大康夫妇一生坎坷，近来有多册专著出版，他的贡献被认为"发前人所未发之秘，解开近千个古文字之秘"，可惜他已于一九九九年去世，这是一位令我永远怀念的"华大"同学。

分配的名单分两批公布。大部分学员南下，去参加"南下工作团"；大致有五分之一的学员被通知到北京的组织部门报到，由他们分配工作，其中包括我。这样，我又返回了北京。

在新中国刚建立不久，廖承志舅舅向母亲建议，让我们几个青年到苏联去读大学。这"我们几个"中有夏衍女儿阿咪——沈宁，廖梦醒的女儿李湄等几个人，她们也是我在香港培侨中学的校友，前后差两班。之后，我们便开始各自做出国的准备。但不久国内各大学纷纷公开招生，廖承志又转达了意见：国内大学也一样学习，不必远出国门了，让我们在国内挑选学校报考。这样，留苏计划随即终止。我报考了北京的辅仁大学，读了两年的社会系。一九五二年全国大学"院系调整"，我又转入北京大学的物理系，这是后话。

镜匣人间

这本堂皇名曰《摄影集》的册子里，记录着我的人生。二十世纪四十年代，母亲曾为我的初学摄影相簿亲笔题写"雪痕鸿爪"、"大地蹄痕"，我和摄影有缘或许并非偶然。

我出生一百天便被父亲抱去上海知名照相馆拍了照片，自儿时开始潜意识里对照相不陌生，甚至有莫名的新奇和亲切感。在镜头前我收敛调皮变成乖乖儿，这是镜头随人选择的奇妙，抑或是我十岁便拿起相机开始记录人生的机缘。

回溯到一九三六年秋末，父亲过世后，悲痛的母亲健康状况很不好，于是一位蔡姓阿姨建议母亲去杭州异地休养，她认为至少有助于减轻失去亲人的哀伤。母亲自然不能丢下方才八岁的我，让我随去做"跟屁虫"。蔡阿姨有一只黑色小型相机，不时地拍些风景。很快她看出我对相机的好奇，经不起我左缠右磨，允许我按了几次快门，这一年算是我摄影的开端，第一次拍照片，留下几帧如"渔夫撒网"之类的处女照。由于蔡阿姨是做党的地下工作，当时既没有留下底片，更没有留下她和我们一起的合照。凭记忆，那只照相机是德国蔡司厂的康太时（Contax），大概是 Carl Zeiss Tesser 50mm. F/3.5 镜头。

《镜匣人间》摄影集

自此以后，我总有拿着相机拍照的渴望，这样走了大半辈子，拍过的底片竟有数万张。我忽然想到一件事，当年北京鲁迅博物馆曾有计划，在母亲身体稍好的时候请她辨认一些经年久存的时代老照片，搞清楚其中的人物和情节，母亲最终去世，成为永久的遗憾。

在我迈向八十岁的时候，我用了整整一年时间整理过去的所有底片，相信它们还有历史和人文价值，整理的结果便产生了这本印刷品集子。再静下心来，不顾溽暑难耐，把一些自认为重要的环节整理成文，也算是一个"准专业"老摄影爱好者的完美心愿。

三四十年代，照相机、底片价格的昂贵是今日无法想象的。一九四三年有一天，母亲比较富裕的朋友借给我一只小方木匣镜箱，由此我正式开始学习摄影了。记得那只镜箱用 620 底片拍摄，简单的二片"新月"镜头，提拉式两挡铁片光圈，快门一挡，孔径相当于 F/16 和 F/22，约是 1/30 秒，只能在明亮日光下拍照。它还有一"常开"挡，使用时以秒为计，需要凭经验手控。底片感光度常规是 25 度（又称 16 定），50 度和 100 度价格贵，属于中速及快片。弱光下假如能有 100 度快片用，是难能可贵的幸福。

一九四四年，我把积攒的零花钱和压岁钱合在一起，走进曾在橱窗前流连"观察"了多少次的二手相机店。那些德国高档机种是初学者不可企及的，有几只日本产仿制品，羞涩的口袋尚能承当，记得它是一只最便宜的翻盖皮腔式相机，日本 F/4.5 镜头，康搬快门 1– 1/200 秒，使用 127 底片，拍十六张。我用过几个月之后，为了缴无线电夜校的学费，只好把它卖掉，说来这番话已经是六十四年前的悠悠往事了。到一九四九年之后，还用过二、三手的徕卡（Leica）相机之类，我从型号Ⅱ、Ⅲ a、Ⅲ b、Ⅲ c 都尝试用过，都是卖掉一架再换另一种试用，手里总是保持着一架回转。镜头从 Elema F/3.5、Summar F/2 到 Elema 90 F/4.5，但结影锐度不如蔡司镜头。直到在北京大学物理系工作期间，才有机会接触单位从国外订货购来的如林可夫（Linhof）等高档专业相机。我持有过的机子，有苏联的卓尔基（Zorki）、基辅（Kiev），德国蔡司厂的康太莎（Contessa，五十年代产品，产量很少），日本的尼康（Nikon）、佳能（Canon）、美能达（Minolta），最近常用的是佳能数码机（Canon Eos Kiss Digital）单反，有 1000 万像素。择其优点是可以配合手头的旧 Eos 镜头使用，不忍可用者被冷落。虽然有专家指出，如果使用非专门设计用在数码机的镜头，它有种种结影色彩和细节的缺陷，可我仅是一个"准专业"的摄影爱好者，这种组合已能满足我的需求。

一九四八年底，我在离开香港前往东北解放区前，花八百元港币买下一架禄来福来（Rolleiflex）双镜相机，因为经济拮据，不够购买配置天塞（Tesser）镜头的，用约低 1/5 总价买下低一挡镜头的 Sornar F/3.5 机子。一九八〇年我拍《鲁迅画传》的部分照片，还使用这架 120 胶片的禄来，结影虽然尚属松软，终可告慰历史。当时我用的是香港的柯达胶卷，黑白片分二种：红盒"万利"感光度 50 度，另一种绿盒全色感光片，100 度，价稍贵。两者约有 1/5 差价，使用时常常揣量自己口袋的经济力量，能省就省。这只相机连带遮光罩、黄滤色片花掉九百元港币。记得二十世纪五十年代初，新华社大致有一个规定，记者拍摄新闻，每用三张底片应该有一张达标，可供报纸刊登。看来，我在东北期间拍摄照片，所用的是二十四卷在香港买的底片，算是很奢侈的啦。

在东北旅舍内，我是在夜里利用洗漱间冲洗底片的。使用香港买的显影、定影成品药，均是柯达公司产品。开始在小平盆里用手提拉式冲片，没有用"微粒"显影，黑白底片约四分钟，定影十分钟。之后，我用接待组织发给每人每月的"零花"钱，在照相器材商店购买了一只二手日本产的显影罐，开始使用柯达Macrodal 微粒显影剂冲洗底片，影像虽然细腻了，却是牺牲了反差。自然，冲片还需注意温度和时间、药剂使用次数、补充时间或添加药剂，这已不是本文的范围了。

香港底片用完，在上海旧货市场上可以淘到不少美军剩余的35毫米胶片，有柯达（Kodak）、安斯柯（Ansco）之类，一百尺及三百尺各一盘，可自己卷入底片匣用。这类底片一般虽仅过期一二年，然而由于大部分在军队库房保管不良，买十盘中只有二三盘能用。这"能"用也是发灰，需要加大曝光量，减少冲片显影时间。我在五十年代初期曾废物利用这批"剩余物资"，勉强印放出一些效果不理想的照片。还有一批美军"剩余物资"，是铁罐卷装的放大纸，背底防水且不粘胶水，据说是空军航拍材料之一种，显影、定影后，可快速水洗晾干。那是也基本过期的，洗出的照片灰暗，我贪图它便宜，用过不少卷。

那个时期拍照补光是用灯泡内充填镁箔、镁丝的一次性闪光泡，价格昂贵且不易购到，许多商业摄影师便使用更老式廉价的点燃镁粉闪光。镁粉里混入少量助燃的氯酸钾化学细粉，倾注在两片金属的反射板中间，根据场地大小，决定用剂之量，一般是控制在安全范围，半克左右。因为用打火石点燃，它发火时间不容易掌握，配合相机上慢门半秒以下拍摄，现场动态效果及表情必然生硬或丢失。于是我用小电珠（2.5 伏那种，磨去 1/3 玻璃壳），让细灯丝接触闪光粉，通过相机内自制"同步"触点，通电闪燃，大致可同步到 1/10 秒速度。这一来效果比较优异，有些婚礼人物表情和体育拳击场面，可以抓到动态，抢拍下来。

暗房工作是从印片开始，它以底片的原大照片为成品，如需要将照片放大，放大机并非那个年代每个爱好者所能具备（当然也不是大多数摄影者经济所能承受）。我的第一台放大机是日本旧货，镜头很差。放大照片，放大纸的反差档次从软到硬，0 至 5 号，纸质又分光泽面、微粒面、绒面，等等，按不同需要选用。冲洗药液亦有多种不同变化。

在五十年代，彩色片冲洗，并不普遍，我自己在暗房配彩色显影药剂和代用药品，还试反转片，亦称"幻灯片"。因为彩色正片比较贵，我曾尝试用彩色负片制作反转正片。那个时代的彩色冲洗放大，温度要正负一摄氏度，尤以用冰块控制最难，其次是彩色放大，因外电的电压漂浮极易使色调变异，这些试验过程使我颇费心力。后来有了电子稳压电源，这才减少了许多废品。如上所说的种种"痛苦"和愉悦，恐怕现代科技条件下的年轻人是无法体会的。

说来多年的暗房工作，早年向新华社专家魏南昌请教，也和老学友于兆雄、卢学志多位专业人士切磋。我也收过工作上的几个"学生"，包括我的三个儿子。而我最大的教训是过于信任买进的摄影药物，它们经常是质量伪劣，简直是"坑"死人！尤其是显影剂用的"对苯二酚"，成分经常很差。尽管我调剂时天秤精度到十分之一克，尽管我还使用蒸馏水仔细调配，并坚持按标准的温度、时间精细地操作，却常常冲出极薄的底片！不能印放出优良的照片事小，丢失了珍贵的资料便无可弥补是一件极大的遗憾。

我的第一卷彩色照片是在香港买的安斯柯120彩色反转胶片，全卷大部分是一九四九年春天我在北京拍的颐和园、北海风景，晴空碧朗、云朵悠悠。送到上海南京路专门冲洗该品牌胶卷的店家冲洗，待我取回的时候，店主希望把其中风景照片留下在橱窗展出，称愿意用两卷胶卷交换，我心想，十卷也不换。五十年代之后，我开始喜爱彩色，抗美援朝期间，欧美货断档，恰逢母亲访苏以及亲友隔三岔五地馈赠苏联胶卷，或者用电影厂裁剩下的彩色胶片头，使我始终有彩卷可用。就这样用了各种彩色胶卷，也曾喜好自己动手冲彩色胶卷，也试过不同配方。今天回想起来，那时的"老彩色"胶卷存在稳定性差，色温不平衡，曝光度不易掌握等等问题。加之使用和冲洗彩色胶片的变化因素太多，刚刚掌握规律，材料又变了，更没有色温的测量仪器，使我感到业余试验彩色照片，条件很不成熟，劳心劳力又劳神。

我珍藏着几本厚厚的黑卡纸老式相簿，贴满大大小小的照片错落有致，那时我母亲细心地粘贴，有些用了三角形相角。页面上有很多母亲的亲笔题字和日期，每当我翻开这些相册，就像展现一个个故事。一九四八年，香港掀起了迎接"新政协"的热潮。议论新政协，拥护新政协，成为各民主党派政治生活的主题。李济深、沈钧儒等各个民主党派领导接到毛泽东主席电报，奔走相告，鼓舞甚大。估计解放军一过长江，全国很快就会解放，新政协即将召开。在香港地下党布置下，大家分途北上。母亲带我和多位爱国民主人士搭乘"华中轮"海船，从香港离岸，我在轮船甲板上拍下民主人士如郭沫若、侯外庐、沈志远、宦乡和党的领导连贯同志的照片，今日看起来竟是如此珍贵。又比如，在沈阳市的铁路宾馆大会议室内，民主党派的讨论学习会场，冬季下午室内光线不足，勉强用慢速拍了两帧，虽然清晰度差，又非广角镜头，能够留下这历史的瞬间，于国于民我心足矣！

那阵子在沈阳等候政协召开，民主人士的文化娱乐活动一种是撞击桌球，以体力消耗较小的"开仑"为主；在沈阳没见有人玩麻将牌，只有间隔地晚间打打桥牌，凑足四人就玩起来，用自然叫牌法，没有固定的搭档。记得参加的有章乃器、朱学范、沙千里、赖亚力，洪深则偶见参与。值得一提的是国民党资深将军李济深，也喜欢和大家玩在一起。他的秘书林一元经常在旁观席给最年轻的我使眼色，别让李将军宕太多牌难堪。在大家的兴头上，我当时又值年少气盛，岂肯"放一马"！局后林秘书也无可奈何。回念此情，略感歉意。姑且当成一件趣事吧。

在我的数万张底片中，有一些最为得意、最有纪念价值的照片。首先是一九四八年从香港跟随民主人士前往东北解放区时拍下的。当时民主人士的活动，对外严格保密，没有摄影记者跟随，不似现在无论什么场合，记者蜂拥而至，快门咔咔、闪光连连。而我的母亲处处"警告"我要自量"身份"，谨慎不能犯"错"，不能随意走动，不能自行离开队伍拍摄照片……因此，东北之行虽极为重要，但照片数量很有限，我的这几帧照片也就成了历史见证的"孤本"了。这里有一件事还需提起，一九四八年冬我在沈阳期间遇到新华社老记者郑景康同志等几位摄影前辈，他们在简陋的条件下，用海碗装显影、定影液，手工拉冲120底片。他们当时用的是普通"D-72"型显影剂配方，底片一串串晾干在房间内蔚为奇观。这也是我第一次看到党的新闻战线同志们的工作状况。

那时郑景康同志亲手帮我冲出我自香港到沈阳期间拍的几卷 120 底片，留下最珍贵的影像，谨此向他们表示再一次感谢！

其次是"二·六"轰炸的照片。一九四九年初夏，我从华北大学短期学习结束，廖承志建议我们几个"孩子"，各自补习所缺的高中文化课程后，第二年去苏联求学。这样，我返回上海旧址霞飞坊寻师回炉。不久，抗美援朝开始，我在三楼阳台听到飞机投弹轰炸声，看到窜天的浓烟，这便是"二·六"轰炸上海卢湾区。冲天黑烟被我拍了下来。隔天我又和表兄马永庆赶去现场拍摄残垣废墟，进入现场时，我们被警卫所阻，亏得那时候我们不知天高地厚地印了名片，叫作"海马摄影社"，凭这枚小片子，才得到许可进入警卫圈内。进去后我拍到了一批炸毁的废墟，还有伤亡家属悲痛欲绝的镜头。今年春天，我又专程去了五十八年前的故地，只寻见路边一块纪念碑石，不知道什么时候什么缘故被敲成两截，又用水泥黏合一起，这种偶然的"不幸"和伤愈，令人唏嘘叹息！

再有几帧灯光人像似可以特别一叙。那是一九四九年冬，由杨子颐先生介绍我参加了摄影前辈吴寅伯的"上海摄影学会"，他们都是老一辈摄影家。之后吴先生到北京的人民画报社和中苏友协工作，我间或去问候请教。上海期间，吴老主持学会活动，常请某一方面学者讲授各类摄影技术科目，我记得有一次邀请了京剧名演员言慧珠来会充当模特。那天专家教的是灯光"单灯"人像摄影，只用一只两百瓦上下普通聚光灯，另一侧面施加一块白色反光板，调度两者远近距离角度方向，获取不同效果。对演员言慧珠的身形神态并不去刻意"摆布"，由她自由发挥转动变化角度，有十几位摄影家前后左右抓拍，我也挤在边夹缝里按快门。过了两周言慧珠再度到上海摄影学会，大家依次让她看自己的作品，我是最后一个把"习作"交给她，想不到她看了照片后凝视了我这个最年少的"学徒"，竟开口问"你可不可以把照片送给我？"我受宠若惊当即应允，三张十寸精心制作的照片被她收藏了。

近七十年来，我的摄影兴趣不减，从未间断却并不连贯，这与时局、运动、心情和工作、生活有直接关系。我拍摄的题材以人为主，也有随机的景物，那是我的审美观和兴趣的体现。我喜欢遇到机会抓拍性地留影，对布设、摆布没有好感，有一阵我使用徕卡机子，它虽然有迭影式对焦测距，但跟随动态却很迟滞，为了抓好瞬间距离的变化，我还自我训练用手指推拉测距杆，眼睛瞄视动作对象，在超焦范围里按快门，达到跟踪的效果。

我经历过旧社会，对"社情民意"比较敏感，抓拍中有新中国成立前的难民和乞讨者，也有新中国成立后的所见所闻。我不为了"猎奇"，只希望让它证明时事。一九五〇年我在辅仁大学读社会系，每学期就利用照片辅佐对社会、工厂的调查访问报告，曾受到系主任李景汉老师的肯定和表扬。我确实曾想过当个专职的摄影工作者，可是最终却还是钟情于科技。

在摄影中我找到的是自己的乐趣，如今却无意间为大家或小家留下了凝固的瞬间。再看今日，数码时代来临，照相机发生彻底革命，电子代替胶片，照相机的普及率造就了一代摄影族群，网络上以亿万计的照片让人应接不暇，我依然努力地跟随时代的脚步，开始用新型摄影器材，摆弄着未知同时却也在不停地回味。"学如逆水行舟，不进则退"，这本印刷品无疑是我在潮流中行驶的逆舟，毕竟这是我的拥有，姑且称之为"镜匣人间"。

今年我刚好八十岁，这本集子留给我所爱的人。感谢所有帮助我的好朋友们。

我的婚姻

订 婚

我与妻子马新云从相识、相恋到结为夫妻，其过程实在很平凡，既没有我"死皮赖脸"的追求，也不曾有过"海枯石烂不变心"一类的山盟海誓。倒像是两股不同方向流来的山泉，很自然地汇合在一起了。

最初的情形有如我在前面所述，由于长年疾病的折磨，使我变得消瘦而苍白，加之我又长得高，看起来像个那年代最可怕的"少年痨"。因此周围有些邻居就告诫他们的子女，"别跟这个痨病鬼白相，当心传染上，那可一辈子倒大霉了"。为此愿意跟我玩的人实在不多，这使我感到寂寞和孤单。再说母亲又常常外出，并不总能与我同行，每当这时，我就被一个人"扔"在家里（当然那都是发病不能上学校的时候），这"度时如年"，看着钟点等妈妈的滋味真是不好受！直到一九四六年抗战胜利后，这处境才有了一些改变。

那一年，隔壁六十二号新搬来一家人。这家人口众多，除了大人，孩子有七八个，令我高兴的是这家的孩子并不回避我，特

新云姊妹。右1大姐丽云，右2新云，右3排行第四妹倩云，左1六妹凌云。摄于上海东正教堂前

别是二女儿马新云，脾气随和常常愿意与我交往。他们家的大人，大概不晓得我们家属于"危险分子"，从不阻拦。这样我们就渐渐要好起来了，一起做功课玩耍，有时去霞飞路逛马路，或到弄堂斜对面的"国泰"或朝东稍远一点的"巴黎"电影院去看好莱坞影片。这样，我渐渐晓得她家何以会搬来霞飞坊。

原来她家先前住在霞飞路西头的上方花园里。那可是个"高等华人"住的地方，弄堂挺宽，里边都是一幢幢漂亮的小洋房，有些人家是坐小汽车进出的。她家却并不富裕，甚至可以说日子还过得蛮拮据。原来这里面有个缘故。

在好多年前，小马的爷爷曾是上海滩上珠宝界有名气的老板，只要提起"马瑞芝"这三个字，可说是无人不晓。不但如此，人家还晓得他马瑞芝是如何发的家。说是有一回他去云南某地操办宝石材料，偶然发现一块石头，被人不在意地冷落在一边，问问

摄于一九五〇年北京的大石作胡同10号私寓。母亲和作者夫妇于二楼阳台

卖价很便宜，就不动声色地买了下来。运回上海剖开一看，果然如他所预料的，是块品质极佳的翡翠。这一来，马瑞芝突然"发"了，也出名了，同行业都知道他手里拥有令人眼热的宝贝——上品翡翠。谁知祸福无常，她爷爷竟被轧死在法巡捕房的车轮下。马家的公子，也就是马新云的爸爸是个老实而又不大管事的人，如今当家人突然去世，这个家也就此败落下来。好在她爷爷在世时帮过一位朋友的忙，这人在浦东开家天章纸厂，有一回"头寸"调不过来，急得几乎要关厂，是她爷爷扶了他一把，使他在银行里贷得一笔款子，才渡过了难关。这位老板在马家惨遭败落的情况下，也伸出了援助之手，为他们做三件事：一是让出上方花园一部分房子供马家老小栖身；二是送他们一部分天章纸厂的"干股"（占了整个厂股份的十八分之一），再是安排她爸爸马鉴明到厂里当个行政管理方面的副科长。当然，马家表面上是败落了，实际上手里还捏着一点边角料——翡翠，而且业内的人都晓得，并非是什么秘密。不过无论再苦再穷，马家都不肯将之出手换钱。

310

谁知抗战胜利后，不知道这位天章厂老板与日伪有些什么牵连，被当作汉奸，工厂家产一律被"接收"。过了个时期，这位老板本人坐牢出来，家产也收不回来了。老板给马家几小根金条，让他们去另找住处。这样，马家就用这笔钱，"顶"下霞飞坊六十二号一楼一底住了下来。不过，由于马新云父亲在厂里只是个小小副科长，收入有限，手里的宝贝又怎么也不肯出手，而吃饭的人口倒不少，这使得他们在旁人眼里，只不过是一家空壳富人。

　　这种家庭的兴衰，当然并不影响我与马新云之间的关系。我不管她家的穷富，她也不在乎我家"危险"的政治色彩。且随着年纪的增长，相互间不知不觉地萌生出另一种感情来。至于母亲，并非不晓得我与小马越来越热乎，但她本着父亲"任其自然发展"的原则，听任我们往来，丝毫不予干涉，也不嫌她家庭"出身门户"。当有一天，我大胆向母亲提出，要带小马到我们家里来见面，母亲似乎即意识此事关系之重大，竟爽快地回答我，"那就请她来我家吃饭"。为了这顿饭，母亲做了一些准备，结果安排了一顿不中不西的晚餐，她是想好好招待一下儿子的女朋友，我现在体会到母亲当时的心理，她一定挺高兴，只可惜这顿饭小马吃了并不受用。这当然是她事后才敢对我说的。原来她家出身南京，南京人的饮食习惯是吃饭要兼喝汤，而那天的主食却是西式面包片，不免让她觉得干干的难以下咽。不过从此以后，我们之间的关系自然又进了一步。

　　一九四八年冬天，我和母亲悄悄离开上海，转道香港、沈阳，到达北京，并在那里定居。这时新中国刚成立，廖承志舅舅有让我们去苏联留学的动机，于是我和夏衍、廖梦醒的子女分头找教师抓紧补习功课，为出国做准备。这样，回到上海我与小马重又联络上

311

了。按当时的习惯，也到了该考虑婚嫁的时候。好在我们两家隔邻而居多年，相互都是知根知底的，因此母亲和小马的父母都赞成我们今后的婚姻。母亲还表示她挺喜欢小马，要把她当作自己女儿看待。就这样，我们就趁机明确关系——订了婚。

婚 礼

我们正在补习功课之际，廖承志又传来新的意见：让我们在国内读书。这样，我们得马上返回北京去考大学。由于已经订婚，又征得双方大人的同意，索性让小马也一起到北京去读书。这样，我们双双到了北京，小马继续读她的高中，我考进了辅仁大学，读的是社会系。

那时母亲已是政务院副秘书长，住在机关宿舍里。这是当年清朝贵族住的地方，有一进进富丽堂皇的四合院，母亲和另三位副秘书长同住一个四合院，各人分得其中一大间。母亲一个人在那里的生活极其简单，除了早点自己解决，午、晚两餐都在食堂打饭。请了位女佣料理家务，但她也是"上班制"，早上过八时才能来干活。我俩到了北京，也参与这种简单的生活方法，只是将大房间做了些调整，当中挂个布帘，算是两间，母亲与小马住"一间"，我住外间。

令我至今难忘的是刚到北京时，母亲招待我们的那顿早餐。清早起来，她到伙房打一壶开水，将几个鸡蛋洗净，扔进水壶，开始"煮"；同时在炉子边上烤馒头片。待馒头片烤香，又从壶中捞出鸡蛋来，每人分一两个，就着馒头片吃。试想，一壶开水能

作者订婚照

有多少热量？因此这泡出来的鸡蛋，蛋黄倒像熟了，而蛋白仍跟
鼻涕一般，透明地直往下淌。至于滋味更说不得了，反正怪怪的，
分不清是香是腥。好在半年后，我们买了大石作的房子，这样的
日子才告结束。

　　有了自己的房子，母亲看我俩年纪也老大不小了，就张罗着
要为我们完婚，为此小马父母也双双从上海赶来。结婚的准备完
全"革命化"：买了一只衣柜放置衣物，又从上海运来旧铁架子的
棕绷床，再有建人叔叔和顾均正夫妇合送的一只茶几和一只吊灯，
这就是新房里的陈设。也不举行什么仪式，到民政部门领张结婚
证书，用自己的相机拍了几张黑白照片，然后两亲家一道在家里
吃了一顿较丰盛的饭。这结婚的过程就算完成了。这之前，岳母
要为我们的婚事增添些喜气，特意在大栅栏绒线铺买了几朵红绒
花，让我们这对新郎新娘佩戴起来。可我那时也已经满脑子新思
想，将这玩意视之为"四旧"（按"文革"时的说法），趁她老人
家不防，甩手扔进了炉灶，转眼就化作了烟尘，她只能眼睁睁地

一九五六年母亲和我们

看着，啥话也没法说。

岳父对北京的风味小吃发生了浓厚的兴趣，自个儿出去，总到大栅栏的门框胡同吃"馅饼周"的羊肉馅饼和杂豆粥，他夸这家店的饼皮薄而馅多。有时还顺便带回同是那个胡同里的"酱羊肉"给大家共尝。我们有时也陪着他一道出去，吃"都一处"的三鲜烧麦，喝"信远斋"的酸梅汤。

不久我和小马的学习生活发生了变化，一是她高中毕业，考进了北大俄罗斯文学系。再是全国大学院系调整，我就读的辅仁大学取消，学生被分流出去。按我本人意愿想去清华，读我自小就迷恋的无线电专业。但我是调干生，组织上却要我去北大的物理系，理由是无线电与物理是相通的。

之后才知道，这个系正另筹建一个系，属于绝密单位，对外只叫代号"五四六信箱"（后来公开了，称"技术物理系"）。原来，那时我们国家已在为研制"两弹"培养人才，为此北大、清华都设了这种系科，不过我去时，"技物系"的大楼刚刚落成，还是个空壳壳。就在这样的条件下，朱光亚和虞福春两位教授带领我们一边学习，一边干了起来。除了朱、虞两位教授，还有张至善和吴季兰（他们都是我的入党介绍人）。随后又陆续调进来一些人，都是这方面的尖子，其中就有后来当了北大校长的陈佳洱（当时他还只是个助教）。现中科院院士何祚庥的夫人庆承瑞，那时她刚从苏联留学回来，也调入我们这个系。因为一切都是白手起家，因此我那时的具体工作，是在张至善同志领导之下制作实验室的仪器和各种设备。因为外国绝对禁止向我们出口这类器材，我们只有自力更生一条路。为了完成任务，有时我得拿了二机部的介绍信到处跑，寻觅稀缺的材料。好在无论到哪里，也不管多高的保密级别，都能够敞开仓库大门，任凭我随意挑选，要啥给啥，决无二话。当时还曾听到一个传闻，说是钱三强教授有意调我去他主持的物理研究所。协商结果，本单位不予放行。要不然，我今后将是另一条生活道路了。北大之所以不肯让我走，大概与我当时的表现有关。我在前面说过，奇怪得很，到了北方之后，那一直折磨我的哮喘竟然无形中消失了。又正值青春年华，心里满怀革命理想，干劲十足，受到领导和同事的好评，并被吸收入党，那是一九五六年的事。

我的小家

回头再说我的家事。自从我也去了北大，与妻子小马成了校友，我们便在学校附近安了个新家，除了节假日，平时不再进城。因此有一个时期，大石作偌大一个四合院，只有母亲和她的佣工住着。

一九五六年十月父亲迁葬于虹口公园，母亲手抱二孙子亦斐在十月
十四日和我们同摄

由于过于空旷，我在早先就托岳父从上海买来一条狼狗养着，权
当整个院子的守卫。

一九五三年四月二十日，是我们家大喜的日子。这一天，小
马为我生了个大胖儿子。对于母亲来说，头一个孙子的出世真让
她欢喜无比。因小马还是个在校学生，母亲只让她休学半年，以
后孩子的抚育，都由她一力承担。为此特意请了一位阿姨。母亲
为了不影响小孙子的健康，竟毅然决定戒烟。打火机、香烟盒统
统送给朋友。她又亲自动脑筋给孙子起名字，要找个带有纪念爷
爷含意的。最后她选了父亲早期曾经用过的笔名：令飞。逢到朋
友来访，她会抱起小孙子，高高地举到爷爷遗像前，只可惜当时
我不在场，没能亲耳听到她向朋友说些什么。但我可以想象到，

母亲一定会表现出胜利的喜悦和无比的骄傲，会说："看，他像不像爷爷？咱们鲁迅家没有'断子绝孙'，而是后继有人。"母亲对这个长孙之关爱，真可说是无微不至。我且举个小小的例子。三年困难时期，她被检查患有糖尿病，而且病情不轻。为此，医生按规定为她开了每月可买三斤鸡蛋的证明，让她每日吃一个。但每当早餐时，只要孙子在身边，她总要分半个或挖一角给他吃。我们每每见到，总要加以劝阻。但她仍坚持这么做，说："孩子正在长身体，他也需要营养。"

因为那个时候还未提倡计划生育，所以我与小马平时也不够注意避孕。就这样，才过两年，小马又怀上了。可当时她还在大学读书，若再添个孩子，还能按时毕业吗？为此我们决定打掉，但当我们到学校去开人工流产介绍信时，却引起校方的重视。校领导好心地研究了一番，认为鲁迅的后代本来就少，怎可轻易同意打掉？他们与母亲商量后（我不知道母亲的态度是怎样的）给的答案是：这证明不能开。并且为了让产妇休息好，后勤方面还在校内镜春园拨出一间房子供我们单独居住。这样，我们便有了第二个孩子。

孩子生下来，从上海请个保姆来照顾。她就是我前文提到的张妈，当时她还年轻，才四十左右。但这回我要亲自给儿子起名字。我想：大儿子的名字叫"令飞"，"令"者，"零"也，那么我这第二个儿子应该可以有个实数了，于是我起了个名字叫"周一飞"，即是从"零"进到"一"的意思。可是我这个书呆子老子却忘了起名要避"谐"之忌。待这老二上学读书，同学们将"一飞、一飞"随口叫成"阿飞、阿飞"这可难听了，我只得利用谐音，将"一飞"改为"亦斐"，这就再无"副作用"了——这当然是后话。

母亲抱着一岁长孙令飞

就在我第二个儿子出生之后，母亲的身体开始每况愈下。除了糖尿病，她又得了心绞痛，经常要发作。而她担任的职务多，工作那么忙，儿子媳妇若再不在身边，对她的身体实在不利。为此中央统战部决定调我们夫妇回城（小马那时已大学毕业，正在师大附属实验中学任教）。这样，小马调到城里的中学干她的本行。平日里，凡遇母亲身体不适，或心脏病发作，总是由她陪着去医院治疗。而我的工作却转了个大方向，调到广电部去搞技术规划。以后，我们夫妇又得一子一女，取名令一和周宁。这两个都是我们搬到景山东前街之后生的，就不多说了。

我的岳父母

母亲与亲家的关系和岳父母后来的活动，我倒愿多说几句。

前面讲过，岳父马鑑明虽是个行政工作人员（副科长），但因他拥有天章纸厂十八分之一的干股，便也被归入资本家之列。在那个年代，资本家是什么处境谁都知道。可我母亲从不另眼看待他们。每回出差去上海，只要抽得出时间，总要回霞飞坊（现叫淮海坊）去看望亲家，也多少总要带些礼物。六十年代，电视机还是寻常人家可望而不可得的高档享受。后来虽有了国产电视机，也仍旧价贵货缺，没有相当的经济能力和路子是难以买到的。而有一回母亲去上海，送了亲家一台十七英寸黑白电视机。这一来，马家可热闹啦！每到傍晚，弄堂里的男女老少，不论认识和不认识的，都赶来观看。那些小孩子更是早早搬了小板凳、小椅子，抢先来占好位子。以致天天晚上他们家都有几十位观众，连楼梯角也站了人，吓得胆小的岳母缩在床角落里，生怕楼板会突然塌下去。

到了"文革"，工厂里红卫兵来抄家，因岳父为人老实，平时人缘不错，他们倒并没使蛮动粗，听说这电视机是鲁迅夫人许广平送的，也就不曾搬走。倒是旁人挑唆，说他家有许多财产，如何如何，这一来，还没有等红卫兵说什么，岳母自己就乖乖呈上一个小布包——这里面都是爷爷留给他们的翡翠小首饰。后来大概是资金周转有了问题，厂里请一位珠宝行业"老法师"估价，出口卖到海外去了。这位"老法师"原是与岳父家相熟的，"文革"过去，他遇到我一位内弟，一再摇头叹息道："可惜啦，可惜啦，这么好的东西只卖了这么点钱。要是留到现在，二十倍都不止呢！"可是当厂里为岳父落实政策时，只给了他家三千元钱，这个老实家庭仍旧什么也没说。

不过，这珍贵的翡翠首饰毕竟还有"漏网"的。我妻子马新云出嫁时，那是在"文革"前，岳母就给了两个作为陪嫁。但马新云是个不喜修饰打扮的人，这两件宝贝也就没有"用武之地"，倒是给母亲派上了用场。她要去接待外国贵宾，如总统和皇后，手中有了这么一只翡翠戒指，无形中更增添了她高贵的身份。不过这一来也引出个有趣的故事。有一位在妇女界也颇有声望的"大姐"，每次出席这类活动，手上必戴一枚翡翠戒指，并颇引以为自豪，以为她这只戒指之名贵谁也不能匹敌。不料与母亲手上那只一比，身价顿时低了一档，从此再也不见她戴了。这是母亲参加活动回来，当作笑话告诉我们的。

岳父家只有六妹马凌云与我们一道在北京工作，而她的丈夫是马来西亚华侨子弟，叫林东晖，原是一机部所属情报所《国外机械参考》的总编辑。"文革"期间，后来的上海市市长、"海协"会会长汪道涵那时正倒霉，一度与他共事，专门负责这份刊物的终审。两人的办公桌面对面并排着，香烟递来递去，关系蛮随便的。当他与我六妹结婚时，马来西亚的父母不远万里赶来参加儿子婚礼，这位林老先生又是位公职人员，为此，还惊动了当时一机部负责外事工作的领导同志，特地来看望这两位客人。会面的地点，就在三里河我的家。

母亲入党

大石作的家

母亲初到北京，有一段时间在北京饭店暂住，直到母亲被委任政务院副秘书长之职，并分配给她政务院宿舍，才有了属于自己的家。这里隔壁和对门住着申伯纯、辛志超、郭春涛几家，他们都是政务院副秘书长，看来这是为了工作方便，有意识让大家集中住的。但齐燕铭秘书长和孙起孟副秘书长却住在别处。

有了正式的家，生活自然舒适多了，却也带来不便，其中最主要的是，我们与亲朋好友的往来几被"阻遏"。因为政务院宿舍就在中南海范围之内，保卫工作严格，凡来访客，无论公务私事，一律要出示介绍信。这可把母亲的亲友们难倒了，他们哪里会想到，去看望一趟"许大姐"，竟要一本正经地去弄个介绍信。大家不习惯这个，就只得少走动甚至不走动。而母亲的个性又是喜欢与朋友交往的，现在无形中被隔绝，使她甚为歉意，由此就萌生了另找住处的念头。

照理，我们在北京原有房屋两处：八道湾和西三条。但此前不久，母亲以我们母子的名义已将它捐给了国家，这在前面我已

大石作寓所，本人的暗房一角。左侧是苏联制的 35 毫米底片专用放大机。
右侧是英国制的 120 底片放大机

经说过。这样，只有自己再买房。母亲与老朋友章川岛先生商量
了这件事。他是老北京了，情况人头都挺熟，建议我们索性买个
独门独户的小四合院。

　　而母亲要求的是闹中取静，又便于上下班。经过中介，我们
先后看了两三处，最后选定大石作。这里十分宽敞，整个院子共有
二十一间房，距政务院北门才二站地，母亲上下班挺方便。西边
就是北海公园，空气、景致，都无可挑剔。买房的钱是用上海霞
飞坊的出让费和鲁迅全集出版社存书盘让给新华书店的款子，加
上我妻子的陪嫁钱，总计相当于八百匹布的代价。这是一九五〇
年的事。

　　我们搬入新居时，除了几个衣箱，什么家具都没有，整个院
子空荡荡的。又靠着川岛先生的帮助，陪同我去东单路东，现在
同仁医院对面的一家寄售店，买了些必要的用具，如双人铁床、

书柜、桌椅沙发等。那时的东西真便宜，我记得其中两只书柜，宽有一米半，高达天花板，售价仅五十万旧币（合现在的五十元）。且质量也好，直到现在，有些家具我们夫妇还在使用着。母亲很喜欢这个新家。从二楼的西窗，可以远眺耸立着的北海白塔，它上面是一碧如洗的蓝天，偶尔有几朵白云缓缓飘过。到春天，更可以欣赏院内外的花香，听

母亲住大石作胡同寓。一九五三年国庆日

到各种鸟儿在枝头歌唱。晚饭后，步出家门，不消多时，便可走到北海或景山两个公园。这一切，正符合母亲要过宁静生活的初衷。

对于我来说，住到大石作还有个很大的优越处，就是可以深入胡同生活，感受与上海弄堂完全不同的"京城"氛围。胡同里能见到叫卖食用水的车子（这是上海所没有的）与掏粪车（上海的粪车是居民自拎马桶来倒，这里是工人用粪勺去厕内掏挖）的往来，更能听到各种小贩招徕生意的吆喝声：理发的、卖灌肠的、磨刀的、卖各种蔬菜瓜果的和敲着小鼓收破烂的，京腔京调，听来韵味十足。

当然，最大的好处还是朋友们可以在我们家随意出入了。屋子里从此常常欢声笑语一片，气氛甚是热烈轻松。若问究竟来过哪些人，我已不复记忆。只有胡风和萧军两位前辈来访我还清楚地记得。那是我们搬到大石作不久，有一个休息天，他俩双双来

许广平（右1）、朱早观（右2）、郑振铎（右3）、萨空了（右4）合影

了。但见萧军穿着马靴，两只钉了铁块的后跟，敲击着洋灰地面，步履沉重，嗒嗒作响。他们进入屋里，尚未坐定，母亲就忙着准备泡茶迎接老朋友。这时，萧军以他特有的爽朗嗓门大声说："哈！许先生做官了！啊，当官了！当官了！"母亲一呆，正不知如何应答，幸亏胡风连忙岔开话头，才把这尴尬局面掩盖过去。读者由此可见萧军先生风采之一斑。

但是，随着母亲工作性质的改变和任务的日益繁重，渐渐暴露出住在这里也有诸多不便。母亲工作的变化主要是在外事和社会活动方面，不仅频繁且往往规格很高。因此每逢任务下来，她都得认真梳理装扮，有时还得改穿旗袍，由小车来接去赴会或到机场迎接外宾。而大石作在北京只能算作小胡同，十分狭窄，仅容得一辆三轮通过，小车根本进不来。于是母亲只得从胡同深处我们家出发，走到大街上去候车。而这胡同又是北京典型的土路，所谓"无风三尺土，有雨满街泥"，即是说，晴天走过是满脚满身的灰土，雨天便要泥浆沾满鞋袜和裤脚。为此总弄得母亲狼狈不

（左）一九五四年三月二日受党和国家委托，母亲赴朝鲜慰问抗美援朝的志愿军；（右）母亲和抗美援朝的
女英雄们

堪，到了目的地，还得匆匆重新修饰一番。到了严冬风雪天，除
了外大衣，里边又不能多穿，要走这么一段长路去街上候车，其
艰苦便不必说了。再有的烦恼事是，外宾的飞机常常在清晨到达，
为此母亲总要天不亮就得出门，这时邻家饲养的狗往往会突然窜
出来狂吠不止，吓得母亲只得东躲西藏，又急又慌，逃跑一般向
胡同口奔去，这就弄得她越发狼狈了。至于因小车开不到家门口，
每当母亲晚归，我们做小辈的总是忐忑不安，早早地跑到街口去
守候，由此所付出的辛苦我就不多说了。

景山东前街 7 号

后来，不知是哪一位好心的朋友将此情况反映到周恩来总理
那里。一次在机场迎接外宾时，总理也去了，他就向母亲表示了
关切。随后国务院机关事务管理局遵照总理的指示，为母亲另行

母亲参加中日建交纪念活动

安排了住处，我们全家很快搬了过去。那就是景山东前街7号。这里也是个独门独户的四合院，好处是临街，还附有汽车房。从此母亲外出工作方便多了。母亲知道这是总理——也是党，对自己的器重和关怀，为此深感温暖和舒畅。

但我作为儿子，知道这对于母亲来说毕竟是次要的。因为在她的内心深处，还长久怀有一个炽烈的愿望，就是渴望自己成为中国共产党的一员。为此她处处以共产党员的标准来要求自己，注意克服一切非布尔什维克的思想意识。她不断地打报告提出申请，可是组织上的态度总是不明朗。这几乎成了她化解不去的心病。直到在某一次会议后，她才知道原来党对自己另有期待。这次是周恩来总理亲自找她谈话，对她说："你留在党外，工作比较方便一些。"这是那天晚上，母亲回家后，不及换外衣、换鞋，直接来到我房间里告诉我的。

从此，母亲心里有了底。她像个一切听从师长教诲的学生，愈加全心全意地投入到工作中去。当时，她除了在国务院上班，还担负全国妇联副主席的重任。妇联的外事活动不但多，而且十

（左）六十年代母亲、冰心与日本友人；（右）一九六一年母亲和中国妇女代表团去参观日本仙台的东北大学（即原父亲就读的仙台医专）

分重要，由谁出面接待往往是外交部领导，甚至是周恩来总理亲自指定的。譬如比利时皇太后、西哈努克的公子、溥杰的夫人等等的接待，都指名要母亲出面主持。记得母亲为了做好西哈努克公子的工作，特意送给他一套母亲一直视为宝物的由木箱精装的一九三八年版《鲁迅全集》。这使我颇感舍不得，建议她改送一套普通的版本算了。但母亲说，公子正在北大攻读中文，他会知道这套书的价值，从而感受到我们与柬埔寨人民的友情和对他们抗击美帝的支持。

　　一九六一年春，母亲率中国妇女代表团第一次赴日本访问，二十九天里跑了二十七个城市。在活动的空隙里，母亲受周恩来总理的委托，约见溥杰的夫人嵯峨浩，向她详细介绍了中国的变化与溥杰改造后的生活，并转达了溥杰和爱新觉罗整个家庭及周恩来总理的意愿，希望夫人返回中国与丈夫团聚。母亲还将总理亲自选定的礼品——具有象征意义的贝雕"双鸟栖樱"赠送给嵯峨浩。嵯峨浩捧着溥杰的照片和"双鸟栖樱"十分感动，流着泪扑向母亲的怀抱。后来又加上廖承志、西园寺公一等多人的努力，终于促成

一九四九年，母亲到捷克斯洛伐克访问

一九六一年，我、妻子、四个孩子和母亲在景山东前街寓中，孙女周宁出生一百天

了溥杰一家的团聚。

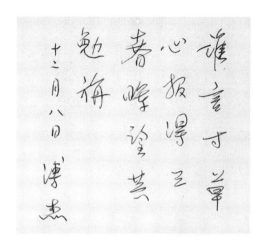

"文革"后，有一次全国"人大"开会，我有幸与溥杰先生同住一家旅馆、一个房间。我便想趁机观察一下他的生活起居和言谈举止，是不是像小说里描写的皇亲国戚那样娇贵无比。可我在不长的半个月里，看到他跟平民百姓实在毫无区别。他说话不卑不亢，待人谦逊而有礼，完全是一个和蔼可亲的北方老人。唯一特别的生活习惯是每日清晨早起静悄悄地在卫生间用冷水净脸擦身。当时正值冬天，室内虽然有暖气，一般人仍会耐不住这种"晨练"的。一到会议的空隙时间，他便匆匆赶去探望患病的妻子嵯峨浩，而且常常是搭乘公交车辆去的。在医院里，事无巨细，他都亲自为爱妻照料一切。这自然是题外话了。

母亲除了对分配给自己的任务不折不扣地完成外，凡遇哪位大姊临时身体不适，外事处来电话向她紧急求援，准备的时间往往只有半个小时，她总是一口答应，放下手头的公务私事，立刻换了衣服直奔机场。在我的记忆中，这种情况是相当多的。有一次傍晚，母亲为临时要出席一个外事方面的宴会，赶回来换旗袍，由于匆忙，出门时在院子里摔了一跤，左手支地手腕折断，而她托着断腕，忍着伤痛，照常在宴会上与外宾应酬。直到回家，我才发现她的腕伤。不知怎么一来，这件事竟被邓颖超同志知道了，特地差人送来一封问候信和几头中药"三七"，供中医配药之用。

但终因治疗延误，接骨后仍扭曲，使她生活自理颇为不便。

在繁忙的外事工作之间，母亲还担负着一项特殊任务，就是统战部门要求她利用多年建立的友谊，不时去探望一些党的重要朋友，关心他们起居，了解他们有些什么想法和要求，以便更好地做工作。我这里只说孙夫人宋庆龄先生和何香凝老人两位。

宋庆龄先生

父亲去世后，宋庆龄先生对我们母子一直很关心。抗战胜利不久，她从重庆回到上海，就由廖梦醒阿姨陪同，来到霞飞坊看望我们。我请他们二位上二楼，母亲已经等候在那里，可见她是预先知道的。孙夫人亲切地问候了我们，很关切地看看二楼的生活铺陈，随后让随同的司机送给我两箱美军罐头，母亲代我表示感谢。孙夫人讲的是英语，廖阿姨用广东话翻译。我从未听到过这种英、粤两种语言交错的谈话方式，因此感到非常有趣，也想不到孙夫人讲英语竟比讲普通话还省力。廖阿姨说国语很费劲，才选择了她最顺畅的故乡方言。寒暄过之后，母亲就打发我离开，因此她们后来正式谈些什么，就不得而知了。我就悄悄地躲在亭子间里品尝美国罐头。它深绿色铁壳，分别装着糖水桃片和糖水碎菠萝两个品种。我狼吞虎咽地一口气吃了一听。我那时年轻，嘴又馋，才有如此好胃口。

新中国成立后，宋庆龄先生和我们都在北京定居。那时她已是国家领导人之一，社会活动频繁，但她仍旧惦念着我们母子，总在春节前着人送来年糕。那是一种自制的核桃仁馅的枣糕，细

一九五六年迁墓，宋庆龄（右1）和母亲

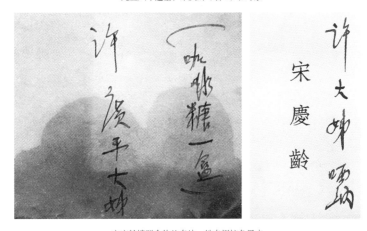
宋庆龄馈赠食物的名片。她专用棕色墨水

腻香糯，吃了令人难忘。有一回孙夫人得知母亲的牙齿缺损，义齿又总配不妥当，以致吃东西咬嚼不便，便介绍了一位韩姓牙医。这位韩医生技艺倒很高超，只是当他得知是孙夫人介绍的，便狠狠地敲了一笔竹杠。吃过这次哑巴亏，哪怕他技艺再高，母亲也不敢再踏进他的医寓了。

母亲也常去拜访孙夫人。去之前总是先约定时间。母亲告诉我，孙夫人在见客之前，脸部头发都要化妆，所需的时间也比较

六十年代母亲与廖仲恺的女儿，革命烈士李少石的夫人廖梦醒合影。之后几十年，我们与廖家始终保持着密切的联系

长。她是极不愿意接待突然敲门求见的不速之客的。

母亲每次访问孙夫人回来，总简单地告诉我一些情况。比如说，孙夫人愿意居住在上海。我问为什么，母亲讲了两个原因。一是孙中山先生是在北平去世的，这使孙夫人触景生情，引起伤感；第二个原因是气候，孙夫人皮肤过敏，北方地区的干燥气候，使她很不舒服。而上海地区空气湿润，适宜于她居住。但是孙夫人身为国家的副主席，需要她待在北京。我想母亲去探望时，孙夫人一定是多次谈到了这个心愿。当然，母亲也每次都向上如实报告，这是统战部所要求的。但似乎权衡轻重之后，还是请孙夫人留在北京，这从孙夫人频繁的国内外政治活动中可以看出来。

何香凝老人

母亲去探望何香凝老人时，常让我陪同前往。何老太——我们背后都这样称呼她，但当面相见，大家又按辈分称呼。我叫她阿婆。老人好客，喜欢热闹，跟我们在香港见到时那样，仍爱玩简单的麻将牌作为消遣，因而常有亲友前来"陪打"。陪打的内部规定是适当让老人赢牌，达到皆大欢喜的目的。玩牌玩到午餐，老人经常留客人便饭。这时，她进到内屋，从自己"私蓄"里掏出人民币两元，口中说："阿普呀！（廖承志夫人经普椿）罗二蚊（拿两元）出去买五毫子（五角）叉烧，五毫子烧鸭，五毫子烧猪肉。"两元钱要买这么多吃的，显然远远不够。但阿普总是从命，悄悄从日常伙食金里挖出几元，赶到华侨大厦的外购门市部去买（华侨大厦的餐厅是廖承志提议开设的，从广州请来名厨，所以开业后，深受广东老乡们欢迎）。

廖承志，我从母亲的辈分称呼他"舅舅"。他在家里没有一点首长的架子，还经常喜欢开开玩笑。他是一位美食家，据悉他酷爱"香肉"。可惜我没有和他同过这种酒席，故不知"香肉"为何味。他的姐姐廖梦醒，那时都六十岁了，且在社会上有很高的声望，但她在母亲何香凝的眼里还一直是个孩子，事事随意差遣，有时还指令她做超越年龄的差事，比如从高柜里取什么东西。我们想插手相帮，廖梦醒阿姨总是不让，只得眼睁睁看着她爬高落低，真替她捏一把汗。何老太每回见到我，总是显得很高兴，似乎老人家看着我从七八岁的娃娃转眼长成高高大大的小伙子，有着一种特殊的亲切感，常常边摸牌边转过头来问我"海婴呀！以加（现在）有几个孩子？"我回答有两个儿子。老人便说："呀！两个仔，好福气、好福气！"我随即表示感谢老人的关心。不到二三分钟，老人又照原话问一遍，我仍恭恭敬敬地回答，老人家也依旧赞叹不已。麻将才打完一局，老人又"原方抓药"地问，我再耐心地答复一遍，仍然得到"好福气、好福气！"的赞叹。此后，直到告别，我就不敢再靠近她老人家了。我结婚的时候，老人家画过一幅牡丹相贺，故她一直记得，关心着我的生活。

母亲还分工探望达赖、班禅几位宗教界领袖人物。但这方面的事，她从不在家里提起。以致有一次我的幼子随奶奶去政协礼堂观看文娱演出，发现她认识那么多穿红、黄色大袈裟的老和尚，心里十分奇怪。

母亲的入党

一九六一年的六月六日，是母亲，也是我们全家难忘的日子。在这一天里，她被光荣地吸收为中国共产党党员了。梦寐以求的这一天终于来到，母亲心情之激动和喜悦是无以名状的。我后来在一个小本子上，看到母亲当时这样写着：

一九六一年六月六日是我有历史意义的一日。我活着，要为中国、人类做些有益的事。

T(党)批准我作为一个党员，就要无负于T的教育和培养。

T又上溯到去年十月起，允许我从这个月交T费，即是说：从去年十月已被批准了，意外的感动者一。

知识分子原定预备期二年，党对我宽大对待，定为一年，这又是意外的第二个感动。

T派总支:（民主党派——海婴注）

总书记　焦　琪　副总书记　田　庄

母亲写《鲁迅回忆录》于西郊颐和园，时为一九五九年十月

小组生活　常克明　　看文件　陈景明

T 费：交 1%　　　稿费收入 1%—2%

　　那年母亲六十三岁。虽然身体正患严重的冠心病，但她的精
神状态却越加意气风发。我至今不能忘记的情景是：除了工作，
她总是倚坐在半软靠椅上阅读报纸文件，时不时，还转身伏到写
字桌上，在一个练习本上抄录她认为重要的段落。她要学习再学习，
以不负身上的重任和光荣的称号。我想，要不是政治风暴来得这
么快，猝然夺去她的生命，她一定还可以为党和人民做更多的事。

必须说明的真相

作为鲁迅后人，我对于三十年代文艺界前辈们一直怀有深深的敬意。虽然父亲曾经跟他们中间一些人有过这样那样的事，但那已经是过去的事了。至于有人后来为此而遭受不公正的对待乃至迫害，那应该不是父亲的责任。没想到个别前辈不作如是想，不但旧恨未消，竟在全国声讨"四人帮"之际，将自己受迫害的责任加在已故母亲身上。

我为母亲抱屈。但如果我当即站出来予以辩驳，会对揭批"四人帮"和这位前辈不利。为此我忍了下来，仅到中央组织部向胡耀邦同志当面作了申辩。因为我知道详情，有责任说明一切。如今时间已过了三十多年，我想该是公开澄清一切的时候了。

事情起因于"四人帮"粉碎后，中国文联第三届全委会第三次扩大会议近代组的一次分组会。这次会议参加者中有唐弢、欧阳山、林淡秋诸位前辈。会议主持者是孟繁和、王宝生两同志。就在这次分组会上，前辈李初梨说："鲁迅算什么！郭沫若提出革命文学的时候，他还在喊虚无主义呢！"还说："许广平不是什么因鲁迅书信被拿走气死的，而是因为她与王关戚关系密切，王关戚一揪出来，就吓死了。"

对于父亲鲁迅的评价，各人看法不同，这原是正常的。父亲是人不是神，功过是非，历史自有公论，我作为后人，不该也不会计较什么。但是对于母亲的无端指斥，我觉得这位前辈不仅太伤人，失于厚道，简直是在信口污蔑人。

关于母亲亡故的原因，我将在后文述及。这里先说明几点情况。

上海之行

不错，母亲早就认识戚本禹。那是一九六二年初，她收到戚寄自中南海秘书室的一封私人信件，大意是他读了母亲的《鲁迅回忆录》，有一些感想，打算写一篇《鲁迅与群众》的文章，因为"毛主席说过，鲁迅是最平等待人的"。为此希望母亲提供一些材料，"我想拜访您一次，请您给我一些指示"。母亲对人一向是热情的，她答应与之交谈。戚来访的那天，我正在广播事业局上班。但事后知道，他就有关鲁迅研究提了几个问题，母亲一一作了答复，仅此而已。就这样，她与戚本禹算是认识了。戚的这封信至今还留存着，很简短，日期是一月十四日。此后便再没有什么联系。

直到一九六六年五月下旬，一个星期日的早晨，我正休息在家，戚本禹忽然打来电话，说有要事来面谈。来到我家后，他只简单地传递一个讯息：江青要母亲立即到上海去。至于去上海干什么，他没有明说，只讲"到了那里就会知道"。并说此去逗留的日子不会长。他知道母亲有心脏病，让我陪侍同去，以便有个照应。我插问一句：如何请假，向哪一级请假？他回答说，请假的事，我

戚本禹在六十年代写给母亲的信封

们会替你办的。他回去不久，便送来两张当日上午的飞机票，我们就立即动身出发。

从上海机场出来，便有上海市委交际处的人来接，汽车一路开到到了锦江饭店。房间似乎早就定妥，是远离旅客的第十层。客房为单间，放有两架单人床。接待的干部交代：不要下楼、外出、打电话。吃饭自会有人按时送到房间来，每餐都在房间里吃。临走留下一个电话号码，说有事可以打电话给他。

打从接到通知，我们母子俩就一直处在满心狐疑之中，到了饭店，母亲就和我猜测，到底召我们来做什么？为什么那么急迫？又弄得如此神秘兮兮的，竟连房门都不让我们迈出一步？好不容易忐忑不安地挨到傍晚，那人来通知，让我们到楼下的锦江小礼堂去。他把我们领入落座后，便即告退，这时忽见这空旷的窗帘密封着的大房间里端坐着一个人，她就是江青。

江青开口先道了辛苦，随后突然问我母亲：你要不要给鲁迅伸冤？我听后吃了一惊，并从母亲表情中看到，她也对这句话大为震惊。江青接着说：你们把笔收起来，不要记录，这次请你来，是让你把三十年代的冤屈吐一吐。本来想想算了，由你去了（我当时想，这大概是你们虽然无可救药，但是还给个机会之意吧）。

你回房间去好好想一想，不要害怕，有什么冤屈都写下来。什么时候写好，交给工作人员。接着笼统地讲了几句形势。还说我们这次被召来上海，中央是知道的。我们一头雾水，丝毫也不明白这是怎么回事，心里又紧张，也不敢提问什么。末了她说，今天就谈到这里。你不要出这个楼，

"文化大革命"前的母亲。约一九六三年

不要找这里的朋友，外边不安全，也不要向外打电话，这件事对谁也不要说。交代过这几句，便起身送我们走了。

母亲和我恍恍惚惚地返回房间，晚餐送来了，但我们自始至终不知在吃些什么。饭后，母亲跟我说：父亲在三十年代是有气的，这些都在他的文章里表达出来了。他的病和死，我们是有疑问的，连叔父周建人一直也在怀疑。只是讲到"冤屈"这层意思却又从何而来？不知道江青所说的"冤屈"究竟指的是什么？又是怎样程度的冤屈？真是难以捉摸！这天晚上，我见母亲一直在床上辗转反侧，没有睡好，想必是整夜在搜索枯肠吧。我理解母亲的苦衷，虽然她内心不愿意，但是既已应召而来，看来不交出点什么，是断乎过不了关的。

第二天上午，工作人员送来四份中央文件，说是只准看不许摘抄。文件之中记得有：《林彪同志委托江青同志召开部队文艺工作座谈会纪要》和《中国共产党中央委员会通知》（即"五一六"通知）。母亲和我急匆匆地读了一遍，除了觉得江青所讲的形势原来都是文件里的内容，还仍然如在云雾里弄不清底细。只觉得这是毛主席的号召，要紧学紧跟。但这些都不及细细捉摸，眼下最重要的是回忆和写出材料来交卷。母亲经过一天苦苦思索，叫我铺开纸，由她口述我记录，就这样边忆边写边擦汗，搞了一天。到晚上，母亲疲惫地擦拭着额上的虚汗，表示再也挖不出什么"冤屈"来了。我又不能帮她什么，只能暂停，休息。随后，母亲将我记录的稿子拿去修改，直到深夜才完成。次日由我誊抄，成稿十页。材料前附了半页信（短信括号里的字是我添加的，得到母亲的认可）。下面便是从三十五年前的底稿中录下的信和材料全文：

江青同志：

　　感谢您借给我阅读的（四份重要）文件，现在看完了，（懂得不少事，真觉得必须把社会主义文化革命进行到底！）特此奉还。

　　这几天有关三十年代的前后回忆了一番，搜索枯肠，只记得了这么一些，（没保留写下），不知能供您参考与否？若有不妥处，希望把意见指出，以便修改。此致
敬礼！

　　　　　　　　　　　　　　　　许广平　五月二十七日

左联时期有关三十年代后回忆资料

全国解放之后，我把保存多年有关鲁迅的遗物，如手稿、作品、文物、衣物等，全部贡献给国家，完成多年来的夙愿。鲁迅不是个人的，是属于伟大的中国共产党、伟大无产阶级事业的。由中国人民进行纪念他，是无比光荣的。从这之后，我一切放了心。却不料右倾机会主义者从中进行了不可告人的勾当，企图抹杀鲁迅而为三十年代资产阶级路线开道；为偷天换日再次抬出一块反动的"国防文学"招牌取了巧，我现在必须揭露。

鲁迅全集第六卷中且介亭杂文"答徐懋庸……"的注释，是明目张胆地篡改了历史事实和真相，颠倒黑白大肆吹嘘三十年代"国防文学"的成果。记得全集注释本出版前，冯雪峰把注释送来我看，并把（说）已经郭老及中宣部领导看过，虽然我看到注释中有与事实不符，说鲁迅是宗派主义，感到不解，想到是已经有定稿，中宣部是代表党，我服从于党的领导，不应表示异议。此事一直耿耿于怀，没有提出具体意见。现在"高举毛泽东思想伟大红旗，积极参加社会主义文化大革命"社论的号召下，擦亮了眼睛，我认识到今日必须辩明是非真相，斗倒这一小撮反对毛泽东文艺路线与毛泽东思想相对立的反党反社会主义黑线，斗倒把持文艺界"领导"地位的自封为三十年代的现代修正主义的文艺思想和所谓三十年代文艺的结合。清除资产阶级右倾机会主义在文化战线上的代理人，扫除邪气树立正气维护党的绝对领导，维护毛主席的文艺路线，只有涤荡了妖氛，才能够给人民正确的路线给鲁迅翻案。

回忆在左联时期有关三十年代的情景，鲁迅所参加的左联活动，我由于没有参与，许多情况没能知道，只见到、体会到鲁迅的孤军作战，受怀着恶意的人长期围攻加上背后射来的暗箭，十分气愤的心情，也无从插手协助。鲁迅严格遵守铁的纪律，虽然斗争十分激烈，也不与我知晓。只能在一部赠书中写道："十年携手共艰危，以沫相濡亦可哀，聊借画图怡倦眼，此中甘苦两心知。"另一方面，那时我尚年轻，鲁迅恐我知悉内情，一旦被捕而泄密，岂不有损于革命。因为这样，只能回忆到一些侧面情况。曾记得那时期鲁迅令我烧毁一些信件、稿件等，我也尊重纪律，立即销毁，从没有过目。现在就只能把该时所见所闻，尽力加以追溯回忆，凡忆及不论点滴大小，一并记下，以供参考。

（一）向往党中央、毛主席的无产阶级革命事业。

鲁迅在一九二七年大革命的时候，从广州初抵上海，便受到创造社打着马列主义旗帜的各种攻击。当时为了攻击原因何在，检查了自己，通过理论学习有力量反击敌人，便奋力研读有关马列主义的书籍。那时国内中文的有关这类书籍不多，由于日本翻译理论书籍较快，便通过内山书店从日本购买了许多马列主义的书籍。在追求真理，辨明是非提高认识的不断学习中，日益认清了革命领导是无产阶级、党中央毛主席。认清了中国人民必须寻求光明的道路。之后左联、地方党和瞿秋白等同志所介绍的延安情况和党所领导的艰巨斗争经过，使鲁迅不断加深了对革命的认识，热切希望投入这一斗争里。每逢从解放区有人员来沪，都十分关切询问有关党中央毛主席的情形。

一九三三——一九三四年某日，陈赓同志由冯雪峰的陪同，详谈长征的反围剿斗争事迹，直谈到晚间还躲在厨房间里边吃饭边谈（因孩子生病），谈到延安种种故事，鲁迅深为感动，他认为党的二万五千里长征，是史无前例的英雄伟业。远远超过《铁流》，值得歌颂广为宣传。并表示要尽可能多地搜集有关资料，作好准备写长征的作品。一九三六年住虹口大陆新村时，史沫特莱来访，也关心长征方面的事迹，因鲁迅大病，由冯雪峰陪在三楼后房深夜长谈。所遗憾的是鲁迅未能进行这凤愿。好在现在已有千千万万掌握了毛泽东思想的工农兵革命文艺工作者正在继续这些伟大的革命史诗。

（二）"民族革命战争的大众文学"与"国防文学"之争。

背离马克思列宁主义阶级观点的"国防文学"口号首先提出，就有一批人去签名，也拿来要鲁迅签名，当时鲁迅拒绝了。鲁迅认为应该照党的指示提出了"民族革命战争的大众文学"这一正确口号，要文艺为工农服务和创造，遭到一些人借口名称太长，不易使人明了和记忆而反对。"国防文学"这批人起初想利用多数压倒少数的签名方法取得通过。但群众是拥护"大众文学"的，毕竟得到不少人签名。记得首先赞成的是巴金等人，在两种口号争执时，适处白色恐怖下，中央的指示很不容易到达白区，鲁迅既然是接到由冯雪峰带来延安党中央的指示，体会了中央的精神，必当坚持斗争，不论别人怎么反对，努力奋战要按照党的意见，使这个口号能够发出。

记得那个时候也有一些人，想采取两面派手法，在两个口号上都签了名，但更有一些人坚决站在鲁迅的一边，也就是站在党中央毛主席指示的一边，坚决拥护无产阶级这个文艺路线。

（三）鲁迅在党的领导下和左联的关系。

姚篷子要打入学生队伍拟进北京大学，来找鲁迅写介绍信，鲁迅写信托马幼渔介绍入学，后听说姚被捕了，没有供出鲁迅的关系。

蔡咏裳（董秋斯前妻）担任革命地下工作，每次抵沪都常来鲁迅家里了解消息，有一次鲁迅提供了重要情况（有关党和革命事业的）蔡咏裳听了认为很有帮助，因为鲁迅在上海居住地稳定，所以失掉联系的人，常常来寻鲁迅，鲁迅必以所知以告。

冯雪峰与鲁迅接近甚密，深夜常来长谈，传达党的指示，彼此交换看法。有一次冯雪峰来，告知特务跟踪他，追踪甚紧，冯躲进书店而从后门逸出，绕了几个大圈子把尾巴甩掉后抵鲁迅居处。一九三六年因鲁迅病，冯表示希望鲁迅搬个空气较好的家，而且中日关系紧张，更应早日设法，原拟十月底离开虹口搬到法租界，终因鲁迅去世而未成。

记得大约在一九三八年在香港遇到潘汉年，他托我带口讯给冯雪峰，叫冯雪峰应早日到有党领导的内地去，说耽搁在上海算什么呢。那时冯和党内的一些同志意见不合。冯听了之后，穿了瞿秋白留下的长衫离开了上海。

大约一九三四至一九三五年内某日，鲁迅从内山书店回家，心情兴奋，似有可喜的事。问及，说遇见成仿吾，他面色黑里透红，身体像铁人一样结实。虽然成曾骂过鲁迅，但因现已是革命同志，鲁迅和他一样亲热。新中国成立后，偶有机会见到成，问到是否有在上海见到鲁迅，成仿吾承认是，并说他当时失去党的关系，还是鲁迅设法给他接上的。他还说返中央时汇报过这件事。

刚搬到大陆新村，原住公寓未退租，（大约是拉摩斯公寓——海婴注）鲁迅外出时交给我一把钥匙，交代说若有事可去公寓找他。后适逢有事，我抵寓开启房门，看到空荡无什么家具的屋内，有十余人围立于一桌前开会。这是仅有一次遇到左联正在开会。

（四）打击、扼杀鲁迅的手段。

一九三四至一九三五年间，鲁迅主持《译文》杂志的出版。大约负责编辑了两三期之后，受到了广大青年读者的欢迎，销路上升。鲁迅扶持了黄源之后，便放手让黄源主持编辑，自己从旁协助。这是鲁迅一贯辅助青年作家的态度。不久便听到生活书店拟停止《译文》的出版，理由是改出另一种刊物。

某一日，鲁迅被召至一旅馆开会。回来心情极为气愤，对我说："那里几个人在一起，简直对我是'吃讲茶'的态度。"听鲁迅说几个人其中有胡愈之。又闻当时生活书店的主持者是毕云程。

又有一天，茅盾（沈雁冰）来家里和鲁迅谈《译文》之事，记得很清楚鲁迅是用尖锐的口吻说话，而茅盾是用辩护解释口气，最后不欢而散。这种面对面针锋相对的情景，我从未见到鲁迅有过，这态度令人惊异。谈话后，鲁迅问我："我这样谈怎么样？"我表示同意。可惜现在已不复记忆那次谈话的内容。我怀疑扼杀《译文》是给鲁迅打击，背后有人表面说黄源的资格不够，而实质上的用心是扼杀鲁迅出版此书。

最后《译文》终于停止出版了，鲁迅为了抗议，要求在这一期上刊出"终刊号"，以告读者。不久，因该刊得到广大的读者爱护，鲁迅又冲破困难多方设法，在另一家书店重新出版，在杂志的封面上写明"复刊号"以对终刊的回击。这件事的过程对鲁迅的影响颇大。

心情十分愤慨，使他悒郁于怀，实受不小的打击。

一九二七年大革命后，鲁迅从广东来沪，季致人（此人何穆医生认识）或敬隐渔信中讲，法国名作家罗曼·罗兰对鲁迅的作品评价很高，因不知道鲁迅在中国的确实地址，将信寄到创造社。鲁迅听说此事，托人向创造社打听。创造社始终不作有无信件的答复，每当念及此事，心情不愉快，不明白为何扣压来信。

（五）在围攻时受暗箭所伤的心情。

有一次鲁迅给胡风写信，我在旁对鲁迅说：周起应（周扬）与胡风有意见，你不必介入嘛！鲁迅把笔一放对我说：你哪里知道，他骂胡风其实是骂我！

一九三〇年，鲁迅五十岁时，找到一处比较安全的地址，由冯雪峰通知进步友人，到旧法租界一家荷兰饭店聚餐。记得还派人放哨，参加者有史沫特莱、柔石、冯雪峰等人，由董秋斯任翻译。每人交聚餐费两元。这个以聚餐为名的活动，餐前田汉闻讯来到，随后跟着有电影明星男女十几个人。田汉一听说要缴餐费，转身就匆忙带领这一伙人呼啸要走，鲁迅当即赶去挽留，说既然来了就不要走，餐费全由我来出。田汉不应，仍立即离去。饭间史沫特莱讲话，鲁迅致答词表示自己估计还可以努力工作十二年。是表示对那些诅咒、反对他的人，给予一个坚决的答复。

鲁迅经过了一九三〇年广东大革命的屠杀，到沪心情不佳，病了一场。后来参加"自由大同盟""民权保障同盟""左翼作家联盟"（简称三盟），那段时间因白色恐怖，常常躲在外面住宿。在这样生活下，身体极衰弱，全部的牙床发炎，不得不把全口牙齿拔掉。有一次我抱了孩子去探望他，见到有几个人在座，其中只认识潘汉年。

居住虹口公园对面的（拉摩司）公寓时期，柔石被捕。袋里有鲁迅与书店签订合同的草约，以致敌人追索鲁迅的下落。柔石坚不供出，敌人挟裹柔石去书店查询，没有结果。为此我们全家避难住在日本人开设的旅店里。这段时间鲁迅的心情压抑，有时烦躁。曾有一天忽然外出，独自跑到一家小茶馆去喝茶，那是南京路永安公司旁的一间闲杂人多的地方。我到内山书店、周建人家这些鲁迅常去的地方找，心中极怕出了事故。鲁迅直到深夜方归。本应隐蔽的人物，由于许多革命的同志被捕，事业遭受损失，他心情痛惜，突然也想牺牲自己，献身革命。

（六）鲁迅对周围人物的看法。

鲁迅批评当时的周起应说："他自己深深地躲起来，从不外出，成天倒叫一个女孩子跑来跑去，到处送信传递消息。"听鲁迅的口气，站在领导、指挥地位的人，却不参加必要的会议，也看不到他们。大约在一九三四年，我陪鲁迅到篠崎医院看病，走廊上碰见夏衍，鲁迅草草地打个招呼，就匆忙扯我离开。鲁迅对于青年扯进口舌之争说过：有那么多闲工夫，为什么不好好写些东西呢！

（七）鲁迅的纪念事业。

一九四九年后，鲁迅的作品归人民文学出版社出，经常有外地的读者来信，向我诉说难以购到。每个大城市到的书很少，小地方只有几部书。实有供不应求之状。纸张的有计划供应是肯定的，是否有更好的办法。或许有别有企图的人，限制鲁迅的作品流传使读者失望，又听说鲁迅的作品已经过时了！实难以估计其意图。

《鲁迅传》电影，数年前曾在京见到陈鲤庭、柯灵、沈鹏年，他们说要拍摄。剧本集体讨论，由陈白尘执笔。经修改了三四稿，最后在《人民文学》杂志刊出。并据说曾试行拍摄，后即渺无音讯。又遇于蓝同志（她是试拍演员之一）询问内情，于说：怕里边还有些问题。原拟今年鲁迅逝世三十周年公演，中途停止，与哪些问题有关？

鲁迅死后，全国人民表示哀悼，但这前后，也不断听到恶人诅咒。痛恨鲁迅为何不早点死掉。还说为何死了高尔基，不死鲁迅（高于一九三五年逝世，鲁迅于一九三六年去世）。表示一小撮人对鲁迅的痛恨，我曾为此不满而表示于《鲁迅全集》的后记中，高是世界文豪，如果鲁迅一死可以替高的话，鲁迅不会爱惜自己的死的。

鲁迅居于上海的十年中（一九二七至一九三六），整天处在国民党反动派、帝国主义、大小文人以及想从文化界爬上来的人包围之中，他们认为鲁迅阻碍他们的道路，是挡在面前的绊脚石，想踢开他、踩倒他，种种明枪暗箭无不用其极。可是鲁迅晚年虽然处在敌人的文化围剿、暗杀、威胁和疾病

348

的包围中，当听到有关延安党中央、毛主席领导的革命事业胜利的消息时，这光明的灯塔永远指引着鲁迅前进的方向，鼓舞他的斗志，藐视敌人，挺着胸膛奋战。他编刊物、写稿、帮青年改稿、办"朝花社"等等，以短短的十年工作量，就超过了前二十年，这是因为有了正确的领导思想、正确的战斗目标、正确的唯物观点，才能推动鲁迅做到这些。鲁迅所行所为，均有作品。是否正确，党和毛主席、全国工农兵可以审查评定。我深信党中央和毛主席一定会对鲁迅的屈从新冼。（此四字原文如此——海婴注）

此稿记述于旅次，全凭记忆，其中年、月和有关内容，可由鲁迅著作中查对。

一九六六年五月廿七日

对成仿吾谈话的看法

在这风平浪静的一九六六年五月，我们母子和全国人民一样，在对即将发生的一切毫无预感的情况下，急匆匆而神秘兮兮地去了一趟上海，领受这样一个特殊的任务。对于母亲奉命写的这份材料，我一字不漏地予以公布，此中的是非曲直，我不想多说什么，相信读者会有自己的结论。而对于我来说，重读旧文，感慨万千，不禁又忆起当年母亲苦思冥想时的烦难和无奈。

从这次神秘的上海之行后，我发现母亲有些变了。在去之前，她似乎也感觉到政治形势逐渐变得不可捉摸，却又什么都不知道。她虽是党员，又有人大常委、中国妇联副主席、民主促进会副主

一九六一年十月，母亲在上海鲁迅纪念馆门前

席等显赫头衔，但能让她接触的中央文件却不多，平时只能通过报纸和大参考来了解形势，有时还靠"马路新闻"来补充。她内心只有一条：虽然自己年老多病，仍要"活到老学到老"，要时时事事紧跟党中央毛主席。因此，尽管那时她的心脏病已很严重，但只要心率稍稍正常，心绞痛和缓，便要拿起报纸来看，重要的段落还要亲自加以抄录。她常常独自默默地在想着什么，说话似乎也少了。另外，也许出于一种特殊的心情，她还重抄了《风子是我的爱》等两三篇文章（直到她去世前的一九六八年一月二十一日，母亲才向我们透露，这篇《风子是我的爱》，是她向父亲的定情之作，她解释说：风就是快、迅，指的就是父亲鲁迅）。

同年七月初，有一天全国妇联接待室来电话说，山东大学四年级的学生王永升等几人，要求面见母亲，了解她对成仿吾的看法。他们提了这样两个问题：

1.对成仿吾的看法，你在《鲁迅回忆录》里和现在有性质的不同，为什么？

2.一九五八年你与成仿吾的谈话内容。

事情的起因是一九五九年苏联汉学家彼德罗夫访问山东大学

时，有一份成仿吾校长的讲话记录稿。

当时彼德罗夫问他：革命文学争论时期，杜荃（即郭沫若——海婴注）等人为什么要猛烈批评鲁迅？ 成仿吾回答说：鲁迅是老一辈，创造社是后一辈，彼此有些矛盾。我们对鲁迅不满意是一九二七年大革命失败后，我们皆抛离广东，而鲁迅却前往广东，他是被朱家骅利用，做了广东大学的教务长，这是他落后处。直到他后来发觉，才回上海。太阳社"左"得厉害，创造社态度比较中间，郭沫若批评鲁迅针对的仅是鲁迅留在广州这件事。

"当时与鲁迅进行理论斗争是有的，但与鲁迅对立的是太阳社，鲁迅把我们和太阳社混为一起了。一九三一年鲁迅说我们是流氓（我们皆已入党），这是错误的。但从那以后，鲁迅转变了，对我们很好了，一九三一年底，我从苏区（湖北打游击）到上海找党中央，鲁迅帮助我们找到党中央，见面很高兴。去年我见许广平，向她感谢鲁迅的帮助，许广平说：'鲁迅的错误很多。'"

对于成仿吾的这次谈话，尤其是向外国人士这样讲，引起了学生的疑惑，为此，希望从母亲那里得到澄清。

对于这种事关历史真实和父亲名誉的大事，母亲理所当然有权予以说明。

她的答复是："一九二六年十一月七日鲁迅从厦门写信给我（当时我在广州）说：其实，我还有一点野心，也想到广州后，对于'绅士'们仍然加以打击，至多无非不能回北京去；第二是与创造社联合起来，造成一条联合战线，更向旧的社会进攻。当时，鲁迅因为'三一八'运动，被北洋军阀追捕，离开北京不久，他急于寻找战机，联合战友，才想到广州去参加战斗。因此一九二七年一月，鲁迅从厦门到广州，任中山大学文学系主任兼教务长。但到四月十五日，国民党反动派在广州开始大屠杀。鲁迅当日不避危险，参加紧急校务会议，营救被捕学生，无效。他就坚决辞职，表示抗议。成仿吾说鲁迅在一九二七年大革命之后才就任中山大学文学系主任兼教务长，是篡改历史，有意诬蔑鲁迅。我在北京见到成仿吾时，的确提到这件往事，那是我向他打听：他是否秘密地到过上海？他证实了这件事情，并且说明他是通过鲁迅才和党接上关系的。当时我并没有说过什么'鲁迅也有错误'这一类的话。"

可以看出母亲的回答仍旧心平气和，仅是据实说明真相而已。后来山东大学的学生将之作为批斗成仿吾的炮弹，那是母亲始料不及，也是她不愿看到的。李初梨身为一位有声望、有地位的前辈，他理应分辨得清这些，我不明白他为什么要如此诬蔑故人。

事实上，在"文革"中，我们住的景山东前街7号，与李初梨西隔壁相邻，得知李家遭到抄、砸，破坏严重，母亲思想上怎么也想不通，同时也开始为自身的安全担心，和我商量怎样避免红卫兵闯进我家来造反。按当时的风气，唯一的办法就是高挂、多挂毛主席像和语录。因此一时间，我们家里的镜框都覆盖了毛主席语录，家里的"四旧"属于我的不少，为了避免讲不清惹来祸害，遂将我日常摆弄的那些无线电零件、电子管、外国古典音乐唱片统统交给我的大孩子去砸。叮叮当当敲了半天，统统砸成碎片才罢休。还有孩子们喜爱的小人书、连环画册和外国童话故事书，全卖给了废品站，为此他们伤心了好几天。院子里原来种着好些耐寒花木也统统挖掉，改种向日葵、玉米和蓖麻。每逢母亲要外出，我们怕她年老遗忘，总要检查她胸前的毛主席像章是否佩戴端正，"红宝书"是否放在随身小拎包里。这是家里人谁都有责任做的检验工序。我们临街的大墙原来光秃秃的一色青砖，没有大标语，我

"文革"初期，周恩来与母亲在会议上

们怕革命警惕性特高的红卫兵产生怀疑，冲进来责问，就赶紧去买红色的油漆，刷了"毛主席万岁"大标语，心里才踏实下来。

在这惶惶不安的日子里，母亲的身体愈加衰弱，经常心率过缓，心绞痛频频发作。不想就在此时，被造反派夺了权的北京医院，竟将她的医疗关系，跟领导干部和所谓"资反分子"一道驱逐了。她被转到西城一个医院去门诊就医，由于是普通门诊，所能处方的药品供应又不多，尤其是治疗心绞疼的药断档，以致后来造成令我悲痛终生的后果。

这就是母亲在"文革"中的经历和心境。曾有朋友问过我，当时周总理有一个保护对象的名单，你母亲也必在其内吧？我从后来发表的总理草拟的名单中，并未看到母亲的名字。而实际上，即使那些上名单的首长和头面人物，有的照样受到严重的冲击和迫害，这是人所共知的。

鲁迅手稿事件

在这里我要向读者报告，母亲究竟是怎么死的。

前文说过，新中国一成立，母亲就将历尽艰难保存下来的父亲手稿等遗物，捐献给国家，她以为从此可以万无一失，再无后顾之忧了。不料，"文化大革命"一来，到处在"破四旧"，毁坏文化遗产，连北京鲁迅博物馆也乱了起来，领导靠边，造反派夺权，这不由得使母亲和关心父亲遗物的朋友们忧心忡忡，担心这些珍贵的文物于混乱之中遭到意外的损失。但这忧虑仅属于火灾、失窃与人为损坏这一类。让母亲万万想不到的是这劫难竟会来自以"革命文艺"卫道者自居的中央"文革"。

据鲁迅博物馆研究员叶淑穗先生回忆，早在"文革"初期的一九六六年六月，"鲁博"所藏包括《答徐懋庸关于抗日统一战线问题》在内的手稿和书信（其中有些还从未公开发表过）计一千零五十四件，共两大木箱，（内分装八个楠木盒）就被文化部调走。而这样的大事，母亲和我们家属却毫无所知。但这是王冶秋提议的，出于保护文物的良好用心，自然无可厚非。让人想不到的是，到了一九六八年一月，这批父亲手迹竟又被当时是中央"文革"小组成员的戚本禹取去，而这个曾经炙手可热的人物转瞬之间又被

354

打翻在地，这不由得使"鲁博"的同志们为这两大箱父亲手迹的安全担心起来。他们一面紧急向中央打报告，一面委派叶淑穗向母亲通报此事。这是一九六八年三月二日的事。

母亲得知后真是忧心如焚。待叶淑穗离去后，她觉得仅靠"鲁博"的一封信，似乎作用不够，甚至连能不能到达总理手里都难以保证，因此感到自己必须立即有所行动。于是与我商量，她要给中央写信。就在这种急愤交加的心情之中，她开始执笔起草信的内容，一直伏案到深夜。这对于一个患有严重心脏病的七旬老人来说，无疑是雪上加霜。但我怎么也想不到，悲剧竟会来得这么快这么惨。

母亲连夜将信写好后，又顾不得休息，次日上午，要我陪她去董秋斯、凌山夫妇家，她要向好友征询对信件的意见，并商讨下一步该怎么行动。到了东单东侧的董家，母亲将信交给董秋斯先生阅看，一边介绍此事的经过。她讲得急促而激动，想把这一天来郁结于心头的焦虑和愤慨尽情地宣泄出来。过不多久，我发现母亲一边说一边在手袋里掏摸，我立即意识到她的心脏不好，她是在找硝酸甘油，连忙拿出一片让她含在舌下。见她仍然感觉不好，我又让她再含一片。谁知这么重的药量仍控制不了病情的发展，只见她从椅子上斜着身子慢慢地滑了下去，并立即失去了知觉。我们连忙将她抬上汽车，由凌山先生陪同，直奔母亲原先的公费医疗单位北京医院急诊室。一路上我摸着母亲的脉搏，它仍在跳动着，这让我稍稍安心，以为只要及时抢救，母亲终能醒过来的。

岂知在这大白天，偌大的北京医院急诊室里竟然没有一个值班医生。我们只能自己动手找来一张带轮子的推床，靠着一位路

母亲磁质遗像，下边文字是她的遗嘱

过的解放军同志的帮助，将昏迷的母亲从汽车抬到推床上。我找到一位女医生，求她赶快抢救，但她却要求先得找到病历卡，才能采取措施。可是这里的挂号室已经没有母亲的病历卡，她在北京医院的医疗权利已与"走资派"一道被造反派所取消，转到北大医院的普通门诊去了。我请求她先救人要紧，而她仍不肯立即采取措施，坚持要先找到病历卡和做心电图的仪器再说。我只得急忙奔到楼上病房去找医生，恰巧母亲熟悉的蒋国彦医生在当班，他立即随我赶回急诊室，但是已经晚了一步，母亲的脸色已经变了，心脏亦已停止跳动。虽然蒋医生仍然采取注射强心针和心脏按压等措施，母亲终因经不起这半个多小时的耽误离我而去了。

这就是母亲突然亡故的真实原因和经过。应该说，她也是"文化大革命"的受害者，我下面要讲的事实将进一步证明这一点。

这天晚上十点半，当我们全家沉浸在悲哀之中时，周恩来总理亲自赶到北京医院来悼念母亲。总理问了发病经过，当时是否吃药，我一一做了回答。总理说："我也带着这种药。"随即从身上掏出药瓶来给我看，接着又说："医生告诉我这种药不能多吃，只能在胸口感到闷时再吃，你妈妈吃了多少？"我说不多，含了二片。总理问在座的吴洁医生："如果不送医院，就地抢救行不行？"吴回答："病情发得很快，医生赶去恐怕来不及。"总理说："看来这种病当时如能急救，也许能延缓一个时期，但身体实在恶化得太快了，真是无法可治。"

总理接着追问掌握医院领导大权的造反派："你们那时为什么不值班，找不到人吗？"那个头头含糊地回答："因为没有明确规定……"总理提高音量说："今后必须值班！我要你们的电话号码，抽空就打，看你们有没有人在！"

总理回头向我和我爱人马新云问了一些本单位运动的情况，又将话题转到母亲身上，问："许广平同志今年多大岁数？"我说今年七十岁。总理"噢"了一声，说："那我们是同年，都七十了。"又问"许广平是广东哪一县的？"母亲的秘书王永昌答:原籍澄海，生在广州。总理又说："江青同志打电话给我，说她本来想到医院来看一下，她怕看了以后心里更难过，所以不来了。以后开追悼会，我们都来，伯达、康生也知道这件事了。"

谈话后，总理起身去太平间向母亲遗体告别。直到深夜十一点半，他才和我们全家一一握别而去。

我们也随即回家。但到家尚未坐定，便来电话，告诉我们中央领导要来。不一会，门外和墙边就站了许多解放军警卫。又过

母亲去世前一年，在抄录有关资料

了几分钟，周恩来总理提前五分钟来了，检查了客厅的窗帘和环境，确定让江青就座的位置，随后江青、陈伯达、康生、姚文元他们才鱼贯进来。在客厅里落座后，江青环顾沙发后面，问道："有没有风呀？ 我怕风。"接着率先发话："听说这事，心里很难过。我粗心了，没有照顾好她的身体。一九三六年鲁迅逝世时，我去送葬，走在第一排，有一张照片，可惜后来被偷走了。鲁迅在我们最困难的时候，写了《答托洛斯基派的信》，这在当时是不简单的……"

在江青长篇大论之间，我将母亲写给中央的信当面交给总理，总理看后又递给江青。信是这样写的：

现向您汇报一下：北京鲁迅博物馆原藏有鲁迅《答徐懋庸……》手稿15页，书信手稿1054封（1524页，大部分未印）。一九六六年六月三十日，旧文化部以"保护"文物为名，从博物馆调走。一九六七年春天，戚本禹在文化部听说此事，又将这部分手稿全部拿走。现在我不知道这些手稿究竟落于何处，甚为担心。如有散失或毁坏，将给人民带来损失。因此希望能帮助了解一下此事，最好能将结果告诉我。如果可能的话，我还想看看这些手迹。

鲁迅博物馆已有报告向中央文革小组反映此事。随信附上抄件一份，请您一阅。

许广平　一九六八年三月二日

江青看信后说："信里反映的事情我们过去一点都不知道，叫戚本禹交代，冲着这一条就可以枪毙他！如果不交代，就枪毙他！ 这东西是不是找一个地方保管（姚文元插话："放在中央档案馆。"），统统拍照。这些王八蛋想毁坏手稿，将来可能要翻案。看来她受了刺激，有心脏病的人怎么受得住这个刺激呢！分明是陷害，要追查这件事！"

我又将母亲预立的遗嘱递了过去。母亲写道：

如果我有一时的急变，致血液循环不通，竟然逝去的时候，我的尸体，最好供医学解剖、化验，甚至尸解，化为灰烬，作肥料入土，以利农业，绝无异言。但是，我是一个共产党员，我的身体，最后也听党的决定。我的亲属，也望他们好好地、忠诚地听党的话，一切遵循党的指示，按毛主席指示的方向办事。

总理和江青看了，一致表示骨灰就按母亲的遗愿处理。

江青还说："不要去八宝山，八宝山有叛徒。"

他们在我家坐了近一个半小时。江青的话最多，还显得很自责地说："太粗心了，太粗心了，我们照顾得不够。"姚文元仅插过一句话，陈伯达一语未发，康生更是什么态度也不表示。临走握别，周总理还对我孩子说了一句："我太粗心了。"

第二天，"中办"向我传达中共中央关于母亲丧事的正式意见：尊重许广平遗愿，不开追悼会。同日，新华社发了一个两行文字的消息。

五日清晨五点，总理办公室秘书又来电话传达总理的指示：

1. 火化问题，哪一天都可以，和人大常委会商量着办。

2. 骨灰处理，中央意见，尊重许广平同志的遗嘱。具体做法和人大常委会商量，同意少取一点骨灰，撒到上海鲁迅墓前的小松树旁。

3. 吊唁问题，未火化前，在北京医院组织吊唁。火化后如仍有人吊唁，可在家里设一小房间，中外人士要来都可以。

4. 追悼会明确不开了（告别仪式当然也没有了）。

随后，邓颖超同志带了秘书赵炜也专程来我家吊唁。她对我说："你妈妈是最早提出死后火化，并不保留骨灰的人。恩来后来知道了许大姐的意思，向我说，我们将来也不保留骨灰，撒到大海里去。"

在操办母亲丧事的过程中，我深切地感受到总理亲切周到的关怀。而江青那天晚上在我家的表演，在我了解全部真相之后，愈加看清了她的阴险和伪善。什么"我心里很难过"、什么"我们一点都不知道"，其实整个鲁迅手稿事件本来就是她一手造成的，她是害得我母亲急愤交加猝然死去的罪魁祸首。自然，我是在"四人帮"粉碎之后才知道这一切的。

原来，周总理那天晚上离开我家之后，就在中央碰头会上决定提审戚本禹。追查父亲的手迹，领受这任务的是傅崇碧和刘光

母亲在大石作旧居，时约一九六〇年

甫两位同志。前者时任北京军区副司令，后者是北京卫戍区的副司令。这两位首长于一九七七年年初先后当面向我讲述了追查的全过程和此后遭受的打击。杨成武同志代表中央向傅崇碧具体布置这一任务，为此他也被林彪江青一伙视为眼中钉，成了主要的打击对象。

遵照中央指示，两位司令员首先提审戚本禹，戚交代说，他是受江青之命去文化部取走这批鲁迅手稿的。如今就存放在钓鱼台的中央"文革"。经过请示，他们就于三月八日，带了傅司令的李秘书，分乘两辆小车直奔钓鱼台。经过一番周折，当他们好不容易来到十八号楼时，但见江青怒气冲冲地走了出来，大声斥道："你们来这么多人干什么，要到我这里来抓人吗？要制造紧张空气吗？"她这一番淫威当然吓不倒傅、刘两位，傅崇碧同志向她说明，奉中央之命追寻鲁迅手迹，并且有线索说就在中央"文革"的保密室里。江青听了越发大怒，吼道："手稿怎么会在我这里！"随即命令将机要保管员唤来，劈头盖脸就是一顿臭骂，训得那个保管员直发愣，连话也说不出来了。在旁的姚文元也找了几个工作人员一同去找，不一会，抬来两只樟木大箱子，都用铁锁封闭着，这正是从鲁迅博物馆拿走的那部分信稿。面对这些铁证，江青立即调转话题，说："这些东西不重要，重要的是毛主席的五卷手稿也丢了，你们也应该赶快去找。"真是一副无赖相。

在这过程中出了一个小插曲。就是傅司令带来的那位李秘书，本来有癫痫症，精神又脆弱，他经受不住江青的淫威，竟吓得突然昏了过去，连手中的小公文包也掉落在地上。

没想到这么简单的追查过程，连同李秘书掉落的那个小公文包，竟被林彪江青一伙肆意歪曲捏造，成了打击革命军队干部的炮弹。同月的二十四日，在一次部队万人大会上，林彪公开诬陷说："杨成武擅自指示傅崇碧，带着几辆汽车，全副武装冲进中央'文革'去抓人！"李秘书的那个小公文包里只放着我母亲致中央的信，而江青却咬定里面装有手枪，用来对付她的。还在同一个万人大会上指斥他们冲击中央文革，是"目无党中央和中央'文革'"，而后台就是杨成武。直到一九七〇年的一个"批陈整风"会上，她仍造谣说傅崇碧的秘书打了她，还让姚文元当场作证。

交代完母亲的丧事和追查父亲手迹的经过，本来已没有什么可说的了。但我仍忍不住要说一说在治丧过程中及丧后遇到的尴尬和苦涩。

母亲去世后第三天，即三月六日，国务院机关事务管理局就会同中央统战部、人大常委会对善后作了研究。抚恤金，按惯例应发三个月的工资，因三月份工资母亲已经领取，理应扣除，因此我们实际领到了五百二十元。这是照章办事，自然无话可说。

但另一件事却使我不胜迷惑和犯愁。

事情这样的。按母亲生前担任的职务，身边可以配备一名服务员，一切工资待遇均由国家负担。但当时母亲想到国家还不富裕，而自己尚有一定的经济能力，因此二十多年来，这位服务员每月三十七元五角的工资，一直由母亲自己支付。而如今母亲已经亡故，该怎么安排这位服务员呢？依我的理解，服务员是国家配备的，理所当然应由公家去解决。却不料，上面发下的文件竟是这样决定的："大家（这当然是指上述会商的三个国家机关了）认为，这个工人不属于国家编制，所以不能由国家参照工人职员退职退休条例处理，如许家不用时，只好由许家参照工人职员退职处理暂行规定（根据工龄，每年发给一个月的工资），自行补助退职金。"

这条决定既不承认这位服务员是国家职工，又要我们按国家规定承担他的退职费用，粗略计算一下，要近八百元；而母亲辛苦工作了一辈子的抚恤金才五百二十元，这么说，母亲当年的好心和觉悟，竟成了我们后人的负担了，这怎么让人想得通呢？

但烦心事还不止于此。当我们正在北京医院布置灵床的时候，上面通知下午就有几批外宾要来吊唁，使得时间一下子变得很紧迫。可是家里的床单和枕套都是带花卉的，不宜使用，唯一的办法就是重新去买。但那时，布票每人每年都有限量，恰巧这年因给孩子添置春服，布票已经用尽。当我们为此向人大常委会要求补助布票时，他们竟然回答："我们不管是无产阶级司令部的人，还是资产阶级司令部的人，只要总理点了头，我们才能办！"我们怎么好意思为这几尺布票的事去打扰总理呢！我转而请求借用，竟也一口回绝。理由是：没有治丧委员会，任何物品都不能借，什么费用都不可报销。他们明明知道丧事从简原是母亲的遗愿，并非是"规格不够",他们更应该知道总理曾对丧事有过具体的指示,而有关部门竟如此刁难,丝毫不讲人情。这么看来,他们实际是把母亲看成"资产阶级司令部"的人了。这使我禁不住又一次流下伤心的热泪。

紧接着就通知我们搬家。这当然是无话可说的。何况景山前街的住处房租很贵,每月要付相当于我一个多月的工资,还不包括水电之类的开销,如今没有了母亲的收入,靠我们夫妇俩的小工资,哪能承担得起,不搬也得搬啊!因此到了四月,我们就忙着打包整理行李,将一些书籍杂物统统卖掉。五月初,利用休息天,靠着几位司机和工人朋友帮助,开始正式撤离。这时,国务院机关事务管理局非但不给任何援手,反而来清点母亲借用的木床、沙发、桌椅等等家具,一件不可缺少,缺什么赔什么,甚至连院子旮旯角落多年不曾用过的灯泡不亮,也要我们照数赔偿,直到他们清点核查完毕签过字,才放我们走人。至于院子里孩子们种的玉米、向日葵、小枣树、小香椿树等植物,统统都要我们亲自拔光。令我心痛的是被毁的两棵枣树,那是从父亲北京故居里的老枣树上引种来的,已经开花结果了,它对我们来说,有着特殊的纪念意义。

让我们搬去的地方是三里河三区一幢五层建筑的二楼。由于母亲在世时,大多数家具是向公家借的,父亲生前所用的全部家具,都无偿捐献给了国家,现在突然之间要布置起一个新家,我们夫妇二人又都属于低薪阶层,平时无积蓄,不免困难百出,狼狈之极。我们那时已有三男一女,是个六口之家了,而木床仅有两架,因此多数孩子只能睡书箱。那是当年母亲装运书籍到北京后遗留下来的,粗糙而多刺,手摸上去一不小心就会被扎一下。我们就利用这样的旧箱子，每人六只拼搭起来，权当夜晚的床铺。次年我的岳父从上海来探亲，我们只能让他老人家跟着睡书箱，只是下面的铺垫厚一些而已。可怜他在这书箱上睡了几个月，就患肺癌去世了。

说到这屋子的基本设施，更让人一言难尽。大概先前那家住户十分马虎，待我们搬进去时，所有的下水道都已堵塞，以致上面三层的六户一有污水排下来，就会在我家每个出口处喷涌而出，几寸高的污水和着粪便就这样在我们房间里荡来漾去，直到几天后才得以解决。

为什么要特意提到这些呢？因为它几乎危及我们一家人的生命。也许这污水中带有大量病菌，突然之间，我们一家大人小孩几乎都得了乙肝。其中尤以我的幼子最为严重，为此他只得半读书半治疗，直到几年之后，用了许多药物才见缓解。我本人得病时，单位里的运动正进入"自报公议"阶段，人人都要写自传讲历史，然后小组"公议"；所谓"议"就是追、逼！我的罪名有三条：反江青、境外关系和业余无线电台。追逼了整整两个星期，也不许请假，以致我肠胃大伤，连西红柿炒鸡蛋都消化不了，吃进去多少，仍原封不动排泻出来。直到我病情日益严重，两位好心的同事高孚曾和杨忠平看不下去，联名给总理写了信，让我住进北京医院，我这条小命才被拾了回来。原来诊断的结果，除了肝炎，我还得了结核性心包炎、胸膜积水、十二指肠溃疡、肺气肿、陈旧性结核等多种疾病，在医院住了两个多月，才得准回家休养。要不然，我哪能活到三十年后的今天。直到"四人帮"粉碎后，我们的住房才得以改善。

读者也许要问，你们不是早就买了大石作的房子吗，何必去吃这种苦头呢？这正是我要说的另一件烦恼事。

前文讲过，母亲由于工作不方便，得到周恩来总理的亲自过问，才从大石作迁出，住到景山东前街七号。大石作是私产，当然不必交纳租金；而景山东前街属于公房，每月要从母亲的工资里扣除租金若干，这无形中增加了我家的开支。那么空出来的大石作房子又作何处置呢？母亲将它委托给国务院机关事务管理局去管理，无偿地听凭他们去使用。这一进一出，我们明明吃了亏，但母亲当时只考虑有利于工作，别的并不计较。

照理，母亲去世后，有关方面既然要我们从景山东前街七号搬出，就该归还大石作的原房。但当时这个四合院已被转移给某部队使用，成了四位军官的家属住房。又因当时的形势，我们哪敢有"收回私房"这样的"非分之想"！

一直到八九十年代，改革开放越来越深入，"继承权""个人权益保障"已经是人们日常谈论的话题，那时，我们才敢向有关部门正式提出：大石作房屋的产权为我周海婴所有，必须退还给我。但是他们始终不肯退还，再怎么上告呼吁也不管用。据说某军方的房管部门是这样向上面报告的：

"据我们调查，许广平私自把大石作公房据为己有，还要转给她儿子周海婴……"

甚至还报告说："周海婴是坏人。"

经我多方奔走，领导的关心，此事才初步有了着落。大石作的房子已肯定不让收回（有关部门已自说自话将它交换出去），只肯拿两套单元居室作为冲抵，其总面积只及我原房的一小半，关于原房的"产权证"手续，虽经多次交涉，有关方面还在拖延。我不知道他们的原因是什么？这自然又是题外话了。

我给毛主席写信的前前后后

母亲以生命的代价引起周恩来总理的重视，从江青手里追回父亲手稿，重新得到妥善的保存。但是事情似乎并未平息。

料理完母亲丧事，搬过家，我仍回广电部技术部门正常上班。大约过了半年，有一天，当权的造反派头头找我去谈话。叫到他的办公室，出乎我意料，他并没像往日那样吆五喝六，而是笑容满面，一团和气。待客套过后，竟突然向我提起父亲的手稿遗物，说上面对此很关心，我搬家时若有新的发现，放在自己手里不安全，他们可以代为转上去，保存在可靠的地方。我当即回答他，父亲的一切手稿遗物，母亲早就交给鲁迅博物馆和纪念馆了。这使他颇感失望，谈话也就此结束。

事后，我冷静一想，觉得这次谈话必有来头。他口口声声说"上面很关心"，这上面究竟是谁，一听就能明白的。这么说江青一伙觊觎之心不死，仍欲将父亲手稿控制在他们手里？这究竟出于何种动机，我这个小百姓自然无从得知，但有一点我却是清楚的，这就是父亲手稿落在他们手里，绝不会是件好事，这也是母亲焦急忧愤乃至猝死的原因。现在这两大箱父亲手稿虽被追回，但时局如此动荡不定，变幻莫测，谁也不知道将来会是怎样的结果。由此感到这两大箱手稿能否真正安全保存还是未定之事，这真让我焦急万分！

　　随着时间的过去，我又发现了另一个问题。那就是表面上看，"四人帮"将父亲抬得极高（这是父亲所恶的。一九二七年他在广州给章川岛先生写信时就说过："我在这里，被抬得极高，苦极。"），以至于神化（作为儿子，我知道父亲有着跟常人一样的癖性爱好、喜怒哀乐，而不是什么神，这些我已在上文交代过），将与父亲曾经有过的一切论争，不分大事小事、敌人朋友，一概上纲上线，当作政治斗争，以及打击一切他们所不喜欢的人，使文艺界很多前辈惨遭迫害，以致丧命（我想这也绝不是父亲所愿意看到的，虽然他在维护自己观点和尊严方面绝不妥协。这可从他跟曾经攻击过自己的创造社成员成仿吾先"敌对"后友善的关系中可以看出）。他们这样做，实际是在孤立父亲。

　　还有一件事，一九五六年冯雪峰当社长之后，人民文学出版社曾经出过《鲁迅全集》，这是当时内容最完备印刷最精美的版本，向来受读者和研究者的欢迎。但"文革"一开始，《鲁迅全集》就被禁止公开销售。理由是里面的注释有"政治问题"。可是，对外的交流活动又离不开《鲁迅全集》。有一次甚至窘到这种地步，周恩来总理要送一套《鲁迅全集》给外宾，只得紧急向我来要书。书店里也要靠它装点门面，以显示"百花"正在"齐放"，于是他们拿出一九三八年出的那套《鲁迅全集》来重印。那是在当时恶劣的政治气候里，为了抢救父亲的著作不致散失，在经济与人力都极有限条件下匆促编辑而成的。这就难免内容收集并不完备，印刷校勘又很粗糙——而姚文元他们竟以此搪塞广大读者和国际友人。我逐渐意识到，他们并不是在真的宣传鲁迅学习鲁迅，而仅仅出于"斗争"的需要，鲁迅只不过是江青一伙手中的工具而已。

原国家文物局局长王冶秋和作者。在北京医院病房

但不管怎样，父亲的著作毕竟还在社会上流传，读者仍能接触到它。

而父亲的另一部分作品，即他生前写给友人的大量书信，却是另一回事。据统计，已发现的父亲书信共有一千二百多封，这是父亲文稿中极为重要的一部分。父亲一生从不隐讳自己的观点，但做文章与给友人写信毕竟不同。父亲自己也说过做文章犹如"上阵"，身上不得不留"几片铁甲"，因而难免字斟句酌，多所考虑；而给友人写信，虽然他也声称："总是敷敷衍衍，口是心非""往往故意写得含糊些"，而实际上却是无论对人对事褒贬臧否，都无所顾忌直抒胸臆的，是了解研究他的绝好材料。父亲这些书信有一部分过去出版过，新中国成立后又出版了一部分。但仍有二百多封，占总数的百分之二十，还不曾公开予以披露。如果不幸散失乃至毁灭岂不是莫大的损失！

为此，我与一些文艺界前辈和自己的朋友多次商议，大家一致的看法是，保存这批书信内容的最佳手段莫过于藏之于大众——让它们公开出版。我于是前去求助于当时担任国家出版局领导小组负责人的石西民同志。奈何当时新闻出版大权掌握在姚文元手里，石西民同志虽几次申报，并多方奔走疏通，上面总是压着不得批准。在此无可奈何的情况之下，石西民同志只得向我交底，遗憾地表示他已尽其所能，再也无计可施了。

就这样，此事被搁置下来，一拖几年。但我本人始终不甘心，多方托人探听何以不能出版的原因。后来总算有位知道内情的朋友悄悄告诉我，说这些书信的收信人后来成了坏人，所以不能公开出版，甚至连只印几十本、供内部参考研究都不准许。这使我大惑不解，难以接受。且不说时下帽子满天飞，动辄将人打倒，定性为叛徒、特务、"四类"分子，纯属草菅人的政治生命，即使其中有的果真成了"坏人"，那么他至少在当时还不属于坏人之列，父亲与之交谊通信，又有何不可？再退一万步说，那收信者当时已是坏人，难道就能据此抹杀父亲曾经给他写信这个事实，以及父亲在信中所述及的事和所表露的思想感受？总之，我想不通，又苦于无处可以申诉。

直到一九七五年初冬，这机会竟不期而至。那是有一天，我去南长街探望胡乔木同志，他热情地接待了我。桌上一杯清茶，一盘水果，旁边摆着一把水果刀，要吃自便，这使我倍感亲切而自然。我便趁机诉说了自己的想法。他听后略一沉思，回答说："主席的眼睛做过手术后，近来可以看一些文字了，心情很好。你不妨写一封信，可以转上去试试。字要写得清楚些大一些。小平同志复出工作了，这信可以请他转，看看会不会有效果。"

这真是绝妙的主意，我焉有不听之理。回到家，我立即动笔起草，共写了八张纸。我在信中报告了现存父亲书信出版的情况和母亲的死，诉说对其余书信未予出版的不满。我写道：

如果有人认为鲁迅书信的受信人有的后来成了坏人不能

370

出，我想这不应成为一个障碍，因为马恩著作中，就有许多马恩写给拉萨尔、伯恩斯坦、考茨基的信，并未因此不出。

在信中，我还对"文革"中出的一九三八年版《鲁迅全集》不完整和对父亲的研究工作谈了自己的看法和建议。我写信的时间是十月二十八日，未加封口，仍去南长街面交胡乔木同志。

说实话，信是送出去了，我的心恰如十五个吊桶七上八下，惶惶然没有着落。因为我还在信中说："近年来……也向有关负责同志提过多次建议，始终没有解决……"这不是在斗胆告"御状"吗？万一毛主席不予理睬，这封信又落到当局主管者如姚文元一伙人手里，那我可真要"吃不了兜着走"了。没想到前后仅仅三天，即十一月一日，毛主席就有了批示：

> 我赞成周海婴同志的意见，请将周信印发政治局，并讨论一次，作出决定，立即实行。
>
> 毛泽东 十一月一日

自然，我本人是没有资格立即听到传达的，仅从石西民同志那里和别的途径才间接得到这个消息。即使是那样也已经够振奋人心，足以告慰于母亲在天之灵了！

到这月上旬，时任国家文物局局长的王冶秋同志把我找去，告诉我，张春桥已向他正式传达了毛主席的批示。为了落实批示精神，需赶紧拟定个方案上报。这当中，首要的是先成立鲁迅研究室。因此，关于人员的配置，要听取我的意见。王冶秋同志说，北京鲁迅博物馆的任务除了展览，主要是负收集保管文物资料之责，因此它只能从属于研究室。为此研究室级别要高，其人员也该有相当的学术水平。谈到领导人，他说："我想来想去，让天津南开大学中文系主任李何林来当研究室主任最合适。"下面的成员，他拟了十几个，要我也提几个给他。最后他说，这个方案要力求详尽完整，无懈可击，以文物局的名义报上去，免得江青他们从中调花腔做文章。尤其要特别防范他们趁机"掺沙子"，安插人进来。一句话，要使他们钻不了空子，更无法推翻。

从这次谈话，我感到王冶秋同志与石西民同志一样，对鲁迅著作的出版和研究工作极为重视。果然，不到一个月，即同年十二月五日，国家文物管理局和国家出版事业管理局就联名向毛主席呈上批示的落实报告。这份报告写得很具体，包括鲁迅书信和著作的研究、注释、出版等规划安排，并附上一份要商调或借调的研究室人员名单。这个报告也很快得到毛主席、党中央的批准。

至此，似乎一切都已绿灯大开。因为这是伟大领袖的亲笔批示，"四人帮"又把毛主席的话"一句顶一万句"，声称要传达落实不过夜。但我从事实中感觉到，江青一伙在对毛主席搞阳奉阴违。亦即顺他们意的就夸而大之，立即"实行"，甚至夸大到了极端的程度；凡不对他们"胃口"或不利于他们的，就采取表面服从实际消极拖延的对策。毛主席对我这封信的批示，就遭到如此的命运。当然，上述的认识，我是随着事情的进展一步步获得的。

两局联合报告送上去后，同年的十二月二十五日，国家文物局召集关于鲁迅问题的顾问会议，由王冶秋局长亲自主持。应邀作为顾问参加的有曹靖华、戈宝权、孙用、林辰、唐弢、杨霁云、常惠诸位前辈。很荣幸，我这个小辈也叨陪末座。就在这个会上，从王冶秋同志的情况介绍中，我头一回感到，具体负责此事的上

层领导张春桥态度并不积极。毛主席批示后的第三天，即十一月三日，他才向石西民、王冶秋两位局长传达，这已经不是他们说的"传达最高指示不过夜"了。传达完毛主席批示，张春桥要求他们调查一下情况。待情况调查好了，张春桥又迟迟不来听取汇报，直到这月的二十九日，即过了二十多天之后，才又找他们。张春桥自己解释说，因为清华大学有个什么事件需要他马上处理，并解释说清华的事是"纲"，"这件事是'目'"，"可以放置一下"。

在报告得到毛主席、党中央批准后，两局便立即紧张行动起来。经过各方联络协调，克服各种困难和阻力，准备工作终于有了眉目。随后，石西民同志以国家出版局领导小组的名义，于第二年（一九七六年）二月二十七日报了正式的实施方案——《关于鲁迅著作出版问题的报告》。这份报告（王冶秋同志也看过）的主要内容是，要赶在鲁迅逝世（十月十九日）四十周年前的八月份，重新出版几种鲁迅著作，作为纪念活动的一部分。这就是说任务甚为紧迫，总共才只有五个月时间了。

没想到，报告又被压了整整一个月，始终没有消息，催促也无效。没奈何，石西民同志只得直接给张春桥写信，提醒他："时间紧迫，安排出版和印刷工作必须抓紧进行。"这回总算快捷，三天就有了批复。但批示话里有话让人嗅到他张春桥早就对此事心怀不悦。拆穿了讲，他以为这件事你们既然告了"御状"，"已经主席、中央批准"，交由你们"出版局负责"，还啰啰唆唆搞"逐项报批"，给我干什么。由此终于明白，他何以总是拖拖拉拉，将这件事视之为次要的"目"了。

国家出版局的计划庞大，打算以"鲁迅手稿全集编辑委员会"的名义，由国家文物出版社出版影印本，收集全部书信（一封也不漏）、日记，共五种，计有几十册，打算在一九八一年出齐。为此文物出版社早在准备，请白朗、盛永华两位编辑负责，鲁迅博物馆的叶淑穗、董静艳协助，将所有的手迹都拍成底片，足足忙碌了几个月。这套书后来虽然陆续出版，但由于销售情况不佳（文物出版社当时又是受命出版的，原本积极性就不高），便没有全部装订面市，因此，这套影印本出版实际是有头无尾，不了了之。我体谅出版社的困难，便与他们签订了放弃全部版税的协议，并请公证处作了公证。这当然是"四人帮"粉碎后的事了。

至于计划中的鲁迅研究室倒是成立了。由李何林先生任主任兼博物馆馆长，工作人员也一一商调或借调而来。老一辈的顾问也聘请了多位。并为此配备了两辆卧车，以供年长者代步。但是后来，由于"鲁研室"多年没有独立的年度预算，只能依靠专项任务的经费过日子，因此渐渐衰落，从鲁迅博物馆的上级沦为从属单位，顾问不再问，人员也悄然而去。到现在，"鲁研室"只剩一位主任三两个兵。若问内情究竟如何，我也说不清楚。王冶秋、李何林两位老同志又相继过世，这事似乎更是迷雾一团了。

长子的婚姻

在提笔写长子周令飞的婚事前，我曾再三犹豫过，甚至一度决定放弃不写了。因为，这不但是我不愿回首的往事之一，若全面交代出来，势必牵涉方方面面，其中包括我尊敬的首长。我怕写出来会被误解为"控诉"或"指责"。说心里话，我不愿意这样做。因为我明白，这是在那个特定年代发生的事，那时祖国还改革开放不久，人们——也包括我还有不少传统的观念和做法。更何况当时海峡两岸还处于"剑拔弩张"状态，几乎禁绝一切往来，而我的儿子虽只是个普通百姓，身无一官半职，却是人们瞩目的名人之后——鲁迅的孙子，一个共产党员。而这个"特殊人物"竟突然跟一个"身份可疑"的台湾姑娘到台北结婚去了，正如港台某个报刊所说的，成了海峡两岸第一个"闯关"者，这就难免引起"地震"。加之境外媒体大肆炒作，其中又不乏别有用心者，弄得举世皆知，扑朔迷离，真假莫辨，给国家添了麻烦，我一直为之深感不安。但是我既然在撰写回忆录，又怎能回避这件大事？好在时间已经过去许多年，此事的真相也已大白，一切烟消云散了，把它写出来该是无大碍了吧？

一场风波

　　事情发生于一九八二年的一天。那是个假日傍晚，我家的电话铃急促地响了起来。我拎起电话，传来女儿周宁的声音。她当时正与哥哥周令飞同在东京读书。令飞读的是东京语言学校，她开头也是学语言，后来攻读营养学专业。两人平时每月给家里仅有一两封平安家信，长途电话是舍不得打的。只有偶尔，令飞去某位我日本朋友的公司，朋友好心地让他"揩油"拨个电话回来，为娘的能够直接听到儿子的声音，总要兴奋好几天。要知道，在那个年代，拨打国际长途电话还被认为是一件非同小可的事——但是女儿这回却直接打了国际长途回来，声音急促地报告一件令我犹如晴天霹雳的事：她刚刚从东京电视台的新闻节目中看到，大哥哥与姓张的台湾女同学决定去香港结婚，并且在临上飞机前，向媒体发表了三点声明，内容的大意是：一、此举纯粹为了爱情，而没有任何别的企图；二、这事与我父母无涉；三、因为与台湾的女孩结婚，两岸的状况又如此，我宣布退出中国共产党。

　　我毕竟受过党的多年教育，深知此事将引起什么样的反响和后果。我当时心情虽然极其紧张紊乱，但本能告诉我：该立即向组织报告。我控制住自己的情绪，对女儿说：马上打电话给我国驻日使馆，女儿回答说，已经去过电话了，使馆的同志只简单地回答她：知道了。再也没有别的话。女儿是经常参加使馆活动的，应该说与使馆很熟悉。既然对方这样回答，我也就放心了。

　　接下来，我向妻子匆匆交代几句，也顾不得对她的焦急稍稍劝解几句，只让她守候在电话机旁，不可离开，以防万一女儿又有新的情况报告过来。我自己骑上自行车，立即赶到同事卢克勤

作者夫妇第一次与大儿令飞和媳妇张纯华、长孙女景欣相聚

（我们都是广电部事业办公室副主任）家里，请他陪同我一起去徐崇华副部长的家。徐部长听了我简要的汇报，立刻拎起电话给外交部、中央组织部和其他他认为需要报告的单位联系。他还特地赶到办公大楼去打"红机子"（保密专线电话）。奈何这日正巧休息，值班的人员无权回答和处置这件事，因此有的干脆回绝，有的虽给了别的电话号码，但转来转去总是像打太极拳一般，得不到明确的说法。我只能失望而归。

读者必定想象得出，这天夜晚，我和妻子马新云犹如热锅上的蚂蚁，躺在床上辗转反侧，整整煎熬了一夜。我们回想着，相互询问着，这究竟是怎么回事？一切又是怎样发生的？令飞这个孩子呀！你能立即回来给爹娘说个明白吗？

虽然，这事先前并非没有预兆。那是前不久，有位在教委工作的朋友告诉我一个惊人的消息：组织上可能要令飞中止在日本的学习，让他立即回国，如有必要，甚至还可能不惜采取组织措施——强行押解回国。事情为何这么严重？到底他犯了什么过错？这位朋友又莫名所以，说不出个中原因来，因为仅仅是传闻而已。

但我考虑再三，无风不起浪，这事必有来头，作为父亲，我切不可掉以轻心。于是我特地冒了夏天的倾盆大雨，赶到清华大学去找兼任中央教委负责人的何东昌校长。听了我的汇报，也许是不便说吧，何校长只含混地回答，这事他不清楚，也不曾听说过，让他回头了解一下，再告诉我。我脑子里一头雾水，怏怏而归。

我们反复思忖，孩子出国两年多，家信频来，间或还附有他们在外的照片，觉得生活挺正常，学习也刻苦，并没有发现沾染恶习和"轧坏淘"的任何蛛丝马迹。倒是知道他兼为某电视台搞节目制作，干得不错，同事的关系也好，以致妹妹到日本后就住在他电视台一位同事的家里。我本人又有不少日本朋友，爱屋及乌，他们自然也会对我的子女有所关照，若发现有不妥，必会劝止，或写信给我，让我出面前去劝导。但每每书信往来，他们都没有提起这方面的事。而我这位朋友透露的事，在我看来，何东昌校长虽说不知，实际是态度暧昧，不便明讲罢了。这越发使我们感到事出有因，而且十分严重。难道孩子在外面犯下什么大错了吗？甚或做出了什么违法的勾当？我和妻子虽然想不明白，但有一点是肯定的：我是共产党员，必须对组织忠诚老实，家里出了这样的大事，不管其是否真实，都得及时如实地向组织报告。

我报告的领导就是徐崇华副部长。徐部长待人诚恳和蔼，我十分信任他。他的回答是："我没有听到过什么关于你儿子的情况。如果需要，组织定会关心过问的。"他劝慰我安心，不必多想。这一夜，我总算安静地睡了一觉，甚至连安眠药也少服了一粒。

哪想到清静了没多少日子，这天大烦恼事竟无情地压在我们

台湾台北市令飞的客厅。中间挂着祖父油画。这是新云的大弟马乐群画的

夫妇身上，甚至比预料的还要严重，竟然牵涉到政治问题上去了！
情急之中，我想到一向关心爱护我的廖承志舅舅。他因心脏不好，
当时正在北京医院住院治疗。我前几天刚去探望过，不妨去问问
他吧，也许他知道情况，能够为我指点一二。于是次日一早，我
赶到北京医院北楼一层的高干病房。他正斜躺在床上翻阅报纸，
见我进去，稍现嗔怪之色，倒也没有拒而不见的意思。这使我狂
跳不安的心略为平静，我将所知的一切和向领导汇报的经过简单
地说了一遍。他静静地听着，从神情猜测，似乎他早已详知一切。
随后他向我问了几个具体的细节，接着平静地说："令飞既然要在
香港结婚，那你们两个（指我与妻子）赶快准备一下，去香港跟
女方的父母一道操办婚礼。你先回去等待通知吧。"听舅舅这口气，
似乎他以为令飞这事虽然做得不妥，也并非怎样了不得。即是说
从这件事的性质上，他只当作是儿女感情主事。也许我错误领会
了他的话，但我当时确实安心不少。

　　哪知情况又突然起了变化。到下午，舅舅来电话，要我到他

那里去一下。我于是又赶到他的病房。这时舅舅告诉我怎么也不愿听到的消息：令飞与他的女友并没在香港停留，而是直飞台北，并要在那里由女方家长单方面主持下成婚。这一来，除了对自己儿子的怨恨，我再也无话可说了。

我回家将一切告诉妻子，我们愁苦无奈，久久地相对无语。但我们两人的心里都在翻江倒海：台北，这是什么地方啊，岂是你可以去得的吗？你为了去那个地方竟然甘愿连光荣的共产党员称号也不要了，你何以对得起党，何以对得起国家，何以对得起爱你抚育你的奶奶和父母，你还是伟大鲁迅的孙子啊！这是我们夫妇当时的真实思想。我们确实为儿子做出这样的事而羞愧难过，欲哭无泪。仅仅几天时间，我和妻子都发觉对方苍老了许多许多。

就在这时候，一个严峻的抉择摆在我们面前。有一天，广电部部长——我所尊敬的吴冷西同志通知我去一趟。我进入他的办公室，但见他坐在硕大的办公桌后面，脸色冷峻，没有任何寒暄客套，摆手让我坐在他的对面，开门见山地说："你儿子周令飞的事情，你知不知道这是叛逆行为？政治影响极坏，你负有教子不严的责任。"还没等我反应过来，他仍然以宣判的口气说道："你马上写一个声明，宣布与周令飞脱离父子关系。"

这宣布是如此严峻。我知道组织的决定从来是令出如山，不容违抗的，但奇怪得很，一向懦弱的我当时的头脑却异常的冷静。我嘴里不说，心里在反驳：儿子这件事发生之前我毫不知情，更没有参与谋划，而且一旦得知，便立即报告，我有什么责任？何况从他读书、参军到长期在外工作，一向受的是组织的教育，要说责任组织上更应当甚于我这个做父亲的。再说他早已是个成年人了，又远在国外，鞭长莫及，我又如何管得了他？

吴冷西同志见我没有表态——他似乎也不需要我表示什么——又说:"这是党的决定,你是共产党员,党的决定必须服从。"接着向我宣布三条纪律:

一、最近一段时间内不会见任何记者,尤其是外国记者。实在避不开的,可回答"无可奉告";

二、要表示已经跟儿子划清了界限,断绝了父子关系;

三、暂不出国。

下了这三点指示,他又向我委婉说道:上述组织决定也是从你的角度考虑,完完全全为你好。这也是对你的考验。他这样说,也许是想给我些许安抚吧。但这丝毫没有减轻我心头的重压。而且这时我想的已不是什么"教子不严"的责任,而是可怕又可耻的两个字:"叛逆"。

叛逆?我的儿子难道会是个背叛党、背叛祖国、背叛人民、背叛父母、背叛作为鲁迅后代的人?我在反复地问着自己,妻子也在反复地问着自己。我本人已有几十年的党龄了,妻子虽然不是,毕竟也是新社会培养出来的人民教师,对于关乎党和国家的大是大非总还能分辨得清的。如前面所述,作为父母,我们也对儿子的唐突行为深为不满,感到脸上无光。但是,若要承认他这么干竟是出于"叛逆"的动机,虽然我们对真相还一无所知,仍然不敢也不愿认同。但在严肃的组织纪律面前,我又不能不服从。我违心地把他们准备的"脱离父子关系"的草稿重抄了一遍,并签上了"周海婴"三个字(这份声明一直未见公布,也没有退还给我)。

但是事情并未就此了结。我这个事业办公室副主任,大小是个"官",本来公务繁忙,阅读的文件也多,还有这样那样的会议必须出席。自从这事一出,阅读文件的资格被取消了,一向由我

我们的四个孩子。前左周宁，中令飞，右亦斐，后令一

处理的技术部门待批、待办的文件也不再在我桌上出现。我从此成了有其名而无其实的"副主任"。幸而，尚有几种报纸和大参考还没被取消，我只能翻来覆去地阅读，以消磨这漫长的八小时。我熬不了这样的"清闲"日子，便去向徐崇华副部长诉说，要求工作，但他表示爱莫能助，只安慰我说："那你就看看书、休息休息吧。"既然这样，我也就开始"吊儿郎当"，迟到早退也没有人来管我。

相反地，有一些稀奇古怪的东西却在我的桌上出现了。三天两头我的桌上摆着香港寄来的信件，有的还多至厚厚一沓，信封上的具名总是"内详"，字迹往往粗糙而低劣。拆开信封，掉出来的又是大大小小的纸片，有国民党的"青天白日旗"，有莫名其妙的梅花标记，也有令飞在台北成婚的剪报。最可笑的，其中还夹着女人的全裸照片，我对此深感厌恶和无聊，同时也感到台湾方面确实也在利用此事做文章。而他们又能从中捞到多少稻草？我感到又气又可笑。我倒是担心令飞在那边的言行，可不能做出对不起党和国家的事啊！可是内心又觉得这不可能。"知子莫若父"，我毕竟是了解他的，后来的事实证明我这估计没有错。我对这些乌七八糟"宣传品"的态度是：一股脑儿上缴送给徐崇华副部长，由他交给有关部门去处理。

这期间又有消息传来，说是在某一次部领导会议上，有一位顾问级的人，提议将我的职务都撤掉，一抹到底。幸而未获通过。这样，我总算侥幸仍能顶着这有名无实的头衔，成日清茶一杯、报纸一张地混日子。

但是，这样的"太平"日子仍然过不成。没过多久，又有风言风语说从日本某方面提供的情报获悉，令飞所娶的妻子原来是一个"受过长期培训的女特务"，"经验老到"，惯于施用"美人计"，已经勾引过多名大陆男子"投奔台湾"。这传闻真吓人。那么说我儿子也成为她钩上之"鱼"了？这可能吗？！这样，我们夫妇又多了一份揪心事。

也就在这时，负责人事的郝副部长找到我家里来谈话，要我以父亲的名义写信给也在日本读书的女儿周宁，让她立即回来，借口是要她详细谈谈大哥令飞去台北的情况。写好的信交给他，由部里转外交部，通过信使传递到驻日使馆，再由他们面交我女儿。我这时已经有点"横竖横"，什么也不顾了，立即表示了不理解，问他为什么非要这么做？看得出来，郝副部长也是在奉命行事，见我态度如此执拗，十分为难，支吾犹豫了半晌，才口气缓和地向我解释：这也是替你着想，为你好嘛。万一你女儿也跑掉了，岂不问题更加严重？还说，我女儿目前正是一个台湾男子的"目标"。

周令飞曾是职业摄影记者（七十年代画报社时期）

我将这一切告诉妻子。两人又经历了一个不眠之夜。跟了解儿子一样，我们也同样知道自己的女儿。从她每月无话不谈的家信中，我们丝毫感觉不出她在结交男友的迹象。现在组织上竟然要这样做，岂非意在禁止女儿继续留在日本读书？这就是说，兄长的这一"不轨"行动连带她也不被信任了。妻子认为这是搞"株连"，竟说了气话：我是党外人士，你们组织的决定对我没有约束力。我是她娘，我不同意她回来！

当然，我不能跟妻子取同一态度。我是党员，尽管思想也不通，在行动上必须服从组织。我遵照郝副部长口述的意思，给女儿写了信。郝副部长松了口气，似乎完成了一项艰巨的任务。

过了个把星期，女儿来长途电话报告消息：事情已经风平浪静，她的学业未受阻遏，更不必回国了。看来驻日使馆并不把此事看得很严重（也许他们掌握我女儿的真实情况吧），只是把她召去问了问最近学习情况。她答以正在紧张地复习功课，准备迎接大考。这时，使馆的人对她说，你父亲想念你，也想了解你大哥结婚的事，希望你回去一趟。女儿反问，大哥的事我已经把知道的全部告诉爸爸了，为此通过多次电话，也写过信，已没有新的内容可说的了，还有特意回去一趟的必要吗？使馆的同志就说，那好，你就安心复习功课，准备考试吧。从此再也不提要她回国的事。

女儿这头的事总算了结，我们夫妇还仍然在"另册"里待着。我开头好歹还得天天上班"应卯"，后来部里干脆让我回家"休息"。儿子做了这样的事，作为一家之长被冷落搁置，也算"罪有应得"。令人不可思议的是，连我非党员的妻子的工作权利也遭到剥夺。她原是中学的外语教师，当时正值新学期开学前不久，她利用休假已将要教的课程做好了准备。谁知临到开学，校方突然通知她"下岗"，说是"学生不欢迎你讲课"，让她改去图书馆上班。妻子立即回答：停止我上课是学校的权利，不过我是教师，不是行政人员，图书馆我坚决不去，宁愿去外语学院进修。这个要求校方倒是答应了。因此从一九八三年起，她这个老教师被整整剥夺了四年教学资格，直到一九八六年风波过去，校方才向她道歉（我想校方也是在奉命行事吧），让她重返讲台，但这时她年已老矣，只教了三年俄语就到了退休的时限。

另外要说的是，我原是二千多名全国人大代表选出来的主席团成员之一。到令飞出事后的次年，又一次人大召开时，没有任何理由，也未经有关的法定程序，我的主席团成员资格被取消了，只保留个代表资格。好在各位熟悉的代表朋友也都心照不宣，见了面照样客客气气，对此事只字不提。我也就处之泰然，照常日日与会，努力完成一个代表应尽的权利和义务。

这期间还有个小小的插曲。儿子在台湾成婚后，知道父母惦念，托一位赴大陆经商的朋友捎来一沓结婚照。这位台湾商人到了北京来电话说他正有事要出去，照片放在饭店大堂服务台，你们自己过来取吧。我这个胆小的人又想到"组织纪律"这四个字，跑去向徐崇华副部长请示。他沉吟片刻说，让我们研究一下。过了一会，想是已经请示过了，答复说："照片去不去取由你们自己决定。"面对这模棱两可的指示，我又不知该怎么办了。而老妻毕竟念子心切，毫不犹豫地说："我不是党员，我怕啥？我就去把它取来！"照片取到，我们合家一张张地看，心里如五味瓶倒翻，说不出是喜是悲是福是祸。

这一天，我们夫妇又过了个不眠之夜。我们议论这位尚未谋面的儿媳——说来奇怪，她虽是位有钱人的"小姐"，我们倒十分喜欢她。我们更议论"调皮蛋"——自己这个儿子。这孩子在大陆曾有不少姑娘看上他，他总是谈了一阵就放弃，而最终竟为一个台湾姑娘爱得如痴如迷——"千里姻缘一线牵"，难道人世间真有这回事吗？

有一天，我向徐副部长报告，照片已经取到，是妻子去取的。不料他扔下这么一句话："有人认为，这是对你的考验。"

这事的弦，前后紧绷了整两年。如前文所述，直到我亲姨妈许月平（母亲的幼妹）以垂暮临死之心写来多封哀伤凄切的信，要我们夫妇赶去香港探望，我靠着一位老领导的疏通，才得放行。并且自此之后，吴冷西部长当年宣布的三条禁令也无形中消失。因为随后不久，我又获准应邀前往日本访问。

这当中有一段趣事值得一提。当我从香港探望月平姨妈回来，到单位去上班，党支部某领导见了我竟大为惊讶，似乎我周海婴是忽然从天上掉下来的，还说："不是说你不会回来了吗？"我听了只能报以苦笑。由此可以看出，有些人当时如何看待我周海婴的。之所以放我去香港，其实以为我"早有异心"，"天要下雨娘要嫁人"，干脆"放我一马"走掉算了。而我是鲁迅的儿子，是在母亲的教育下长大的，我会是那样的人？他们真是太看扁我了！

但是，我们与儿子暌隔多年，一直未能见面，作为父母怎能不日夜惦念着？当有消息传来，夫妻俩已经为我们添了两个小孙女，那思念之情更是笔墨所难以形容的。

不过，最让我们担心的，还是儿子在那边的言行举止，即政治表现。我们估计国民党当局很可能要利用他，各种政治色彩的媒体，也不会轻易将他放过，台湾社会又是如此复杂，因此我们无时无刻不在心中默祷着：要头脑清醒，千万不能做出什么出格的事，成为人家的反共工具啊！

所幸各方渠道一直未有这方面的坏消息。他在台北出版了一本书，名曰《三十年来说从头》，据这里的有关部门审阅，也未有越轨的言论。有人甚至还建议可以拿来在大陆出版。

儿子虽不能直接与家里联络，也不时挂念着父母兄弟，特地托人带口信来，希望能批准他回大陆探亲。我为此向有关部门报告，竟获得批准。廖承志舅舅为此特地告诉我："你儿子不是叛徒。"有这一句话，压在我们心头的这块石头才落了地。当他回来之时，新华社还专门发了消息，以宣示这事已告烟消云散，天空一片明朗，使我深感党和国家的政策越来越清明开放，这也反映两岸的关系在日渐解冻。血浓于水，中华民族的骨肉亲情，终究是隔绝不了的。

至于我儿子，这几年往返两岸已不下数十次，如今又几乎长驻上海，为两岸的文化交流尽他的绵薄之力。

周令飞和妻子张纯华

现在，该说一说有关我儿子周令飞和他台湾妻子张纯华从相识到结合的详细经过了。自然，这些都是在事后——我儿子获准回大陆探亲后，才知道的。

因他是我们夫妇的长子，也即是我父母的长孙，故出生时我母亲爱护有加。虽然她日夜忙于工作，但对孙子的抚育教养，仍一力承担下来。而我又是个只会做爹，却不知如何尽为父之责的人。举个例子说，妻子为了坚持读书，孩子半年后就断了奶，雇了个保姆，每日以奶粉相喂。我机械地按欧美奶粉罐上所标示的配比进行冲调，殊不知这是洋人孩子的喝法，东方幼儿体质不同，不可照抄照搬，以致孩子吃了，肠胃接受不了，不时地闹肚子。为此让做奶奶的不知操了多少心。直至长到三岁，奶奶为了让孩子从小习惯过集体生活，接受共产主义思想教育，虽然她不忍心，还是把他送到北海幼儿园去全托。随后的小学、中学，都按正常的教育程序进行，奶奶和我们夫妇都认为让孩子在社会主义学校里受教育，心里十分踏实。不过这孩子与我这个只知"循规蹈矩"的老子不同，聪明机灵，兴趣广泛，尤其对摄影艺术情有独钟（这一点似乎受了我的影响）。但他的个性极强，自己认准要做的事，非要达到目的不可。还在读小学的时候，就不经我们大人同意，自己跑去报考一个解放军艺术学校。到了"文革"，他还只是个十六岁的中学生，而当部队招兵时，虽然年龄不到标准，他硬是向驻校军代表软缠硬磨"泡蘑菇"获准参了军。他高高兴兴地向我们告别，到艰苦的东北高炮某部当了普通一兵，一去几年，来信中从未向我们诉过什么苦。

这就是大儿周令飞托人带到北京饭店的结婚照，由我妻子马新云去取的

　　后来转业，他被分配到人民美术出版社工作。因他摄影技术尚好，在部队期间曾被借调到解放军画报社当过摄影记者。他长得高大挺拔，颇得姑娘们的青睐。对于一个青年人来说，生活该说是一片光明了。但他心里总是有个遗憾：过早地参军，影响了继续求学。当国家重新恢复高考时，他虽然苦苦补习了几个月，仍然没敢去投考。但他不甘心，总想找机会重新读书深造。

　　到了一九七九年前后，国家放宽了出国留学的政策，准许自费出国留学，并且很快就有一些青年相继成行。这一来，令飞的心也活起来。作为父母，看到子女有上进心，焉有不支持之理？

这样，他自己通过朋友的联络，报名日本东京的国际学友会附设的一家日本语言学校，打算先通过语言关，再进修别的专业。为此，他向有关部门提出申请，希望获得批准。

谁知申请报告送上去，引起有关方面的格外重视。根据我当时得到的消息，似乎像我们这种人家的孩子以自费名义出去留学，要靠外国人来关照，未免有失国家体面（现在看来，这样的顾虑实在大可不必）。但是，按规定像令飞这样的情况，似乎又不合"公派"的资格。为此有关方面再三斟酌，拿不出合适办法，批文也就迟迟不能下达。害得令飞心急火燎，三日两头地去教育部催问。最后，上面总算想出了变通措施，叫做"公派自费"。即是说，出去的一切费用由自己掏腰包，而对外的名义却是国家所派遣。这样的安排，也真够用心良苦的。但不管怎样，事情总算获得解决。只是待一切手续办完，匆匆赶到日本，人家学校已经整整开学一个月。他只得赶紧设法将脱落的功课补上。

说来也真是因缘凑巧。正在他为初来乍到孤立无靠而犯愁时，有人向他伸来援助之手，那是同校的一位台湾女学生，年纪虽然比他小，日语的基础却远比他好，因此她在班里学得挺轻松。有这样一位同学愿意为他补课，那当然是求之不得的事。就这样，两人的接触渐渐多了起来，由补课而至同游，交谈的内容也越发广泛而投契。他觉得她是个既现代又传统的姑娘，虽是富家女，却没有一般"小姐"的骄矜。这个在国内对谈情说爱总是谈了不久就放弃的儿子，竟不知不觉中对她萌发了超乎寻常的感情。

不料就在此时，女孩的父母突然来电召她回去，并且从此一去久久不见回还。此中原因，他是直到后来才弄清楚的。

说起来，这也称得上是我们中华民族的悲剧，是当时两岸长期隔绝猜忌良深的最好证明。原来召女儿回台，并非出于她父母的本意。只因某有关方面"转弯抹角"传来"劝告"，说是你家的女儿竟然在日本与大陆男子谈恋爱，这男子又不是寻常之人，他是"党国"一向最讨厌的鲁迅之孙！她父亲是个本分生意人，一向不过问政治，听到这事怎能不担心害怕，立即采取行动，把女儿召了回来，不敢放她在日本了。他是个做服装加工业的，本想送女儿出去学习这方面的技能，于他的事业能助一臂之力，现在只得无可奈何地放弃了。她父母想，孩子若要嫁人，太太平平找个本地男子算了，岂知女孩心中一旦烧起爱情的火花，是任何力量都扑灭不了的。她不时吵着要回日本，并信誓旦旦地说，别的男人一概不要，非嫁周令飞不可。这样僵持了半年多，父母渐渐发现她不再嘴里口口声声挂着周令飞了，便侥幸地以为年轻人的热情也许来得快，去得也快，说不定时光的磨蚀，终于使她的头脑冷静了，认识到嫁给大陆男子是何等不合适，何况又是周令飞那样的人。他们鉴于这样的估计，又看到女儿在台北总是心不在焉的样子，便决定改变主意，重放女儿回日本。不过他们并没忘记曾经得到过的"劝告"，再三告诫女儿回日本后不可再与那个姓周的有什么接触。在得到女儿口头保证以后，才让她返回日本。

后来的事实证明，她根本没把父母的嘱咐放在心里。一回到日本，很快就在一个什么地铁站口与我那儿子"巧遇"上了。而且经过一番波折，两人的感情反而越发炽烈而牢固，终身的关系也就此确定下来。

但是上述这一切，不仅我们国内的父母，连同在日本的妹妹竟也一无所知。我在前面说过，我这个儿子向来是个自主性很强的人，凡事只要他认准了要干，是谁也改变不了的，更不会与人商量。当年他小小年纪非吵着去当解放军，竟被他如愿以偿就是最好的证明。至于我们夫妇也许是受了当时父亲对我态度的影响，不干涉子女的行动喜好，只要不做出格的事，总是任其个性自由发展。因此，对于他们在国外的生活，能够经常听到刻苦学习、不沾染坏习惯的报告也就放心了。我想这也是多数父母对待成年子女应有的明智态度吧。

不想并非所有人都被"蒙在鼓里"。据我们后来听到的传说（请注意，这仅仅是传说！），和令飞事后所述，有关方面早就对他与那台湾姑娘的关系开始警惕了。其注意的重点，自然是这姑娘的政治面貌和接近令飞的真正动机。我前面所说的谣传她是"台湾方面训练有素的女特务"，据说就是在那个时候传递到有关方面并引起重视的。现在真相大白，我设身处地为有关方面着想，也不能不严加警惕而采取相应措施的。我与妻子所遭受的压力虽然至今回想起来深感委屈，但毕竟还是可以理解的，因为我自己早已亲身经历过，国民党确实是什么都干得出来的。不幸的是，在当时这些竟被我儿子知道了。他甚至还听说自己有可能被强行命令回国。至于回国后可能会遭遇什么，他甚至连想也来不及想，只认定一件事，自己与那女孩已经生死不可分离。既然大陆不能容纳他的所爱，那么就只有一条路——走，立即走！于是，上面所说的一切，就这样发生了。也许他听到的纯属谣传，事情并非他所想象。但当时他真的信了，并以年轻人的冲动，迅速而不顾后果地采取了行动。

在儿子头一回获准回大陆探亲，向我们叙说这件事的经过时，他表现出了被误解受委屈的情绪。但我们仍要"敲问"他"你不是声称婚礼在香港举行吗？怎么竟直接去了台北，何以如此愚弄

我在台湾令飞家里度过六十五岁生日

舆论"？儿子坦率承认，这是他故意施放的"烟幕"。他怕万一到
了香港，仍有被截回大陆的可能。这么说，为了爱情他竟什么影
响都不顾不管，连这种障人眼目的手法都使出来了。我不禁油然
想起父亲生前曾经讲过关于我的笑话，他说"但愿海婴立刻变成
二十岁，和爱人一同逃去吧"。不想父亲的这句戏言，竟在他孙子
身上应验了！虽然他找的爱人本是同族同根，"逃去"的地方又同
是中国土地，却闹出如此大的波折，几乎轰动全球，更搞得我们
做父母的焦头烂额，由此我头一回亲身体会到：两岸长期的隔绝，
其后果影响是何其严重。我衷心祝愿这隔阂早日消除，祖国早日
统一，让两岸的有情人都成眷属。

儿媳的事，我们也已经知道，她根本不是什么"训练有素的
女特务"，而只是个好学上进的富家姑娘。去日本留学也仅是出于
对服装设计的热爱。如今经此波折，学习的计划被迫中断，早早
地担当起相夫教女的重担，她为爱情付出的代价也是够大的了。

但是在这些年里，特别是刚刚去台北那段时间，令飞究竟干了些什么。对于这样的大事，我们不放心，仍得细细追问。

儿子说，确实，刚到台北那阵，有人企图利用他。媒体一片喧哗，有的将他赴台的行动干脆名之为"投奔自由"。加之"美国之音"一类外电的竞相渲染，他似乎真的成了个"叛逃者"。面对如此复杂的情势，好在他头脑还算清醒，虽然孑然一身，仍能从容自如地应对各种诱惑和"围攻"。面对记者们不论如何别有用心的诱导，他绝不授予任何他们想要得到的片言只语。有的媒体企图邀他去为其工作，他立即警惕地意识到有可能被利用而予婉拒。他这个一向热衷于摄影艺术的人，宁愿改行学习经营之道，当起他岳父开办的百货公司的协理。应该说，这个时期他的生活总算是安定而富裕的。

孰料好景不长，灾难随之而来。说起来，谁也不能讲这是有关方面为了报复他岳父当初不听劝告，接纳他这个来自大陆的"特殊人物"，而故意使坏捣乱。总之，好端端偌大一家百货公司，没过多久就被迫破产倒闭了。他岳父独资经营的这家公司名曰"人人百货公司"，地处热闹的盆路口，那里人来车往，是生意人视之为"风水宝地"的好地段。在筹备之初，得悉附近要建地铁站，他岳父曾特地向有关方面询问工程的计划安排是否影响他的生意。回答是否定的。说你的公司尽可开张，生意不会受什么影响。谁知待地铁站开工时，所用器件都堆放在他公司前面，还为此临时拦起了围栏。这一来，交通受到妨碍，顾客随之大减，他们的生意就此每况愈下，导致资金滞搁。而银行的还款计划和利息又不得不如期兑现。万般无奈，只有倒闭了事。岳父为了躲债逃去日本，他几个子女又不便直接出面，最后只有靠令飞这个外来的女婿为之料理一切后事。这种被众多债主追讨的尴尬，听多少难听的话，看多少难看的脸色，还得"打躬作揖"，"巧舌如簧"，将各方应付过去，这在他来说，虽是空前未有的经历，倒也是难得的磨炼。但不管怎样，这件大难事好歹被他应付过去了。

可是这样一来，小夫妻的生活遭了大难。岳父破产，岳父家住宅房产都被银行收去抵了债。他们一下子变得上无片瓦、下无立锥之地，只得到外面赁屋而居。而这时媳妇张纯华，又怀上了他们第一个爱情的结晶，这使儿子不由得痛心疾首，难过极了。

为了这个家，为了妻子和她肚子里的小生命，一向自尊心很强的令飞，只得在这个完全陌生的社会里艰难地寻找生路。

当听到儿子叙述这段艰难的经历，我们做父母的心不由得揪紧起来。他是多么苦啊，穿过一条马路又一条马路、一幢楼又一幢楼地去寻找工作。不管活儿多脏多累，他什么都愿意干。谁知很多老板都听说过他的事，知是"鲁迅的孙子"，谁也不愿招惹这个麻烦。因为在那个时期，台湾对大陆文化禁锢极严，鲁迅的著作绝对禁止出版，谁要是从外面带进去，"海关"一旦查出，就可能判刑坐牢。有的老板虽然不知道鲁迅为何许人，但一听说他来自大陆也不敢雇用。这就是当时台湾冷酷的现实。

当儿子奔波一天，深夜回家仍两手空空，这个硬汉子不免双泪长流时，妻子张纯华非但没有怪罪他，还与他商量着如何共同谋出路。最后他们买了台爆米花机，将爆好的米花批发给摊贩，以此度日。这事给那些无聊记者获悉，写文章拿他当笑话，说什么想不到鲁迅的孙子竟落到在台北卖爆米花过日子的地步。但我儿子不以为然，心想我本分做生意，靠劳动吃饭，这给祖父丢什么脸？照样他干他的。女儿出世后，先是送托儿所，后来被岳母抱去抚养。妻子始终为丈夫助一臂之力，表现了中国女子富不骄、穷不馁的传统美德，儿子为此又一次流出感激的热泪。

听了这一切，我们还能说什么呢？儿子是争气。他有权追求自己的所爱（就像他的祖父母），他没有做出对不起祖国的事，他经历了不同于大陆的艰难生活，反而把自己磨炼得成熟了。更可喜的是他不愿庸庸碌碌过一辈子，他有自己的追求。这次回来，他的经济已经有了转机，买了很多书籍资料，打算回去搞研究写书。他与乃祖不同，对大陆舞台艺术情有独钟。当年搞摄影，就常常拍摄这方面的作品。他关注祖国的传统舞台艺术，看到它渐趋凋零，内心甚感不安。在访问过不少伶界名宿名角之后，他决心做一件别人还未注意的大事：研究新中国成立后的舞台艺术史。他带回去的文字图书资料重达十几公斤。

两年后，一本沉甸甸的长达五十万字的著作《梦幻狂想奏鸣曲——大陆舞台四十年》出版问世，并在台北《中国时报》连载。

著作出版，他随即进入台北娱乐圈，当起节目制作人。在台湾当个节目制作人跟国外一样，不只是摇摇鹅毛扇策划策划而已，得亲自筹集资金、写作脚本、安排演出等等，一切都得自己动手，但他却乐此不疲。不过，最让他开心也最引以为自豪的是：花了一年多时间，他居然说服了散居世界各国的收藏家拿出自己的珍藏，让他拿到由他一手策划的"中国古瓷精品展"中供人观赏。有的收藏简直价值连城，他是小心翼翼地捧在怀里一路坐飞机送到展台上去的。虽然这样干赚不了多少钱，但他的心是满足的，他为弘扬我们祖国民族文化尽了自己的力——我不由得想，实实在在地干事业，不图"空头"的什么名，这不正是父亲对于他后代的期许吗？

我还知道儿子心里有一个愿望，他不愿意老被人加上"鲁迅的孙子"这种定语。他当然承认自己是鲁迅的后代，但他不愿靠祖上"祖荫"生活。他要创造自己的事业，走自己的路，体现自己的人生价值，不管将来结果如何，他都会一直奋斗下去。我想，这也是父亲所愿意看到的。我希望我的孩子都能这样想。

去台北探亲

获知一切之后，我们夫妇自然很想见见这尚未谋面的儿媳妇，还有两个小孙女，都长这么大了，我们当爷爷奶奶的都还不曾亲吻过她们呢。再有亲家公和亲家母，虽然我们两家阻隔两岸，相互的亲情必是一样的。

好在政府是实事求是的，既然一切都已明朗，再也不对我们限制什么，只要我们提出想去台北探亲，有关方面总是放行。

倒是台湾方面顾虑颇多。我头一回于一九九五年去台北，是应邀去参加无线电方面的某个研讨会，纯属学术性质的活动。可是我的"全国政协委员"身份一度成了障碍，幸亏邀请单位多方疏通说明，才于会议开幕前半天，匆匆赶到台北。利用会议的间隙我去了儿子的家，也见了亲家，但毕竟时间仓促，了解不是太多。

真正得以深入儿子的生活，是随后两次长达半年、我们老两口与儿子一家的日夜相处。

正如儿子当初的印象那样，媳妇张纯华确是"既现代又传统"。她小令飞四岁，长得不高，穿着朴实，举手投足还带着学生气息。见了我们这两个来自大陆的公婆，毫无隔阂，"爸爸""妈妈"的喊

大儿周令飞在上海祖父墓前

得挺亲热。对我们的生活起居总是嘘寒问暖，照顾安排得妥帖而周到。到了开饭时，她自己虽也在同桌吃饭，却时刻关注着我们，不时地为我们搛菜添饭。也许本来就学的服装专业吧，她的缝纫手艺堪称精湛。我住了几个月之后，由于受到悉心照料，肚子渐渐隆起，以致带来的西裤穿上去总是紧绷绷的，儿媳便为我放宽改制，竟是服帖又美观。我们观察她对待两个女儿，既关爱有加又不姑息娇宠，实在是个合格的好母亲。

随着了解的深入，我们还进而知道，儿媳不但把自己的家治理得舒适整齐，出嫁都十八年了，还不忘回娘家去尽女儿的孝道，父母一年四季身上的穿着都由她一手料理。无论冬棉夏单都由她整齐有序地收藏在箱子里。到了该换的季节，她总是不失时机地拿出来为父母准备着。娘家放不下，干脆连箱子一起搬回自己的家，便于洗涮晒晾。

总之，来到长子的家，我们仿佛回到了四十年代，感受到那个时代所特有的合家和睦、夫勤妻贤、恭顺孝悌的氛围，那可是我们中华民族的传统美德啊！想起当初对儿媳的传闻，什么"训练有素的女特务"，不禁哑然失笑，深恨造谣者之可鄙。

令飞一家住在台北市的信义区，离市中心约有二十分钟的路程，那里是一片不高的山，实际也只能算是丘陵吧。一幢幢住宅便依山而筑。儿子的家在其中一幢的一楼。楼底下还有一层，称为"双一楼"。这是个地下室，是国民党当局规定必备的"防空"设施，面积倒挺大，实际无"空"可防，儿子便用来做了饭厅、厨房、浴室和孩子的活动室。我们老两口住的客房也设在这里。好在安装有除湿机（每天可以从里边拎出一桶水来），住在那里倒也干爽舒适。上面的一楼，是客厅和两间卧室，外加卫生间，那是儿子媳妇和两个孙女的生活区。儿子还养了一只长耳朵、毛色黄白相间的名犬——"科卡"，才一岁多，来了生客总是挺亲热，做出种种顽皮动作，十分逗人喜爱。有趣的是它对我老伴格外亲热调皮，常常偷偷叼走她换下的袜子藏起来，故意跟你捣蛋。

看到这一切，我们夫妇真是既欣慰又感慨。在台北这样的地方，完全靠自己一双手，终于创造了这样一个虽不算富裕，却也舒适安逸的家，他们是何等不易啊！

我们当然也去拜访了亲家。由此也了解他们一家的身世经历。亲家公张进福先生比我小三四岁，长得十分魁伟，精力充沛，作风豁达洒脱，完全是个干事业者的模样，与我这个成天坐办公室、

我的全家福。现在我已是儿孙满堂，三代共十六人。这张照片是在二〇〇二年春节，北京全家团聚时拍摄的，我两个子女居住在外，能全员到齐实属不易，这样的大聚会难能可贵之极。前排左起：小孙女周景文，长孙女周景欣，外孙女田中华莲、田中悠树（双胞胎）。中排左起：长媳张纯华，二媳吴彬，妻子马新云，我周海婴手抱小孙子周景轩，三媳车小林。后左起：长子周令飞，次子周亦斐，长孙周景川，三子周令一，长女周宁，女婿田中正道

钻在技术堆里的人，适成鲜明的对比。他祖上在大陆闽南，至少三代前就迁居台湾，起初以务农为业，到他父辈才渐渐在生意经营方面开始升发，在台湾也算得上是个中产阶级。他从事的是百货服装业，而以后者为主。因此当两岸关系有了松动，他也在闽南故地设了制衣厂。却不料遭遇上面所讲的这场说不清道不明的"灾祸"，落得闽南的制衣厂也跟着结束。不过老人毕竟是经过世

面的，对于事业兴衰起落也并不怎么放在心上。

至于亲家母，过着与从前我们上海有钱人太太一样的生活。三日两头地到洗头店做做头发，平日邀集几个谈得来的老姐妹搓搓小麻将。我曾经在旁参观，发现她牌技极精，对方手里有几张什么牌算得一清二楚。交情再好，牌桌上可是不讲情面的，该押的押，该送的送，哪怕自己做好的牌烂掉不和。可惜她们玩的是台湾格式，和牌的名目繁多，我看了一阵还弄不懂其中的奥秘所在。

张先生两口子也是好福气，生养了三男两女，我的儿媳妇是他们的次女。这一家都是本分老百姓，跟政治毫不搭界。不过有一点却是态度鲜明的，那就是他们都说自己是中国人，自己的根在大陆。

亲家老两口也来大陆探过亲，在北京住了几天。我们少不了有一番招呼，陪他们四处走走看看。我儿媳妇呢，自从儿子想在上海求发展，也带了女儿回大陆探过两回亲，到过北京、南京、上海。但她毕竟是生长于南方的人，对北方的干燥气候不大适应。她倒是喜欢上海，认为无论从生活到气候都与台北相差无几。若儿子的事业顺利，她很愿意带着女儿长住上海，这样也可免去夫妻女儿两地相思之苦。儿子曾带了妻子女儿，在爷爷鲁迅墓前献花鞠躬。我想父亲必含笑于九泉，想不到他一直为之提心吊胆、多病多灾的"小乖姑"（父亲生前对我的昵称）竟是儿孙满堂了。

我交代完长儿婚事的一切，其中提到一些我所尊敬的首长，若有冒犯处，我再说一声对不起！我还要再一次声明：我曾经有过委屈和怨言，但现在都已荡然无存。总之，一切都是可以理解的。

父亲的遗产

父亲留给我的遗产，精神的无法估量，遗作的权益也出乎意外的沉重。

前面曾说大儿媳张纯华"既现代又传统"，其实我母亲何尝不是这样的人。只是各自表现不同罢了。

且让我举个例子。我渐渐长大开始懂事时，有一回偶然发现母亲左上臂内侧深深凹下去，似乎被剜去了一块肉。我当时抚摸着伤疤问母亲，她只随口回答这是过去生疮的疤痕。到我长成十几岁的小伙子，又一次问母亲，她才告诉我：那时年少单纯，见父亲重病缠身，久治不愈，想起书中读过的"二十四孝"中有一孝，叫"割股疗亲"，以报养育之恩。我母亲便如法炮制，硬是将臂上一块肉剪下来熬成汤药，让她父亲喝了。可见传统的"知恩图报"思想是如何深刻地在母亲头脑中扎了根。

我前面说过，打从进入解放区，母亲便有一种如释重负之感。她与父亲唯一的爱情结晶、又为父亲视作"小红象"的我，整整十年中她几乎以全部生命保护着，唯恐被病魔夺去，唯恐遭到白色恐怖的威胁。如今终于熬到头了，将我送到这"天高任鸟飞"的天地，可以让我自由而幸福地成长。为此她深情地对我说："我把你交给党，从此我放心了。"并为我的二十岁生日题了词，希望我健康成长，"贡献其涓滴"于社会。于此可见她对党的感激和信任。

新中国成立后，党给父亲以崇高的评价，又委母亲重任，让她担任政务院副秘书长和别的职务，每月的工资有三百六十万（旧币），自己又有能力买下大石作的房子，身边配有秘书，出去工作有汽车接送，生病住院，住的是干部病房，自己只需付饭钱，一切医疗费用由国家负担。我那时在大学读书，非但学杂费一概不收，连吃饭钱都不必自己掏。这与当年在上海霞飞坊，日日为生计犯愁，为治我生的病四处求医，恨不得一个钱掰作两份花，真是天上地下之别。由此她感到一切都很满足。更何况党和政府处处想着老百姓，百弊正在铲除，万业正在兴起，这不是父母为之奋斗梦寐以求的社会吗？

上述这一切，都使母亲的报恩思想愈加强烈。她要做的只是奉献、奉献、再奉献，而对于个人和家庭的物质生活从不考虑，自然更不会为自己身后儿孙们的事担心什么了。她一心想党之所想，急人民之所急。凡是人民需要的，只要家里有，什么都可以拿出去捐掉。母亲去世后，留下一些遗物，我还没能全部整理，但从已经发现的就有这样几份收据：一是以主任委员张友渔先生署名的"皖北苏北河北河南灾民寒衣劝募总会北京分会"收到以我们母子名义捐献的现金二亿元（旧币）。上面没有年份，只写着"十月十八日"，想是还在新中国成立初期；一是"抗美援朝"开始，全国人民纷纷捐献飞机大炮，这回母亲干脆仅以我一个人的名义，为全国文艺界捐献的"鲁迅号"飞机拿出了一千万（旧币）。她要我像父亲那样心中处处想着国家民族的存亡，而她自己大约是已经拿不出什么钱了，只捐了区区五十万元（旧币）。所有这许多钱，来源只有一条:父亲的版税。还有一封上海出版公司具名"刘哲民"的信，说明因出了唐弢编的《鲁迅全集补遗》两种，写着已"寄出版税三千七百六十七元七角"，请她查收。信后写的时间是已改用新币制的一九五二年。因此那时这三千多元钱，可说是一笔不小的数目了。但母亲在信末用钢笔批道:"三千五百元捐市妇联福利事业"，自己只留了个零头（相当于她一年的工资）。

至于父亲的遗物、手稿、书信乃至八道湾和西三条的房子，母亲也悉数捐给国家和博物馆、纪念馆，非但不收分文，甚至连"捐献证"、房产转换手续都没想到要办理。家里仅存的父亲遗物中，有一幅父亲亲笔字轴，那是我们视为珍宝的一件纪念品。但是有一回我从读书的北大回家，母亲又欣喜又舍不得地告诉我：她把这幅字也捐了。用作民主党派庆祝毛主席六十大寿的贺礼。这幅字母亲过去一直压在箱子底不肯轻易示人，连我都没有见过。可是母亲既然决定了，我又能说什么？ 因为我知道母亲的心，只有暗自惋惜罢了。

到了一九五六年，是父亲逝世二十周年，在临近纪念日前，我与妻子从中关村回大石作的家，忽然发现客厅里有些异样，似乎墙上少了什么，显得空落落的。仔细看去原来当年陈师曾等几位友人送给父亲的四幅水墨画不见了。一问，才知道又被母亲拿去捐给鲁迅博物馆了。因此，今天我可以公开声明:作为鲁迅嫡嗣，身边绝无几件可资纪念的遗物。甚至连一九三三年父亲亲笔抄录的《两地书》，他指定待我长大后让我留作纪念的，竟也被母亲捐了出去，以致我至今年已七旬，也未得亲手抚摸一下父亲专门为我而作的手泽。

因此到一九六八年三月，母亲猝然离世，留给我的只有一个三千元的存折。那是她收到的回忆父亲鲁迅三本集子的稿费，不曾动过。

这就是我母亲。我就是在母亲这样的熏陶下长大的。

在向读者介绍过母亲之后，我要回到这篇回忆的正题：关于父亲的遗产而引起的纠纷。

读者一定会想：许广平先生既然那么崇高无私，你这个当儿子的怎么眼睛里老是装着个"钱"字，还不惜提出诉讼，岂不辜负先母对你的教导？

过去，父亲每出一本著作，总要受到出版商的剥削。往往书出了，钱赚了，当向他要版税时，就对不起，总是找种种借口拖延、克扣，甚至连由他一手扶持起来并给以信任的学生也如此，最终不得不拉破面皮，声言要上公堂打官司，这是人所共知的。从父亲亡故后，到一九四八年我们被地下党安排去解放区，这许多年间，除了朋友的偶尔资助，我们母子（也包括北京的朱安女士）主要是靠出版父亲遗作过日子的。而此时盗版蜂起，甚至连信赖的朋友都来趁机非法出版父亲著作。而自己批出去的书，又往往受到书店的刁难，拿不回钱。母亲一个妇道人家，一个书生，一个对经营之道少有知识的人面对着众多不义趋利之徒，她赤手空拳，毫无办法。

我重复这些前文已讲过的事，无非要说明当新中国成立了出版总署，出来掌权的又是可信赖的老朋友叶圣陶、胡愈之和叔叔周建人，母亲怎能不胜欣喜，以为这一来托付有人，可以对付一切不法的盗版商了。加之她那时也已被任命为国家干部，公务繁忙，再也无余力也没有必要将这过去赖以活命的"鲁迅全集出版社"维持下去。于是她回到上海，把出版社加以清理停业，改将有关出版父亲著作的一切事宜委托给国家出版总署处理。委托信由我们母子联署，这封信我至今还保留着，全文如下：

胡愈之署长：

　　关于鲁迅先生的著作，为使其普及读者与妥慎出版得以兼顾周到起见，以后鲁迅著作无论在国内外的编选、翻译及印行等事项，我们都愿意完全授权出版总署处理。特此奉达并致敬礼

　　　　　　　　许广平　周海婴　一九五〇年十月十日

我想读者看了一定明白：

一、我们母子委托的是我国政府负责出版事业的最高行政领导机构"处理"；

二、委托书的用词仅是出版事宜"完全授权出版总署处理"，而非捐出版权。当时《人民日报》为此发过消息，不容置疑。

当时，出版总署接受我们母子的委托后，交由人民文学出版社去具体执行，这也是顺理成章的事。因为这个出版社是国家办的，又是全国最权威的出版社。特别是当时的几位社领导，冯雪峰、楼适夷、聂绀弩都是母亲一向极熟而信赖的朋友。总之，一切圆满而放心。

但是，随着父亲著作的陆续出版，版税一笔笔计算出来，就发生了众所周知的"捐献"问题。

按社长冯雪峰前辈的意见，母亲应当收下所有的版税，并为此多次前来劝说。而母亲却连着给他写了两封信，表示要捐献给国家。究竟是何动机，只有我这儿子最清楚。

首先的原因是新中国成立后母亲的思想精神状态，就是我在开头所叙述的那样，完全处于一种忘我无私的境界。在此情况下，要她接收如此一笔巨款，便自觉十分不妥。她感到党和国家对父亲如此推崇，父亲应当属于人民，他的著作理应由人民去共享，而不应收取什么报酬。再

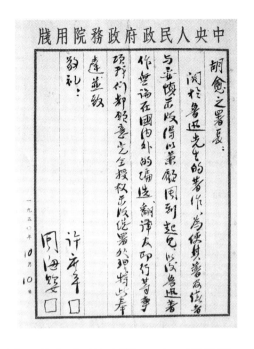

说，我们的生活已与新中国成立前有了天壤之别，一切不用愁了，还要这么多钱干什么？

何况，新中国成立后的社会观念也已经改变。过去我们母子靠父亲版税过日子，谁都认为是正当的。而现在法律虽然明文规定继承遗产属于合法，但在舆论上却被当作可耻的不劳而获，是资产阶级思想。因此，当她自己的著作出版，凡有版税寄来，总是照收不误，随即存入银行。而父亲的版税，那就属于遗产，不是自己的劳动所得了，她身为国家干部，还有我这个鲁迅的儿子，享用它岂非"大不光彩"？

实事求是讲，虽然已事过境迁，似乎别人也不再提起，但那个阴影总是在母亲的内心深处挥之不去。这就是一九四八年年初入解放区时，在沈阳遇到的那种刻骨铭心的尴尬。一向依赖为生的父亲版税，转眼之间成为"可耻"的事。最为难堪的是连接受

我们向学校的捐赠，也推三阻四，像是一笔不洁之款子。我们日日相伴的是飞短流长、冷眼相向。这记忆太痛楚，太不堪回首了。更何况，母亲这时正在争取入党，热切地盼望自己能成为父亲曾经寄予希望的队伍之一员呢。

随着父亲著作大量出版，所积累的版税也越来越多，作为社长的冯雪峰为此感到尴尬，希望这笔钱再也不要在他们的账面上延宕下去了。这时母亲提出建议：能否将这版税转变成读者的实惠，比如降低书价，或者干脆明码标明以九折出售。冯雪峰回去商量，社里有关部门却表示为难，说书籍如何计价向有规定，不可破例，此议只得作罢。

这时冯雪峰听到一种建议，认为可否以父亲的版税为基金，再向国家申请一笔钱，凑成个大数目，设立"鲁迅文学奖"，以促进创作的繁荣。他将此事告诉母亲，两人觉得这倒是个妥善的办法。但此议传出，却遭到一些文艺界有影响人士的反对。这些作家一向不满意于当时掌握文艺界领导大权的周扬，由于不信任他的工作作风，因而也怀疑"鲁迅文学奖"一旦被他控制，是否能真正搞得合理而公正？此议也仍然作罢。

面对这种局面，冯雪峰感到左右为难了：一方面社里催着尽快结算；另一方面受者又坚持不收。在此两难之下，冯雪峰只得向周恩来总理去禀报，请示处置办法。总理的意思是，最好还是劝许大姐收下。因母亲的态度坚决，总理改而指示：以"鲁迅稿酬"名义将版税从出版社提出，悉数存入银行，以备将来我们母子需要时取用。即是说国家不能接受这笔捐款。我现在体会，总理作此决定，固然是尊重我们母子的权益，在为我们的将来着想。另外，是否也从政治和政策的高度考虑：若此例一开，岂非无形中在暗示或诱导别的作家也这样做？这影响可就大了。冯雪峰得了这指示才如释重负。他及时将父亲的版税转入银行，以专款名义储存起来。（冯的复信，已于二〇〇五年发现，见附录——海婴注。）

母亲是极尊敬周恩来总理的，既然他作了这样决定，焉有不服从之理？她从此不再坚持己见，对银行里的存钱只是不去动用罢了。但她一直记着我们母子拥有这笔钱。直到一九六六年夏天，她还让秘书王永昌同志去人民文学出版社找财务科长查询过存款的实际数目。

上述事实清楚不过地说明：我们母子曾有的提议被周恩来总理否决了，"不收""捐献"父亲稿酬之事早已不复存在。

后来的严酷生活证明，总理当时的决断是多么有远见。我在前文说过，一九六八年三月，母亲亡故，一家人的生活转眼之间跌到艰难的底层。从此我们夫妇总是为二个字着急，那就是"经济"！请想想看，我们夫妇都是低工资，两人每月的收入合起来才一百二十四元。这区区收入却要负担一家六口外加一位老保姆张妈的一日三餐和衣着、孩子读书。张妈过去一直照料母亲的起居生活，母亲故去后，她不肯离去，甘愿与我们一起过苦日子；再说我们也离不开她，白天双双去上班，几个读书的孩子全靠她管着。谁知"屋漏偏逢连夜雨"，我自己又被多种疾病缠身，其中最严重的是心包炎和肝炎。紧跟着我的儿子老三也染上了乙肝。幸亏母亲那笔三千元的稿费不曾动过，它就成了我们求医买药、营养调理的救命钱。但那时的物价已不比从前，真不知道这三千元究竟能够维持多久？我们明知银行里存有一大笔属于自己的钱，但这是什么年代，我们哪敢想。

不料，我们的困境竟被周恩来总理知道了。我在北京医院住院期间，周总理指示将"鲁迅稿酬"名下的钱提出三万元，供我养病之用。我这条小命，才得活到今天。我由此深切体会到总理当时考虑之周密深远。

想不到随后面临的棘手事，越加与钱有关。

这得从"文革"说起。我们夫妇在三里河的单元里苦打苦熬，好歹将三男一女四个孩子抚养大了，大儿子周令飞当时正上初中，怀着"一片红心干革命"的激情，初中没毕业就参军去了。那年他才十六岁。老二按规定被安排去北京郊区插队，跟农民一样种田看瓜，老老实实接受再教育，当然不能像"逍遥派"那样有足够的时间看书自学。别的孩子虽在读书，但当时学校之混乱，学生根本不能正常上课，那是过来人都知道的。再说老三虽在上学，但他的肝病实际并没痊愈，只能是半读书半休养着。最小的女儿当时还是个小学生，啥也不懂，能要求她什么呢？而我们夫妇俩，马新云在学校，我在广电局，几乎天天开会、学习、大批判，还三天两头加班加点，实在也没精力更多地顾及孩子们的学习。就这样，孩子们被硬生生地耽误了！

等到"四人帮"粉碎，百业重兴，其中最引人关注的是恢复高考。这时，参军的老大即将复员了，插队的老二回城了，老三老四也已长大成人。他们都面临着这个大问题：将来该走怎样的人生道路？但是兄妹们一合计，决心不放过这难得的高考。他们日夜补习，整整苦熬了几个月。而考试的结果，一个个"名落孙山"。这一来，我的两个孩子只得在家待业了。请想想吧，看到他们成日在家情绪郁闷地晃来荡去，我们做父母的会是怎样的心情？

正在我们焦急无奈之时，党组织伸出了援助之手。中组部派了王子光、沙洪、柳林等几位同志来我家了解情况，商议了几种让孩子继续学习的方案。其中一个，便是自费去日本留学。日本的关系我倒有一些，担保人估计也不难找到，只是，哪来这一大笔路费和置装费？

就在此时，中组部提出何不动用早先存在银行里的"鲁迅稿酬"——拿爷爷的钱培养孙子们，是名正言顺的事。

为此，当时的中组部部长胡耀邦同志很重视，专门作出了"清理鲁迅稿酬"的批示，并派人去人民文学出版社查询。事情并没有解决。一九八一年五月二十七日，当时的文化部副部长林默涵同志给我写信，明确表示："过去积存的和即将出版的新版的版税，全部都应归您，别人无权过问。"（这封信我还保存着）在同年的鲁迅诞辰一百周年纪念日之前，中央组织部又作出了各出版社都要结清鲁迅稿酬的决定，就连人民文学出版社的直接上司国家出版局也多次催促。直到此事引起中央领导同志的注意，周扬、习仲勋、朱穆之、赵守一先后发了话，连书记处的胡耀邦、陈云两位同志也下了指示，他们才交给我一张面额二十七万元的支票。

我刚拿到人民文学出版社的支票，真是"凑巧"，时间几乎是同步，地区税务局即来电话要我去一趟。到了那里，就有一位负责人对我说，你这笔钱马上要缴纳百分之二十（合计五万多元）的"个人所得税"。我据实说明，那是五十年代所得，而非现在的收入。但是这位负责人不听我的解释。

无奈，我只得去上级税务总局申诉，一位领导接待了我，回答是"研究、研究"，让我先回去。这就奇怪了。若有明文规定，拿出文件来向我宣读明白，我还有什么可说？我虽被人家斥为"爱钱"，也不至于连应缴的税款都敢抗拒。由此我预感所谓"研究"

很可能是"缓兵之计"、装作"慎重"的托词，实际上他们已经"内定"了的。

果然，过了几日，那位领导以电话回答我，并且口气十分强硬："不行，仍要照'规定'缴税！"我无奈，提出人民文学出版社将应付我的版税四万多元，作为"利润"上缴了国库，又扣下应付我的款子留作自用，是不合法的。我认为，同是国库，人民文学出版社以"上缴国库"的名义所占用的四万元钱作为抵冲。但立即遭到拒绝，并威胁说：若不在限期内交清，就是"抗税"，要"给予惩戒"。没有办法，我只得老老实实如数交清。此事究竟该如何看待，还得请懂税法的朋友指教。人文社将应付版税，作为利润"上缴"国库，这笔欠账，几经交涉，我得到了人文社这么一张"捐款"证书。

"四人帮"粉碎前后，我多次应邀访日，临行前，当时国家出版局的王子野副局长几次授权我，要我与日方洽谈父亲著作在日本的出版事宜。我为此与日方出版商有过多次接触和探讨。由于有这些基础，一九八一年，日本学研社才拟与人民文学出版社签订允许日方全文翻译新版十六卷《鲁迅全集》的合同。文化部副部长林默涵同志为此指示社方，要先与家属商议，拟出个共同的权益口径，再由社方出面与日本学研社谈判。但我却对整个谈判进程一无所知。直到签约的前一天，才派人以电话通知我：协议将于次晨签署。我提出了抗议。但是，当新版日译本《鲁迅全集》出版多时，我仍不见其面目。直到一九八五年秋我又一次访日，遇到学研社人员，当他们得知竟连送我的《鲁迅全集》日译本样书也没有收到，不由得大为惊讶。为了国家的面子——老实说，也为了保全人民文学出版社在日本朋友前的面子，我只能三缄其口，什么也不说。

还有一件事，那笔父亲的稿酬，仅是解放初期到一九五八年之间的那部分。那么，这以后呢？据我所知，在整个六十年代，出了更多的父亲著作。国际上向有惯例，作者版权保护期应该是五十年。当时的国家出版局边春光局长就在报纸上公开宣布过：我国的著作权年限遵循国际惯例定为五十年。这就是说，一直到一九八七年，我都可以合法地享有父亲的版税。退一步说，一九八四年文化部颁发了《书籍稿酬试行规定》内部掌握的尺寸，著作保护期虽不同于国际惯例，也定了三十年。这样，我的权益，至迟也可享受到一九六七年。

就在这个时期，我陆续收到上海文艺出版社（先后两笔，一九八〇年和一九八四年）、中国青年出版社（一九八一年）和四川人民出版社（一九八四年）寄来的父亲著作版税。

这些，虽然数目不大，但都尊重了我的权益，这是令我欣慰并十分感激的。一九八六年六月二十八日，我终于向法院提起诉讼，以侵犯权益为由，状告人民文学出版社。我满心以为，法律会替我撑腰。不想法院一审判我败诉，再审我又败诉，这是我所万万想不到的。我永远不服这样的判决。

至于公堂控辩双方的说词，某些名词性质的论争，我不想在此复述。我想读者看了也必定会嫌烦的。我只说一些片段，以做大家茶余饭后的谈资……

片段之一

审判历时两年。但判决前的庭上调查仅有一次,时间约三小时,主要依据的"事实"均未向当事人(当然是我一方)核实确认。

我的诉讼代理人朱妙春律师曾向北京高院办公室某主任反映案情。其中一条指出审判员"工作上有失误"。该审判员在工作记录中写道:曾经走访过国家版权局某同志,"简单介绍了一下案情"(也不知是怎么介绍的),对方听了"随口说道:'周海婴既然以前愿意上缴国家,现在又要,那当然不行了。'"朱妙春律师据此说:"这句话怎能代表国家版权局的意见?"

一九八八年十二月二十三日下午和二十四日下午,我的诉讼代理人朱妙春律师要调阅人民文学出版社与日本学习研究社及其曙光株式会社的合作出版合同,这原是法律赋予律师的权利,但遭到法官的拒绝。先说怕被"新闻界捅出去",朱妙春律师据理力争,并表示愿书面保证不会泄露,甚至连原告也不让知道,而仍不得准许,其理由是此材料已列为副卷。按法律规定,法院方面是有权不让律师接触副卷的。然而同一位法官又声称"到开庭时再当庭宣读"。朱律师当即指出,既然要作为证据当庭宣读,而又不允许诉讼代理人查阅,这显然是剥夺法律赋予律师的权利。但该法官始终坚持己见。谈到后来,朱妙春律师才知道:法官也有其"苦衷"。原来一审时,"人文社"并未提供这份与原诉内容至关重要的合同,因此可以说,这次是无根据地宣判周海婴不享有新版日译本《鲁迅全集》的权益。既然事后提供了,法院岂非据此可以纠正错判。而且朱妙春律师也更有权查阅了。但这位法官却说:"如果让你们看了,那就袒护你们了。"

原来如此！因为这份合同里载有这样明确的内容；作者应得版税的规定是日本方面依据伯尔尼公约的国际惯例。

片段之二

官司败诉，我的"臭名"也远播于外。准确地说，是自从把人民文学出版社告到法院，我在一些人的心目中已经"败诉"了。我不怕出丑，且摘录一些当时所收集到的非议——

有的说：周海婴出尔反尔，说话不算数，竟要收回捐出去的钱。

有的说：周海婴真让他的父亲丢脸，竟为了钱对簿公堂。

有的说：周海婴死要钱，贪得无厌，要了还想要，他哪算是个共产党员、全国人大代表呢！

连远在香港的《百姓》杂志也趁机凑热闹，某篇文章在开头处登了一帧父亲画像，旁边印着一行醒目的字："鲁迅想不到他的儿子会为他的稿费问题进法院。"在骂过我"出尔反尔，说话不算数"（很奇怪，这与人民文学出版社所讲如出一辙）之后，进而挖苦道："身为鲁迅后裔当不了大官，争回一些钱总是有用的。"

总之，我周海婴一时成了鲁迅的"不肖子"，做了让父亲蒙羞的丑事。但这些大都是局外人，自然只顾骂得痛快淋漓，管它什么当事者的痛痒。也有另一种人，他们不骂、不鄙视，却为我的行为痛心疾首，深感不安，试图暗中阻止我，或另想些别的体面办法，以达到两全其美之目的。其思想核心还是那句话：为争父亲稿酬上公堂是不光彩的——鲁迅多么伟大，怎可把他跟铜臭联系起来呢！这些都是一向爱护我的，熟悉和不熟悉的文艺界前辈、领导和朋友。

这样，就得说到一位文艺界前辈，我至今一直尊敬着的老人。

法院判我败诉的理由之一是：许广平母子早将鲁迅稿酬放弃了。对周恩来总理的指示却只字不提。但是，事实如我上述，千真万确，且当时还有个证人在，那就是与冯雪峰同时在人民文学出版社工作、并任副社长的楼适夷前辈。

楼适夷与母亲早于抗战时期就相识，可说是老朋友了。日寇进入上海法租界不久，即将母亲抓去，除了要她交代自己的抗日救亡活动，还想从她那里获得其他左翼抗日文化人士的线索，其中之一就是逼她说出楼适夷的下落。母亲被逼不过，就施了一计，故意将日寇带到楼适夷早已搬迁的旧居去，让鬼子扑了个空。为此母亲免不了又受到一顿毒打。这事后来被楼先生得悉，深为感动，从此与母亲的交谊越发深厚，对我这个小辈也时来表示关爱，我也一直尊敬他。

因为他是"人文社"当时的副社长，对处理父亲稿酬的前后经过自然了然于心。但当我与"人文"打官司时，我的诉讼代理人朱妙春律师去向他调查，他口头证实有这回事，却拒绝亲笔写下具有法律效力的证词。原来此前有一段人所不知的故事。

那是社会上正为父亲稿酬纠纷一事传得沸沸扬扬之时。有一日，楼适夷来到我家，在对我这个小辈的生活表示关切之后，谈话的内容就转到了父亲稿酬，意思是这钱当然是归你的，但为了顾全你父亲的声誉和你本人的影响，可否先提出个具体的捐赠计划，然后再将钱拨还给你。并暗示说这不是他个人的意见。我从话中又听出，他其实是受胡乔木同志委托而来。

我深知老人完全出于一片爱屋及乌之心，他年纪这么大，身

416

体又不好，平时难得出门，如今专程为此而来，我这个小辈理应听从前辈的教诲，最低限度也该给他个面子。遗憾的是，老人所提者正是我所最想不通的：别人的遗产可以合理合法地继承，为何唯独鲁迅的稿酬他儿子不能拿？也许我当时委屈不平的情绪太盛，竟一时说话有些生硬，直冲冲地回答他：钱还没有拿到手呢，何来捐献之事？老人听了，一时语塞，叹了口气，起身告别而去。我现在回想，老人家一定在心里叹息：真是孺子不可教啊！

不过楼适夷虽然对我不满，毕竟还是仁爱慈祥、实事求是的，当陈明先生（已故作家丁玲的丈夫）出面前去询问时，仍给了正面的回答。下面是陈明先生的记录：

"一九八八年十二月十一日，就人民文学出版社五十年代积存鲁迅稿酬一事，访问了楼适夷同志。请他谈谈周恩来总理二次指示冯雪峰同志，第一次是劝许广平接受，第二次是让出版社立户存起来，留待许广平、周海婴需要时领用。"

"楼适夷同志说，这件事他已谈过许多次，也向社领导周游同志讲过。从人民文学出版社的账面上，也可以反映出这件事。"

"由于楼适夷同志已经病了三个月，没有请他写书面证明。"

当然，支持我诉讼的媒体也有。还有文艺界有声望的老作家写信来安慰我，旗帜鲜明地支持我的行动，黄源老就是其中一位。因此虽然官司输了，我的心却是温暖的。

注：最近整理出冯雪峰任人民文学出版社社长时，给我母亲的信，虽然没有很明显指出周总理的话，意思却全然相同，见附录三。

再说几句

　　回忆录写到这里，似乎应当收笔了。但有一件事再三疑虑，是不是应该写下来，心里没有把握，因为既有此一说，姑且把它写下来请读者判断吧。

　　这件事要从母亲的老朋友罗稷南先生讲起。他思想进步，崇敬鲁迅，生前长期埋头于翻译俄国高尔基的作品，五六十年代的青年接触高尔基的主要文学著作，几乎都是读他的译著。抗战时期，他们夫妻住在蒲石路（现长乐路），距离我家霞飞坊很近，母亲经常带着我在晚饭后溜达到他们家，悄悄聊些时政传闻、日寇溃败的小道消息。罗稷南先生长得高大魁梧，脾气耿直，一口浓重的湖南口音，声音低沉，若不用心不易听懂。新中国成立之后，他受聘于上海华东师范大学任教，直至退休。九十年代罗老去世，我因定居北京，没能前赴告别。

　　一九五七年，毛主席曾前往上海小住，依照惯例请几位老乡聊聊，据说有周谷城等人，罗稷南先生也是主席的老友，参加了座谈。大家都知道此时正值"反右"，谈话的内容必然涉及对文化人士在运动中处境的估计。罗稷南老先生抽个空隙，向毛主席提出了一个大胆的设想疑问：要是今天鲁迅还活着，他可能会怎样？

这是一个悬浮在半空中的大胆的假设题，具有潜在的威胁性。其他文化界朋友若有同感，绝不敢如此冒昧，罗先生却直率地讲了出来。不料毛主席对此却十分认真，沉思了片刻，回答说：以我的估计，（鲁迅）要么是关在牢里还是要写，要么他识大体不作声。一个近乎悬念的询问，得到的竟是如此严峻的回答。

罗稷南先生顿时惊出一身冷汗，不敢再作声。他把这事埋在心里，对谁也不透露。

一直到罗老先生病重，觉得很有必要把几十年前的这段秘密对话公开于世，不该带进棺材，遂向一位信得过的学生全盘托出。

我是在一九九六年应邀参加巴人（王任叔）研讨会时，这位亲聆罗老先生讲述的朋友告诉我这件事的。那是在宁波一个旅馆房间里，同时在场的另有一位老专家。由于这段对话属于“孤证”，又事关重大，我撰写之后又抽掉。幸而在今年（二〇〇一年）七月拜访了王元化先生，王先生告诉我应当可以披露，此事的公开不至于对两位伟人会产生什么影响，况且王元化先生告诉我：他也听说过这件事情。

我记得，类似的这种拟想，在“文革”初期，母亲就曾接到学生红卫兵的多封来信，也有径寄党中央的，叙述了许多的理由，要求追认并接纳鲁迅为一名光荣的中国共产党党员，我不清楚是否也有与罗稷南先生那般脾气的人，亦把这个问题率直地提出来请示过，毛主席的回答是怎样的，那也只能留待另一位写了。

注：罗先生任职的地方，当时是委托本书编辑打听的，后核实情况不准确。

后 记

我已经七十岁了。七十年来，我生活中的每一天都是与我父亲联系在一起的。但说心里话，我本来并无撰写回忆录的念头。虽然此前也偶尔写过，如一九八一年刊出的《重回上海忆童年》，但那只是记忆的片断。如要比较完整地记下自己一生的经历，尤其是涉及父亲的活动，我可没有这个勇气。因为在大量的前辈回忆文字面前，我自知缺少这方面的资格。

父亲在世时，我还是个调皮爱玩的懵懂孩童。父亲的生活起居，写作待客，我虽然日日看到听到，父亲与朋友之间的谈话，我每每在场，他们也并不回避我，我对他们交谈的内容偶尔发生兴趣，其实他们究竟说的什么，也不甚了然。故现在要我回忆这些，脑子里几乎是退了磁性的录音带。父亲去世后，我家搬到了法租界霞飞坊，家里仅有我们母子两人，那时我已渐渐长大，有些事母亲便与我商量，去什么地方也往往带我同行，知道的事情自然多起来。可是那时我的精力主要放在读书做功课上；况且严重的哮喘又如影子般地折磨着我，使我不时地困卧病床。因此很遗憾，对于在孤岛时期与抗战胜利后的社会活动，所知仍然有限。而胜利后至一九四八年，我们离开上海，确是母亲在社会上最活跃的时期。

一九四九年后，我已经成年，学习、工作，在社会上有了自己的活动天地。虽然与母亲经常在一起，却各忙各的，只是茶余饭后，说些无关紧要的家务事而已。那时母亲担任多种职务，相当繁忙，她的交往广泛，照理必有大量值得记录的故事。但母亲是个严守纪律的人，不该让我们知道的，绝不吐露半句；我自己也有意回避，从不主动向她打探什么。加之我以为，既然父亲母亲的文章都已公之于众，父亲的一切遗物手迹亦早交与博物馆、纪念馆保存，又有这么多学识卓著的专家在研究它们，我又不干这一行，也就不去留意。至于我自己，一生并无什么大的建树可供记载，而只是脚踏实地工作与生活，为社会尽一份绵薄之力。

因此，当回忆录又经《文汇报》萧关鸿等几位先生的重提，并不断热情鼓励，我虽然口头表示愿意，但由于上述的原因和想法，内心总是犹豫不定，迟迟拿不定主意；况且，要认真写出来，又难免牵涉一些人和事，这又使我顾虑重重。须知，我经历的是是非非已经够多的了，实在不愿意到了古稀之年，再惹得一身麻烦。但是，我难辞这几位朋友一再的劝说和鼓励，盛情难却，才终于下决心接受。

说实话，虽然我一时下不了动笔的决心，而记忆的轮子却已在不由自主地转动起来。那些长期淀积于脑底，几乎已被忘却的往事，件件桩桩浮现出来，使我发现：自己这一生，确实经历过，也听到、看到过一些值得记录的事。这当中，既有欢乐，也有酸辛，我为什么不向人们坦白述说呢？这也许是我最后决心写这本书的内心动力吧。

现在，回忆录终于完成了。但在叙述的时间和内容上，并不那么连绵相接，片片断断，缺失谬误在所难免。因为它纯然是从我长久沉积的记忆中挖掘出来的，几乎没有可供核对的资料。这就不免会像出土"文物"，往往难以展现它本来的面貌，在"粘合"的过程中，也许不经意地将甲俑的胳膊错装在乙俑的肩上。但这并非是我不负责的"瞎编""乱写"，或故意蒙混视听。这是我要坦白报告于读者的。我还要说明：有关童年回忆那部分，是利用我二十年前写出来的文章加以补充调整的。至于所附照片，除注明出处者外，大部分是我本人所摄。但是其中有一些我查不到作者，有哪一位知道，请告知出版社。

最后，我要再次感谢王元化先生在百忙中答应我的要求，为本书作序；感谢萧关鸿、水渭亭二位先生对本书的关注和付出的许多心血。

期待着读者朋友的声音。

周海婴

二〇〇一年春于北京木樨地寓所

二〇〇六年二月十八日修改个别疏漏和误植

附录一
鲁迅的忘年交

周海婴

今年是父亲鲁迅诞辰一百周年。日本仙台的东北大学筹办了"鲁迅与日本文物展"，我有幸再次东渡一衣带水的邻国。文物展后，我应邀到富山、广岛、京都等地去拜访原在上海内山书店的老店员内山正雄等老朋友。当我抵达京都车站时，老友井上浩先生来接。拥挤的人流中露出一位面熟的老僧，他带着微笑，手持念珠。我定睛一看，认出他竟是八十五岁高龄的衫本勇乘和尚。他冒着蒙蒙细雨从数百里外的山上独自一人赶来相晤，使我极为吃惊和感动。

父亲所结识的日本友人，大致可分两种，一是青年求学时的师友，二是归国以后结识的朋友，据不完全统计，约一百七十人，目前在世的已经很少了。父亲三十年代结识的友人杉本勇乘和尚生于一九〇六年，一直生活在日本的佛教世界里。一九三二年四月至一九三三年三月，他因佛教事务来到中国，往上海东本愿寺。他常在空闲时去逛离得很近的内山书店，经店老板内山完造介绍，认识了父亲。他们常常在书店的茶桌上，一边品茗一边交谈。杉本爱好文艺，经常写些日本短歌，曾与田汉、郁达夫交谈小说、诗歌等方面的看法。杉本是一位心情开朗，诚实的人，他回国后，写过一本《忆鲁迅的话》，回忆中写着："有时，鲁迅与我谈当时日本和中国的关系，以及他本人的处境，先生的话给我的影响很深，使我弄懂了许多道理。"从鲁迅的诗稿中可以看到两首赠给他的诗，道出了他们之间的忘年之交。父亲很少给人写扇面，杉本却有一把，十分罕见，至今弥足珍贵。我有幸见到这把中国折扇，上录《越中揽古》诗，至今保存得很好，可见杉本对它是极其珍爱的。另一件上题《自嘲》诗，高十八厘米，宽五十二厘米，经日本式的裱挂，别有一番韵味。杉本这几年常到上海凭吊鲁迅和内山完造先生的墓。一九八〇年，他带了鲁迅赠他的诗和扇面，借给鲁迅纪念馆展出。

杉本勇乘法师原任日本真言御室派中山寺住持，现已退休。他的名片上是中山寺"闲栖"。另外还是"总本山任和尚顾问"。"职称"是"大僧正"。我自愧不懂这佛教方面的名称。中山寺建于镰仓时代，背倚青叶山，面临若狭湾。去年我和妻子上山"朝拜"，当我们驱车到达山下，步行上山时，远远就受到身穿佛家礼服的住持杉本勇乘法师、夫人馨女士、副住持衫本恭俊、正乐寺横田良乘和几位僧人的恭迎。虽时值暑热，汗流浃背，他们仍盛装不减。大师虽已年迈，陪我们爬山阶时，却步履轻快稳健，快逾常人，且精神矍铄，谈笑风生。我们先到大殿向佛礼拜，杉本大师特意为我们一行打开佛前的神龛，瞻仰拈香。据当地人告诉我，佛龛平时不轻易开启，尤其是对外人。我们是贵客，杉本大师特戴了象牙制的弯圆形"口罩"，跪拜念经，经过告罪，始能除除启开。拈香之后，当即关闭。返回到寺殿正厅，老僧珍重地捧出几件藏品，其中有三张三十年代父亲送他作纪念的照片。一张是一九三三年二月十七日父亲和蔡元培、萧伯纳合影于上海中山故居，背签"杉本勇乘师鉴鲁迅一九三三年三月四日上海"。第二张是一九三二年十一月二十七日摄于北平师范大学在操场向学生讲演的照片，背面签以鲁迅英文名"LUSIN"。第三张是首次向外界显示的，一九三三年九月十三日父母亲和我的合影。我当时四岁，那是杉本法师赠我玩具之后，父亲日记里有记录："赠海婴玩具电车、气枪各一。"照片以墨水笔书写签名。字迹已褪成棕黄色。平时父亲常用毛笔，钢笔字是比较少见的。照片保存得很仔细，至今平挺无损。杉本法师又捧出一只青花粗瓷大碗，深情地告诉我们，这只碗是鲁迅在家里请他吃面时盛面条的，吃完讨了回来，一直保存在庙里。这是只极平常的劳动平民日常用品，口径足有十寸，可见当时年轻和尚好胃口。和尚毫无虚情客套，食尽面条当场索要面碗，可见两人无拘无束。由于时间关系，我站起来准备告辞，没想到抬头看到一镜框，端正地写着"大道"两字，属名是孙文。杉本大师告诉我，这幅字在数十年前中国官方派人来征集，寺院不忍割爱。孙中山先生的墨宝能在日本的小庙里悬挂，颇使我吃惊。

我今天记述的这位大师，他一生的为人处世以及对中国的友好感情，值得我尊敬和铭记在心。父亲早年播下的友谊种子，半个世纪以来，仍在发芽结果。

附录二
内山完造与鲁迅的友谊

周海婴

    内山完造先生是鲁迅的好朋友,也是中国人民的好朋友。今天,我想谈谈内山先生与鲁迅之间的友谊。谈三点。

    第一点,他们之间,是一种患难与共、终生不渝的友谊。

    鲁迅与内山先生的交往,是在他生命的最后九个年头。那时上海的政治环境十分险恶。一方面,日本帝国主义者侵略中国,中日关系很紧张,一九三二年发生了淞沪战争。另一方面,中国的国民党反动政府加剧压迫人民,屠杀革命者,围剿革命文化。一九三〇年三月,反动政府对鲁迅下了通缉令。这个通缉令直到鲁迅逝世也没有撤销。内山先生对这些都很清楚。通缉令下来时,就是内山先生请我们一家避居到内山书店楼上一个月,那时我才半周岁。一九三六年七月,就是鲁迅逝世前三个月,他过去的一个学生李秉中,当时在南京国民党政府里工作,写信来说,他早想设法撤销对老师的通缉令,但不敢启齿;最近听说老师有病,因通缉令的关系,形同禁锢,希望老师能同意解除通缉,一切手续由他办理,绝不敢有损老师丝毫的尊严。那时鲁迅大病初愈,

426

接到信就散步到内山书店告诉了内山先生。内山先生在《忆鲁迅先生》一文里是这样写的：

> 先生用很大的声音叫着"老板"，这种过分的突然，使我吃了一惊。因为这是病后的第一次。
>
> "老板，今天的精神很好，所以试行出来走一走。前几天从南京来了一个客人。他是特地跑来探问我的，是个从前的学生。今天又从南京寄来了一封信。信里头说着这样的话：'先生的通缉令自从发表以来，已经有数年之久了。因为先生生病，所以，我打算把那命令取消。自然，跟先生的人格有关系的事情，我是不会干的，但恐怕做了之后为先生所申斥，所以想先得到先生的谅解。'"
>
> 我就问先生："那么，你是怎样回复的呢？"
>
> "我因为很寂寞，就写了一封信回答他。大意是：谢谢你的恳切；但我的余命已经不长，所以，至少通缉令这东西是不妨仍旧让他去的。"

从内山先生的文章里，可以看到他对鲁迅的人格，鲁迅的思想，都是十分敬佩的。一到危难之际，他总是立刻伸出援助之手。除通缉令那一次外，后来又遇到过几次危险的事：一九三一年一月柔石被捕，一九三二年一月淞沪战争，一九三四年八月内山书店两名店员被捕，当时都由内山先生帮我们找到避难的住所。而内山书店，也就成为鲁迅与朋友来往，与革命者及国际进步人士会晤的一个安全可靠的联络点。内山先生对鲁迅，对中国革命者的这种友谊，在当时是遭到中日两国黑暗势力的反对的，可以说是一种危险的友谊。保持这种友谊是需要人格和勇气的。所以内山先生对鲁迅，对中国人民的友谊，是日本人民高尚品德的一个象征。

第二点，他们的友谊之花，结出了中日之间思想文化交流之果。

鲁迅与内山先生结识之后，很快就从个人之间的友谊扩大到了两个民族之间的思想文化交流。我们从鲁迅和内山先生合作的事业中可以看到，即使在当时中日关系如此严峻的形势下，两国人民也可以通过思想文化的交流达到相互的了解和友好。内山书店本身，就通过经售世界各国的书籍，实现看国际思想文化交流的作用。我们可以从鲁迅的日记和书账里看到，鲁迅到上海以后购买的图书，绝大部分是通过内山书店的。然而内山先生所做的绝不只是这一点。当时中国政府当局是反对国际间进行文化的交流的。鲁迅的书和文章遭到查禁，迫使鲁迅不能不用化名进行战斗。被禁的书在中国书店不准卖，内山先生就在他的书店里卖，还通过内山书店发往外国。鲁迅的一些重要的揭露国民党反动政府和日本帝国主义者的文章，是通过内山先生介绍的日本朋友在日本发表的，使日本人民也能够听到中国人民和中国作家的声音。鲁迅编辑的瞿秋白遗作《海上述林》，也是内山先生设法在日本印刷装订的。内山先生还将研究中国文学的日本学者介绍给鲁迅，在鲁迅的帮助下把中国文化传播到日本。增田涉先生就是其中的一个。鲁迅还和内山先生合作举行过多次中外版画展览，有一次是在千爱里内山先生家中举办的。

当然鲁迅与内山先生的事业不同。鲁迅是思想家、革命家、文学家；内山先生是一位商人，一位有文化的商人，一位伟大的、有远见、有勇气的商人。他们成为终生不渝的朋友，是有共同的思想基础的，那就是他们都想爱中日两国的人民，希望两国人民互相了解，互相友好。内山先生的著作《话中国的姿态》，就是为了把他所了解的中国介绍给日本人民而写的。鲁迅在为这部著作撰写的序言中说：

著者的用心，还是在将中国的一部分真相，介绍给日本的读者的。但是，在现在，总依然是因了各种的读者，那结果也不一样罢。这是没有法子的事。据我看来，日本和中国的人们之间，是一定会有互相了解的时候的。

鲁迅与内山完造先生，就是在那些艰难的日本里，致力于中日两国之间的思想文化交流，播下了两国人民相互了解、相互友好的种子的。

第三点，他们的友谊，是在黎明前的黑暗中为未来的日中友好合作开辟道路。

鲁迅与内山先生，为中日两国人民的友好合作做了先驱者的工作。然而鲁迅没有看到这个中日友好合作的新时代的到来。鲁迅逝世不久，日本帝国主义者就发动了全面侵华战争。内山先生看到了新中国的诞生，他是在偕同内山真野夫人来华参加国庆十周年庆典，抵京后第二天因大脑出血逝世的。那时中日两国人民间友好往来方兴未艾，但政府间还没有建立外交关系，所以也还谈不到两国的全面友好合作。

今天，先驱者在黑暗和荆棘中为未来的中日友好合作开辟的道路，已经洒满阳光，而且道路愈来愈开阔，一直通到了二十一世纪，通向永远。让我们携起手来，沿着鲁迅和内山先生的足迹，在中日友好合作的大道上共同前进。

附录三
从冯雪峰先生的一封信说起

周海婴

　　在陆陆续续地整理母亲的遗物时，我新近发现了一九五二年七月十八日冯雪峰先生给她的一封信。信封是"人民文学出版社"印刷的，没贴邮票，毛笔竖式书写"送　中央人民政府　政务院　　许广平同志"，落款"冯雪峰"；背面贴有查信编号 0106 纸条，足见发信人的重视。信笺上端有鲁迅笔体的"人民文学出版社"横式印刷字样。信由毛笔直书，信文如下：

　　许先生：

　　　　因乔木同志长久在养病，别的人又讲了无用，所以海婴的事至今也未和谁讲过，实在惭愧。不知现在他在学校怎样？身体如何？

　　　　关于周先生著作版税事，曾和文化部负责同志谈过，他们不完全同意。意思是，还是要拿一笔较大的数目给你和海婴，你们可存在国家银行里，需要什么用场时，这样可以方便些。我想，这意见是对的。等乔木恢复工作后，我再向他请示。

这件事慢慢谈也不要紧。

　　你的《欣慰的纪念》，正在再版，有些错字已改正，这回可弄得更好一点，出书时当送上几本的。

　　王士菁、杨霁云等四人即移北京来工作，这样方便些。两三天内，他们就可到京。他们会来看你。祝好！

　　　　　　　　　　　　　　　　　　　雪峰七月十八日

　　信件内容一共涉及了四件事：一是关于我的转学；二是关于父亲的稿费的；三是再版母亲《欣慰的纪念》一书的；四是上海鲁迅著作编刊社并入人民文学出版社，在上海的王士菁、杨霁云等四位先生即来北京工作的消息。

　　信是写给我母亲的，这四件事中，除了询讯我从辅仁大学转校和我身体状况而外，后三件都和鲁迅研究有关系，有点史料的意味。但我还是和夏熊兄（冯雪峰先生之子）商议了一下，他同意由我拿出来公开发表。

　　事情的缘起，是建国初期一九五一年十二月的"三反""五反"运动。这些事早已经成了共和国的历史，但说无妨。那时凡属要求进步的知识分子，首当其冲是摒弃"不劳而获"的"阿堵物"。母亲和我当时的做法是一种革命的自觉，是"在伟大的毛主席领导的三反运动之下，使我们有检讨一下自己过去生活的机会，开始了解到过去许多看法、做法，应从头学起"的全新认识。于是，翌年四月中旬（一九五二年四月十四日）我们向时任人民文学出版社社长的冯雪峰同志表明态度：降低书的售价，放弃版税。我母亲和我的原意，是今后父亲的版税，一概停止支付，以便"这些读物，能够用较低廉的售价，供读者的购置"。"这个表示，在今天的学习检讨下才衷诚向您提出，是因为我们已明白了不应该不劳而获的过着享受的生活，才写这封信。"

不知道为什么，到后来关于鲁迅著作在人民文学出版社所积累的稿费，应当如何处置却成了一个疑难问题，过去一些口口相传的东西也一度闹得沸沸扬扬。到底是怎么个原委，身为人民文学出版社的社长，是这件事的直接负责者冯雪峰先生的亲笔信如今作了佐证：他曾和文化部负责同志谈过，"他们不完全同意。意思是，还是要拿一笔较大数目给你和海婴，你们可存在国家银行里，需要什么用场时，这样可以方便些。"他明悉上级领导部门的指示，他说，"我想，这意见是对的。"

因此，我们曾有想将父亲著作的"版税"奉献给国家的动议，实际上已被政务院文化部婉言谢绝、否定了，身为社长的冯雪峰先生在同有关领导谈过此事后的回信中已经言词凿凿明确表示"不完全同意"我和母亲的如此"举措"。

半个多世纪过去了，冯雪峰同志、乔木同志和我母亲都先后作古，只存下了这充满着温馨的手泽成为了历史的凭证。

周海婴于木樨地寓所

附录四
有关许广平早年抗婚的一组材料

周海婴　刘思源　整理

马父致许父（一九一七年）

　　别钧颜者两载矣。近稔台端纳福，潭府凝祥。桂子二枝，一作宦燕京，一研经□[1]粤；大小令媛亦肄业学堂，开通知识，洵足颂也。弟碌碌香江，相形应知愧矣。日前邀架数次，未蒙赐教，此中曲折难索解人。然既未许而谈，迫得藉邮寄意。前令媛与豚儿联婚，原非发自鄙意，簪缨门第，寒士何敢高攀？乃尊台善言，屡劝欧芷苓兄、亦从兄执柯。斯时弟迫于友谊，不自衡量，遂不禁忘魏田[2]之阶级，效秦晋之婚联，往事迄今二十载矣。弟豚养无多，姚[3]夭欲咏，惟窃揣尊意，前后似有异心，且令媛亦胆敢在舍侄介廷前发路[4]一婚约取消之语，斯时虽经尊责，缄口下堂，然其心究未晓执何宗旨也。况自反正以来，自由一倡，女权横暴，种

1　原稿此处空一字。

2　"田"字也像"囚""因"，此句意思甚明，但不知出典，不能定夺，敢求方家指教。

3　原稿误，应为"桃"。

4　"路"疑即"露"。

种羞辱、暧昧之事……纵贵族为礼义之家无此败类，然家庭专职一溃其闲，恐习俗推移，阁下亦无如之何也。惟弟读孔氏书、守周公礼，新人物所号为腐败者，然自甘以腐败自居，一切越周孔范围之事，断不敢妄言，至阁下暨令嫒该如何卓夺，弟亦无不降心相从。现居羊城，峀候取决，幸勿含糊将事，故意蹉跎岁月，以负豚儿婚事，实所厚幸。弟返省多时，每思亲炙，乃未蒙俯许，恐必贵事旁午，殊不介意。兹弟迫于返港雁到之日，仰即示覆。刻寓西关靖远南街二马路口永和腊味店，峀候赐音。勿迟，勿误。切祷，切祷。

谨此即颂近安，并请

合府钧安

○○先生大鉴

马氏子致许广平（一九二一年元月二日）

○○女士雅鉴：仆与女士向无一面之缘，而且关山远隔，而忽以芜词进，能不以为唐突乎？惟自问不然：仆与女士本非风马牛不相及者，比忆昔已曾订婚，正是红丝已结，谱注鸳鸯，疏深关系者也。只差缘悭一面，尺素未通耳。久欲进函，伸表寸悃，惟憾芳踪未悉，访问綦难。兹幸识某君，乃能探悉女士之近况。方今勤功学业，故不迟[1]远涉之劳，良用欣佩。风闻女士宗旨，于归之期须待毕业之后，此举本极妙哉。但仆窃以为光阴逝水，不宜辜负，故敢冒昧干求，俯从鄙意，早日成全好事，免有秋水伊

1　"迟"当为"辞"。

人之悲。良以马齿日增，恐青年已过也。况仆已届壮年矣，故不得不如此呕呕，倘能体谅鄙衷，曲为俯就，则感激靡既。洵或有其他之原因不以为然，则芳心如何及期之远近，请掷函示知。若迟迟，亦不敢仵，当必企候也，万望勿吝玉音。且仆旦夕常思慕颜色，恨未能一睹丰仪，若能惠以照像，则捧之若璧，尊之若师，旦夕对之稽首皈依也。并小照一块呈上。

仆　天星草顿

拾年元月二日

仆现任大新公司影画部司理。

许广平致廿三兄、嫂（一九二一年元月）

廿三兄、嫂大人惠鉴：前肃寸缄，想经收览。一月十三号（十二月初五），有一相片突如其来，并附信一封。兹为兄述之：妹生不幸，罹此百忧。垂法覆额，生时即屡见慈父重锁双眉，家人亦颦蹙密语。细审其故，乃官府之催迫，皂隶之临门。噫！我父何辜何罪，至于此极！则闻为马家事，以至终生终世抱病含愁，即亲属且更为坠井下石。为人子者，宁不痛心疾首，亟思设救。矧复低首下心，赧颜常人，凡具血气宁能堪此？故十八兄[1]在时曾欲宣之报端，平释此憾。故为十八兄所阻即复中止。缘此，所以有废婚约之意，但亦未将真意宣之于外。乃马父致先人书，质问情由，谓不明妹执何宗旨。夫婚姻原属双方同意，假有一方不允许即可解除，揆

1　十八兄即许广平的大哥，十八乃大排行。廿三兄即许广平二哥，廿三也是大排行。

之情理，两不相碍，原无强问理由之必要。再观其借口发言者，谓"反正以来，自由一倡，女权横暴，种种羞辱，暧昧之事……纵贵族为礼仪之家无比败类，然家庭专制一溃其闲，恐习俗推移，阁下亦无如之何也"等语。夫妹退婚之议，已如上述，徒以息事宁人，故不将本意暴路[1]，此心光明磊落，天日可表。即属自由，安见便为羞辱暧昧之事？似此妄加推论，任意污蔑，是可忍孰不可忍！复谓"纵贵族为礼仪之家无比败类"先放松一笔，后乃转入"然家庭专制一溃其闲，恐习俗推移，阁下亦无如之何也"以加重一笔。妹自问，趋庭学礼，遵轨而行，虽以私意退婚，何得竟以败类相拟？随口黑白，污我[2]弱女子名誉，"读孔氏书，守周公礼"者亦如此乎？子云"己所不欲，勿施于人"，设妹反以此种不道德之言加之，彼能受之乎？所谓"家庭专制一溃其闲"，不知所"闲"者是否合于道义，果合于道义，父教子受，固何须"闲"？既云"专制"，即属强迫而非教导，此等迂腐不通之语，不知从何拾得，含血喷人。妹阅毕，始欲自杀见志。回忆当时，先父在堂，晨昏有责，安忍重创其心以重己罪，乃含辱偷活，原非得已。而其书一则谓"簪缨门第，寒士何敢高攀"，再则谓"忘魏田之阶级"，窥其意，殆以为妹染自由，轻寒贱，因有此举者。彼善臆断，妹亦无暇多辩，所不解者，日前其子来书，信口开河，强催早日成婚，并谓妹"宗旨，于归之期须待毕业之后"等语。夫妹既退婚于前，何于归于后？既无所订，安有所婚？既云妹之宗旨，则当属妹之口言或笔道，而妹皆不及此，则此语何来，殊难索解。妹惟知黾勉所业，冀勿忝所生，为国服务，为社会服务，

1　"路"疑即"露"。

2　原稿字迹不清，疑为"我"字。

436

以至于提携训育倩妹，在在皆足为责，固不必以家庭一隅范围妹也。且尤有述者：妹出外几四稔，住校则受课业，非必要不外出，出外买杂物，则有同学相伴；否则车声辚辚，迳至戚家，此外敛迹销声，不求闻誉。举动既光明，行止亦正大，攻业而外不及其他。谓予不信，可随便查探，自知的确。他人以为别有会心者，举不足以加诸我。此中胸臆，惟向兄陈之、察之。至马氏子来书及照片，殊无置覆之必要，今并寄上，并将底细详述一二。妹校因公款支绌提前于腊八日放假，开课期未一定，大约有款始能举行。现住姑母处，邮便暂乞寄此为荷。手肃，即请

双安

六妹　广平肃

整理附记：

上面三封信，是许广平随哥哥从广东到天津，进直隶第一女子师范学校读书（也叫天津女子师范学校），一九二一年时所写。她抄在一本 10.5×16 厘米暗绿色的直立小练习本里（本内没有其他内容），足见她的重视。

从抄件笔迹分析，它是信稿写成后的留底，因为极少修改，且抄录时的速度较快，字迹紧密。原稿是用毛笔醮着紫色染料墨水写的，虽过了八十多年的时光，色彩尚未湮淡，是为幸事。这三封信用的都是文言，直行没有标点，前后也没有任何说明，又加字迹有些拥挤，籀读起来颇费斟酌。先请了王建中先生初定，使我们减少许多疑难。整理稿只是试加标点，并按时间先后，整理了原稿第二、第三信的次序，亦不敢妄加臆断，而是略出几条

校注加以说明，如此庶几可免以讹传讹之弊。

许广平早年抗婚的材料，研究界始终未见直接的材料，原信自然已是渺不可寻，那么这份抄件便成了唯一的直接材料，我们认为很有整理问世的价值。

许广平说："我从来也不喜欢对人述说自己，也尤不喜欢述说自己的困苦；专门拿自己恶的境遇，述说出来，博得一般同情或怜恤，在我以为是懦可耻的事，虽则这困苦中不少争斗在里面，还是藏起来的好。"（《我的斗争史》）确实如此，像抗婚这样对她人生道路有决定性影响的大事，她也只是在《我的斗争史》中提到过，而且就是这篇文章生前也没有发表。一九六〇年冬，上海天马电影制片厂打算拍摄《鲁迅传》，请于蓝饰演许广平。为演好这个角色，于蓝曾四次访问许广平。后来电影虽然没有拍成，却留下了于蓝的访问日记《许广平的风采》。这篇文章可作许广平的回忆录看，其中也提到抗婚的事。根据这两篇文章及相关回忆，我们可以对这三封信及许广平早年抗婚的事作一点串解。

一八九八年，许广平出生在广州高第街一个仕宦之家。她的祖父曾经做过浙江巡抚，那可是官居二品的封疆大吏，因此许家称得起是当地数一数二的大族。她的父亲因系庶出，在这个大家族中处于受歧视被排挤的地位。他虽然是评定诗钟的好手，又自称为诗人，但却没有功名在身，终生未能做官。他是个半开化的绅士，从小就具有叛逆精神的许广平经过斗争，居然被允许像男孩子一样读书、学官话、上学堂，连缠足的罪也免受了。许广平的父亲一生中做过的最大错事大概就是，许广平出生才三天，他便在与朋友的喝酒碰杯中，把她许给了香港的一个马姓人家。从此,这门娃娃亲就像梦魇一样,压在许广平、许父乃至整个许家的头上,正如许广平信中所说:"生时即屡见慈父重锁双眉,家人亦颦蹙密语。细审其故,乃官府之催迫,皂隶之临门。噫!我父何辜何罪,至于此极!则闻马家事,以至终生终世抱病含愁"。

马家虽然被许家的人称为"乡下人",但并不是老实诚朴的农民。如果说他们经常在乡里炫耀"省城大户人家的小姐将要做马家的儿媳妇"还是人之常情,那么"拦街劫抢,掳人勒索",则是典型的土豪劣绅的行径。照那时的眼光看,马家与许家结亲已是门不当、户不对,何况马家又不是什么好人家,而是横行乡里的劣绅,因此许广平懂事后,就坚决反对这门亲事。"当她十五岁时,听说马家来了人,以为是对方的父亲,她自己和妹妹商量好了,自己出来,推开门行了一个鞠躬礼说:'我父亲同你碰杯订亲,但我自己不同意。'父亲大怒,骂着:'出去!出去!'自己反正话也说完了,她又行了一个礼出来了(其实这人是马家的亲属)。"(《许广平的风采》)不仅许广平,渐渐地许家上下都不支持这门亲事,只有她的父亲内心虽然也很痛悔,但迫于"道义",仍然坚持着,最后连他也动摇了。这下马家坐不住了,马父特地赶到省城来找许父商定亲事,许父几次避而不见。马父"迫得藉邮寄意",向许父发出"最后通牒",这便是抄件的第一封信。

这封信没署时间,但据信中"往事迄今二十载矣"之语,可以推定为一九一七年,正好许父去世之前。"往事"即定亲之事,发生在一八九八年,许父去世于一九一七年,一八九八年至一九一七年,正好"往事迄今二十载矣"。马父信文字虽欠亨通,心思却至为老辣。他先承认"继缨门第，寒士何敢高攀"，但接着又说，许马结亲，许氏主动(虽然是在酒中)，他则"迫于友谊"，遂"效秦晋之婚联"。对许氏悔婚的迹象，他也不明言斥责，而用"礼义之家""孔氏书、周公礼"架住许氏，又用"自由一倡，女权横暴，种种羞辱、暧昧之事"来旁敲侧击。其意若曰：如果许氏悔婚则辱没"礼义之家"的门风，越出"周孔范围"，没准受女权、自由之染而发生"种种羞辱、暧昧之事"。而他呢，有媒有证，处处占理，所以义正词严，咄咄逼人。据后面许广平的信，此事还真惊动了宫府，官府还真认可了他所谓的理，故有"官府之催迫，皂隶之临门"之语。

后来，许广平的二哥出面，不知经过怎么的周折，总算退掉了这门亲事(也许只有暂时平息，不了了之)，许广平则北上来到天津的姑母家，并于当年考入天津女子师范学校。但马家并未死心，一九二一年马氏子千方百计打听到许广平的信址，写来一封卖弄文词、轻佻肉麻的信(即抄件的第二封信)，继续催问亲事。信中还附有一张相片，并要求许广平也回赠相片，说什么"仆旦夕常思慕颜色，恨未能一睹丰仪，若能惠以照像，则捧之若璧，尊之若师，且夕对之稽首皈依也"，活脱一个厚颜无耻的浮浪子嘴脸。许广平给兄嫂的信(即抄件第三封信)，实际上就是针对马氏父子的。她用"婚姻自愿"的新理来痛驳马氏所谓"孔氏书、周公礼"的腐理，对马氏父子加在她身上的种种猜测、诬蔑之词一一予以澄清。她认为自己退婚天经地义、光明正大，对马氏父子无理、无耻的纠缠表示了极大的愤怒和蔑视。这封信是许广平的"舒愤懑"之作，它把不幸的定亲、艰难的退亲带给她的阴影一扫而空。许广平说："电网是我从生下来就早已安设好，因此我

能够呱呱地叫喊出来,已经给电网重重围住了。"(《我的斗争史》)
但她叛逆着,反抗着,终于冲破这重重电网,并投身到时代洪流中,
开始了她冲决更大罗网的斗争。

二〇〇三年十月

附录五
史实说得很清楚了

周海婴

    时近岁末，随手浏览报刊，偶见奇闻一篇《鲁迅与许广平的事实重婚》（载《南方周末》二〇〇八年十一月十三日"背后风景"张耀杰专栏）。因此文涉及我的父亲、我的三叔以及拙作《鲁迅与我七十年》，文章并以"不人道、不文明"为结语。为了不使"谬种流传"，我不得不说几句了。免得到了我"百年之后"，或有读过此文而又被误导的读者受众责怪我："当时为什么不……"如何如何？！

    新中国成立伊始，我的母亲——许广平（景宋）先生——便抱定宗旨：尽可能地把有关鲁迅的资料供奉社会去研究、学习、继承；并婉言辞任一切有关鲁迅的博物馆、纪念馆类的职务。我则由于所学专业和年龄的缘故，也不涉足"鲁迅研究"。数十年来，经过专家们的努力和探索，鲁研篇目浩如烟海，博大精深，振奋着民族精神，令我感佩之至。

    然而，不和谐的音调也时不时地冒出来，《鲁迅与许广平的事实重婚》即是一例。

鲁迅（本名周树人）和周建人兄弟二人，都是在事实婚姻不存在多年之后，重组新的家庭，这是众所周知的，本无隐秘。读过俞芳先生回忆录和诸多有关史料的读者、研究者，更能明晰周建人是如何遭受威逼而被迫离开八道湾住家；三兄弟共有房产及供养生母的协议；以及鲁迅和朱安的"婚姻"是如何制造出来的……

我依然不敢妄认自己为鲁迅研究方面的"行家"，但，家里的事，总不会比外人知道得少。

目前，征得三叔周建人之女周蕖、顾明远夫妇的同意，将当年北京市人民法院民事判决和中央人民政府最高人民法院民事审判庭"维持北京市人民法院的原判决"的全部文字录印公布，以正视听。

北京市人民法院民事判决

一九五一年民判字第六五三号

原告：周芳子，（即羽太芳子）女，五十七岁，日本人，现住北京市新街口八道湾十一号，未到庭。

应代理人：周丰二，（原告之子），男，三十三岁，浙江绍兴人，中法大学毕业，现在中央人民政府贸易部经济计划司工作，住同前。

被告：周建人，男，六十四岁，浙江绍兴人，现任浙江省人民政府副主席，中央人民政府出版总署副署长，住本市东总布胡同弘通观二号。

右当事人因一九五一年三月八日民字第六五三号离婚一案，起诉到院，经本院审理终结，判决如左：

主 文

一、确认原告与被告之婚姻关系自一九三七年一月起消灭。

二、原告请求被告让与房屋等主诉均驳回。

三、被告与周丰二终止父子间的权利义务关系。

事 实

被告周建人与周树人、周作人系同胞兄弟，一九○九年周作人与周信子（日本人）结婚；一九一二年秋周信子将其妹周芳子（即原告）由日本招来中国住于浙江绍兴被告家中，后因周信子与周树人说合，由被告之母主持，于一九一四年原告与被告结婚；婚后以言语隔阂，感情不够融洽。一九一九年周树人周作人因均在北京，遂将原籍房产出卖，购置北京新街口八道湾十一号房一所，随后原被告亦来北京住于该所房内。此时双方感情已日趋恶化被告感到不堪同居；乃于一九二五年去上海商务印书馆任编辑工作此后双方迄未同居。惟被告在生活上供给原告母子等（时原先已有女鞠子及子丰二、丰三——已故）三十元至五十元的生活费。旋被告在上海又与王蕴如结婚。

一九三七年一月，被告为母庆寿，携王蕴如自沪来京，先去周树人家（宫门口西三条二十一号），后到八道湾十一号看视其母，原告得悉，找与被告口角，事后次子丰二闻知即向被告理论争吵，并以短刀威胁，经人拦阻，被告乃就居周树人家，次日返沪。自此原被告间，不但愈不相容，即被告与周作人间，亦相恨甚深；被告此后除对其女鞠子有时加以经济上的补助外，对原告及关系人在经济上均断绝供给。"七、七"事变后，日寇侵占北京，被告惧受原告等假籍日寇势力对之加以迫害，母死（一九四三年）亦不敢归视。原告及女鞠子、子丰二在京依附周作人夫妇共同生活。

周作人于一九三九年曾任北京大学文学院长，一九四二年任日伪教育总署督办，充当汉奸，而鞠子曾随周作人赴日本东京，丰二曾身伪联银总行，金融科任伪职，被告因与原告等意志不同，此后对鞠子的一些补助亦予断绝，从此双方音信不通，北京解放后，被告来京工作，虽丰二约被告谈话，而被告则严予拒绝。

当一九四九年四、五月间，被告兄弟三人所共有之北京新街口八道湾十一号房屋，除周作人的三分之一因汉奸案被人民政府没收外，其余周树人及被告周建人各自所有之三分之二均经被告周建人与周树人夫人捐献人民政府，因之原告起诉，提出与被告离婚，要求被告帮助医药费，并对被告的捐献房屋提出异议，应属双方夫妻共同财产，被告单独捐献不能同意，请求被告让与该房三分之一财产。

被告以与原告感情不合、意志不同，婚姻关系早已消灭，故捐献之财产不能认为共同财产。并以自己亦已年老，根据收入情况，无力帮助原告医药费用，并对原告母子等过去所为，深感愤慨，要求与子丰二脱离父子关系。

本案原告因病未能出席，由其子丰二代理。

理 由

查双方婚后感情日渐不洽，自一九二五年被告以与原告不甚同居，去上海后迄今已二十五年并未与其共同生活。一九三七年一月一日被告因母亲寿辰来京，双方竟而口角争吵，丰二更持刀威胁，拟对被告加以迫害蛮横无理，双方关系遂至断绝。"七、七"事变后，日寇侵占北京，原告母子等生活依附周逆作人，叛国投敌，鞠子更于一九四〇年随周逆作人奔赴日本东京，丰二自中法大学毕业，即在伪联银总行服务，为敌效劳。被告始终坚持了革命的人民立场，保卫祖国，保卫和平，进行反侵略的斗争，而与依附周逆作人的周芳子及叛变祖国的丰二和鞠子断绝关系，实属正当。且在日伪及蒋匪统治时期，所有革命人士随时随地都遭受反动政府之迫害因此，如强调被告当时未在日伪及蒋匪统治时期的伪法院办理正式离婚手续，不认为夫妻关系仍然存在，显有未当，本案原告与被告之婚姻关系，实际上既已不存在，现原告请求与被告离婚，即属无据。应予确认定为主文第一项之判决。

查双方夫妻关系，既自一九三七年一月起即不存在，应确认双方夫妻关系从一九三七年一月起即行消灭，因此就被告一九四九年四、五月间已捐献之坐落北京新街口八道湾十一号之三分之一房屋，即无夫妻共同关系可言，而被告之捐献此房更无征得原告同意之必要。现原告仍据以请求被告让与该项房屋三分之一，显无理由。应予驳回。

至于原告所请被告帮助医药费一节，根据上述理由，被告对原告现亦不复存在此项帮助之义务。故原告此项请求亦予一并驳回。

关于被告与丰二脱离父子关系之请求，查父子关系乃系血亲关系，自无消灭之可能，惟查周丰二于一九三七年一月曾对被告持刀威胁，意图迫害，后则背叛祖国（典见）颜效劳于敌伪，现被告提出为之终止父子间的权利关系，所请并无不当。应予准许。

446

基上论结，故判决如主文。

一九五一年四月二十日

如不服本判决，应予接到后之次日起，十日内，向本院提出上诉状及副状，由本院转送中央人民政府最高人民法院

北京市人民法院审判委员会

院　长　兼审判长		王斐然
庭　长		李葆真
副庭长		来世昌
代理审判员		宗　宁
助审员		方学康

一九五一年五月　　日

缮写　刘时飞　　校对　周淑蓁

中央人民政府最高人民法院民事判决

一九五一年度民上（二）字第一三二五号

上诉人 周芳子，（即羽太芳子）女，五十五岁，日本人，现住北京市新街口八道湾十一号，未到庭。

上诉人 周丰二，男三十三岁，浙江绍兴人 住同。

被上诉人 周建人，男六十四岁，浙江绍兴人，住本市东总布胡同弘通观二号。

右列上诉人为诉请离婚及被诉中止父子权利义务关系一案，不服北京市人民法院一九五一年四月二十日的第一审判，提起上诉，本院判决如左

主　文

维持北京市人民法院的原判决

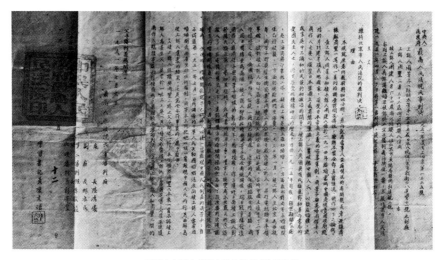

周建人与羽太芳子离婚的最高法院判决书

理 由

　　本院就原卷所附材料加以分析，并向熟悉当事人家庭的情况的有关亲友章廷谦、寿株邻、周丰一作一系列的调查访问及传讯，了解本案全部情况，特作如下之论断：

　　查上诉人 周芳子和被上诉人周建人系于一九一四年结婚，当时中国是个卖国政府统治的半封建地国家，深受日本帝国主义的侵略宰割。周芳子与其姊周信子（即周作人之妻）深受日本帝国主义思想的熏染，一贯歧视中国人民，以致在婚后，造成家庭中不调和的民族的和政治的斗争。被上诉人是个具有民族气节和革命意志的爱国民主人士，何甘忍受此种精神上的压迫？乃于一九二五年前后，毅然离开家庭，赴上海商务印书馆工作。嗣在上海另与王蕴如结婚，一方面表示对周芳子婚姻关系已经破裂，一方面仍供给他们生活费。一九三七年一月，被上诉人至北京为母祝寿，周芳子即与发生冲突，其子周丰二且公然拔刀威胁被上诉人，并打电话给日本领事馆，欲对被上诉人加以危害。被上诉人于次日即行返沪。当时中国正值双十二事件爆发之后，全国的抗日民族统一战线已经形成，逐步地走向团结抗日的道路，国人抗日情绪至为高涨，被上诉人即与周芳子完全断绝关系，抗日战争爆发后周作人在周信子与周芳子姊妹的影响之下，叛国投敌，作了汉奸。而被上诉人则发扬民族正气，参加并坚持了反侵略的抗日斗争双方已变为不共戴天的民族敌人了，在这样的情况之下，岂能谓双方的婚姻关系仍然存在？故原审判决确认双方的婚姻关系自一九三七年一月起消灭，而驳回周芳子的离婚之诉，是完全正确的，合理的。婚姻关系既早已消灭，以往一贯敌视中国人民利益的周芳子，自不得适用一九五一年五月一日所颁布的中华人民共和国婚姻法来向被上诉人要求因婚姻关系而产生的任何权利。周芳子上诉把她以往一贯敌视中国人民的行为，曲解为被上诉人遗弃的结果，这是完全不符合事实的，应予驳回。

至被上诉人诉请与周丰二终止父子关系一节，本院鉴于周丰二一贯不认被上诉人为其生父，并曾于一九三七年一月，持刀威胁被上诉人，意图迫害；以后并追随周作人（典见）颜事敌的种种情形，应维持原审的判决，宣告终止被上诉人与周丰二间的父子权利义务关系。

一九五一年七月六日

最高人民法院民事审判庭

庭　　长　　　　　　陆鸿仪

副庭长　　　　　　　邢亦民

第二审判组组长　　孙敬毅

代理审判员　　　　彭泽棠

本件证明与原本无异

一九五一年七月十二日

学习书记员　　陈文浩（印）

（中央人民政府最高人民法院印）

（周海婴年方八十，于二〇〇九年元旦日夕阳西下时录毕）

末后，必须要说的是：

当年，在日本求学的鲁迅被母亲"急召"返回绍兴，即令"拜堂"与朱安成婚。鲁迅不忍伤母亲的心，无奈遵命。是夜，他在厅堂长坐一宿。翌晨，友人孙伏园来探望，只见"新郎官"前襟泪湿一片。鲁迅并未和朱安同房，隔天后即返日本继续求学。

鲁迅归国后，曾规劝朱安识字、学文化……朱安拒绝了。

后，鲁迅又征求过朱安；今后是回娘家呢，还是自谋出路？朱安明确回答："陪娘娘（鲁母）一辈子，自己的家，是决意不回去了"。鲁迅应允朱安，她与母亲的生活费用，今后由自己承担。一九三六年，鲁迅去世后，仍由许广平勉力承担着。此时的八道湾三兄弟共有的房屋，则全部由周作人独占了，对于母亲的赡养，他也一概不予理睬……

既然鲁迅与朱安就"关系"问题早已经"讲清楚了"，况且在当时险恶的政治境况下，鲁迅也不可能自投国民党的法院去办理与朱安的"正式"离婚手续……所以，直到去世，朱安从没有对鲁迅与许广平的婚姻提出过异议。

真难为了"事实重婚"的撰文者，虽迎合了"猎奇者"的口味，煞有介事耸人听闻，却连事实的来龙去脉都没搞清楚，而且还以道学的口吻指陈旧事（八十五年前的民国时代）。五四新文化运动的先驱者，强调"个各有己，自他两利"。鲁迅在处理朱安的事情本着就是这个原则。从那个时代过来的人，对此都深为理解与同情。在妇女没有得到解放的年月，他们从良知与爱做到了"自他两利"。现在一些人看历史不从社会环境出发，抽象地议论复杂的人与事，那其实也是非历史主义的态度。

鲁迅与朱安，周建人与羽太芳子的离异，在不同的历史境况下，都按照各自不同的情况进行了了断。不服气的，也得到了法律的答复："维持北京市人民法院的原判决"。

二〇〇九年一月六日初稿
一月二十八日修订于北京木樨地寓所

附录六
鲁迅是谁？

周海婴　周令飞

一

　　时间的推移和历史的变迁不仅会固化我们的情感，而且也会加深我们对人与事的认识。对于已成往事的二十世纪，作为鲁迅的家属，我们的感慨不仅深刻，而且复杂：鲁迅在二十世纪的影响是有目共睹的，他以毕生不懈的努力创造了一个辉煌的"文化鲁迅"，这是我们作为鲁迅家属的骄傲；从更广的视野来看，鲁迅作为作家的意义可能还表现在中国社会由传统向现代转型的历史进程中，在这个过程中，鲁迅努力实践着传播新文化的信念，同时，他也因为自己不惮前驱的意志而成为一面具有召唤性的旗帜，对以后那些同样致力于中国进步与发展的有为者而言，鲁迅是令人尊敬的前辈和导师。

　　然而，从二十世纪到二十一世纪的今天，关于鲁迅，似乎发生了许多变化，有些变化还在持续进行中，这些变化不仅使我们感到十分不安，而且，随着时间的推移，这种不安又越来越明显地在我们内心转化为对"文化鲁迅"的责任感了。二〇〇二年，我们在上海成立了非企业性质的鲁迅文化发展中心，全身心地开始了接近鲁迅的工作，我们把中心的办公地点就选择在当年鲁迅住过的上海虹口，离他的墓地走路三分钟。在四年的工作中，我们接触了与鲁迅相关的所有纪念馆，联系了与鲁迅命名的各类学校，对鲁迅故乡和他的所到之处作了大量的实地访问，此外，我们还与一些研究鲁迅的学者、专家取得了联系。在与社会大众的交流中我们获得了大量信息。当然，我们也接触了很多学生。随着工作的展开和延续，原来那些让我们不安的东西越来越沉重了。在此之前，作为鲁迅的儿子和孙子，我们天然地拥有与鲁迅最直接而密切的关系，但是现在这种联系似乎已经被一种无形的力量切断了：我们在宣传鲁迅，纪念鲁迅这样一个垂直的系统里，并没有找到那个本应属于我们的独特位置。这是一件令人感到遗憾的事情。在法理上鲁迅他应该就是我们的亲人，在感情上也是我们的亲人，可是现在却感觉这个鲁迅离我们很遥远，好像几乎已经不是我们家里的人了，我们背负着鲁迅儿孙的重负却几乎不能直率的表白，就是当我们把所有鲁迅遗物捐出去以后，我们从此就开始被当成了花瓶。在这种情况下，我们家属很疑惑，如果这种权利也被剥夺的话，这还是否符合鲁迅的原意？而一个并不符合鲁迅原意的社会还怎能做到理解鲁迅和传播鲁迅精神呢？我们一直有一个想法，就是想写一篇名为《我想触摸活着的鲁迅》的文章，我们的目的就是希望鲁迅能够真实地活在二十一世纪青年人的心中，让他活得更好，活得更有意义，更能促进中国社会朝向健康文明的方向发展，假如鲁迅作为一个时代的符号有理由有必要走下去的话，则必须给青年人一个有血有肉的鲁迅。生活中的鲁迅其实是个爱开玩笑、非常幽默和蔼的人。从鲁迅的外貌上来说，我们想还他的是这样一个原本的形象，说老实话，我们迫切地需要表达我们家属对鲁迅的认识。

事实上，对鲁迅的宣传和纪念始终都与对鲁迅的认识相互联系着。作为鲁迅的家属，我们对这一点尤为敏感。鲁迅与现代中国社会的变革关系是很密切的。因此，鲁迅与现代中国革命历史的关系也就显得格外醒目。在新中国成立以后的时间里，鲁迅受到了来自政治意识形态的特别重视，鲁迅的革命性开始逾越他的文学家和思想家的身份而得到了特别的强调。在以往很多描述鲁迅的文字上面也把他刻画成了一个喋喋不休、拿着匕首和投枪的战士形象，形象是紧皱双眉、紧蹙严峻凝重的，思想是革命化战斗化的，没有个性和生活，其他方面似乎都淡化掉了，只剩这么一个壳，甚至在对这个壳的描述中，也忽略了他作为思想家、文学家的存在，离开了他作为一个最根本的文学家这样一个位置，我们总觉得这样的鲁迅很空洞，我们不认识这样一个鲁迅。以后，中国的现行教育体制也把这个特别"革命化"了的鲁迅形象以知识普及的形式传播给了一代代中国人。即使到了二十一世纪的今天，我们中学语文课本里的鲁迅形象也还保留着浓厚的意识形态化的特征。这个意识形态化了的鲁迅体现的更多的实际上是一种实用价值，而他的思想价值和文学价值则被大大地简化了。

此外，对鲁迅的认识和理解还存在着另外一种形式，这就是存在于中国各大高校和各研究机构里的鲁迅研究。鲁迅研究的工作也因为历史的原因也曾一度被意识形态化，二十世纪八十年代以后开始出现明显变化，出现了很多优秀的鲁迅研究者。我们对他们的工作是很尊重的，因为，他们把主要力量和智慧放在了"还原历史中的鲁迅"这样一个工作上。"还原历史中的鲁迅"之所以是重要的，是因为在二十世纪的相当一段时间里，鲁迅被严重地"革命化"和"意识形态化"了，以至于完全掩盖了历史中真实的鲁迅形象，当然也就取消了鲁迅作为中国社会从传统向现代转型过程中巨大的思想存在和文化价值。然而，这种还原的工作，由于研究者个人的立场差异存在理解与认识上的歧见，因而，也就会存在思想上不同见解间的论争。也就是说，学术界对鲁迅的认识是不完全统一的，还处在一个不断还原，以趋于接近那个历史中真实的鲁迅的过程之中。

因此，我们的不安显得尤为迫切。在已经存在的对鲁迅的认识和理解中，鲁迅的真实形象显得遥远而模糊。现在我们虽然在很多地方可以听到鲁迅，鲁迅也还是以各种各样的形式呈现着，但是这样的鲁迅并不是非常真实的。根据我们的不完全调查，现在青年的一代已经开始淡忘鲁迅了，如果你去问他们"鲁迅是谁？"，他们就会说对敌人"横眉冷对千夫指"，对人民"俯首甘为孺子牛"。这都是一个已经"阶级斗争化"了的鲁迅，一个除了用"战士"这个名词来说明以外就找不到词汇来说明的鲁迅。鲁迅在二十世纪所做的工作及其对推动中国社会现代转型的历史意义，他们几乎没有什么了解。所有这些都令我们十分不安和迷惑，因此，如何让鲁迅活在二十一世纪青年人的心中，这是一个需要全社会共同来关注的大问题。而解决这个问题的关键恐怕首先在于回答"鲁迅是谁"这样一个问题。

那么，鲁迅是谁呢？

二

寻求对鲁迅的理解，找寻"鲁迅是谁"这个问题的答案，关键在于对鲁迅的人格和精神做出概括。如果说，"意识形态化的鲁迅"是追求对鲁迅的政治实用的价值的话，那么，"还原历史中的鲁迅"则是在追求对鲁迅的认识价值，而我们所说的要对鲁迅的人格和精神做出概括，则是在追求鲁迅的文化价值和精神意义。我们想从以下四个方面来谈谈我们个人对父亲和祖父的认识。

首先是立人为本的思想。

"立人为本"是鲁迅精神的灵魂。实际上，鲁迅从青年时代起就自觉地把自己的全部精力投入到了推动中国社会现代转型这样一个巨大的社会工作上去了。国家遭受凌辱的历史困境曾使鲁迅十分痛心，这激发了他对人的精神麻木，尤其是中国人的精神麻木的自觉而深入的关注。他在日本留学期间无意间看到影像中麻木的中国人，这件事对鲁迅刺痛最深，他在《呐喊自序》里写道："这一学年没有完毕，我已经到了东京了，因为从那一回以后，我便觉得医学并非一件紧要事，凡是愚弱的国民，即使体格如何健全，如何茁壮，也只能做毫无意义的示众的材料和看客，病死多少是不必以为不幸的。所以我们的第一要著，是在改变他们的精神，而善于改变精神的是，我那时以为当然要推文艺，于是想提倡文艺运动了。只有当具有个体尊严和独立思考能力的人被确立起来，一个现代意义上的中国的崛起和强大才是可能的。"鲁迅在这里讲到的个体尊严和个体意识的觉醒就是他"立人为本"思想的精髓。

鲁迅讲的个体尊严，代表着现代人的价值理念，这种观念表明每个个体都有充分发展自我、享受幸福的权力，同时，他也完全拥有个人独立思考的权力，这是每个人的天赋人权。人不应该为自己的独立思考遭受损害，这是一种普世价值理念。而个体意识的觉醒则意味着个体对自我的生存价值的关注与自觉。拥有这种个体意识的人会自觉地要求自己活出一个样子来，他会活得很有尊严，也很有魅力，所以，一个人有了这样的意识，他就具有了真正的勇气，他就可以"横眉冷对千夫指"了。他也就可以拥有"一个人走自己的路，让别人说去吧"这样一种坦荡的胸怀了。所以，个体意识着重于人的生命价值和意义的追求，以及人的精神气度的养成。

拥有了个体尊严和个体生命的自觉意识，也就拥有了鲁迅所说的"自信力"。而这些拥有自信力的人，才是中国的脊梁。鲁迅在《中国人失掉自信力了吗》一文中就说："我们从古以来，就有埋头苦干的人，有拼命硬干的人，有为民请命的人，有舍身求法的人，……虽是等于为帝王将相作家谱的所谓'正史'，也往往掩不住他们的光耀，这就是中国的脊梁。"所以，鲁迅接着指出："要论中国人，必须不被搽在表面的自欺欺人的脂粉所诓骗，却看看他的筋骨和脊梁。自信力的有无，状元宰相的文章是不足为据的，要自己去看地底下。"觉醒人的个体尊严，激活人的个体生命意识，这是鲁迅人格与精神的首要之点，具有个体尊严和清醒的个体意识是他特别看重的精神品质。

其次是独立思考。

如果"说立人为本"是鲁迅思想与精神的灵魂的话，那么，独立思考则是他的骨髓，它使"立人为本"这个灵魂获得了支撑。

仔细思考鲁迅的独立思考的内容，大概可以包括三个方面：

（一）独立思考体现为一个人如何把"立人为本"的理念真正落实在自己的身上。这种独立思考要求一个个体自觉的人对自己的生命负有完整的责任。在五四新文化时代，像鲁迅这样的早期思想启蒙者特别看重一个人对自己生命的负责态度。我要过怎样的生活不应该让父母来包办，也不应该由某个外在的绝对权威来支配，我有我自己的选择，这其实是"五四"新文化运动中最重要的东西。它真正推动了中国社会的现代转型。我这样一个人应该怎样度过自己的一生才是有意义的，对这样的问题，一个有独立思考能力的人是有着明确坚定的立场的；

（二）真正的独立思考意味着能够把批判精神体现出来。鲁迅在《野草》中描写了一个举起投枪的战士，这个战士的形象很大程度上就是他的自我形象。这就是说，鲁迅是自觉地把批判的重担放在了自己身上的。他是一个真正意义上的斗士。这里，批判的意思是一个人有勇气面对真实的世界，并且不依赖任何外在的权威做出自己独立的判断。鲁迅就是一个具有这种批判精神的斗士。值得特别强调的是，鲁迅的这种批判目的不是破坏、拆毁和颠覆，而是目的在于推动中国社会的现代转型，建设一个强大的中国的。他的建设性的意义是非常明显的。应该说，鲁迅对孙中山推翻千年帝制、亲手创建的新制是有感情的，是希望他成长壮大的。正是因为有了这样一种希望和期待，他才对那些丑恶的、腐败的、麻木的、落后的现象怀抱如此深刻的愤怒。但在这愤怒后面难道不是跳动着一颗希望的心吗？所以，我们说鲁迅是一个为新文化理念去战斗的人。当他看到一切阻碍着新文化传播的力量的时候，他是以合法的、和平的方式来捍卫新文化的，虽然有时候他使用讽刺与挖苦的笔调，但这仅仅是他的一种个人风格，是无可厚非的。

（三）独立思考也意味着文化与观念的创新精神。在拥有深厚封建文化传统的国度努力传播新文化的理念，这本身就是一种文化的创新。是需要用勇气来实践的一项人类壮举。鲁迅首先是思想家。这是我们一开始就特别强调的。鲁迅强调在思想与文化观念上的创新，是在科技创新和制度创新基础上的更高程度的创新。同时，也要看到，科技创新和制度创新也必须依赖于我们在多大程度上具有思想和文化创新的意识。所以，文化和观念的创新既是基础性的创新，同时也是主导性的创新。

第三是拿来主义。

鲁迅是一个在文化上积极主张拿来的思想家。拿来主义就好像是鲁迅精神与人格的眼睛，体现的是他的气度、视野和眼光。他在《拿来主义》一文中这样写："我们被'送来'的东西吓怕了。先有英国的鸦片，德国的废枪炮，后有法国的香粉，美国的电影，日本的印着'完全国货'的各种小东西。于是连清醒的青年们，也对于洋货发生了恐怖。其实，这正是因为那是'送来'的，而不是'拿来'的缘故。"这"送来"的历史就是被迫、屈辱的历史。何以打破这被迫和屈辱呢？那么，就首先需要去拿来。所以他说："总之，我们要拿来。我们要或使用，或存放，或毁灭。那么，主人是新主人，宅子也就会成为新宅子。然而首先要这人沉着，勇猛，有辨别，不自私。没有拿来的，人不能自成为新人，没有拿来的，文艺不能自成为新文艺。"拿来主义体现的是文化的气度、视野与眼光。他是一种主动积极的态度。值得注意的是，鲁迅的拿来主义，他的立场是完全中国的。他是脚踩在中国的大地而放眼世界的，一切拿来的东西都是为了我们自身的自强和壮大。所以，他与崇洋媚外是势不两立的，也不赞同无选择的乱拿。

第四是韧性的坚守。

韧性的坚守是鲁迅精神的手和足，它是对上述三个方面积极而坚持不懈的践履，是观念落实在行为上的具体过程，是一步步走、一点点做的持续不断地努力和进取。所以，鲁迅的韧性，体现的是一种坚守的精神。它从两个方面表现出来：一是长度，二是强度。所谓长度，就是指每天的工作从不懈怠，所谓强度，就是指每日工作的辛劳与效能。鲁迅在他的《野草》中有这样的句子："是的，我只得走了。况且还有声音常在前面催促我，叫唤我，使我息不下。可恨的是我的脚早经走破了，有许多伤，流了许多血。"那"前面的声音"其实也就是他自己内心的声音，这实际上就是他自己生活的真实写照，持之以恒，进之以猛，把坚守贯穿于生命的整个历程，一个人能够拥有这样的人生，就足以令自己欣慰的了。所以，我们理解的鲁迅，在他生命的最后时刻，在他弥留之际，是没有什么悲哀痛苦的，因为在他的一生中他尽可能做自己想要做的事，而且做得那么好，鲁迅在自我完成方面是足够欣慰的。一个人能够在自己有限的生命历程中把自己做成，这是多么精彩，他怎么会感到悲哀呢？所以，最近在筹拍 40 集鲁迅电视剧，我就对编剧们说，不要把鲁迅的弥留之际描写得很悲哀，他应该是豪情满怀的。

从鲁迅身上我们可以看出，要做到韧性的坚守，就要面对三个东西：暴力、权力、和软暴力，应该说，鲁迅对来自这三个方面的压力是做好了足够的精神准备的，所以，他从来没有被暴力和权力屈服过。更没有被软暴力所腐化和动摇。尤其是软暴力，更有当今的现实意义。要知道，鲁迅当年的生活是很精致的，他当年的生活大概仍然是今天很多人追求的梦想，但是鲁迅从来没有因为自己拥有这样的生活就遗忘了自己对社会的使命，他对自己的使命和自我完成是充分自觉的。现在社会上流行的拜金主义思想很严重，对青年一代影响很坏，一个孩子在家里总是养尊处优，害怕困难，遇到一点点挫折就受不了，这很成问题。我们这个时代是一个软暴力处处显示威力的时代，如何在这样一个时代中使每个生命个体发育成型，拥有健全的个体生命自觉，这是很重要的问题，值得我们认真对待。

以上我们谈了我们的不安和迷惑，谈了鲁迅的精神和人格，这是在沉思良久后，我们鲁迅的第二、三代鼓起勇气，在鲁迅走后七十年来第一次说出我们的想法，发出我们的声音。第一次表达我们作为鲁迅的儿子和孙子对父亲和祖父的理解和认识。我们希望能够促进社会各界传播和弘扬鲁迅精神，并且让这样一种鲁迅精神真正地活进二十一世纪，这是一个很有意义的社会工作。但我们绝不是把鲁迅作为我们个人的事情来做的，而是把他作为一个社会性的事业来追求，中国的未来需要鲁迅，需要这样的文化精神。因为他已经是一种经过一个世纪大浪淘沙所产生的中华民族现代的文化精神和脊梁的象征。我们希望这样一个社会性的工作能够有更多的人来参与。我们在二〇〇六年策划了一系列纪念活动，以纪念鲁迅逝世七十年。对这样一个社会性的事业而言，这仅仅是一个开始，我们提议将二〇〇六年作为"普及鲁迅元年"，希望以此作为新的起点，把这一工作持续、有效、深入地开展下去。

附录七
鲁迅之死疑案

周海婴

引 语

老年人往往话多，不仅话多而且还喜欢唠叨，所以只要有条件，撰写回忆录的往往大有其人，我亦未能免俗，也于六年前写成出版了一本回忆录《鲁迅与我七十年》。

自从我的这本书出版后，颇有一些社会反响。有赞许的，也有异议的；有同意我书中所阐述的事实和观点的，也有不理解的。所有这些，我都不大措意，因为我写书之本意只是想把我的所历、所知、所思，如实地说出来，至于别人如何看，如何想，那是别人的事，我都不在意，更不会因此而妄生悲喜，所以也就没有写过什么"反响之反响"之类的文章。多年积蕴，一吐而快，本来以为可以言尽于此，不必再来饶舌了，但有些问题，比如父亲最后的日子里的病和死以及须藤医生在其中究竟起了什么样的作用，仍像石头一样压在我的心上久久不能释怀。这个问题我在回忆录中曾经写过一节，但我仍然时时有想继续说话的冲动，这不仅仅是出于做儿

462

子的固执或多疑，更是出于一种责任。我觉得我有责任把这种疑惑尽可能完整地讲出来，以等待将来真相大白的一天，即使一时不能还原于历史的本来面目，也要把它留下来作为后人考证之用。

鲁迅完全有可能活到六十多岁

我们一直怀疑给父亲看病的须藤医生究竟充当了一个什么样的角色？须藤医生全名须藤五百三，一八九八年毕业于日本第三高等学校医学部。曾任陆军三等军医，随军到过中国大陆和台湾。后在日本国内善通寺预备病院和姬路卫戍病院等处工作，还以军医身份任朝鲜总督府黄海道(海州)慈惠医院院长。一九一八年退伍。以后又来上海开设"须藤医院"(一九二六年《上海年鉴》上已有须藤医院名录)。到二十世纪三十年代跟鲁迅交往时，他已是一个有三十多年行医经历，有相当地位的老医师了。

须藤医生进入我家与我有一点点关系，因为我小时候体弱多病，哮喘病更是久治不愈，别的医生开的药控制不住。一九三三年三月，内山先生便推荐他的同乡同时也是内山书店的医疗顾问须藤先生接替坪井学士为我看病，顺乎自然地也给父亲看病，时间长达三年半，看病总的次数在一百五十次以上。父亲认识他似乎更早，因为一九三二年的《鲁迅日记》里就有写信给须藤先生的记载。以后父亲还为他买过几本书，互相之间馈赠过礼品，请过饭，这就超出一般的医生与病人的关系，而是朋友关系了。因此须藤医生对他的病人(我父亲)了解不可谓之不深。那时父亲肺结核的症状已相当明显，据专家说，即使是一个实习医生也很容易诊断出来，更不必说资深的、对病人有相当了解的老医师了。然而须藤医生对鲁迅去世前半年病情出示的"病状经过"是：本年（一九三六年）三月二日，先生突罹支气管性哮喘症，承招往诊，当时检查病者体格中等，营养稍差，食欲不振，近一年半来，常患便秘，致每隔四日，总需利缓下剂或洗肠用药。须藤先生在诊治父亲长达一年半的时间里，始终是按慢性支气管炎、胃病消化不良进行治疗的，从没有提到父亲的主要病症是肺结核，甚至连怀疑、诊察化验也"疏忽"了！

之后父亲的病越来越严重，亲友们也越来越担心。此种情况下，一九三六年春，宋庆龄、史沫特莱便介绍美国的肺病专家邓医生（Dr.Dunn）给鲁迅看病。经过听诊、叩诊之后，邓医生确诊为肺结核病晚期，并提出了治疗方案。之后，父亲又去另外一个有拍片条件的医院拍了一张 X 光胸片，证实邓肯医生的诊断极其准确。然而须藤先生才在三月十九日确定为系"消耗性热型"，做"突刺实验"得微黄色透明液，检查咯痰为结核菌阴性，也就是还没有认为或怀疑肺结核晚期。三个月之后，六月二十三日查出"咯痰多结核菌阳性脓球"。在 X 光片、结核菌阳性脓球确凿无疑的情况下，须藤医生才最后不得不确诊为肺病晚期；但是尽管如此，他仍没有针对鲁迅的病情，做积极的治疗，用药方面也未见变换，甚至于没有建议养病，向我母亲提出一个医生应有的劝告。

邓医生明确指出，病人的肺病已经相当严重，必须首先抽出胸部积液，抓紧治疗。治疗方法很简单，找位中国医生，照他说的实施就行。如果不抓紧治疗（自然是指按肺病治疗），病人最多活半年，如果照他的方案治疗，病人有望再活五六年。

一件简单的随便一个医生都能做到的事，一个行医三十多年资深的日本医生却没有想到和做到。事实上从邓肯医生诊断到父亲去世正好半年的时间，在这半年宝贵的时间里，须藤医生并没有针对肺病进行任何积极有效的治疗，他的治疗仍不过是头痛医头脚痛医脚的表面治疗，或者干脆说是延误病情的无效治疗。父亲再活五六年、甚至渐渐恢复身体的希望就这样被葬送了。

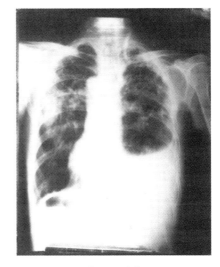

鲁迅的 X 胸片

　　父亲去世后，须藤医生应治丧委员会之请，写了一篇《医学者眼中的鲁迅先生》的文章，算是对家属也是对社会、世人一个交代。然而这个交代并不真实。文章开头就说病人身体如何一贯不好，意志如何刚强的空话，后面还把抽出积液的时间提前了，更让人不解的是，他说鲁迅先生四十四五岁时已有肺结核的预感，并且他还提醒说两侧患过胸膜炎的人大概是会患肺结核的。既然须藤医生对父亲患肺病有所怀疑，有所提醒，那么为什么不照此诊断、照此治疗呢？

　　须藤医生出示的"病状经过"的结尾是：（十八日，即去世前十五小时）午后二时往诊，呼吸已较徐缓，然尚在 52 乃至 46 之间，脉软弱。110 至 114。体温下降，为 35 摄氏度左右。病者声称呼吸困难，情况不佳，颇呈衰惫不堪之状，早晨以来仅进牛奶百公分。右肺喘鸣尽去，左肺亦然。诊察左胸下半部觉有高而紧张之鼓音，肋间也觉陷落少许，心脏越过右界，横径约半指许。决定为心脏下方右倾，肺动与脉搏二音如稍亢进，谅已引起所谓"气胸（Pneumothorax）"。由于此病状，以致虽尽量使之绝对安静就眠，亦不能深睡，频频惊醒，声称胸内苦闷，心部有压迫之感，终夜冷汗淋漓，自翌晨（十九日）半前五时起（原译文"半前"疑为"午"前），苦闷加甚，辗转反侧，延至午前五时二十分由心脏麻痹而长逝。主治医生须藤请看这是作为一个负责任的主治医生应尽的责任吗？！作这个交代之后，须藤医生从此杳如黄鹤，音讯全无。后来得知，他仍在上海行医，并担任过两任日本民会议员。一九四六年才回日本，在他的家乡冈山开设诊所，一九五九年去世。后来经有关人士证实，他是日本退伍军人组织乌龙会的副会长，这是一个军国主义组织。这样一个人，这样一个组织，再加上须藤医生在诊疗过程中种种异常之处，所有这些都是足以启人疑窦的。

这是一次有阴谋的"误诊"

第一个对须藤医生诊疗提出质疑的是建人叔叔。邓肯医生诊断后，建人叔叔认为"老医生"（指须藤医生，他比我父亲还大几岁）不行，提出更换医生。父亲去世后，须藤医生诊疗的疑点更多了，提出质疑的亲友也更多了，但限于当时的历史环境，难以查证。一九四九年上海解放，母亲、建人叔叔立即向中央汇报，请求帮助澄清，然而须藤医生早于一九四六年被遣送回国了。虽然失去这个直接澄清真相的最好机会，但多年来建人叔叔从未放弃他的怀疑和查证。一九四九年十月十九日，他在《人民日报》上发表文章，首次把积存在亲友心中的疑团向社会公开。

一九六九冬天，母亲去世不久，我被单位勒令交代"反江青"和涉外关系、个人的业余无线电台等问题，办个人"学习班"。几个星期之后，因患结核性心包炎等症在杭州用"险"药——静脉推注链霉素（混合 50 毫升葡萄糖液）治病，并住在建人叔叔家。在这难得相聚的日子里，叔叔经常与我叙谈往事，甚至久久郁积于心的疑团。我及时地记录了下来，直到一九六九年十二月底。我在记录本上记写着这样一段话："得幸亲聆建人叔叔的教诲，他虽年纪八十有三，但记忆力极佳，十分健谈，谈吐风生。且边讲边比画当时情景……"建人叔叔的话，对我来说，是无可置疑的，对于弄清这件疑案也是非常重要的。因此我把这些话照录在下面：鲁迅年轻时候身体十分强健，底子很好，很少看到他生病。胃病是赶考大步奔跑去考场，吃饱饭之后形成胃下垂所致。经常胃痉挛作痛，用桌子角顶住止疼。后来慢慢地恢复，而并非和章士钊笔战喝烈酒造成的。鲁迅在绍兴，偶尔喝点绍兴黄酒，也不过一小碗，并不经常。烈酒是不喝的。邓医生来会诊之后说："肋膜里边有积水，马上抽掉积液，寒热会退下来，（这样下来）胃口就会开，东西吃得下去，身体的抵抗力就会增大。如果现在就这样治疗、休养，至少（还）可以活十年。如果不这样治疗，不出半年便死。治疗方法极其简单，任何一个医生都可以做到，你们商量一下，找一个中国医生，让他来找我，我会告诉他治疗方案。只要照我说的去做就行，无须乎我自己治疗的。"

还说到是不是需要拍 X 光片，邓医生说："经我检查，和拍 X 光一样。"说得十分有把握。日本医生须藤五百三，一直否定肋膜里有积液，直到一个多月之后才予以承认、才抽肋膜积液。一般医科高年级学生，都有能力诊断出肋膜积水的。

我听到这些话之后，通过冯雪峰的妻子转告给冯，说这个日本医生不可信，应该换个医生。过了几天冯雪峰的妻子回复说，她同冯雪峰讲过了，他（冯）是赞成"老医生（平常大家对须藤的称呼）看下去的"。岂知邓医生的诊断相当准确，到十月份鲁迅就去世了。距邓医生的会诊，正好半年。鲁迅去世后须藤写出一纸治疗经过、用药等等，你妈妈经常谈到诊断书前边一段是空话，说鲁迅怎么怎么刚强，后段讲使用什么药物，把抽肋膜积水的时间提前了。我和你母亲对须藤医生的可疑迹象，向中央汇报。你母亲同意应扣留须藤审查，待中央指示电报通知上海，岂知须藤在日本第一批侨民撤回时，已经走了。以致这件悬案无法得到澄清。对照苏联的高尔基的疑问，也是多年之后得到澄清的。想起来鲁迅生病的时候，须藤医生代表日本方面邀请他去日本治疗，鲁迅当时断然拒绝，回复说："日本我是不去的！"是否由此而引起日本方面决定些什么呢？联系到鲁迅到病重前，他迫不及待地要搬迁到租界去居住，甚至于表示房子都不必亲自过目，只需我寻妥就可以，里边有值得怀疑的地方。

为什么要急急忙忙迁居租界，连房子都不经自己选择决定，只要我看妥，认为合适就可以了，这里不知道鲁迅有什么预感，理由他始终没有向我讲。这件事距离他逝世很近。由于病况很快恶化，终于没有搬到租界。

日本医生对鲁迅之死的责任和态度

学界（包括日本学界）不少人认为须藤医生的责任仅止于误

诊，个别人甚至对误诊还要曲为辩护，大加体谅，说须藤医生近两年的治疗和鲁迅的临终抢救是"负责的"，"特别是挽救鲁迅生命的最后时刻，从其要求内山完造先生再请其他医学专家前往诊治来看，须藤医生并没有延误诊治，而且是尽了最大的努力的，这是一个不争的事实"。

事实上须藤医生对待鲁迅的重病又是什么态度呢？

内山完造写《忆鲁迅先生》一文，它载于时隔鲁迅去世一年后，一九三七年十月十九日出版的《鲁迅先生纪念集》第二辑 1—4 页。内山完造讲出这样一个情节：那天（鲁迅去世前 21 小时）正巧石井政吉医生偶然来到内山完造的书店，两人谈起了鲁迅生病，石井医生说：马上去问候一下。由此可见，石井并不是须藤医生主动邀请去"会诊"的。（注：按一般惯例，"主治"医生须藤如不邀请石井医生一齐诊治，石井政吉是不会留下的。）

内山完造在鲁迅家里，他看见"这时候恰好是八点前五分，我因为八点钟在店里有个约会，就拜托了须藤医生，回到店里来了"。

"须藤医生说了一声大概不妨事，明天再来，就回家去了。但我（内山完造）总觉得不放心，因此，就叫一个店员住在先生的家里。"

这里插入一段须藤医生自己写的"鲁迅先生病状经过"（《鲁迅先生纪念集》P.25），十八日："午前三时（鲁迅）喘息又突然发作，十八日午前六时半往诊，……午后二时往诊……"

对一个随时会发生生命危险的重病患者，须藤医生并没有履行一个医生应有的职责，离开他所诊断的病情严重的"气胸"病人鲁迅"回家去了"。须藤医生既然采取这种消极拖延的治疗措施，当然是不会"建议"将鲁迅送到医院进行抢救的，我想这也是"一个不争的事实"吧！

须藤医生态度是不是"负责的"，是不是"尽了最大的努力的"，可以从这些真实的情况里看得非常清楚了。

"误诊"的种种疑窦

下面来分析"误诊"这个说法或判断，我认为误诊大致有三种情况：

第一种是一般性的误诊，即因诊查的时间匆促，判断有误（如急诊或首次门诊）。这种情况只要医生嘱咐病人或家属按时复诊并进行必要的检查，如化验、照 X 光片等，这种误诊是可以得到及时纠正的。

第二种是医生本人医学知识、临床水平低，诊断出错。但医生或医院如果对于重病人采取了会诊的办法，也可避免发生不幸的事情。

第三种情况是，已经有了明确的诊断，如像邓肯医生已经做了科学正确的诊断，但主治医生仍然玩忽职守，不按正确的方法进行治疗，这就是蓄意的"误诊"。更恶劣的是为了掩盖其用心，而使之"天衣无缝"，主观上做许多手脚。但事实总会被揭露，不会永久被掩盖的。所以，不懂医学的人大谈"误诊"，实际上只会混淆视听，产生误判，其实是有意无意的包庇！

须藤医生对我父亲治疗是从一九三四年十一月到一九三六年十月，历时近两年（准确地说是二十三个月），应当说诊查准确无误了。其间还"邀请"了同行日本医生石井（实际上是内山完造的朋友，临时一同去探访鲁迅的），按理他们应该早就共同"议"出来一个符合当时的治疗、用药条件的方案了。可是不幸的是，事实完全不是这样的，须藤医生长达一年零十一个月的对父亲的消极治疗，显然不能用"误诊"两个字来为他"开脱"的！

十月十八日至十九日父亲临终前夕，须藤医生在用药、医嘱、抢救等方面，不应当再"误"了吧？若抢救的措施极不得当，能不能用"误诊"为他掩盖？尤其是处于临危的"生命危机"的几个小时，在这种严重状态下，须藤医生却掷下这么一句："过了这一夜……"的话，抽脚走掉了！据说是他的休息日。作为医生，这是失掉了职业道德的行为，简直是玩忽人命！

父亲临终前的三十个小时，气喘、虚弱、大汗淋漓……须藤医生采取了哪些应对措施呢？首先，若假定是气管性喘息，那就应当使用解痉药，如麻黄素、阿片酊之类。用了没有？哮喘缺氧应当使用医用氧气直接输至口、鼻供病人吸入。他根本没有使用！使少数鲁研学者陷入误导的是家里有内山完造先生拿来的一个"氧气发生器"，实际上这只是一个小小木匣状的"臭氧"发生器，它对空气有微弱的消毒作用，对病人的缺氧状况毫无改善作用。

垂危病人状况越来越严重，心率越来越快，须藤医生只让看护妇每小时注射一支强心的"樟脑酊"之类的针剂，除此之外并没有看到采取什么积极措施，他让病人用热水袋暖暖脚！这能够算是抢救吗？如果说是"气胸"，他也没有对症给胸腔抽气减压，这连头痛医头脚痛医脚都没有做到，能用"误诊"来开脱吗？

当母亲听到建人叔叔匆匆赶到，从鲁迅身边下楼叙述病况。（建人叔叔告诉我）再长也不过若干分钟，须藤医生就在二楼的楼梯宣布了鲁迅的死亡！须藤医生在鲁迅临终到底做了些什么？

母亲曾经对我说过这种可疑：须藤医生听到店员通知周建人

赶到，却让她下楼，我十分怀疑这一个短短时间里，到底发生了什么？鲁迅在清晨五点二十分去世了！

在我从三楼下来站在父亲床前的时候，应当说他已经是临床死亡一会儿了。日本看护妇收拾起她带来的护理用具之后，走向父亲的身边，两手扶持胸肋用劲振摇，试图使心脏复苏，类似现在挤压方法使心脏苏醒。显然，看护妇是在尽最后的努力，应当感激她的良好愿望。但是，此时已无法从死神手上挽回父亲生命。如果须藤医生做过抢救措施的话，做过心脏复苏按压的施救术的话，看护妇在过后是不必再重复这样的操作的。

看护妇在鲁迅死亡之后，采取振摇"复苏法"后毫无反应，只好无奈地深深鞠了一躬离去了。从她采取这一个措施来分析，是不是可以说明病人停止呼吸前，并没有采用其他积极的抢救办法。这位看护妇有一张"请求书"———实际上是发票，费用由上海北四川路志安坊二十一号、上海（日本）"看护妇会组合"领收的，日期是十月二十三日，是由内山书店代付的款子。这里又产生出另一个疑问，看护妇若是须藤医生雇请的，账单必包含在他的诊疗、药物、出诊费内，这是常理常规；而这笔账单的付给，由内山完造先生店里转，看来这位护理人员是内山先生为减轻母亲照顾重病人的劳累，后来请来的，也就是并非跟随须藤医生一块来我家的。若是这样，须藤医生在父亲床前的时候，看护妇是否在旁？所以叔叔才会产生"只有须藤医生在父亲旁边"的惊愕！事后他把这一个重要情节告诉了我和他的秘书冯仰澄。

在"抢救"濒危病人的时候，按日本的医疗和习惯，没有叫家属回避的做法，须藤医生却叫母亲离开。为此我询问了知情者，他们说在医院里，除非紧急手术怕碍事，有让家属在手术室外等候的情况，但现场绝非只有一个医生抢救的。一般内科抢救没有叫家属出去，尤其病人弥留之际更不会"闲人免入"似地将最亲的人支开，这绝对不符合常情。他们还说：当病人处于"生死"交界时候，医生会让亲人大声呼叫，往往能把阴阳交界的病人，呼唤复苏，回醒生还。

一位负责任的医生，当他的重症病人濒危前，习惯上应该另请一两位医生一齐会诊、抢救。直到临终，也应该当场签字写出明确的"死亡证明"。看护妇如在，应有她的签署。这些，都欠缺。事后，须藤医生也没有把书面证明补交给家属或内山先生。

七十年期间的查证之旅

在父亲病危和去世的问题上，对须藤医生的行为，母亲、建人叔叔和我都取怀疑的态度，这个态度不仅从来没有改变，而且我们从来也没有放弃探查求证。我们还通过组织向中央汇报过，并请求中央帮助查证。没想到这种观点有一天忽然被上纲为影响中日两国关系的"国际问题"。那是在一九八四年五月，纪维周先生发表《鲁迅之死谜释》，指出医生疗救过程中种种疑窦，推测他有否图谋，这种怀疑，对我们亲属来说并不新鲜，但在学术界却是首次提出，因此日本鲁研界也很快有了反应，这本是再正常不过的事情，不应该也不值得大动干戈。然而二十世纪八十年代正是大讲中日友好的时代，这种时候提出这种观点，显然是"不合时宜"的，于是纪先生承受了巨大的政治压力，无端遭受种种责难，并被迫公开检讨，现在看来这是极不公正的。

有不合时宜的人和事，就有合乎时宜的人和事。一九八四年二月，上海方面组织了有九个医院二十三名专家参加的"鲁迅先生胸部 X 线读片和临床讨论会"。这样大的动作，或许是有所安排有所布置的，目的是取得关于鲁迅的病情和死亡的"科学的、权威的"结论。读片会的诊断结论是：（1）慢性支气管炎，严重肺气肿，肺大疱；（2）二肺上中部慢性肺结核病；（3）左侧结核性渗出性胸膜炎。并推断鲁迅先生死于在上述疾病基础上发生的左侧"自发性气胸"。

这个结论与须藤医生诊断几乎完全一致。我想说的是读片本身大致是可靠的，但根据读片确定父亲的死因为"气胸"则不见得就是临床的事实。

二〇〇六年四月，我们请上海胸科医院放射科主任郭德文教授，在上海鲁迅纪念馆对鲁迅 X 光胸片进行了再次审读。郭教授先从右上方叙述开始，他说右侧肺上方症状是活动性结核，大量浸润及增殖性病变延续至中部。未见钙化和空洞。右侧下有胸腔积液，郭教授问及积液颜色，我说呈现透明浅橙黄色。郭教授点头说这是典型的积液，没有粉红色，说明没有别的病变。液弧面大致在第八、九肋间，应当属于中等量的胸腔积液。左肺上、中比右侧重，亦见浸润及增殖性病变，整个面积看到伴有纤维及钙化点，和右面相比，病灶早于右肺。

郭教授指向 X 光胸片中部说，这已是干酪性病变，而且实质量不少，有大量结核菌。从边缘线判断，不似有癌变。这也可从胸腔积液颜色判定，并没有癌症的可疑。左侧上端并见不规则的透亮点，怀疑是几个小薄壁空洞。两肺下显现透亮度增加，是肺气肿所致。

郭教授把背面的小型光源向 X 片下移，讲解说：这里可见多个肺大疱，以左下最为明显，左肋隔角钝，左肋表面有支气管影粘连。双侧肺门血管正常表现。主动脉弓大小与年龄相符，心形无扩大、形态正常。未见房、室扩大。可以诊断鲁迅先生他生前没有心血管粥样硬化。

郭教授拿出自备钢皮尺，测量胸腔与心脏比例，心胸比率 0.4 左右。正常值是 0.5—0.55，郭教授说，这是肺气肿所致，从另一方面说明，鲁迅的心脏很好。郭教授把 X 光胸片移向窗口方向，审视整体状况，发现左侧第 7 根肋骨有陈旧性骨折，对合良好，上缘四周有骨痂，至少是有五年之上时间的旧伤。我说父亲青年时期在南京骑马时曾坠落过，郭说碰撞亦有可能。审片完毕，请郭教授写"诊断"书，书面如下：双侧浸润及干酪型肺结核，伴空洞、肺大疱肺气肿，右侧胸腔中等量积液。慢性支气管炎。

左侧第七根肋骨陈旧性骨折，对合良好，有骨痂形成。

心形及大血管阴影表现为正常范围内。

查证结果：当年的差错真不可思议

审片之后，我又向郭德文教授请教了几个问题：

周：鲁迅的肺病程度怎样估计？

郭：如果吐血并不严重，痰中带血，病症似有多年。后期的下午有潮热、体温三十七度以上，虚弱、胃口差，是结核病灶的毒素所致。

周：在鲁迅去世之前半年，即一九三六年五月十五日，他给曹靖华去信，自己是这样叙述的："今日看医生，云是胃病，大约服药七八天，就要好起来了。"五月二十三日鲁迅给赵家壁信中说："发热已近十日，不能外出；今日医生始调查热型，那么，可见连什么病也还未能断定。"

　　周：日本须藤医生和鲁迅的医患关系，是自一九三四年十一月开始，亲手接触治疗近乎两年，达到百多次。请问郭医生，父亲的病是不是难以诊断？

　　郭：从鲁迅历年的体征和病史，即便是刚刚毕业稍有实习经验的医生都能诊断出。以胃病为治疗目标，令人难以想象。

　　周：有个别人说，鲁迅去世前用了氧气，我只见到内山完造拿来的是一只一尺见方的木制匣，通电后有"蝇蝇"声，叫作"阿纯"发生器，似乎是臭氧发生器，而非给重症病人使用的氧气。连我的母亲也误认为是"输氧"。

　　郭：那是一种简易的臭氧发生器，没有治疗作用。只对室内空气有微弱的消毒作用。

　　周：父亲病情危急时，有用口、鼻输送氧气的需要吗？

　　郭：即使在那一九三六年时代，医院是广泛使用钢瓶氧气给病人输送氧气，就像电影里所见那种。以鲁迅病情，如使用吸氧，可缓解许多。

　　周：能援救临床濒危吗？

　　郭：有这种可能。判断鲁迅是"气胸"为死亡原因，根据不足。估计是肺病菌毒素引起身体衰竭,肺氧不足致功能衰竭死亡。

　　周：医生为什么不提出鲁迅病情的严重性，急迫需要送医院抢救？！

　　郭：应当立即送医院。医生没提出过这个建议？

　　周：没有！须藤医生离开大门前仅仅这样回答母亲，他讲："过了这一夜，再过了明天，没有危险了！"（许广平《最后的一天》，原载一九三六年十一月十五日《作家》第二卷第二期）须藤医生以轻松状态走了。因此母亲安下心了。哪知道……

郭：真不可思议！周：如果不是这样的"疏忽"，父亲的寿命可不可能像另一位美国医生的估计，按结核病治疗，还可能再多活五至十年？

郭：以他的年龄，有这种可能。须藤医生用的"苏忽儿"药（Solfol）我查出是德国药，仅仅用于缓解支气管咳嗽气喘之类症候，也略有止痛、退烧作用。

周：谢谢，此药查证多年未获结果，日本医生也表示无可查询。再比如某位鲁迅研究家在《鲁迅生平疑案》一书中，把蒸汽吸入器注明是吸氧器，通大便器注明是注射针剂的器械，外用药重碳酸曹达、黄碘误为内服用药，许广平被日寇抓捕后的补血剂亚硫酸铁丸药……当成鲁迅用药，写入书籍中。其实，此事只要稍稍问问我，当不至出此差错。郭：以你的高龄，今天讲出当年的实际情况很重要。周：谢谢郭教授今天的科学判断。（以上涉及郭德文教授的内容，均经本人审定。）

一份弄虚作假的死亡证明

依据须藤医生所写的病状，有些学者认为鲁迅先生死于上述疾病基础上发生的左侧"自发性气胸"。他们所根据的是"病状经过"，即根据须藤医生所写的病历。须藤医生所写的病情简史，是在事后才补做出来的，母亲和亲友曾纷纷指出他倒填日期，含有弄虚作假成分。

鲁迅"死于""左侧自发性气胸"的诊断还有其他医生的证明

吗？没有！

因此，这种"诊断"不能作为事实的依据。

须藤医生没有按医疗程序签署死亡证明，更没有第二位医生的证明、签署。早在一九八四年二月二十二日下午 2 时，有 23 位专家学者参加的"鲁迅先生胸部 X 线读片和临床讨论会"，也没有从胸部 X 线片上发现有"气胸"迹象。

鲁迅去世前半年，既然没有"气胸"迹象，他的 X 线胸片上必然拍摄不出这个"事实"，郭德文医生也没从 X 线片上读判出"气胸"现象，因此须藤的诊断是毫无事实根据的。有人曾经问我根据什么对鲁迅死于"气胸"产生怀疑？我的回答是没有"证明"就是最好的反证。

鲁迅终究因何而死，我坚信这桩"疑案"终将会大白于天下的。